魅丽文化

小甜蜜

下

无影有踪
著

江苏凤凰文艺出版社
JIANGSU PHOENIX LITERATURE AND
ART PUBLISHING

图书在版编目（CIP）数据

小甜蜜．下／无影有踪著．-- 南京：江苏凤凰文艺出版社，2022.6
ISBN 978-7-5594-6145-2

Ⅰ．①小… Ⅱ．①无… Ⅲ．①长篇小说－中国－当代
Ⅳ．①I247.5

中国版本图书馆 CIP 数据核字 (2021) 第 141603 号

小甜蜜．下

无影有踪 著

出版统筹 曾英姿
责任编辑 张 倩
特约编辑 吴小波 艾 晨
装帧设计 刘芳英
出版发行 江苏凤凰文艺出版社
南京市中央路 165 号，邮编：210009
网 址 http://www.jswenyi.com
印 刷 长沙金鹰印务有限公司
开 本 880mm × 1230mm 1/32
印 张 11
字 数 300 千字
版 次 2022 年 6 月第 1 版
印 次 2022 年 6 月第 1 次印刷
书 号 ISBN 978-7-5594-6145-2
定 价 42.80 元

小甜蜜
下

目录

CONTENTS

目录

CONTENTS

第一章

顾思忆过了十七岁的生日，时间进入六月。

期末考试的氛围越发浓厚。大家埋首学习，顾思忆也不例外。跟学霸成为同桌，不仅没有影响她的学习，反而逼得她更加专注了。

有一次顾思忆洗完澡出来，穿着睡衣，郑培培看到她脖子上的项链，被美得倒抽一口冷气。走近了拿起来看，更是赞不绝口，这个小豹子让她想起某个大牌的经典元素，不由得问了一句："这难道是 K 家的？"

顾思忆点头。

"我去，我就说这摸着手感都很……"她半天不知道该用什么形容词，最后用了一个最直抒胸臆的表达方式，"带着金钱味……"

顾思忆也是服了这个形容词。

夏天的时候，身上的佩饰总是很容易被看到。顾思忆埋头做作业的时候，夏之隽就能看到她白皙脖颈上那条细细的链子。而她翻书的手上，是那条代表难忘时刻的手链，在阳光下晶莹剔透。

夏之隽很喜欢看到她戴着这些他送的东西，有种说不清的仪式感，让他感觉很满足。他自己默默制订了一个小计划，以后把她用的东西一样一样全部换成他送的。

期末考试前，老师把分班意向表发下来给大家，给大家一天的思考时间，第二天交表。一般到了这个时候，大多数人已经目标明确学文科还是学理科。当然，某些稀里糊涂过日子的除外。

放学后，陆嘉烨第一时间冲到后面来，跟大伙讨论："我该选什么啊？忧郁啊，迷茫啊！"

郑培培长叹一口气，说："理科用脑烦，文科背书烦，如果能都不选就好了。"

“那干脆不要考大学更轻松了。”顾思忆笑，“讲真，你选什么？”

“那必须是文科嘛，理科实在太累心了……”郑培培不打算挣扎了，“就算大家觉得文科没前途，我也认了。”

“谁说文科没前途？”前面的苏韩说，“理科是人才，文科是管理人才的人才，更胜一筹才对。”

“哈哈哈，我就喜欢听你说话！”郑培培登时被逗乐了。

苏韩眨了一下眼：“因为我也选文科啊！”

郑培培被那桃花眼电了一下，恍惚片刻后，觉得不对劲：“啊……你理科不弱啊，为什么选文科？”

“跟你做同学不好吗？”他笑着问她。

“好！非常好！特别好！”郑培培毫不掩饰自己的开心，眉飞色舞地连连点头。

陆嘉烨把表往桌子上一拍，说：“我决定了，也选文科！”

郑培培睨他一眼，开启吐槽模式：“呵呵，你这‘废柴’，去理科有活路吗？”

“骁哥，你呢？选什么？”陆嘉烨问周骁。

周骁说：“理科。”

“阿隽也是选理科吧？”苏韩看向夏之隽。

夏之隽点头。

陆嘉烨问：“那‘小酒窝’呢？”

郑培培说：“我敢打包票，她跟着学霸学理科去。”

顾思忆笑眯眯地说：“是呀，小机灵鬼，你猜对了。”

寒假跟学霸讨论过以后，她就下定决心学理科了。

向梨说：“我选文科。”

张欣奕说：“我也是选文科。”

郑培培顺口问了一句身边还没走的张茵：“你选什么？”

张茵怔了怔，说：“应该是理科吧，爸妈希望我选理科。”

当晚睡觉前，郑培培想到分班，有些不舍地道：“以后大家就不能在一个班里了呀！我们三个还有可能一个班，忆哥要去理科班了。”她连连唏嘘，“到时候可能连寝室也要换。”

顾思忆说：“我们可以申请不要换寝室呀，以后就算分了班还住在一个寝室就好啦！”

向梨说：“不知道学校愿不愿意哦……”

张欣奕说：“我们四个人都坚持的话，应该有希望吧？”

郑培培拍板：“这事就交给我了。分班随意，寝室人员不变。”

“棒！”顾思忆笑赞。

期末考试来临，顾思忆经历一年苦学，尤其下半年专攻数理化，对成绩提升有很大的信心。

这一次考试顾思忆跟夏之隽被分配到不同的考场，吉祥物不在视线范围内，顾思忆还是有点小心塞，毕竟他的背影就能给她一种“灯塔感”。

第一天上午考语文，一如既往地轻松顺利。下午的科目，顾思忆也感觉不错。

到了第二天上午考数学，是顾思忆最弱势的科目。她深呼吸，迎接试卷。拿到手里一看，都是比较熟悉的题型，只要不粗心大意，应该能考得不错。

她聚精会神，埋头做题。

时间差不多过去一半时，突然有人朝她的桌子上扔了个小纸团。

顾思忆的笔尖一顿，愣了愣。这是什么？好奇心不过两秒，她还要争分夺秒地解题，正当她准备扔掉时，纸团突然被走过来的监考老师夺走。

老师打开，皱起眉，拉下脸，看了一眼顾思忆的桌角贴的考生信息，拉起她的试卷说：“顾思忆，考场作弊，本科成绩作废。”

监考老师拿走她的试卷，转身往讲台上走。

顾思忆蒙了，站起身说：“我没有作弊！我不知道是谁扔的纸团！”

老师站在讲台上，居高临下地看着她说：“你可以离开考场了，请不要影响其他同学考试。”

“我没有作弊！”顾思忆大声道。

考场上其他人纷纷看过来。

老师蹙起眉：“我亲眼看到的还有假？有什么话等考试结束去教导处说吧！”

顾思忆被老师强行请离了考场，心里窝火。她无法接受就这么被强行扣帽子，打算自己先去教导处申辩。

她顺着走廊往楼道走，路过夏之隽教室的时候，他恰好抬头，看到了她的身影。

夏之隽感到莫名，按理说这时候她肯定不是做完提前交卷。如果是上厕所，走这个方向要绕一大圈，考场时间珍贵，怎么可能兜圈子？而且她垂头丧气，看起来就跟被人欺负了一样……

夏之隽当即起身，交了卷，离开教室。

他在楼梯旁追上顾思忆的步伐，问她："你怎么那么早出来了？"

顾思忆遭受莫大的冤枉，被老师赶出考场，心里憋着一股气，又愤怒又委屈。但她还在憋着，她要去找校领导，为自己讨回公道。可是一回头，看到夏之隽那张脸，不知道怎么回事，所有的情绪都决堤了，化为眼泪流了出来。

"发生什么事了，怎么哭了？"夏之隽这是第一次看到顾思忆哭，心都慌了。

他抬手擦拭她的泪水，低声道："别哭，有什么事跟我说。"

顾思忆哽咽道："我没有作弊……老师他……在我桌上看到一个纸团……非要说我作弊……还拿走了我的试卷……不让我考试了……我都不知道哪里来的纸团……"

看到他，她就软弱了，受不得一点委屈，禁不起一点风吹草动。

夏之隽在她断断续续的哭诉中，总算是明白了是怎么一回事。他将她不停往下滚落的泪水抹去，沉声道："别哭了，别人的过错，不值得你伤心。"他从没见过她哭，不知道这个爱笑的女孩一旦哭起来，居然让他有种肝肠寸断的难受感。

他当然相信她不会作弊，他对她再了解不过，而且以她现在的水平完全没必要抄这样做。至于是谁把纸团扔到她桌上，是扔错了还是故意的，倒是需要彻查的问题。

趁着考试还没结束，夏之隽带顾思忆去找年级主任。顾思忆跟在夏之隽身后，努力平复胸腔里的那股憋屈。她也不想哭，只是这委屈跟排山倒海一样压过来。他越关心，她越软弱，在他跟前什么都忍不住。

她被他保护着，跟着他前行，仿佛有了光，有了指引。

两人见到年级主任后，顾思忆把事情的原委复述了一遍。

顾思忆说完后，夏之隽说："我敢为顾思忆同学担保，她一定没有作弊，希望学校还她一个清白。如果她作弊，我跟她受同等处罚。"

学霸都这么说了，这件事就不能随便搪塞过去了。

主任跟他们一起重回考场，路上遇到的考场巡视组一起跟了过来。监考老师看到这阵仗有点蒙，现在的学生不得了啊，作弊被抓还要把天捅出一个窟窿是吧？

顾思忆问监考老师："您有看到是谁给我扔纸团的吗？"

监考老师一愣，说："没看到……"

夏之隽冷着脸道："我认为有必要把往顾思忆桌上扔纸团的人揪出来。那个人要么是陷害顾思忆，要么是作弊没扔对地方，无论哪一样，都应该受到惩罚。"

监考老师把字条拿出来："都是一些字母、数字和符号公式，怎么查？"

夏之隽带顾思忆走进教室，问她："你在哪个具体位置看到纸团？"

顾思忆指了指左边桌沿某处。

夏之隽："你坐在这里，能扔到这个位置的，可以确定不是坐在你右边的人。"

顾思忆点点头，右边的扔到这边来，且不说难度很大，还得越过她眼前。

夏之隽又说："以课桌之间的间距，能够把这个小纸团扔过来，扔的时候还没被监考老师察觉，可以排除远距离的人，没被你察觉，可以排除你前面的人。所有，范围缩小到你左边一组前后两排和你身后两排的人。"

监考老师和巡查组的老师，目瞪口呆地看着夏之隽。考场上的学生，有的不时抬头看他，有的看了一眼立刻埋头做题，有的坐立难安。

夏之隽跟监考老师说："我希望能看看调查范围内同学的试卷。"

"这不好吧……这不是影响其他同学考试？"

"那为什么顾思忆能被影响？"夏之隽冷着脸反问，低沉的声音，掷地有声，"她不仅被影响，还被冤枉，被判零分。让她当受害者，就能无所顾忌吗？"

顾思忆红着眼看着夏之隽，她很少看到他这么强势怼人，少有的几次都是因为她的事情。

是的，每当她有事，他总是第一个站出来护着她。

“不是……我不是这个意思……”监考老师有点虚了。

他知道这位学霸，但是没打过交道，不知道这位天才少年如此强硬，甚至是咄咄逼人。

“肇事者被保护，受害者被冤枉，这不该是我们龙兴的风气吧？”夏之隽冷冷的目光看向年级主任。

主任真的怕了这个少年，聪明、强势，执着。他点了一下头：“看吧！范围以内的同学，暂时起身，离开座位，到时候延迟交卷补回时间。”

几个人不得已离开了位子。那些不心虚的同学，巴不得赶紧洗清身上的嫌疑。想反对的人，独自一人怕惹祸上身，只能随大流。

夏之隽拿着那张字条，逐一对比那些试卷。他跟监考老师的想法不一样。虽然没有几个汉字，但是有那么多字母、数字和公式，他一定能找出破绽。人都有习惯，就算是写数学题也存在固有的习惯。在考场这种高压氛围里，写字条必然匆匆忙忙，不会细心掩盖，或者说做不到那么周全。

夏之隽看到（8）班一个女生的卷子时，手指点了点，看向站在一旁的人，眼神倏地沉下去：“陈清，你为什么给顾思忆扔纸团？”

“我没有！”女孩的心脏骤缩，差点被夏之隽阴沉的脸色吓哭。

“要我说出证据吗？”他冷厉的眼直直地盯着她。

女生的表情一点点垮下去，她的信心崩溃了……这个人不是别人，是夏之隽，是年年全市第一被人称为天才的夏之隽……他一定是看出了什么……

女生的眼泪流出来了，低下头抹泪，没吭声。

考场上其他人目睹这场闹剧，都被震撼得说不出话来。

夏之隽太牛了吧？护犊实力满分啊！

夏之隽拿回顾思忆的试卷，放在她的桌面上，说：“你继续做题。”

他拿起手机看了一眼时间，说：“你被耽误了四十分钟。”

又看向年级主任说：“顾思忆是不是应该加四十分钟继续考试？”

“当然，这件事是监考老师不对，没有查清楚，就没收她的试卷。”

那个给顾思忆扔字条的女生被带走，夏之隽坐在空出来的位子上，陪同监考。

交卷铃声响起，其他同学陆陆续续交卷，那些被查试卷的人延后十五分钟，顾思忆延后四十分钟。上午只有一门数学，时间充足。

顾思忆的心情有点乱，状态没有之前那么好，不像那时那么聚精会神心无旁骛。一会儿想着为什么那个女生要陷害自己，一会儿又想到夏之隽为自己出头的模样……一会儿又在想，如果考砸了是不是还会被人笑话……题目做得顺还好，做得不顺就分神。

考场里只剩下她和夏之隽还有监考老师三个人。夏之隽突然开口道："不要被影响，不要有压力，放松点。"

顾思忆转头看他，对上他纯粹又温柔的双眼，如醍醐灌顶，一下子把那些乱七八糟的东西都抛开了。现在是在考场，一个人的考场也是考场，认真刷题，证明自己。

时间结束时，顾思忆长吐一口气，交上试卷。

监考老师诚恳地向她道歉："顾思忆同学，对不起，我没有仔细调查就认定你作弊，冤枉了你，是老师太武断了。"

他确实是第一遭，遇到这种故意丢字条陷害人的，以前哪会有这么诡异的事情。老了，琢磨不透现在这些学生了。

顾思忆轻声说："老师跟我一起多考四十分钟也辛苦了。"

"应该的，这是老师必须做的。"

这个考场的八卦，在其他同学交卷后就传开了。郑培培他们得知后，先是气得不行，随即又为夏之隽叫好。中午大家一起去校外吃饭，张茵被郑培培喊上，也一起过去了。

郑培培说："就在你加时考的时候，我已经把来龙去脉调查得清清楚楚了，你知道那个女生为什么害你吗？"

"为什么？"顾思忆确实想不通，她并不认识那个人。

"她跟陆铭是一个班的，喜欢陆铭很久了。陆铭一个劲对你热脸贴冷屁股，怕是心里气得慌，就想出这么个阴招对付你。"

陆嘉烨鄙夷地说："蛇鼠一窝，都不是好东西。"

顾思忆得知原委后，无语至极。

“反正他们班的人都知道她稀罕陆铭稀罕得要死，你说你们从来没有任何交集，除了这个还能是因为什么？”

周骁摇摇头：“有的人，蠢起来无药可救……”

苏韩笑了：“结果是搬石头砸自己的脚，被‘福尔摩斯夏’揪出来了。”

吃过饭大家回学校，夏之隽跟顾思忆走在最后面。顾思忆突然低声说了一句：“谢谢你哦！”

夏之隽睨她一眼，目光正巧落在她白皙脖颈上那条细细的链子上。他抬起手，轻轻在她脑袋上揉了一下：“以后别哭就好了。有事来找我，知道吗？”

顾思忆点头，抬起头，又重重地点头。

夏之隽笑了：“好，我看到你的决心了。”

接下来的考试平稳地进行着，直到第三天考试全部结束。如同往常，还要在学校照常上课三天，等试卷批好并发下来，排名表下发。虽然没有考完试就解放，但是暑假已经近在咫尺，大家还是很兴奋。

考完试第二天，布告栏的位置，被人贴上了很多照片。

都是夏之隽和顾思忆的合影，有顾思忆在朋友圈里发的，有偷拍她和夏之隽单独相处时的，天台上靠在一起的，操场角落里她给他喂吃的，穿着情侣装牵着手在校外走的……一张又一张的照片无不透露出这两人非比寻常的亲昵感。

与此同时，校园论坛上有个一夜爆红的热帖——学霸夏之隽与他的妞顾思忆，不得不说的二三事。

这个帖子里详细地描述了几件事——夏之隽跟陆铭争风吃醋大打出手；夏之隽为了顾思忆逼退蓝晓秋；夏之隽在考场上查出陷害顾思忆的人……然后加上一些捕风捉影的事，真真假假混在一起，添油加醋地写了一堆。这些学生对这两人的关系都抱着极大的好奇心，看热闹不嫌事大，帖子短短几个小时就被盖起高楼，回帖五花八门。

虽然那些照片第一时间被学校方面清理，但他们早恋的传闻闹得沸沸扬扬，校长和班主任都知道了。班主任分别给双方家长打了电话，通知他们来学校一趟。

宽敞的办公室内，里面有学校领导、班主任、顾思忆的父母和夏之隽的妈妈。顾思忆和夏之隽被通知前往办公室。

顾思忆从这件事爆发后就是蒙的，大脑仿佛炸了。她跟学霸从未有过任何越轨的亲密举止，两人就如同其他好朋友那般相处。可她又的确是跟夏之隽关系最好的女生，在添油加醋的大肆造谣下，一切都显得那么逼真。

顾思忆低着头，每一步都走得很艰难。

夏之隽走在她身边，说："别怕。"

顾思忆缓缓地点了一下头。

两人来到办公室。顾思忆看向爸爸妈妈，种种情绪涌上心头，眼眶红了。顾致远一声轻叹，走到她身旁，轻轻地抚了抚她的脑袋。

听到老师说这件事时，他并没有生气，不管真的假的，十六七岁情窦初开的年纪，两个孩子天天在一起，产生点情感太正常了。夏之隽这么聪明帅气有担当的男孩，女孩子眼不瞎都会喜欢，这不跟追星一个道理吗？而且她没耽误学习，还让成绩跟坐火箭一样上升。

老师率先问夏之隽："你跟顾思忆，是不是在早恋？"

夏之隽反问老师："请问老师，您对早恋的定义是什么？"

老师被他问得一愣，他还是第一次被学生这么问，但毕竟是身经百战的名师，当即道："你们现在是未成年人，处于成长阶段，对人生对未来的定位还不够清晰，不是谈恋爱的年纪，所以是早恋。你们现阶段应该以学习为主，谈恋爱会分散精力……"

老师的长篇大论似乎丝毫没有打动夏之隽，他淡淡地道："可是我的成绩并没有下降，顾思忆成绩的提高是有目共睹的事情。"

老师："……"

"我的父母跟顾思忆的父母认识，长辈拜托我照顾好她，我不觉得我做的事情有什么不妥，我只是想要保护她、帮助她、照顾她。还有，我很清楚自己未来的路怎么走。"

夏之隽的神情始终是冷静的、淡定的，没有丝毫慌乱不安。看向老师和长辈的双眼毫无闪躲，透着早慧的睿智和坚定。老师被他这种坦荡荡又冷清的成人式目光看着，反倒不知如何是好。

“但是夏同学，你要明白一件事，你是在学校上学，学校里不是只有你们两个人，还有其他同学。就算你足够理智，但其他同学不一样，你们这种来往过密的行为会对其他学生产生非常不好的示范效应。更何况，你一直是龙兴的明星学生，你的一举一动都备受关注。”

夏之隽妈妈开口了：“这样吧，现在也要放暑假了，假期内我们会处理这件事。”

顾致远跟着道：“是我们家长让孩子之间搞好关系，没想到会引起风波。这个暑假，我们会好好给他们做心理工作。”

夏之隽和顾思忆回到教室，其他人都好奇地看着他们。郑培培他们原本是按捺不住好奇心，想要问问情况，可是看到夏之隽阴沉的脸色，一句话都不敢说。

接下来两天，老师照样讲课，分发期末考试的试卷。放假前最后一次班会，班主任把排名表发下来。夏之隽依然是第一，顾思忆因为文科分数很低，落后到二十多名，但是理科成绩有提高。

班主任颁发奖状和荣誉证书，夏之隽和顾思忆因为被传早恋，影响不好，临时取消了表彰资格。班主任顾虑两位学生的心情，没有在班里提这件事。

学期末最大的一个八卦，不容它发酵，就随着假期冷处理了。

顾思忆的父母在C市住了两天，等到顾思忆放假这天，来学校接她回家。司机在前面开车，顾致远坐在前排，顾思忆跟妈妈坐在后排。

车内氛围一时静默。这对夫妻还没想好该怎么跟女儿沟通，顾思忆也不知道该交代什么，索性沉默。

回到家，吃过晚饭，顾致远说：“回房间休息吧！”

顾思忆看了爸妈一眼，说：“你们没什么想问的吗？”

顾致远被逗乐了，反问：“你这是做好了心理准备，准备挨批了？”

顾思忆微顿。这几天纷纷扰扰的思绪和无穷大的压力，在面对家人时，她选择了释放：“我们没有早恋。”

顾致远正要说话，顾思忆又道：“但是，我对夏之隽有好感。我就是单纯地觉得他真的很好，特别好！”

顾致远面对女儿大胆又直接的表达，并没有生气，反而很欣慰。他笑着问道："那你跟爸妈说说，他好在哪里？"

"反正就是很好。他让我在新学校里过得很愉快，他总是在保护我、关心我，有人欺负我他会第一时间站出来，他耐心地辅导我、提高我的学习成绩……"

"因为他，我变得越来越好。我学会了自律，学到了更好的思维方式和学习方法，我觉得每一天都很开心，每一天都在进步。虽然我们才认识一年，但他是我生命中很重要的人。"顾思忆说完这些话，自己也愣了愣。她从未如此剖析过自己的内心，原来在不知不觉中，她把夏之隽放在了极其重要的位置。

许佳慧轻叹一口气，说："如果你是在毕业后跟我说出这样一番话，妈妈会由衷地祝福你，无论是友情还是爱情，人生的各种可能性都交由你们探索。"

"可是你现在才高一。"顾致远接着说，"接下来还有两年，现在很好不代表未来一切都很好，现在刚萌芽不代表未来不会失控。你所感觉到的幸福快乐都是暂时的，没有永恒快乐的东西，当你们的关系到了痛苦期，你该怎么办？你还能静下心来好好学习吗？你能扛过去吗？"

顾思忆陷入了沉思，不知道该怎么回答他们的话。

顾致远说："而且现在这件事，在校园里造成了不好的影响，不是每个人都是学霸和你，其他男生女生走得太近发生不好的事情怎么办？学校在满城风雨的时候，还能允许你和夏之隽交往过密？"

许佳慧语重心长地说："思忆啊，这个世界不是围着你转的，你要适应外界的规则。"

顾思忆的喉咙就像被什么堵住了，一句话都说不出来。

"回房间好好休息吧！幸好现在放暑假，你们都有足够的时间整理自己。"

顾思忆起身，缓缓往楼上走。

顾家整体氛围还算融洽，因为这对经商的父母比较开明，从小捧在掌心长大的女儿，也不舍得骂。但夏家就不一样了，夏广宇得知事件后，让彭玲去学校，他自己没有出面。

夏之隽回到家，家里气氛压抑紧绷。原本还有满满当当行程的夏广宇，特地抽空回家，与儿子面对面谈话。

“我不管你跟顾思忆是什么关系，从现在开始，你们不要来往了。”他一开口，就抛下这句冷硬的话。

夏之隽双手抄兜，懒洋洋地倚靠在墙面上，看着沙发上的父亲，淡淡地道：“你说什么就是什么？”

“夏之隽，你从没有让爸妈失望过，希望这件事你有分寸。”

夏之隽扯了扯唇，表情轻慢，没开口。

夏广宇：“顾思忆是你人生规划之外的人。”

夏之隽冷冷地道：“我的人生，不该是自己说的算吗？”

夏广宇斥责：“胡闹！你小小年纪，懂什么！”

彭玲语重心长地说：“你知道张茵为什么转来跟你一个班吗？我们和张家长辈，都希望你们能从小好好培养感情，将来顺理成章地在一起……你这一闹，以后张家那边怎么看？”

夏之隽冷笑一声：“真是用心良苦啊，连婚姻都包办了。”

彭玲忽略他的冷嘲热讽，说：“阿隽，爸妈对你寄予了厚望，你是所有人都看好的未来新秀，国之栋梁。”

夏之隽轻吁一口气，长期以来的隐忍，到了彻底爆发的一刻，竟然也没有那么快意，没有想象中的愤怒，也没有想象中的痛快。

只是，终于要解脱了。

夏之隽站直了，面对父母，淡然道：“我不想指责你们什么，我也不指望你们什么。我只想告诉你们，我不是你们的传承，不是你们的寄托，我只是经由你们来到这个世界上。这是人类繁衍的规律，不是我属于你们。一生一次的路该怎么走，我自己决定。”

夏之隽的冷静和寡情，彻底激怒了夏广宇。他怒而起身，指着夏之隽说：“你还反了你！你走？怎么走？离了这个家，你什么都不是！”

夏之隽迈步往楼上走。

彭玲低声劝着夏广宇：“跟孩子那么较真干什么？他现在正是青春期叛逆期，不要硬碰硬……”

“太不像话了……他太不像话了……”夏广宇很久没有这么火大了。

“他现在上楼了，都冷静冷静吧！”

这边夏广宇的火气还没消下来，楼梯上又响起了脚步声。

夏之隽背着个双肩包下楼了，夏父夏母既惊且怒，不知道拿什么表情看着他。

夏之隽走在沙发边，把手里的一串钥匙往茶几上一扔：“就这样吧，我走了。”他的目光落在父母身上，努力压下心中的波澜，淡淡地道，“事业不要那么拼了，多留点时间给家人吧！”

“阿隽，你去哪儿？你……”

“让他走！”夏广宇拉住彭玲，“我看他能走到哪里去！”

夏之隽离开家，打了个电话给陆嘉烨。陆嘉烨立刻出来接他了。陆嘉烨这个土豪家的公子哥，还没成年，名下已经有了多套房。他把夏之隽带到一个空着的公寓，说：“将就住吧！”

夏之隽靠在沙发上，说：“谢了！”

他的钱为了给顾思忆买项链都花光了，现在确实没有充裕的资金维持长期租房。

陆嘉烨拉开冰箱，准备拿罐饮料，一看，空空如也。

他关上门，说：“等着，我马上叫人送吃的喝的来。”

等东西送来，两人坐在沙发上喝着饮料吃着夜宵，有一搭没一搭地聊天。

“我说，你真就跟家里闹翻了啊？那以后怎么办啊？”陆嘉烨真没想到，一直是三好学生的夏之隽，居然会离家出走。

夏之隽轻笑，眉眼带了几分不甘：“我不懂，为什么家长会理所当然地认为，孩子就该按着家长的想法走。就算这么想，好歹拿出时间和精力来培养吧？平常不管不顾，就凭着父母的身份，掌控子女的一生？呵……”

陆嘉烨陪着夏之隽，忧郁地叹了一口气：“忙，他们都忙，你说我一年能见我爸几次呢？”

“他们要的不是子女，要的是血脉延续，是人生继承者。”

“唉，你也别想多了……”陆嘉烨劝道，“你太优秀了，所以叔叔阿姨对你寄予厚望，可以理解的嘛。你看我这‘废柴’，我爸就没指望我什么，我以后不把家产败光他就谢天谢地了。”

陆嘉烨聊到很务实的话题："接下来打算怎么办？"

"转学吧！"夏之隽慢慢道。

陆嘉烨愣了下："凭你一己之力转学？"

夏之隽看陆嘉烨一眼，陆嘉烨突然就醒悟了。人家是学霸，全市第一的学霸，每个学校都抢着要的尖子生，他只要愿意，其他学校随他挑，说不定还能拿一大笔奖学金。

陆嘉烨问："那'小酒窝'怎么办？你一个人转学？还是带她一起转学？她的父母会同意吗？"

夏之隽："她父母不可能同意。"

陆嘉烨摊手道："那就是了，怎么办？"

"她为什么要转学？她继续在龙兴读挺好的，这里师资不错。"

"那你们就分开啦？"

"读不同的学校而已，这样能免去外界风雨。而且就两年时间，两年后我们会读同一所大学。"

"看来你都想得很清楚啊！"

夏之隽仰靠在沙发上，闭了闭眼，道："无可奈何。"

"我觉得你们已经很励志了，就是哥哥妹妹好好学习天天向上的榜样，没想到会变成这个局面……"陆嘉烨唏嘘着，突然就想起一句话，"木秀于林，风必摧之。你们一个学霸，一个校花，太招摇了。"

夏之隽轻嗤，又喝了一口饮料。

陆嘉烨不知道安慰他什么，只有端起杯子跟他碰杯："兄弟能做的，就是陪你吃吃喝喝。来，干杯！"

"差不多行了，我要休息了。明天得赶紧接项目。"夏之隽起身，往浴室走，边走边说，"等攒了钱，还得去 S 市看顾思忆。"

陆嘉烨："……"

真的服了，为什么学霸叛逆起来，都是这么冷静的？居然没有上演颓废的戏码，还能有条不紊地安排明天以后的事情。

陆嘉烨到底是惦记着兄弟，怕他突然搬出来不习惯，自己也从家里搬过来了。两人一个人在房间写代码，一个人在外面玩游戏，叫了外卖一起吃饭，日子过得倒也和谐。当然，这种事情陆嘉烨不会忘记跟郑培培八卦。

陆嘉烨："阿隽离家出走了！"

郑培培："真的假的？因为跟忆哥的事情吗？"

陆嘉烨："那必须啊，我真的服他！我看到夏叔叔都有点惧，他却敢这么正面对抗，潇洒走人了。"

郑培培："我的天，厉害了，厉害了！"

陆嘉烨趁着刚吃完饭，夏之隽回房间还没关上门，赶紧偷拍了一张，发给郑培培，说："你看，闹出这么大动静，不抱怨不哭泣，不熬夜不酗酒，就这么默默地努力干活。这真是神！"

郑培培："学霸就是学霸。"

转眼，郑培培就跟顾思忆发微信聊上了。

郑培培："学霸离家出走了，你知道吗？"

顾思忆："？？？"

正在认真刷题的她，看到这个消息，蒙了。

"他跟爸妈闹翻，就出来了，现在跟陆嘉烨住在一起。"

半晌，没有看到顾思忆回复，郑培培又发送："人呢？感动哭了？埋头哭去了？"

顾思忆完全蒙了。她不知道该怎么回复郑培培，直接给夏之隽打了电话过去。

"喂？"一如既往低柔的声音传来，"怎么了？"

顾思忆顿了一下，才说："我听说……你离家出走了？"

陆嘉烨这个大嘴巴！夏之隽真的想出去抽他两下，这么快就告诉她这件事。他本打算过段时间，挑个比较好的契机告诉她，可现在她已经知道了，他只有如实道："嗯。"

顾思忆突然间不知道该说什么，夏之隽没有催她，陪她沉默。听筒两边的人听着彼此的呼吸声，慢慢地沉淀思绪。

半晌，顾思忆开口道："对不起。"

"嗯？"他有些莫名，"为什么跟我说对不起？"

"如果不是因为我……"她的声音已经有些哽咽，"你跟叔叔、阿姨好好解释一下，事情不像学校传的那样……"

“不是的。”夏之隽低声道，“其实跟你关系不大，即使没有你，这一天也会到来。”

“怎么可能？你别安慰我了……”

“我说的是事实，迟早会有这一天。只要我不服从安排，反抗就会发生。”夏之隽顿了顿，又说，“他们给我规划的人生，不是我想要的。”

顾思忆不知道该说什么，突然间觉得很茫然。

夏之隽说：“不要胡思乱想。我下个月有时间就去看你。”

“嗯。”挂电话后，顾思忆打开微信，点出和夏之隽的对话框，她把微信零钱剩下的两千元钱转给他，接着又把绑定的那张卡剩下的三千元也转给他。这是她没花完的压岁钱和一个学期陆续存下来的零花钱。

顾名思义：“这是我的零花钱，你先拿去当生活费吧！”

X：“？”

顾名思义：“点接收啊！”

夏之隽哭笑不得，她还担心他饿着不成？

X：“零花钱留着自己用，我不缺钱。”

他确实不缺钱，现在在陆嘉烨这里有吃有住，男孩子又没什么日常开销。等他手头这个项目月底结算的时候，就有一笔钱了。

顾名思义：“我说你缺你就缺！”

顾名思义：“你不要我就哭给你看！”

顾名思义：“危难关头，你不要我的零花钱，我以后也不要你的礼物了！心碎。”

夏之隽才发现，顾思忆还有点撒娇耍赖的能耐，这一哭二闹用得炉火纯青。

他没办法，点了接收。

X：“收了。”

顾名思义：“嗯。”

X：“这下不用担心我了吧？”

顾名思义：“嗯！”

夏之隽离家一周后，他的父母先不淡定了。起初狠话撂得凶，现在是不知如何收场。彭玲试图联系夏之隽，结果他的电话打不通。派出去找他的人，一拨又一拨无功而返。他们商量一番，只能曲线救国，联系顾思忆的父母。

夫妻俩百忙之中抽出时间，特地来到S市找顾致远夫妇。顾致远做东，宴请他们。这件事发生后，说实话，顾致远心里挺过意不去，说到底都是为了照顾顾思忆，才惹出这场风波。借着这个机会，双方能坐下来谈，他率先致歉。

夏广宇说："致远，不瞒你说，阿隽的未来已经有了规划，双方家庭达成一致，等他们大学毕业就结婚。当然，现在是中学阶段，就不提感情的事了。阿隽和思忆相处久了，万一真的产生感情，对思忆也是一种伤害。不如趁现在快刀斩乱麻，各自好好学习吧！"

彭玲说："我们反对他们，绝不是因为不喜欢思忆，相反，我们很喜欢她。尤其是我，一直想要个女儿。未来她的一切，我们都会尽最大能力为她铺路。"

话说到这里，顾致远和许佳慧心里都跟明镜一样。自家女儿的出现，干扰了夏家对小公子的人生规划，他们不允许出现这种偏差的可能性。

顾致远点点头，说："我懂你们的难处，我也担心思忆过早产生不该有的情感，影响接下来两年的学习。"

许佳慧主动道："我们给思忆转学吧，在外地我们日夜牵挂着不放心，还是回家去读书吧！"

"有什么需要，随时联系我们……"

"思忆那边，还请你们做好她的思想工作。她不跟着阿隽胡闹，阿隽就老实了。"

"这孩子最近还闹离家出走，他以前从没有这么叛逆过……"

顾致远和许佳慧安慰道："青春期，男孩子更叛逆，会好的，过了这个阶段就好了。"

夏之隽想去看顾思忆的急迫心情，在放下电话后，慢慢压抑了下来。眼下全力完成这个项目更重要，没有经济来源，谈何独立和自由。他不是纸上谈兵的人，也不是冒进的人，无论做什么事，他都会考虑好，安排好。

本该一个月完成的任务，他计划半个月内完成。半个月内，每天除了跟陆嘉烨一起吃外卖，就是晚上睡前陪顾思忆聊几句。他没出过门，连陆嘉烨他们约他去打球都拒绝了。

终于，忙碌告一段落，他拿到了一笔可观的报酬，出发前往 S 市。

高铁上，窗外壮丽的山川湖海快速掠过，他戴上耳机，听着上次送顾思忆回家时那首一起听的《I am yours》，心情随之轻松起来。到底是十七岁的少年，再冷静再聪明再强大，也是个热血澎湃的少年。

夏之隽傍晚才到 S 市，他打车来到顾思忆家的别墅区外，给她打了个电话。

响了几声，顾思忆接起来，慢腾腾地开口："喂？"声音带着浓浓的鼻音。

"感冒了？"他一下就听出她声音的不对劲。

"嗯……"这几天她不知道该怎么面对他，不知道怎么开口，每天备受身心煎熬，不知道怎么的就感冒了。

他一声轻叹，无奈道："才半个月不见，你就不能好好照顾自己吗？"

"就一点小感冒，我没事啦！"她嗔道。

夏之隽说："我给你买了个东西，快递员就在别墅区外面进不去，你出来取一下。"

"啊？你给我买什么了呀？"顾思忆讶异地问。还要快递员送上门的，难道是鲜花和蛋糕一类的？

"你出来拿就知道了。"

"哦……"

"赶紧，别让人等太久。"

"来啦，来啦！"

顾思忆赶忙下楼、换鞋、离开家。别墅区很大，步行得走好一会儿，听了他的叮嘱，她一路快走。七月炎夏，她的身上很快冒出细汗。

她走出别墅区，左看右看，人在哪里？刚才应该跟他要一个快递员的联系电话的，她想着，拿出手机，准备再给他打个电话。

手机刚解锁，就有人从身后拍了一下她的肩膀。她一转身，看到了站在眼前的夏之隽。

他身上还有着少年独特的清冽气息，仿佛是从天而降一般，站在了她面前。

顾思忆缓缓睁大眼，不可思议地看着他：“你怎么……来了？”

夏之隽双手抄兜，懒洋洋地倚着树干，看着顾思忆笑：“不是说好了要来看你吗？”

顾思忆走到夏之隽跟前，两人相距咫尺，她看着他帅气不羁又透着几分温柔的眉眼，半晌说不出话来。

夏之隽道：“看你这样子，是不是还被之前的事情影响？”

顾思忆赶忙摇头，可是脑袋摆动着，眼泪突然就滚下来了。

“怎么哭了？”夏之隽当即站直，抬手给她拭去泪水。

顾思忆深吸一口气，抽噎道：“对不起，我要转学了……谢谢你这一年对我的照顾……谢谢你来看我……但是我，要转学了……我爸妈也没办法……”

顾思忆已经做了几天的心理建设，她以为说出这件事时能够很冷静，可是到说的这一刻，心里难受得一塌糊涂。无论是他，还是那群朋友，她都舍不得。她的眼泪伴着心痛涌出，完全没有办法控制。

夏之隽沉默了。他明白她爸妈为什么没办法，他到底还是高估了自己，纵然他能对抗家庭，那些成年人之间的利益权衡，能对此不管不顾吗？

良久，他深吸一口气，说：“你不用转学，你就在龙兴好好读书，把接下来两年读完。不停地适应新环境，对你的学习有影响。”

顾思忆动了动唇，不知道说什么。

他拍拍她的手说：“记住我的话，要等我。”

顾思忆看着他的眼，心里似有无数话语千回百转，却吐不出一个能表达自己心情的字。

夏之隽跟父母的对抗，因为顾思忆的问题，妥协了。他跟接他的人回家，面对父母。

离开家的半个月，因为夜以继日地写代码，他整个人看起来更加清瘦了。彭玲看了心疼不已，夏广宇嘴上没说，目光落在他身上时，眉头也是紧紧蹙着。

夏之隽坐在沙发上，淡淡地道：“不用让顾思忆转学，我跳级读高三，我们不会有交集。而且一年后我就上大学了。”

“跳级？你想清楚了吗？学业能跟上吗？”夏广宇问。

“没问题。”夏之隽的，声音透着疲惫。

他现在只想快一点，快一点长大。

夏之隽都这么说了，他们也就不是很担心了，毕竟他的学业一直很优秀。

“那就这样吧，我先回房间休息了。”夏之隽起身，上楼回房间。

夫妻俩目送他上楼，看他的身影没入拐角处，总算是松了一口气。

回来了，回来了就好，其他的都可以慢慢来。

夏之隽回家后没多久，周骁联系他了。那件贴照片的事情爆发后，夏之隽疲于应付，把调查的事情交给了周骁和苏韩。这两人经过了大半个月的周折，联系多个目击者，循着蛛丝马迹不停地追查，总算查出了始作俑者——陆铭。

那些照片是徐娜的人拍的，可她拿到手上不敢动，跟陆铭玩上后就当作人情给他了。陆铭拿到这些照片后，安排人发帖，添油加醋地造谣，最终引发了这满城风雨。

周骁说：“明晚那孙子跟人有约，时间地点我们都有了，要不要教训一顿？”

“你说呢？”夏之隽冷笑一声。

次日晚上，夏之隽出门跟苏韩、周骁和陆嘉烨三人会合，没找其他人，就他们四个。陆铭身边玩的人，已经有人被苏韩买通，专门给他们通风报信。

这四人把陆铭堵在了男厕所。

其他人闻风而逃，陆铭却笑道：“哈哈……看到你这么不爽，我就开心了……”

夏之隽挥手格开准备劝阻他的哥们儿，走上前。

陆铭的眼里现出惧意，夏之隽走到他跟前，蹲下，居高临下地看着他，说：“我迟早会收拾你。不过，在此之前，我会让你看到我跟顾思忆的未来。”

第二章

接下来的暑假，夏之隽没有再给顾思忆打电话，两人不再联系。顾思忆每天忍着联系他的冲动，她特别想特别想听他说句话，不奢求更多，只要每晚睡前说句晚安就好。

可是她知道，她不能。

好不容易达成共识，一旦破坏，又是功亏一篑。难过的时候，只有不停地跟郑培培聊天。郑培培得知他们的事，不胜唏嘘，但是她也知道，他们无可奈何。大家都还是中学生，活在父母的羽翼下，只能妥协。

漫长又煎熬的暑假结束，终于到了新学期开学。郑培培实现了高一时的承诺，她们四个人仍旧在一个寝室，没有随着班级调换。在寝室碰头，收拾好东西，几个人一起去看贴出来的分班表。

顾思忆读的是理科，跟周骁和张茵一个班，高二（1）班。郑培培念文科，跟苏韩还有陆嘉烨一个班，高二（13）班。向梨和张欣奕一个班，高二（15）班。

郑培培在（1）班没看到学霸，又接着把每个班都看完，有点蒙了："我怎么没看到学霸啊？"

顾思忆也蒙了，为什么没看到他？难道他不让她转学，自己转学了？

顾思忆对郑培培说："你问问陆嘉烨，学霸怎么不在。"

郑培培点点头，立刻拿出手机，给陆嘉烨发微信。

郑培培："怎么没在分班里看到学霸啊？"

陆嘉烨："看不到才正常。"

郑培培："怎么回事啊？他转学了？"

陆嘉烨："对于学霸，不能以常人的逻辑来推断。"

郑培培："别卖关子了！他到底是怎么回事？"

陆嘉烨：“学霸跳级上高三啦，以后是我们的学长咯！”

郑培培：“我去……”

陆嘉烨：“牛吧？”

郑培培：“牛到哭！”

这边郑培培和顾思忆已经走到了食堂，两人打了饭，找了个无人的角落，边吃边聊。郑培培把刚才得到的情报告诉了顾思忆。

顾思忆愣了几秒，道：“这么厉害的吗……”

郑培培：“是啊！就是这么厉害的呀！这就是学霸啊！”

幸好不是转学了，得知是跳级，顾思忆心里反而有一丝庆幸。虽然不在一个班里，也不在一个年级，但总归还在同一所学校。

顾思忆的新班级里，有一半是原班级选理科的同学，再有一部分是外班并进来的，环境整体来说还比较熟悉。

开学第一天，班主任点名，同学逐一起身喊到，也算是让大家认识一下。点到“陆铭”这个名字时，班主任顿了一下，像是这才想起什么，解释道：“陆铭同学已经转学了。”说罢，继续点名。

周骁听到这句话，轻哼一声。

上了高二，课业加重，数理化难度也是显著上升。顾思忆的新同桌是一个埋头学习的女生，两人关系平淡，井水不犯河水。

张茵很巧地被安排在顾思忆的前排，时而转过身跟她讨论问题，两人交情还不错。

开学一周，周五晚上，郑培培回寝室，兴致勃勃地跟顾思忆说：“明天下午高三的开高考动员大会。”

“哦……”顾思忆一边学习一边淡淡地应声。

“据说跳级的学霸，会作为优秀学生代表上台讲话。”

顾思忆心里一个咯噔，笔尖顿了一下。

“高一、高二的都没课，很多人兴致勃勃地说去围观校草呢，我们要不要也去看看？”

“不好吧？”顾思忆迟疑道。

两人的事情才平息下来，在那么多人的场合，她特地去看他，会不会太招摇了，又惹来麻烦？

“有什么不好的？本来就是朋友！”郑培培说。但是她怕勾起顾思忆的伤心事，很快又说，“没关系啦，看你自己，你不想去我们就去逛街吧！”

顾思忆看似一声不吭，实则心里翻江倒海，手下的题目更是彻底做不出来了。

第二天，几人在寝室里睡了个懒觉，吃过午饭后，郑培培问顾思忆要不要逛街，顾思忆问：“那个动员大会……几点开始？”

“下午两点到四点，按照流程学霸应该是两点半左右上台讲话。”郑培培很贴心地说。

“那我们先去看了，再去逛街怎么样？我正好也要买几本书。”

“行。”郑培培点头。她就知道，顾思忆是忍不住的。

到了两点的时候，两人一起前往开动员大会的大礼堂。不出所料，很多低年级的学弟、学妹前来瞻仰。学校方面没有阻止，提前在这浓浓的备战氛围里熏陶熏陶也是好事。

低年级的学生没有位子，就在后面或者两边走道自己找地方站着。顾思忆跟郑培培站在最后面。

礼堂里人头攒动，四处都是人，舞台上灯光充足，下方光线昏暗。

当主持人宣布优秀学生代表夏之隽上台讲话时，顾思忆的一颗心一下子提到了嗓子眼，原本牵着郑培培的手，猛地抓紧。

夏之隽在热烈的掌声中走上台。一身蓝白色校服，高挑的身形和那俊美无比的脸，一站在台上就引起了下方一阵骚动。

顾思忆跟夏之隽，一个在礼堂舞台上，一个在礼堂最末端，隔了很远一段距离，远到台上悬挂的大幅标语她都看不清，可她竟看得清那个少年。

上一次见，还是暑假那天，他突然出现在她家小区外，带着满身风尘，双眼深黑明亮。

郑培培说：“这边太远了，我们往前面去点……”她拉着顾思忆的手，把她往前面带，想看得更清楚点。

舞台中央，夏之隽还在演讲，中英文双语演讲，全程脱稿，表情波澜不惊。既没有紧张，也没有卖弄，也没有慷慨激昂地给大家打鸡血。他淡泊宁静得不像个高三学子，但是这种感觉让大家很受用。而他的颜值和气质，更是让女生们极度舒适。

郑培培拉着顾思忆来到距离舞台不远的过道一旁，站在原地看夏之隽演说。这里离得很近了，她不用凭意念，可以很直观地看到那张脸。他站在落地话筒前，高高瘦瘦的，清俊又挺拔。

顾思忆看着那张脸，连眨一下眼睛都不舍得。

像是有所感应般，台上讲话的人，目光在台下游移，扫过了这里。

顾思忆的心口紧缩了一下，随即又失笑，台下光线很暗，那么多人头那么多双眼睛，他肯定是看不到她的。

夏之隽结束讲话，台下响起雷鸣般的掌声。

新入学的高一学妹们兴奋地窃窃私语："以前就听说，龙兴校草夏之隽超帅，果然名不虚传……"

"太可惜了，他都高三了，一年后就要读大学了，我们只有一年眼福了。"

"下一届的学妹们是完全没机会一睹校草风采，我们还能看看，知足吧！"

顾思忆的目光牢牢地追随着从台上走下来的人。

他顺着这条过道走过来了，顾思忆的呼吸微窒。两人的距离越来越近，她呆立原地，不知道如何是好。

灯光昏暗，顾思忆往后退了退，靠到墙上。站在边上的人，都自发地避了避，为下台的夏之隽让路。

"嗨！"郑培培跟夏之隽打了一声招呼，夏之隽看过来，点了点头，算是回应。

站在郑培培旁边的顾思忆没开口，眼睫毛颤了颤，怔怔地看着越来越近的他。错身而过时，她的手突然被抓住了。

顾思忆顿时心脏狂跳，手指尖都在发抖。

但就一秒钟便松开了，快到像是不小心碰到。

他继续前行，绕了半场，回到自己的位子上。

顾思忆半晌不敢呼吸，像是怕手上残留的触感消散，良久，才深吸一口气。突如其来的瞬间，让她的眼眶酸胀得快要掉眼泪。

夏之隽演讲结束，顾思忆和郑培培离开礼堂，去书店买书。

顾思忆买了一堆资料书，郑培培瞠目结舌："你们理科生有这么辛苦吗？"

顾思忆付账后，提着一大袋子书，志气满满地说："现在没有学霸给我辅导，我要加倍努力才行。"

"对哦，给你开小灶的家教，没有了……"郑培培轻叹，"早知道这样，还不如过来跟我们一起学文科呢！"

"没关系。"顾思忆说，"选择了就不后悔。"

郑培培点点头："我只能在精神上给你加油了！"

顾思忆说到做到。高一的时候还需要夏之隽盯着，才能更加专注学习，现在不需要任何人鞭策，她内心就有一股力量一直在驱赶着她奋发向上，争分夺秒地学习，不敢有丝毫懈怠。

时间一天天过去，距离期中考不到一个月了。

这天下午上课前，周骁来到她旁边，递给她一个册子，说："练习题，好好做。"

顾思忆接过来，这是A4纸装订出来的习题册，里面的题目都是手写的，字体是她再熟悉不过的……文字苍劲有力，数字飘逸潇洒，公式整整齐齐。册子分为数理化三部分，每一部分最后是这些题目的解题思路。

他上了高三，还在抽时间为她编写高二的习题册……

顾思忆翻看着这本习题册，心绪汹涌如翻江倒海，久久无法平息。

拿到学霸的秘籍后，顾思忆苦练习题册上的题型，感觉比那些七七八八的辅导书好用多了。他似乎都能预料到，她会在哪些地方感到吃力，在哪些地方容易出错。

顾思忆做着这本练习册时，仿佛又回到了被他辅导的日子，刷题的时候心里都是甜的。

期中考试如期来临，顾思忆全力以赴。

考试结果出来，她在班级排三十多名，年级三百多名。理科班竞争更为激烈，加上她前期效率不高，相比高一来说并没有提升，反而有所下降。

她用力过猛，很希望考好，结果事与愿违，心态有点崩。她脑子里乱糟糟的，不知道该怎么正视自己。

考后一周，各个年级前一百名的光荣榜张贴出来。最轰动的事件莫过于，由高一跳级到高三的夏之隽，仍然以绝对领先的分数稳坐年级第一。

一群人聚在光荣榜前，瞻仰膜拜学霸风采。

“我的天，这夏之隽怎么可以这么厉害？”

“不然呢，你以为学霸是瞎叫的？”

“他才跳级啊，居然就拿了第一，吊打一众学长！”

“我真的是服了，他的智商是不是没有上限啊？”

“好想跪下给他唱《征服》……”

顾思忆戴着口罩，站在光荣榜前，看着高三的第一名——夏之隽。她的目光落在这个名字上，久久徘徊不去。身旁的人都在七嘴八舌地讨论他，无不流露出对他的钦佩和叹服。

顾思忆值日这天，负责最后一个锁门。

教室里的人都走光了，她独自待在敞亮的教室里，突然不想走了。她回到位子上，拿出试卷，继续修订错题。

“真笨……这都能错……”

“又是粗心大意……”

她一边看一边检讨自己。

可是看到一道错题时，不知道怎么的，就是做不出来。

她心里很急躁，不知道为什么急躁，拼命想解出来，可就是不行……

正当她急得跟热锅上的蚂蚁时，一只手掌覆在了她脑袋上，她怔怔地抬起头。日思夜想的那个人，站在夕阳的余晖中，站在她面前，她眼睛都不敢眨，愣愣地看着他。

“不会做吗？”夏之隽抽走她手下的那张试卷，坐在了她旁边的位子上，仍旧是那懒散又透着一股温柔的感觉。他从她手里拿过笔，在那道题上画出了几个关键条件……

顾思忆看着近在咫尺的他，看着他额头的碎发，他高挺的鼻尖，他薄润的双唇，他身上的味道都是她熟悉的那种好闻的气味。

“发什么呆？看这里。”他轻揉她的脑袋，笔尖点了点写出的公式。

可是顾思忆不想看题目，她只想看着他，一分一秒都不想移开目光。

他索性放下笔，缓缓向她靠近——

“……”顾思忆猛地坐起身。

空荡荡的教室，什么都没有，天已经黑了，月光和星光映入没有开灯的教室里。她缓缓转头，看向摊在桌子上的试卷，卷面是有些凌乱的线头，一看就是犯困时戳的……

昨晚熬夜太晚的她，在做题时，做着做着就睡着了……

一场梦，他的出现只是一场梦。

可是那场梦那么逼真，那么温暖，让她那么惊喜又快乐。

突然醒来的她陷入一种巨大的空虚中，心里被什么拉扯般地疼。

为什么只是一场梦……

梦醒时分，她突然软弱得一塌糊涂，埋在桌子上闷声哭。

她忍了太久，总算是因为这种无处不在的思念，难过得哭了出来。

半晌，她收拾好自己，离开教室，回到寝室。寝室里没人，她坐在桌子前，拿起手机，不受控制地拨通了那个人的手机号码。

很快，电话被接通，传来低低的一声：“喂？”

“我……我有道题不会……”

“嗯。”他轻轻应了一声。

“你可以教我吗？”她小心翼翼地问。

“等一下。”夏之隽坐到桌前，拿起纸笔，再次说，“你把题目念给我听。”

可是顾思忆觉得自己已经没办法好好说话了，快速道：“我拍给你看。”

顾思忆挂了电话，把题目拍了下来，通过短信发给他。暑假那次见面之后，她怕自己忍不住找他，把他的 QQ 和微信都拉入了黑名单。

很快，夏之隽给她打来电话，一步一步地讲给她听。她默默地听，时不时地轻应。

她有点怕，怕自己还是在做梦，轻轻掐了一下手臂，疼！

她倒吸一口冷气时，被那边的夏之隽听到，问："怎么了？"

"没怎么，不小心撞了一下……"她随口道。

他低叹一声，继续给她讲题。

题目讲完，顾思忆还是不想挂电话，夏之隽也没挂，等着她先挂。

顾思忆说："我这次期中考……考得很差劲……我好笨……"

夏之隽温声道："没关系。"

顾思忆又说："没你在，我连学习都学不好……"

夏之隽再次温声说："没关系的。"

顾思忆说："我看到了，你考了年级第一……恭喜你……"

夏之隽沉默了几秒说："我真想把分数和天赋都给你，只要你不难过就好了。"

"我刚才，做了个梦……梦到……"

"嗯？"

"梦到自己考了零分……"顾思忆声音哽咽，"如果我的成绩越来越差怎么办……"

"我说了，没关系，你就算考零分也没关系。"

"可是我不想离你那么远……"她抽噎着说，"我不想差你那么多……我连跟你做朋友都不配……"

那边安静了许久，夏之隽突然说："你再哭，我陪你一起考零分。"

顾思忆一愣，呆住了。

夏之隽又说："下楼来，我拿个东西给你。"

"什么？"顾思忆疑惑地问。

"下来就知道了。"

夏之隽站在树荫下等待，顾思忆一出寝室楼就看到了他，立刻快步上前。他将手里提着的一袋东西递给她："里面都是废纸，不开心就撕着玩。"

顾思忆怔怔地接过。

夏之隽抬手，想要揉揉她的脑袋，手在半空又放下了，说："走了。"

顾思忆回到寝室，看到夏之隽拿给她的是一摞摞的证书和奖状。

一声提示音，夏之隽发来了一条信息：“我不需要你成绩好，能不能考上好大学都无所谓了，只要你等着我就行。”

顾思忆还在消化时，他又发来一条：“如果你因为考不好哭鼻子，期末我陪你一起考零分。我不开玩笑。”

顾思忆赶忙回复：“你不要乱来！”

“哭不哭？”

“不哭！我发誓不哭了！”

顾思忆被夏之隽管得服服帖帖，莫名的，那种难过的心情也退去了。仿佛只要他还在，还会哄她在乎她，就没有什么值得难过的事情了。

第二天，顾思忆将夏之隽年级第一的光荣榜拍下来。

她并没有自暴自弃，而是调整心态，继续努力。

当她倦怠时、犯困时，就拿出手机看一看，看看这个出众的少年，能让她涌出无穷无尽的能量，持续努力。身为学渣的她，第一次，发自内心地爱上了学习。因为每当学习的时候，她就感觉自己离他更近了。

不知道是有意还是无意，自那次后，两人碰面的机会多了。有时候在食堂会遇到，有时候在图书馆会遇到，有时候在自习室会遇到，虽然只是眼神交汇，但顾思忆已经极其开心。

期末考试来临时，她的情绪不像期中考那么紧绷。

考前，她特地给夏之隽发短信：“我准备得很充分！你也要好好考，第一才是学霸！”

夏之隽回复：“好。”

期末分数出来，顾思忆的成绩在班里前进到二十名，年级前进到一百五十名。

夏之隽仍然维持着学霸的传说，在全市统一考卷的期末考试里，拿到了全市最高分。但是学校对夏之隽的期盼已经不止如此，寒假他进入国家队集训，角逐国际大赛。

放假那天，顾致远夫妇来学校接顾思忆时，看到了张贴出的光荣榜，当然，也看到了高三第一名夏之隽。

顾致远道：“这孩子太出色了。”

许佳慧点头："是啊，聪慧过人。"

顾思忆放寒假回家，主动跟爸妈提出，想请个家教辅导。爸妈其实不想女儿这么辛苦，但看她这么积极上进，还是很配合，花了大价钱请人来家里给她补习，直到过年几天补习才中止。

而夏之隽这个寒假一直在国外集训。

寒假过后，新学期开始。

这学期夏之隽辗转各地，参加各种大型比赛，很少在学校。顾思忆本以为，忙于比赛的他没空关注她的课业，但他还是给她准备了习题册，一整个学期的内容都弄好了。

当周骁把这本厚厚的册子拿给她时，她有种说不出的感动。她是打心底切切实实地感受到夏之隽对她的好，好到她都不知道该怎么回报。

当然，眼下她最好的回应就是努力学习。还有一年半，她一定要拼尽全力，考上名校。

由于夏之隽不在学校，原本看顾思忆不顺眼但有所忌惮不敢对她怎么样的人，有胆量下手了。比如，一直憋着一股恶气的徐娜。

徐娜趁着放假顾思忆独自出学校买东西的时候，带了四五个人把她堵在了小路边。

顾思忆手里拿着手机，还在跟郑培培通话，她看向徐娜说："有何贵干？"

"现在没人罩你了吧，还敢嚣张？"徐娜哼笑。

顾思忆冷眼看她："你这是要找事？"

徐娜又说："你知不知道，你跟夏之隽的那些照片，都是我叫人拍的……你用干哥哥干妹妹做障眼法，自己私下里暗度陈仓，我差点被你骗了……"

顾思忆冷道："嘴巴放干净点！"

"现在还敢跟我横？"徐娜猛地推了她一下，"你以为还有人护着你吗？"

顾思忆把手里的东西放在地面上，站起身，看着徐娜说："你不是自诩老大吗？老大都是有实力的，你敢不敢单挑？"

徐娜被她这一激，热血上涌：“你还真当自己很有能耐是吧！来啊，单挑啊！”

手机这边，郑培培听到那边的声音，惊得从位子上弹起来：“有人在找忆哥麻烦！”

她和张欣奕、向梨三人正一起在图书馆里自习，听闻这个消息，另外两人的脸色也变了。

郑培培顾不上正在看的小说了，急忙往外走：“刚才她还说她快到学校了，应该就在校外。我得赶紧给周骁打个电话。”

张欣奕和向梨快速跟上郑培培的脚步。

三人一起往校外跑时，郑培培说：“你们还是别去了，你们这种小身板，去了也不管用，镇不住场子。”

向梨是个眼镜妹，张欣奕个子矮小看着就柔弱。

“我可以的！”向梨为了证明自己行，袖子都撸起来了，“我小时候还打过架。”

张欣奕说：“我也可以！别看我矮，浓缩就是精华！”

“……”要不是太担心顾思忆的安危，郑培培都得被逗笑。

终于，这几人在校外那个老旧的院子里，找到了顾思忆。

徐娜想以多欺少，只听她大喝一声：“都愣着干什么，一起上啊！”

郑培培一声呵斥：“当我们忆哥没人是吧？！”

虽然对面有五个人，她们只有四个人，但是气势上丝毫不落下风。郑培培她们是一腔热血，誓要保护好朋友。这些跟着徐娜混着玩玩的人不一样，她们不想付出代价。谁的信念强，豁得出去，谁的战斗力就更强。

等周骁、苏韩和陆嘉烨一起赶到时，看到了一个出乎意料的画面。那几个帮手被郑培培她们吓到了，不愿上前惹事，纷纷打起退堂鼓，都劝徐娜算了。

苏韩：“万万没想到。”

陆嘉烨：“……”

周骁：“那女的欠揍，收拾收拾也好。”

之前得知照片是她拍的，他们就想教训她，可他们是男生，面对女孩子到底有点迟疑，不知道怎么动手。这下好了，她自己送上门，让顾思忆狠狠羞辱一番。

徐娜丢了面子，看到来帮顾思忆的人越来越多，只好怯怯地道："今天就放过你……"

"你不是很厉害吗？"顾思忆冷冷地道，"逮谁跟夏之隽有关系就想教训？"

"不是……我没有……"

"你这种人喜欢夏之隽，是对他的侮辱！"顾思忆语气冰冷道，"他这辈子都不可能跟你有一毛钱的关系，你死了这条心吧！"

周骁走上前，拉过顾思忆，对地上的徐娜说："不要以为阿隽不在，你们就可以欺负顾思忆。我今天把话撂这儿，以后谁敢碰她，就好好等着我们来算账。"

陆嘉烨也走上前，恶声恶气道："忆姐是我们的人，眼睛擦亮点！"

几人回学校后，郑培培激动道："她居然还想以多欺少教训你，异想天开！就算学霸不在，你还有我们啊！"

陆嘉烨赶忙接口："还有我，还有我！'小酒窝'啊，以后这种事情招呼我们男同学上就行了。"

顾思忆不由得笑了。她爸爸说得对，有这些朋友，是她人生最宝贵的一笔财富。

夏之隽在外比赛时，一个接一个夺奖的好消息传回来，学校里不停地给他拉横幅宣传。当国际奥林匹克物理竞赛落下帷幕时，夏之隽不负众望，在全世界选手中脱颖而出，获得理论第一、实验第一、总分第一，成为最受瞩目的金牌选手。

学校把他得奖的照片配上新闻张贴在光荣榜上，校园大门外挂出醒目的宣传条幅。

全校师生都知道的学霸夏之隽，又一次让众人顶礼膜拜。

顾思忆行走在校园里，抬头就能看到夏之隽的名字，时不时就能听到旁边的人在讨论他。他虽然很少出现在学校里，却是校园里十足的明星人物。她深受感染，不需要他亲自鞭策，已是学习动力十足。

天气渐热，五月下旬一到，夏之隽的生日也就快到了。夏之隽还没回国，顾思忆不想干扰他的计划，也没问他。她用日常省下来的零花钱给他买了一双名牌球鞋，打算生日的时候送给他。希望她送的鞋，能伴着他走遍世界各地。

顾思忆这年的生日不在休息日，也就没让爸妈过来看她。她跟几个好朋友约好了，放学后出去聚一聚。

一放学，郑培培就兴冲冲地过来找顾思忆。张茵在前排做试卷，还没走。顾思忆离去时，问了她一句："我今天生日，请大家吃饭，你要不要一起来呀？"

张茵一愣："我不知道，没准备礼物……"

"没关系呀，就是一起玩玩。"顾思忆热情地邀请道。

郑培培她们分到文科班后，顾思忆在班里也没什么要好的朋友，两人这学期坐在前后桌，关系密切了不少。在顾思忆的盛情邀请下，张茵跟她们一起走了。

顾思忆在餐厅订了一个包间，顾致远特地给她报销了一笔丰厚的费用，让她跟同学们好好玩。席间大家说说笑笑时，郑培培突然说了一句："说好了他们生日是团聚日的，这才第二年呢，学霸就不在了……"

陆嘉烨道："我去，什么不在啊？这话听着真晦气！"

顾思忆一品，还真是，哭笑不得道："他忙嘛，特殊情况，可以理解。"

精致的菜肴陆陆续续被端上，包间门又一次推开，服务员说："你们订的蛋糕到了。"

顾思忆："我没订蛋糕啊！"

陆嘉烨笑道："我们给你订的，超级豪华美味大蛋糕！"

说着，打了个响指："推进来吧！"

一个巨大的超高层蛋糕被推进来，室内众人发出欢呼声，纷纷鼓掌。

顾思忆忍不住笑了起来。蛋糕好看，推蛋糕的人更好看！

郑培培笑道："为学霸点赞！差点以为你不回来呢！明明是两个人的生日，小酒窝一个人过多孤单啊！"

陆嘉烨随即道："就你瞎操心吧，小酒窝的生日你还担心阿隽不回来？

就算是在北极都得赶回来！”

夏之隽没有告诉顾思忆他要回来的消息，但那几个哥们儿都知道。大家都没说，就是为了这时候给她一个生日惊喜。

夏之隽穿着一身剪裁合体的黑色西装，才从某个领奖台下来，直接坐飞机赶过来了。十八岁的他，个子更高挑了，脸上的线条利落分明，少了几分少年的秀气，多了几分青年的英气和俊美。尤其是他这一身正装打扮，跟在场那几个还穿着休闲装的男生比起来，越发显得优雅成熟，气质翩翩，透出成年人的性感。

不止是顾思忆，几个女生都被他帅得脸红心跳。

夏之隽拿出一个礼盒，递给顾思忆："生日快乐！”

“哇，快让我们看看，学霸送的是什么！”郑培培好奇地叫道。

向梨和张欣奕跟着起哄：“想看，想看，让我们过过眼瘾！”

陆嘉烨不屑道：“你们女人就是八卦……不像我们男人，干脆利落！小酒窝，来，我来帮你拆！”

“我谢谢你了，我自己来。”顾思忆笑得两个小酒窝盛满甜意。

她在众人的期待中，拆开了礼盒，入目就是一片金灿灿的，迷人眼。

“哇——”众人齐声惊叹。

礼盒里是一块块纯金奖牌。

顾思忆拎起一个，上面的一串英文字母标识着金牌的荣誉。

郑培培惊叹：“我的天，学霸的浪漫，我等凡人是无法效仿的！”

向梨和张欣奕都是星星眼的欣赏和羡慕。

陆嘉烨啧啧道：“我这辈子都没摸过金牌，给我摸摸看，跟我家那金链子有啥差别不？”

顾思忆笑道：“独家珍藏品，仅供欣赏，谢绝肢体接触。”

她内心喜悦又澎湃，没想到他会突然出现，更没想到他将这一年来四处竞赛拿到的奖牌全部送给了她。她激动得眼角有点湿润，怕丢脸，极力控制住激荡的心情。

盒子下面是一条大牌方巾，夏之隽拿出来，系在顾思忆的包上，作为佩饰。红色小挎包在条纹绸缎的点缀下，更显生动俏皮。

郑培培又一次惊叫：“哇，漂亮！学霸这审美，一点都不直男！”

“不直男？什么意思？”陆嘉烨问。

郑培培呵呵哒：“你就是典型的直男审美。”

陆嘉烨莫名。

苏韩笑着给他解释：“据说，直男审美是灾难。”

张茵坐在桌子另一旁，看着眼前的画面，心中有种说不出的滋味。

这顿庆生饭，因为夏之隽的到来，更加热闹，也更加完整。散场后，夏之隽叫车把其他人送回学校，然后带着顾思忆去了江滩，在江边的人行道上漫步。

顾思忆扬起脸看着夏之隽，比了比手势，说：“你好像又长高了。”

以前比她高出一截，现在比她高了更大一截。

夏之隽说：“好像是吧，前不久测身高是一米八六。”

顾思忆说：“我怎么就没长呢？还是一米七左右。”

她踏上一旁的水泥矮墙，登时比夏之隽高出一截，笑眯眯道：“终于体会到比你高的感觉了。”

夏之隽看着她笑，沿着这条路继续往前走。

走到尽头时，夏之隽伸出手，顾思忆眼里流露出羞涩，搭上他的肩膀，跳了下来。

落地后，他偏过脑袋，用只有两人能听到的声音，低低问道：“想我吗？”

顾思忆心里一酸，点头。

夏之隽戏谑般道：“还要跟我断交吗？”

“我才没有那么想！”顾思忆闷哼。

回去的路上，顾思忆突然想起一件事，问他：“听说你被保送名校了，还有很多国外的名校对你伸出橄榄枝？”

“嗯。”夏之隽点头。

“那你还参加高考吗？”

这天是5月23日，半个月后就要高考了。

“参加。”夏之隽点头。

校方希望他参加，因为他参加，龙兴理科状元的宝座基本是妥了。

他不参加的话，很有可能被其他学校的尖子生拔得头筹。高考状元出在哪所学校，对学校的声誉影响很大。而他参加高考，也有个附加要求，顾思忆升入高三时，转入重点培优班。他知道数学是她的弱项，教数学的李明启老师跟他关系不错，答应了好好照顾她。

夏之隽的用意，顾思忆这时候还不知道，她在担心另外一个问题。她酝酿了半晌，问："你不会出国读书吧？"

夏之隽揉上她的脑袋，给她吃了一颗定心丸："不会。"

顾思忆松了一口气，如果他大学出国就读，尤其是那种世界级的名校，那她是真的进不去了。

"那你准备上什么学校？"顾思忆又问。

"到时候看。"他没有给出确切答案。

六月炎夏，一年一度的全国高考如期而至。

高一、高二的学生放假，高三学生正式经历人生第一次大关卡的考验。

大家都对夏之隽很放心，因为他每一次的表现都完美得无懈可击，从没让人失望过。校方、家属和朋友们，都在期待他再一次为人生履历添上精彩的一笔。

顾思忆倒不在乎他考得怎么样，也不期待这个结果。她更关心的是，他因为高三频繁辗转于竞赛，面对高考会不会不适应？会不会因为外界期待有压力？

大家都窝在家里享受假期的日子，顾思忆嘴上说回家，拒绝了郑培培他们一起出去玩的邀请，实际上是自己在酒店开了房间，留下来陪夏之隽。

高考开始后没多久，她跟那些家长一样，来到考场外等待。夏之隽的考点被分到一中，她就在一中外守着。她戴着鸭舌帽和墨镜，高挑的个子，窈窕的身段，频频引得过往的人侧目。那些家长聚在一起聊天，她站在树荫下玩游戏打发时间。

考试结束，校门打开，人流往外扩散。顾思忆选了一个高点俯视人群，怕自己闪神，连墨镜都取下来了。

还好，夏之隽足够出挑，足够帅气，即使千军万马，他往那儿一站，就是天然的发光体，跟其他人区别开来。

顾思忆戴上墨镜，悄悄地来到夏之隽身后，出其不意地拍了一下他的肩膀。

本想吓他一跳，哪知道他稳如泰山，淡定地转过头。迎上她俏丽的鼻尖和小巧的下巴，他的眼里闪过惊喜，很快问道："你怎么在这儿，没回家吗？"

顾思忆笑道："我跟爸妈说了，我要陪你高考。他们还给我出了酒店房费呢！"

即使墨镜挡住了那双漂亮的眼睛，她灿烂的笑靥依旧如同夏日里清甜可口又沁人心扉的气泡饮料。夏之隽忍不住弯了弯唇，眼里漾着难言的温柔和满足。

"我已经在这附近勘察了好吃又卫生的餐厅和午间休息的酒店。"顾思忆有些得意地道。

"嗯。"夏之隽应声，噙着慵懒的笑意，跟着她走。

那些一起在国外参加竞赛的同学，很可惜没有看到过天才帅哥夏之隽的笑容，曾经还有人讨论为什么夏之隽总是那么安静内敛，都不笑的，最后得出的结论是——少年天才生性如此，冷静又严肃。

他们不知道的是，他也会笑。看着顾思忆的笑容，他的心里就暖洋洋的、软绵绵的，情不自禁地跟着笑。她的出现，像是为了把他人生前十几年的笑容都还给他。

下午的考试结束后，夏之隽怕顾思忆一个人待在酒店无聊，跟家里人说老师临时开补习班，晚上再回去。两人坐在咖啡厅玩游戏，顾思忆担心地问："你都不用复习的吗？"

夏之隽反问："你觉得呢？"

好吧，她不该低估学霸，学渣才需要临时抱佛脚。

为期两天的高考落下帷幕，全国高三学子集体解放。

高一、高二的学生返校时，高三的正在收拾东西离校，到处是扔书的、撕试卷的，宿舍里都是欢呼声。学校加大保洁力度，任由他们闹腾。

顾思忆跟郑培培她们待在寝室里，听着楼上时不时爆发出的雀跃声。郑培培说："我不难过，真的，最多就一年，一年后解放的就是我们。"

顾思忆说："我倒希望还有两年，时间越长，学习得越充分，面对高考更有信心。”

“可以啦，你的成绩可不差啊，重本妥妥的。”

顾思忆倍有志气道：“我是要考Q大和B大的女人！区区重本院校，看不上！”

三人同时对她竖起大拇指。

郑培培：“心若在——”

向梨和张欣奕：“梦就在！”

高三的走了，高二的要面对期末考试。奋斗一整年的顾思忆摩拳擦掌，跃跃欲试。

考完后没两天，成绩公布，她顺利进入了年级前一百名。她在心里默默地想，还有高三一整年，还有进步的时间和空间。

高考结束，夏之隽有多个国际学生交流项目，频繁出国，比以往暑假还忙。顾思忆回家过暑假，也没有放松，每天留够时间学习。夏之隽每天都会抽出时间跟她视频，给她讲题。

这天，郑培培打电话给顾思忆，突然说了一个爆炸性的八卦：“苏韩要上节目了！”

“什么？”顾思忆愣了愣。

“马上就要播出的《偶像制造》，他去参加海选，被选上了，现在在节目组里接受集训呢！”

“哇！”顾思忆着实吃了一惊，赞叹的同时又担心地问，“马上就高三了，他家人同意吗？”

“没听他提过家里人的反应，我猜他还没跟家里说。”郑培培转而道，“都十七八岁的人了，可以自己给自己做主了。”

“嗯。”

到了节目开播这天，顾思忆跟郑培培开着电视，又开着视频，边看边聊。

全国各地甚至海外华人，几百个男生参加海选，第一轮选出一百个人。这些男生有个共同点就是都很年轻，最大没超过二十五岁，普遍在十八岁到二十二岁。这是一场属于帅哥的狂欢盛宴。

当苏韩出场的时候，郑培培的尖叫声隔着手机都快要穿破顾思忆的耳膜。

“好帅，好帅！我家苏韩好帅，啊啊啊！”

顾思忆跟着点头：“目测这是冠军的颜值和实力。”

“哈哈哈，就喜欢你这么有眼光！”郑培培笑得头都要掉了。

节目播出当晚，收视率爆棚。多位选手被广大网友关注，其中之一便是苏韩。

十七岁的高中生，身高一米八，五官俊美，皮肤白净细腻，几乎看不到瑕疵，一双桃花眼温柔醉人。他站在那里时安安静静话不多，不像其他选手耍宝逗乐，偶尔笑一笑还带了一丝腼腆。而当他唱歌跳舞时，整个人都放开了，感染力极强，释放着让人沉沦的魅力。台上的几位导师都对他赞不绝口，他以最高档评分晋级。

一夜过后，他在舞台上表演的视频被不断转发播放，无数人知道了“苏韩”这个名字。

接下来每周六，郑培培都会喊上顾思忆一起看节目，这成了顾思忆的固定娱乐。

郑培培发起后援团，拉入的第一批人就是这些小伙伴。渐渐地，她的后援团队伍越来越强大。

顾思忆要学习，精力不够，为了表达对苏韩的支持，每日一次的拉票转发从不落下。

七月份，高考分数放榜。夏之隽不负众望，以接近满分的出众表现，一举夺得理科状元。学校又一次为他拉上大横幅，媒体争相采访他。

当高考状元的准考证出现在网络上时，掀起了一阵热议。

太帅了！这个夏天涌现这么多帅哥，最帅的居然是这位高考状元！

顾思忆看着那些人的夸赞，心里美滋滋的。

顾家父母在看到顾思忆拿回来的生日礼物——一堆金牌后，已经是无比惊讶和赞叹，这一次的高考成绩又让他们忍不住交口称赞。

一家人吃饭时，聊到夏之隽，顾致远问顾思忆：“他这么出色，你有压力吗？”

顾思忆想了想，摇头。

许佳慧问：“你就不怕被对比得自惭形秽吗？”

“我为什么要自惭形秽？他那么厉害，还对我那么好，我得多牛啊！我觉得自己特棒！他越厉害，我就越棒！”顾思忆沾沾自喜，小脸上是掩饰不住的骄傲。

顾致远点点头：“说得好。我们家思忆，是不够聪明，但是心理素质好啊！无敌厚脸皮，配得上天才！”

“爸……”顾思忆娇嗔，瞪他一眼。

许佳慧被这父女俩逗笑，很认同地点头：“有道理。”

另一边，历经了大半个月的节目，苏韩的人气扶摇直上，直逼当红流量。舞台上的表现，赛后给粉丝录个视频，直播唱首歌……一言不合就上热搜。郑培培这个后援会会长也越来越忙，她已经没空拉顾思忆一起看节目了，她要带领粉丝团去现场为苏韩呐喊。

八月份，录取通知书下发。大家都以为夏之隽报的是 Q 大或者 B 大，直到学校张贴出录取喜报榜，才知道他报的是航空航天大学。虽然也是第一梯队的名校，但毕竟不是顶尖学府。

夏广宇直到夏之隽把通知书拿回家，才知道他报考的是这所学校。家里气氛又一次降至冰点。夏广宇是希望他上“清北”，在里面接受大师熏陶，结识更多优质人脉，将来毕业后公考进入体制内。

然而，夏之隽与他的想法南辕北辙。

事实已经铸成，谁也无法改变。

夏之隽不在乎他们的看法，到了九月份，就潇洒地去外地上大学了。

第三章

开学没多久，夏之隽接到苏韩的爸爸苏世民的电话。

苏世民得知儿子参加选秀节目，火冒三丈，安排人把他从节目组带回来了。

苏世民是省公安厅一把手，脾气火暴，看不惯大男人去搞唱歌跳舞那些事，从部下口中得知家里小儿子去台上唱唱跳跳，气得肝疼。

可是，把人强制带回来，事情还没结束。苏韩在家拒绝上学，拒绝进食，把自己关在房间里，骂也骂不听，打也打不怕。性格一直温柔听话的他，这一次跟他爸杠到底了。

苏世民没办法，想到了他的好朋友夏之隽，想让夏之隽来劝劝他，让他放弃那些花里胡哨的想法，安安心心回去读书。

夏之隽来苏家看望苏韩时，他经过一周的抗争，整个人看起来面色憔悴，身上还有皮带抽出来的伤痕。

“我爸让你来做说客吧？”苏韩低低一笑，“不用说了，我不会妥协的。”

夏之隽走到窗边，把窗帘拉开，夏末的阳光洒入室内。

苏韩说：“聊点轻松的话题吧！”

他摆弄着电脑，放出一首歌：“这是我自己写的，只是 demo（试样唱片），怎么样？”

夏之隽倚在桌旁，很认真地听完，点点头：“不错。”

夏之隽说：“我跟你爸说了，带你出去散心。走吧！”

苏韩在家里闷久了也烦，戴上鸭舌帽和口罩，跟夏之隽一起离开。

出门前，夏之隽特地提醒他：“身份证，别忘了。”

夏之隽叫了一辆车，直接把苏韩拉到了机场。

“机票我给你订好了，去取票吧！”夏之隽就像带着个弟弟，陪他一起取了票，又给他转了三万元，“听说苏叔叔断了你的生活费，先拿这个应付下。”

电视台节目组那边，跟一群人一起集训，处处是花钱的地方。

苏韩不知道该说什么好，他以为夏之隽是来帮他爸劝他的，没想到夏之隽是带他逃离的。

苏韩问：“你这样，回去怎么跟我爸交代？”

夏之隽说：“既然你想要走这条路，那就去，其他的都别管。”

苏韩低下头，笑了一下，张开双臂抱住夏之隽，拍了拍他的背：“谢谢你，兄弟！”

夏之隽也拍了拍他：“除了你自己，谁也不能左右你的人生轨迹。不管将来怎么样，每个人都有选择的权利。”

苏韩的眼眶红了，深吸一口气，不让自己流下眼泪，只用力点头。

夏之隽道：“但行前路，无问西东。”

为了轻松气氛，忍住快要掉下的眼泪，苏韩笑道：“你是学霸，你说什么都对，我信你。”

夏之隽目送苏韩过安检，苏韩朝他挥挥手，转身大踏步离去，脚步坚定干脆，带着满心向往和披荆斩棘的决心。

夏之隽回来跟苏世民面对面，很坦白地交代自己把苏韩送走了。苏世民一口气哽在喉咙里上不去下不来，早知道这位夏公子这么坑，就不把他搬来当救兵了。但苏世民也不好批评他，只有沉着脸，打算送客。

夏之隽说：“苏韩很热爱舞台，他有天赋，也有实力，唱歌跳舞的功底都很强。我看好他的未来。”

苏世民说：“那些什么乱七八糟的东西，大男人在舞台上打扮得浓妆艳抹的我就看不惯。”

夏之隽说：“那只是一种舞台风格，是一种审美偏好。苏韩的造型并不是就此定型。”

苏世民说：“出去吹拉弹唱能有什么出息？能比得上你吗？他怎么就不能跟你一样，在学习上出类拔萃，给我多拿几个金牌？”

夏之隽失笑：“每个人的天赋不同，我这样不见得好，他那样不见得不好。到底怎么样，时间会告诉我们答案。但是不管怎么样，要去尝试，要去经历，人生才会丰富。”

苏世民叹了一口气，既无法反驳，也很难认同儿子的选择。

夏之隽：“苏叔叔，有些话我一直想对我爸说。”

“嗯？”苏世民登时被勾起了兴趣。

“长辈凭自己的价值观和过往人生经验，将自身意志强加在下一代身上，美其名曰‘我是为你好，你为什么不懂事，不知感恩’，可他们没想过，每一代人有不同的际遇和选择，每一个个体都有不同的特质，那些所谓的经验并不完全管用，有时候甚至是一种约束和桎梏。”

苏世民：“……”这孩子也有反骨。

“我报的学校跟他想的不一样，但我还是这么做了，因为我喜欢。”

“没关系，你聪明，有分寸。”苏世民说，“干什么都能出类拔萃。”

“谢谢苏叔叔的认可。我想说，苏韩也是一样。他想做的事情，全力以赴去做的事情，一定会出类拔萃。请您用包容我的心态，去理解苏韩，包容苏韩。”

苏世民还能说什么，心里的那股怒气、怨气，被夏之隽这么动之以情，晓之以理地谈半天，也散去了，他摆摆手道：“罢了，罢了，人都走了，还能怎么样？他就去折腾吧，看他能折腾出个什么来。”

苏韩再次回到节目组，制作团队喜出望外。毕竟他是人气最高的选手，如果他中途退赛，对收视率会有很大的影响。

苏韩回来后，迅速进入状态，每天勤奋地写歌、练舞，只要练习室的灯还亮着，一去看十有八九是他。

团队里有人讨论他：“听说他家境很好，是含着金汤勺出生的……”

“现实就是，比我们牛的人，比我们还努力……”

“是啊，实力已经很强了，就比专业的差了那么点意思，在这批选秀里算佼佼者，一点都不放松对自我的要求……”

“资质一流，勤奋努力，他不红谁红？”

……

苏韩在万众期盼中一路晋级，直到总决赛这天。

因为节目收视率爆棚，制作方也舍得花钱，将总决赛现场搬到了奥运体育馆。苏韩通过跟节目组沟通，在决赛现场为他的小伙伴们预留了位子，给他们送去 VIP 票。

决赛时间在周六晚上，郑培培提前给大家订好机票，周六上午一道出发。

夏之隽从自己那边出发。

顾思忆的心情很激动，一方面是因为苏韩到了最关键一步，期待他大获全胜。另一方面是，她又可以跟夏之隽见面了。异地的他们，每一次见面都珍而重之。

郑培培在开学后把后援会的事情交给了副会长，毕竟她要上学，学校管得又紧，没那么多精力。不过粉丝会里那些死忠粉，一直跟她保持着良好互动。大家都知道她是苏韩的好朋友，很听她的安排。

到了电视台，郑培培一个电话，立刻有人给他们送来了应援灯牌。

过来的几个妹子，看到他们这浩浩荡荡一行人，看直了眼。她们被郑培培叫到一旁问情况时，不忘抽空八卦一句："这些超级好看的小哥哥和小姐姐都是苏苏的朋友吗？"

"不是朋友，是好朋友，很好的朋友！"郑培培纠正。

"哇，果然物以类聚人以群分，苏苏的朋友圈都这么亮瞎眼。"

"那必须啊！"郑培培感觉倍骄傲。

他们进入电视台时，有个节目制作人看了夏之隽半晌，走上前问道："我觉得你的资质特别好，有出道的打算吗？"

"没有。"夏之隽回复得干脆又平淡。

制作人面露惋惜，目光移到顾思忆身上，又燃起火花，转而对她道："小美女，你的条件也很好啊，打算出道吗？"

"不打算。"夏之隽替她回答。

陆嘉烨瞪着制片人看，制片人发现他如炬的目光，客气地笑了笑，转身离去。走的时候还摇了摇头，一脸惋惜的样子。

陆嘉烨："我太阳，确认过眼神，为什么不问我想不想出道？"

"哈哈哈……"郑培培爆笑。

周骁将陆嘉烨从上打量到下，品评道："你这个二百五的画风，还真不适合出道当偶像。"

郑培培边笑边说："其实他也可以出道……"

陆嘉烨正想夸她有眼光，郑培培说："出道当谐星啊！你看那谁，谁谁谁，不就靠耍宝耍贱杀出一条血路了吗？"

"郑培培，你过分了啊？好歹我也是一米八二、浓眉大眼的长腿帅哥！"陆嘉烨气得要去掐她的脖子，当然，只是做做样子而已，众人已经习惯了他们的嬉笑打闹。

这些人正闹腾时，苏韩过来了。

"苏苏加油！"顾思忆像个迷妹，挥舞双手喊道。

"苏苏最棒！苏苏加油！"郑培培跟着喊。

男生们没有叫喊，等到他走近了，伸出手，一一击拳，以示鼓励。

苏韩被包围在朋友中间，心里特别温暖，或许是在这个特别的时刻，人也分外感性，有种说不出的激动。半晌，他笑着说了一句："谢谢你们！"

"去，我们又不是观众，还要你来致谢。"陆嘉烨拍上苏韩的肩膀，"苟富贵勿相忘啊，将来做了大明星，带我多认识几个明星。"

"你脑子里也就这点东西了！"郑培培吐槽道。

苏韩看向郑培培，郑培培登时静若处子，抿着唇笑。苏韩上前一步，将她抱住，轻轻拍了拍她的肩膀。接着，他将每个兄弟都抱了一遍。

轮到顾思忆的时候，他的目光刚移过去，夏之隽道："她就算了。"

苏韩失笑。顾思忆伸出手掌，苏韩与她击掌，她笑道："加油！"

去决赛现场的车上，顾思忆闲来无聊，问身旁的夏之隽："你觉得我不适合出道吗？"刚才毫不犹豫就替她拒绝了呢！

夏之隽："不适合。"

顾思忆觉得有点丢脸，努力想挽回面子："我唱歌还可以啊，还有跳舞，之前元旦演出，大家都夸我跳得好。"

跳得是好，夏之隽还记得军训结束那次的联欢，她跳的一段街舞，那飒爽的妩媚劲，仿佛能把人的魂勾走。

车内还有其他人，夏之隽拿出手机，在微信上跟她说。

X："你不适合，是因为我觉得你不适合。"

顾名思义："为什么呀？"

X："不想有那么多人喜欢你。"

顾名思义：“……”

她的心脏怦怦乱跳，不知道怎么回复，在耳根子泛红时丢出两个捂脸的表情包。

决赛现场，灯光奢华，场面盛大。

这几人坐在视野最好的 VIP 席位，看到苏韩登台时，都忍不住叫了起来，后方连绵起伏的尖叫声更甚。夏之隽倒是淡定地坐在顾思忆身旁，安静地欣赏。

苏韩经过几个月的培训历练，加上他天生优越的资质，出场时那强大的台风和自信，肢体语言和面部表情管理都不逊于唱跳明星。万千灯光照耀在他身上，他站在舞台中央，俨然一颗冉冉升起的新星。

全场震耳欲聋的欢呼声，都在为他响起。

郑培培看到那样一个完美的他，那么一个强大的他，激动得掉下眼泪。她跟其他那些粉丝一样，声嘶力竭地呼唤着他的名字。

当晚决赛，有几轮环节，苏韩分别演绎了不同风格的曲目，有激烈的热舞，也有温柔的吟唱。到了最激动人心的时刻，最终最高票冠军即将诞生时，主持人分别问他们此时此刻的感言。

苏韩接过话筒，看向某处观众席说：“我站在这里，其实并不被家人支持。但我还是来了，因为我喜欢舞台，我想寻找自己的存在。不管结果如何，我的十八岁，因为这个了无遗憾的夏天，变得更加精彩。特别感谢我的朋友们，是他们撑着我走到现在。谢谢！”他朝着那个方向，深深地鞠躬。

摄像机对准了那片 VIP 区域，当大荧幕上出现这个画面时，下面又响起了一片尖叫声。亲友团的小伙伴都太好看了吧？尤其那个穿黑色衣服的小哥哥，一点都不比苏韩差！帅炸了啊！

主持人带头鼓掌，场内响起雷鸣般的掌声。

最后结果揭晓，苏韩以最高票夺得冠军。谁也没想到，这个夏天最热综艺选秀的冠军，居然是个十八岁的高中生。

结果揭晓后，有知名杂志在微博上转发评价：“或许他不是唱得最好的，也不是跳得最好的，但他有着最纯粹、最干净的气质，他有着最打动人的眼神。苏韩，加油，带着这颗赤子之心，启航再出发。”

没多久，那张比赛现场亲友团的截图被放到网上，神通广大的网友们很快扒出来，其中一位就是前不久轰动一时的最帅高考状元。粉丝们更加激动了——

“我们苏苏的朋友都如此牛！”

“果然优秀的人与优秀的人为伍！”

“苏韩是C市龙兴中学的学生，数一数二的名校，了解一下？”

“太厉害了！长得帅也就帅了，还能唱能跳！能唱能跳也就算了，居然还会学习！老阿姨已被圈粉！”

……

盛宴结束，顾思忆还得回到学校，发奋学习。高考已经进入迫在眉睫的倒计时阶段，她心里紧绷的那根弦，一刻都不敢放松。

高三上学期结束时，她的年级总名次原地踏步。

她不像夏之隽有天赋，轻轻松松就是无可超越的学霸。她已经很努力很努力了，可是龙兴还有很多很努力的学生，其中不乏资质好、基础好又很努力的。在这样一所尖子生云集的学校里，她越往上越感觉难。保住这个位子不往下掉，已经是使出了浑身力气。

爸妈对她的成绩非常满意，就这个分数，只要高考不发挥失常，考个重点大学基本没问题。

但顾思忆不这么乐观。夏之隽上大学之后，她就把自己报考的学校锁定那所大学了。不是顶尖学府，让她少了点压力。但就那所学校，也是名校中的佼佼者，没有十拿九稳的把握，她就不放心。

放了寒假，夏之隽从外地回来，回家后免不了一些走亲访友的流程。

这天，夏广宇带着家人跟张江一家见面吃饭。夏之隽起初对张茵就跟其他同学一样，普普通通、平平淡淡，自从那一次得知家里想让他跟张茵以后在一起，他就彻底跟她没有任何交集。生日聚餐那天，张茵也在，他全程没有看她一眼，没有跟她说一句话。

这次在家庭聚会上碰面，他的表情也是冷冷清清的，寒暄都省了。

饭桌上聊起学习，张江笑吟吟道：“阿隽可是高考状元，我记得他高考数学满分，寒假能不能抽空给茵茵辅导功课？”

夏之隽淡淡地道：“没空，寒假安排满了。”

张江一愣，没想到他会这么干脆地拒绝，一点委婉的语气都不带。

夏广宇想说点什么圆场子的话，张茵开口了。

“自己学得好不代表能教得好啊，我才不要辅导。寒假还不能让我透口气啊？又想让我补习。”

两个年轻人都表示不乐意，张江只有笑道：“那算了，算了。”

回了家，夏广宇批评夏之隽：“你有那么忙吗？一天几小时的补课时间都抽不出来？”

夏之隽平淡地道：“抽不出来。”

夏之隽回房间后，彭玲劝夏广宇：“他可能还在敏感期，别管这些了，随着他的心意吧！”

夏广宇：“都是以前管少了，现在管都管不了，干什么都跟我们唱反调。”

夏之隽的寒假的确安排满了，因为他跟顾思忆约好了，这个寒假线上给她补课。他知道再有几个月就高考了，小姑娘心理压力大，复习思路也有点乱，这个时候得为她把学习理顺让她稳住。

苏韩出道后，日程繁忙，但也会抽时间回学校上课，每次他回来的时候学校里就是一片骚动，学生们把他的教室里三层外三层包围。由于出现在公开场合会带来聚集人群的困扰，故而他的学习主要是靠一对一辅导。

原本因为他一炮而红而激动不已的郑培培，渐渐地失落了起来。两人的距离遥远了，不再是触手可及的朋友，而是遥不可及的明星，她平常只能翻看微博得知他的动态。

某一天，全副武装的苏韩，极其低调地来到教室上课。他的位子跟郑培培的位子就隔了一条走廊。郑培培看到戴着口罩的他，愣了愣。他的眼睛微微弯起，在朝她笑。

郑培培回到位子上，看到桌上放着一个漂亮的小纸盒，上面悬挂的便笺上写着：“塞纳河畔的甜点，巴黎香榭的落叶。”

这是苏韩的字迹，她认识。

郑培培轻轻地拆开了精致的纸盒，里面是一份精致动人的小甜点和一片金黄的落叶。

郑培培捂住唇，转头看苏韩，他正在低头看书做题。她将东西小心翼翼地放在抽屉里，拿出手机，想给他发微信，可是编辑来编辑去又不知道该说什么，最后还是收起来了。

郑培培拿出书本，看似投入学习中，实则脑子一片混乱，整颗心都在冒着美滋滋的泡泡。

高三这一年，郑培培对待学习比高一时认真多了。尤其好姐妹顾思忆那么拼，她近朱者赤，不由自主地也勤奋起来。再怎么样也得考个差不多的大学，不然家里那一关过不去。

大家都在各自的航道上努力着，时间飞逝，又到了一年一次的“双星生日”。

夏之隽从首府飞回来，与朋友们一起过生日。就连苏韩这个大忙人，也抽时间过来相聚。八个人，一个不少。

这一次生日，大家难免聊起了未来。

苏韩说：“我已经过了北影的艺考，就等文化课考试了。”

周骁说：“那你这个成绩妥了，提前道一声恭喜。”

顾思忆跟着道：“恭喜恭喜！”

郑培培知道他参加了北影的艺考，他去考试还被包围了，上了头条热搜。她这么关注他的一举一动，只遗憾自己没时间陪他经历这些。

夏之隽问陆嘉烨：“你呢？”

陆嘉烨说：“看情况吧，我爸想让我出国。可是我舍不得祖国的大好河山啊！”

郑培培惆怅道：“我爸也想让我出国，我也不想啊……”

陆嘉烨忙道：“对了，我们一起出国还能抱个团呢！”

苏韩看向郑培培，眼里一片暗淡。

周骁说：“看来我们以后是两个流派，出国流和国内流。那我用双手双脚投票，选祖国大好河山。”

半个月后，高考轰轰烈烈来临，这些人终于面临了人生第一次重要历练。

夏之隽请了假回来，陪顾思忆高考。虽然顾思忆的爸妈都过来了，在这边为她开好了酒店，而且夫妻俩这两天就在这里陪着她，但夏之隽还是过来了。

高考头一天晚上，顾致远特地给他们时间，让他们出去散散步。

夏之隽递给顾思忆一个小盒子，顾思忆打开一看，是一颗品牌珠子。夏之隽为她戴上，说："无论考得怎么样，这只是人生的一个过程，迎接它，挑战它。这颗珠子不是纪念你的高考，而是纪念你为此努力的三年。"

顾思忆看着那颗晶莹剔透的漂亮珠子，心中千回百转，道："可是我担心万一发挥不好，考不上你的学校……"

"我就没打算让你上我的学校，只要我们一个城市，离得不远就行了。"

"那不行！"顾思忆故意哼声，"我还不能有点志气吗？"

夏之隽被她逗笑。他抬起手，轻轻揉着她的头顶，慢慢地说道："高考就是一件小事，你只管去考，无论好坏，你身边还有我。"

顾思忆点头，轻应："嗯。"

接下来两天，顾思忆投入考试中，用这三年来的勤奋苦学，换一场酣畅淋漓的博弈。

考试结束后，正确答案出来，其他人纷纷对答案算分数时，顾思忆看都不看，埋头睡大觉。她的心态好得很，对爸妈说："反正考都考完了，再算也改变不了分数，就等着呗！"

两口子不知道她考得怎么样，但是凭她之前的成绩，再怎么样也能考个重点大学，这已经达到了当初把她转入龙兴中学的预期了。她心态好，他们也不慌，就等着结果呗！

半个月后，高考分数公布，顾思忆考出了她有史以来的最高分，全市前五十名，国内的高等学府随便她挑。

顾思忆乐得在沙发上打滚。

顾致远简直难以置信："你确定没有搞错，你都可以报考Q大和B大了？"

许佳慧乐得都不知道该说什么了，半晌，笑着道："祖上烧高香，我们家都能出个高才生了。"

顾致远笑得都合不拢嘴："我做梦都想不到啊，哈哈哈……思忆这不发达的脑细胞，还能这么出息？"

顾思忆嘿嘿笑道："老师讲得好呗！也不看看是谁在带我，高考状元，国际竞赛第一名的天才好不好？你们以为谁都有我这师资条件啊？"

顾致远乐呵呵道："对，说得对，夏之隽确实功不可没。"

许佳慧跟着笑："你算是聪明了一回，抱了个天才的大腿。"

"我一直很聪明呀！"顾思忆笑嘻嘻。

她被夏之隽辅导了三年，从高一开始打基础，纠正以前的不良学习思维习惯，靠着他总结的学习思路和方法，一路前进。而且她自己也没有懈怠，三年时间刻苦发奋，丝毫不敢大意。

有时候她也觉得苦，有时候也很累，也想要放弃，只要不那么拼，不把自己定位那么高，日子会轻松很多。可是，一想到夏之隽……不行。他那么好，他那么优秀，她怎么能放弃自己？尤其是他一直在她身边，辅导她、帮助她，不厌其烦地给她纠错，即便离校了，还在给她编写习题册。

他倾尽心血带领她飞翔，她怎么能向困难低头自甘堕落？

再苦的日子，因为有他在，也有了动力。

三年时间，就这样熬出头了。

看着高考分数，她无比感激夏之隽，也无比感激这三年坚持苦读的自己。

到了填报志愿的时候，顾氏夫妇跟女儿一起参谋。

顾思忆说："我打算填报航空航天大学。"

顾致远问："夏之隽那所学校？"

顾思忆点头："嗯！"

"好是好，但是你一个女孩子去那里不是最好的选择吧？"

"你的分数可以去顶尖的学校了，不考虑Q大和B大吗？"

"不考虑，我就想跟他一个学校。"顾思忆翻着志愿书给爸妈看，说，"你们看，这个有经管系，我就报这个专业嘛，以后还能帮老顾做生意。"

"行，行，一切交给思忆自己做主，她都能考出这么个分数，读什么学校随她。"顾致远很开明。虽然Q大和B大说出来更有面子，但他更尊重女儿自己的意愿。

许佳慧也不管了："高中三年你吃了苦，现在只要你开心就好。"

顾思忆回C市交志愿书的时候，班里同学趁着大家都回学校的机会，办了个聚会。夏之隽得知后，在微信上问她。

X：“我能不能一起？”

顾名思义：“都是班上同学，你怎么一起？”

X：“他们有一大半也是我以前的同学，怎么不能一起？”

顾名思义：“对哦！”

当顾思忆来酒店的时候，看到夏之隽就坐在周骁身旁。大家都在热情地跟他聊天，连老师都因为他的到来倍感兴奋。

数学老师看到她过来，把她招呼到夏之隽身旁的空位坐下，说：“思忆，你现在毕业了，要抓紧把握身边人啊，肥水不流外人田，别让小夏被他那些大学女同学拐跑了。”

顾思忆的脸一红，窘迫得不知道说什么好。

全桌的人都在嗷嗷叫，有个人带头鼓掌，其他人都纷纷鼓掌。

“在一起——在一起——在一起——”有节奏的叫喊声此起彼伏。

顾思忆蒙了，怎么突然间焦点成了他们？

她低声羞怯道：“别闹了……”

夏之隽也不喜欢在公共场合太过浮夸，淡淡地道：“好了，顾思忆同学不好意思了。”

学霸发话，大家都消停了。

等几个桌子的人陆陆续续都来齐了，晚宴便开始了。同学之间互相敬酒，有人跟顾思忆碰杯时，笑嘻嘻地说一句：“祝你和学霸百年好合。”

顾思忆的小脸红红，偷偷看夏之隽的反应，发现他淡然自若，便又移开目光，努力淡定地对同学道：“别闹。”

酒过三巡，热情高涨，物理老师突然想起件事，把夏之隽拉到一旁讨论。说着说着，嫌包间里太吵，又把他拉出去。

夏之隽不在，找顾思忆敬酒的男同学陡然多了起来。

有人借着酒精作用，胆子一肥，头脑发热，端着酒杯冲到顾思忆跟前说：“顾思忆，有句话我憋了三年了……我……我喜欢你！”

桌上的人登时叫起来。

"可以，可以，胆量可嘉！"

"你是趁着学霸不在，过来撩妹吗？"

"亮亮今晚亮了哈哈！"

男生定定地看着顾思忆，涨红了脸道："我……我没别的意思，就怕今晚不说，以后没有机会了。"说完，他仰头把一整杯酒喝完。

顾思忆淡淡地微笑："谢谢你！"也把杯子里的酒喝了。

"我……谢谢你！谢谢你！"男生激动得快要语无伦次了，喝完后转身回到另一桌，自己冷静去了。

张亮开了个头，那些暗恋顾思忆的男生都忍不住想要过来表白一下。这个漂亮又明媚的女孩，曾是多少男生心里的白月光。奈何她身边有个完美的骑士，他们自愧不如，只有默默喜欢。这是最后一次机会了，未来能不能见上面都不知道，能把喜欢说出口也算一了遗憾。

"顾思忆，我喜欢你！"

顾思忆已经接连喝了几杯酒，又来一个时，有点招架不住了……

可是面对同学无以为报的喜欢，如果连一杯离别酒都不喝，她内心也过意不去。

她正要仰头干了时，酒杯被人抽走，修长的手指出现在视线里，再往上看是精致得无可挑剔的下巴。

夏之隽仰头把那杯酒喝了，倒杯示意。男同学腼腆地笑了笑，转身离去。

夏之隽坐回来后，原本打算排队来找顾思忆喝酒的男生都偃旗息鼓了。有他坐在那儿，怎么着都怪怪的，想想还是算了，他们没有胆量对上学霸那双高冷幽深的眼睛。

夏之隽虚倾身，在顾思忆耳边低道："一会儿不看着，就虎狼环伺了？"

顾思忆喝得有点晕，脑子没以往转得那么快，被他戏谑也不知道怎么回嘴。

他轻轻地掐了一下她的腰，她闷哼一声，嗔怒地看他一眼。

她脸颊绯红，有点无辜有点茫然又有点不爽的模样，眼底含着润泽的水光，眼尾微微泛红，就那么看着他。

夏之隽被撩得一塌糊涂。

他低下头，哑声道："你喝多了，去洗手间洗把脸。"

“哦……”她软软地应声。

“小心点，我带你去。”夏之隽把顾思忆扶起来，牵起她的手往外走。

大家目送着他们离去，有人低声窃笑：“学霸是不是要把媳妇带出去家法伺候啊？”

一旁的几个女生笑出猪叫声：“学霸吃醋了，要宣告主权了……”

还有人戏谑道：“你们一个个的，知道人家名花有主，还瞎起哄什么劲啊，不是给思议添麻烦吗？”

“让我们骄傲的学霸时刻保持危机感也好。”

夏之隽把顾思忆牵到走廊上，顾思忆晕晕乎乎地跟着他走。

等到发现左右都没人时，问夏之隽：“洗手间在哪儿呢？”

夏之隽转过身，顾思忆随之往后倒，靠到墙上。一阵风过，馥郁芳香由打开的玻璃窗吹入走廊，屋顶上方贝壳装饰的吊灯，片片贝壳随风轻撞发出悦耳的声响。暖色灯光笼下来，她迷茫地看着他，眼里含着水雾，无辜的眼，俏丽的脸，妩媚至极。

夏之隽发现，这个姑娘长大了，刚进高中时娇俏可爱的模样，蜕变成如今惹火的妖精。他低下头，缓缓凑近她。

顾思忆的呼吸骤停，他无限逼近时，唇碰在了她唇上。

她的瞳孔骤缩，唇上柔软到不可思议的触感，由皮肤表层钻入五脏六腑，把她搅了个天翻地覆、翻江倒海。她白皙薄透的脸庞，火烧云一般红彤彤的，热得发烫。

她呆呆地靠着墙，傻傻地看着他。

夏之隽发热的脸隐在昏暗的灯光里，他退开，深呼吸，幽深的眼看着她，哑声道：“那么多人向你表白。”

顾思忆莫名心虚，喝过酒的脑子一片混乱，嘟囔着道：“我……我又没答应他们……”

“那答应我吗？”

顾思忆的耳根子红透，轻咬唇瓣。

“不说话我就当你答应了。”夏之隽低声道。

他轻轻挑起她的下巴，低下头。

顾思忆的理智回来些许，这里可是走廊，包间里有好多同学，还有老师，如果有人出来，看到了怎么办……她偏过头想躲避，夏之隽抬手捧住她的脸。

“嗯……”她发出低低的声音，推着夏之隽的胸膛，却没有力气。他不但没放开，反而捏住她的下颌，更加强势了。

他辛勤灌溉了三年的果子，已经从花骨朵绽放成娇媚的花，向他展示着她的美。他一刻都不想等待了，他要品尝这一直没舍得摘取的甜蜜。

夏之隽强势又霸道，喝得半醉不醉的顾思忆，犹如砧板上的鱼肉，完全无力抵抗。电流从某点炸开，上下流蹿，直通脚底，又蹿上脑门。她整个人是蒙的，他来势汹汹，带着青涩的鲁莽，她的眼角泛出泪花，铆足劲推他，却无济于事。

不经意看到的女同学，原本还兴致勃勃地想要偷看，结果挺不过三秒，心脏狂跳，脸色涨红，转身小跑着撤离。

没一会儿，酒桌上的八卦传开了。

“听说学霸把顾思忆堵在角落里亲啊，亲得那个狠，把人亲哭了都不撒手……”

“是真的，真的，我也看到了！”

“我的天，太震撼了……受不了，受不了……”

“学霸不是高冷禁欲吗……”

“啥禁欲？他亲顾思忆的时候霸气满满……就差把人给生吞活剥了……”

“我的妈呀，学霸不只是学习牛，谈恋爱也是个狠人啊……”

“是吧？这才刚毕业的校花，就被他收入囊中了。”

“学霸就是学霸，干什么都优秀。”

“快准狠，一击即中！”

“为学霸献上我的膝盖！”

周骁不聊八卦，左右的议论声却传入了他的耳中。他慢悠悠地吃着菜喝着酒，听到这个八卦，丝毫不意外，阿隽伪装了三年的本性终于暴露出来了。

那些向顾思忆表白的男同学，默默用食物填满自己。表白只是为了不留遗憾，真要说酸，也谈不上。现在这一刻，他们倒是希望顾思忆跟夏之隽好好的。

无他，夏之隽当之无愧是男生中最优秀的，女神就该属于男神。

另一边，夏之隽意犹未尽地松开顾思忆，看到她脸上的泪水，赶忙替她擦拭。

“弄疼你了吗？”他哑声问道。

“嗯……”顾思忆软绵绵地应声，声音还带着喘，无辜又迷人。

夏之隽迅速别过脸，压抑自己，努力平心静气。

须臾，他回过头，看向顾思忆，低声道：“对不起。”

顾思忆双眼漆黑湿润，在灯光下亮莹莹的，看着学霸像个犯了错的小孩，扑哧一笑。心里的浪潮还在翻涌，退去了紧张和刺激，更多的是羞涩和甜蜜。

夏之隽哑声道：“我真的都快憋疯了……”

喜欢她伴着荷尔蒙的滋生增长爆发，怕影响她，怕吓着她，一路压抑，一路陪伴，一路守候。他汹涌的感情不敢跟她倾诉，青春期的渴望，全部在梦里。

夏之隽深吸一口气，放开顾思忆，带她到女士洗手间外，自己随即进了男士洗手间。

两人再次碰头时，夏之隽已经恢复冷静和克制。顾思忆洗了把脸，可脸上的烧红怎么都降不了温。

吃过饭，大家相约去唱歌。顾思忆和夏之隽这种光环人物，自然是少不了。

大包间内，夏之隽陪在顾思忆身旁，毫不客气地揽着她的肩膀宣示主权。兜里的手机响了，大学同学给他打电话，夏之隽一看来电就知道是项目组的事情。

他接电话时，特地把周骁拉到顾思忆身旁，说：“帮我看着她，别让那些狂蜂浪蝶有机可乘。”

周骁：“……”

——用得着这么紧张吗，以为全天下都想抢你老婆？

顾思忆有点尴尬，朝周骁笑了笑。周骁看那泛着红晕的脸蛋和水光迷离的眼，默默扭过头，喝了一杯酒。

确实需要紧张。“小酒窝”长开了，越来越有女人味了。

夏之隽走到外面接电话，手头有个项目需要跟进，原本有得他忙，但因为这是顾思忆高中毕业的暑假，他特地回来陪着她。他把自己定位为她人生中最重要的人，她人生中重要的时刻，需要人陪的时刻，他都要在她身边。

一个漫长的通话结束，夏之隽一转头，看到了张茵。

她跟到外面来，看了他的背影半晌。

夏之隽的目光掠过她，眼神和表情没有丝毫变化，仿佛看着空气般，抬步往里走。

张茵跟在他身旁，鼓起勇气道：“你这么讨厌我，是因为我家里的原因吗？”

夏之隽仿佛没听到，双手抄兜，继续往里走。

“那是他们的决定，跟我没有关系，我没想做你的未婚妻！”张茵大声道。压在心底的话说出来，连音量都不由自主变高了，与往常那个说话轻轻细细的姑娘截然不同。

张茵在认清夏之隽不会喜欢自己的现实后，由联姻的美梦中醒了过来，以平常心跟他们来往。至于家人那边，无论说什么，她都没再放心上。她喜欢的夏之隽是光芒万丈的，是所有女孩子心目中的梦。这个梦，一直在心底存在就好。

夏之隽终于顿住了脚步，转头看她，表情清淡：“所以呢？”

张茵被问住了，所以什么？所以请他不要讨厌她吗？

张茵咬咬唇，低声道：“我喜欢你……”

一个正要走过来的同学，听到这句话眼睛都瞪圆了，转身往里走。

“我也喜欢顾思忆。郑培培他们，我都喜欢。我是真的想跟你们做朋友，跟你家和我家没有关系。请你，不要把我放在敌对的位置，好吗？”

“你怎么想是你的事情，我怎么样是我的事。张同学，你没有立场要求我。既然双方家人有不当的想法，我认为我们保持距离，以免他们误会，是最好的处理方式。”夏之隽直直地看着她的眼，没有丝毫怜悯和感情，带着不容侵犯的冷冽，冷漠得高高在上，“实话说，我就是讨厌你，请你，也讨厌我。”

说罢，他转身离去。

张茵怔怔地看着他的背影。

她以为把话说开了就好了，至少，彼此还能是同学，是朋友。

原来是她妄想了，在这个人的世界里，没有任何缓和余地。

顾思忆在班级里人缘很好，那个听到张茵跟夏之隽说话的女同学，回包间就到顾思忆身边来了。她凑到她耳边说悄悄话："我听到张茵跟你家学霸告白，说喜欢他……"

顾思忆心里一个咯噔。

"你没弄错吧？"顾思忆不太相信，因为大家经常一起玩，她没看出张茵对夏之隽有什么特别之处。

虽然一开始因为他们同桌有点不开心，但是后来换位子，张茵很积极地配合，顾思忆渐渐把她当成了朋友。尤其是文理科分班后，跟郑培培不在一个班，张茵算是她在班级里交好的同学了。

"我发誓我没有听错！她真的说了喜欢他……好像还说未婚妻什么的……"

顾思忆突然就想起以前爸爸妈妈说的，夏家给夏之隽安排好了未婚妻，难道这个人就是张茵？她突然转到他们班，跟夏之隽同桌，他们两家是交好的关系，这么一想，好像完全对得上？

夏之隽回到包间后，照例坐在顾思忆身边。顾思忆低着头喝饮料，他抬手搭上她的肩膀，问她："要不要一起唱首歌？"

"不要。"她低声摇头。

她的目光四下游移，发现张茵没有进来。

大家玩到散场后，夏之隽叫了一辆车送顾思忆回酒店。爸妈知道她回学校这一趟，肯定有不少活动，索性给她在五星酒店开了个套房，让她想待几天就待几天。

到了酒店门口，夏之隽跟着下车，顾思忆说："你不用下来，可以直接坐回去，省得等会儿还得打车。"

夏之隽在她身前闲闲地站着，双手抄兜，低头看她："还没送到房门口就开始赶我走了？"

“哪里需要送到房门口？”她低声嘟囔。

“需要，非常需要。”夏之隽牵起顾思忆的手往里走，边走边说，“单身女子在酒店被强掳的新闻，没看到过吗？”

“那是差一点的酒店吧？好酒店的保安肯定没问题。”

“我可不敢把你的人身安全指望到素不相识的保安身上。”

他拉着她的手进电梯，电梯小姐为他们按下楼层。

到了房间门口，顾思忆说：“好了，送到了，你可以走了？”

“送你这么远一程，不请我进去坐坐，就赶我走？”他看着她问。

顾思忆被他那炽热的眼神看着，有点不自在。

“你就是这么对待你的男朋友，嗯？”

“谁说你是我男朋友！”顾思忆轻哼，背过身不看他。

“亲都亲了，不承认？”夏之隽抓住顾思忆的胳膊，将她转过身，捏起她的下巴，要笑不笑地说，“那看来是亲得还不够。”说着，就要弯下腰。

顾思忆忙往后躲，可她身后就是门，她被抵在门板上，无路可退。夏之隽毫不客气地吻住了她的唇。她的惊慌失措化为了一种自己都没察觉到的期待，纤长的眼睫毛颤了颤，缓缓闭上。

一吻落毕，夏之隽抬起头，意犹未尽地看着她，微笑道：“我是你什么？”

当他再次越凑越近时，顾思忆慌乱地张口道：“男朋友。”

夏之隽满意地轻笑：“那让我进去坐吗？”

顾思忆觉得自己仿佛招惹了大灰狼，可又毫无办法，硬着头皮答应下来：“坐就坐吧！”

进了房间，顾思忆拿起一瓶水，递给夏之隽。夏之隽坐到落地窗边的沙发上，拧开瓶盖，喝了一口凉水。顺便，压一压情绪。

顾思忆坐在一旁，心里憋不住话，还是问了出来：“张茵就是你家里给你选的未婚妻吗？”

夏之隽动作一顿，将水瓶子搁到一旁，抬眼看向顾思忆，很认真地回道：“张茵不是我的未婚妻。”

“可是你爸妈喜欢她，想让她做儿媳妇……”

夏之隽笑了笑，带着不屑道：“他们喜欢，自己娶回家？”

“……”

“他们想要那个儿媳妇，就没有我这个儿子，自己选呗。”

顾思忆看着他那云淡风轻毫无所谓的表情，似乎丝毫不把家里的意志当回事，由衷说了句：“你好倔哦……”

夏之隽双手抱胸，看着顾思忆，慢慢地道：“难道不是为了你吗？”

顾思忆垂下眼，心底翻上甜蜜的泡泡，声音都甜了几度：“哦，知道啦！”

他盯着她发红的小耳垂，嘴角不自觉地泛起笑容：“那你不打算过来，抱一抱对你死心塌地的男朋友吗？”

顾思忆虽然不好意思，还是慢慢地往他那边挪，最后跟只鸵鸟一样扑到他怀里去了。他伸出双臂，将她抱了个满怀。

房内灯光静谧，一时间相拥的两人都没有说话。

顾思忆有种幸福到不真实的感觉。在他跳级之后，她常常觉得距离他很远，她甚至会害怕，怕自己追不上他，怕淡出他的人生。所幸，他不曾走远，他一直在耐心地等着她。

半晌后，夏之隽开口道：“是不是还得主动亲一下，犒劳男朋友特地回来陪你过暑假？”

顾思忆轻哼：“得寸进尺哦！”

夏之隽轻叹：“没有奖赏，以后都没有动力了。”

顾思忆笑着起身，将夏之隽往房门外推：“好了，你快回去啦！”

夏之隽知道小姑娘害羞，凡事讲究循序渐进，尤其这谈恋爱才刚刚开始，不急。他走到门外，对顾思忆道：“那你好好休息，明天来看你。”

“嗯。”顾思忆点头，突然往走廊旁看了一眼，惊讶道，“你看那边！”

夏之隽转头去看。

就在那一瞬间，柔软的唇瓣贴上了他的脸颊。

夏之隽回头，看到顾思忆涨红的脸和小鹿般慌张又羞涩的眼。

两人视线撞上，她后退一步，迅速关上房门。

夏之隽怔怔地看着紧闭的房门。脸颊上柔软温热的触觉，令他抬起手，碰了碰，嘴角不自禁地荡漾起弧度。

第四章

清晨的阳光透过窗帘缝隙落在床单上，横出一道光影。

刚睡醒的夏之隽睁开眼，脑子里第一个浮现的就是女朋友顾思忆。他侧过身，在床头柜上捞起手机，熟练地拨出那个号码，“嘟”的一声响起后，他又把电话挂了。

时间还早，让她再睡一会儿懒觉。

夏之隽起床后，去院子里晨跑了半小时，等冲过澡，再次给顾思忆打电话。

顾思忆的声音带着睡意还没退去的沙哑：“喂……”

“还没起床？”夏之隽笑着问。

他低低的笑声由听筒传入耳膜，顾思忆的骨头一酥，睡意瞬间没有了。她不由自主地笑起来，声音软糯：“好不容易没有早自习了，当然要睡个够……”

“你可以磨蹭一会儿，我大概半小时后到你那儿。今天带你出去转转。”

“要不要叫上培培？还有向梨、欣奕、陆嘉烨他们……”

“不要。”夏之隽秒拒，“我只想带你出去玩，不想带一堆电灯泡。”

“好嘛……”顾思忆有点不好意思，但内心又悄悄欢喜。

挂电话后，顾思忆迅速起身，在带过来的行李里反复挑选衣服，最后选了一条红色的裙子。

两人见面后，夏之隽的目光落在她身上，微笑道：“很漂亮。”

顾思忆脸颊荡起酒窝：“没给校草丢人吧？”

“只会给我制造危机。”夏之隽拉起她的手，在掌心紧了紧，“得抓紧点，不然要被其他人拐跑。”

顾思忆垂眼偷偷地笑，嘟囔道：“哪有那么容易被拐跑哦！”

两人在酒店吃过早餐，夏之隽叫了一辆车，车在酒店外等着。

上车后，车里播放的电台，正在放着一首轻快的老歌《简单爱》。

甜蜜轻快的旋律在车内盘旋，夏之隽噙着笑意，眼神温柔。

车子停在中央公园边，两人下车。这是沿着江滩打造的一个大型开放式公园，是市民休闲观光的热门景点。即便这天是周五，公园里也是人来人往。尤其是这天天气好，不那么热，也没有大太阳，江风吹过，凉爽宜人。

夏之隽看到有卖气球的，带顾思忆过来，买了一串气球给她，系在她的手腕上。

顾思忆笑道："喂喂喂，我又不是三岁小孩，干吗给我这个？"

"你当然不是三岁，"夏之隽说，"最多也就六岁吧！"

"你才六岁呢！"

"走，我带你骑车兜风。"他牵起她系着气球的手。

顾思忆抬眼，看到飘在两人上空的一串气球，忍不住笑。

"那边有双人车，双人车好玩。"顾思忆道。

夏之隽用宠溺的眼神看着她，提议道："你穿着裙子不方便，就骑单车，你坐后座。"

他租了一辆自行车，让顾思忆坐后面，沿着江滩骑车。江风一阵阵吹过来，带着公园里的鸟语花香。顾思忆深吸一口气，心胸一片舒坦。

夏之隽边骑边唱歌："我想就这样牵着你的手不放开，爱能不能够永远单纯没有悲哀，我想带你骑单车，我想和你看棒球，想这样没担忧，唱着歌，一直走……"

顾思忆跟他一起唱："我想就这样牵着你的手不放开，爱可不可以简简单单没有伤害，你靠着我的肩膀，你在我胸口睡着，像这样的生活，我爱你，你爱我……"

末了，夏之隽说："这首歌送给你，很应景。"

原本兴致高涨的顾思忆听到这一句，登时害羞了。

"怎么不说话，成鹌鹑了？"夏之隽调侃道。

顾思忆实在不知道说什么，红着脸嗔道："你才是鹌鹑呢……"

"你不是鹌鹑，你成了复读机。"

“哎呀！”

夏之隽猛地加速，瞬间的冲刺吓得顾思忆赶忙紧抱住他的腰，脸蛋都贴在了他的后背上：“慢点啦！”

夏之隽道：“你得抱紧点。”

顾思忆的小心脏时而“扑通扑通”，时而“怦怦怦”，白皙的小脸上泛着红晕，写满羞涩和甜蜜，眼底是发自内心的快乐。

夏之隽放缓速度，在一个卖冰糖葫芦的小摊前停下，问她：“吃吗？”

“吃！”顾思忆毫不犹豫地点头。

顾思忆美滋滋地吃着冰糖葫芦，夏之隽速度不紧不慢地带着她兜风。等到他停下来，发现女孩手里还有半串糖葫芦。

她递给他说：“一人一半，给你留的。”

夏之隽笑了：“这是一个好习惯。”

还了车，夏之隽站在大树下吃冰糖葫芦。顾思忆走开几步，拿出手机，给他接连拍了几张照片。他大大方方任由她拍，最好拍了之后闲来无事多欣赏。

顾思忆边拍边笑，这一刻的学霸，少了高冷，多了几分可爱，更像一个少年的模样了。可他实在太帅了，就连吃冰糖葫芦的样子拍下来都是又萌又帅。

顾思忆拍了半晌，滑动手机里的照片，欣赏自己的杰作，嘴角的笑容就没消失过。

夏之隽把棍子扔进垃圾桶，一转头就发现顾思忆看着手机笑成了诱人的小甜点。

真的……很想咬一口。

他不动声色地绕到她身后，突然抱住她。

“啊——”顾思忆吓了一跳。

夏之隽凑过脑袋，朝着她软嫩的脸颊，快速地亲了一口。

“干吗呀……”她慌张失措，想逃又逃不了。

“亲你啊！”他的双臂将她箍在怀里。

那么香软的滋味，有了第一次，哪里忍得住没有第二次。

“你耍流氓！”她红着脸控诉。

他低下头，在她耳边轻声道：“我喜欢你。”

顾思忆红着小脸，抿着唇，想笑又让自己不要笑的样子。

夏之隽抱了一会儿松开手，轻轻拉起她的手。

顾思忆跟呆头鹅似的，被他牵着，亦步亦趋地往前走。

夏之隽牵着她的手说：“等到你毕业可真不容易。”

“哦，你早就包藏祸心。”顾思忆嘴上吐槽，语气里却流露着丝丝缕缕的甜蜜。

“别人家媳妇儿，我管她考多少分。”

“好现实哦……”

“那你是要我做中央空调？”

“才不要！”

夏之隽带顾思忆玩了一天，晚餐带她去吃火锅。

顾思忆说：“人多热闹，我们把培培他们叫来吧！”

夏之隽说：“不要总是找一堆电灯泡，你要习惯跟我单独相处。”

顾思忆：“……”

她吃了有史以来最文静、最腼腆的一顿晚餐。

吃过饭后，夏之隽提议：“我们去看电影怎么样？”

“嗯。”顾思忆点头。

两人进入影院，选了一部热闹的喜剧片。在线选位子的时候，发现场内很空，顾思忆选了观影体验最好的中间位子，夏之隽说：“就最后一排吧！”

顾思忆：“会不会太远了？”

“没关系。”他淡淡地道，“坐近了伤眼睛。”

顾思忆内心：不至于伤眼睛吧？

落座后，夏之隽再次牵起顾思忆的手。影厅昏暗，人也不多。尤其是后面几排，基本没人。电影开场，精美的画面在大银幕上徐徐展开，而她的手被他的手掌轻轻捏着。

没一会儿，他两只手都用来捏她这只手。

顾思忆心里默默吐槽，这让人怎么好好看电影啊？她所有的注意力都在手上，而不是在电影上。

当他抬手撩起她耳边的发丝，她更紧张了。他轻轻地亲上她的耳垂，又慢慢地由耳垂亲到她的脸颊。

顾思忆垂下的手紧紧抓着衣摆，心跳如雷，脸颊涨红。但她一动不动，和他在一起的每一分每一秒，每一次心跳，每一份喜悦，都像是老天额外的赏赐，珍贵又幸福。

夏之隽牵着她的手，在她耳边低声道："站起来。"

顾思忆不明所以，但还是听话地站起来了。

下一秒，她被夏之隽扯过去，跌坐在他怀里。

夏之隽深吸一口气，脑袋压在她的肩上。他就这么将她整个人抱在怀里，恋着这个人，恋着这味道。

电影画面变暗时，夏之隽转过顾思忆的脸庞，两人在幽暗中四目相对，两双眼睛里都写满了羞涩和情意。可电影院是公共场合，而且有监控，夏之隽极力克制着自己，才忍住没去吻她。两人依偎在一起，只有纯纯的依恋和爱意。

一场电影看完，顾思忆完全不知道讲了什么。散场后去洗手间，想起刚才在昏暗影厅内的亲昵，不由得又红了脸。

深夜，顾思忆躺在被窝里陶醉人生第一次跟男朋友约会时，消息提示音响起。她拿起手机，看到夏之隽发来语音消息。

她深吸一口气，点开听。

"今天玩得开心吗？"

他低低的声音清晰又绵密地传入她的耳中。

顾思忆输入："开心。"

"有个男朋友还不错吧？"少年微沉的声音带着一丝笑意。

顾思忆臊得不知道怎么回答。

没一会儿，夏之隽接连发来几条语音，顾思忆一一点开听。

"我想就这样牵着你的手不放开，爱能不能够永远单纯没有悲哀……"

"我想带你骑单车，我想和你看棒球，想这样没担忧，唱着歌，一直走……”

“我想就这样牵着你的手不放开，爱可不可以简简单单没有伤害……”

“你靠着我的肩膀，你在我胸口睡着，像这样的生活，我爱你，你爱我……”

他低低的带着磁性的嗓音，由扩音器传出，简简单单的清唱，在耳畔徜徉，顾思忆听得胸口软软的，像是被什么涨满了。细腻的悸动和温柔的歌声交缠在一起，她彻底沦陷。

她不知道有个男朋友怎么样，但她知道，有他在真的很好。

次日是郑培培班里的聚餐，她盛情邀请顾思忆一起去玩。

“苏韩今天要过来，快来见见大明星！”郑培培在电话里吆喝道，“不准说没空哦！”

他们班里，有苏韩和陆嘉烨，还有郑培培、向梨和张欣奕。当年他们班读文科，几乎都在那个班，好朋友多，熟人也多。

郑培培和向梨她们一再邀请，顾思忆就应了下来。当然，有她在的地方，夏之隽自然也在。

当晚，两人一道出现时，郑培培笑着说：“你们现在都成连体婴了，各种公开秀恩爱啊！你是要屠杀我们单身狗。”

“你再笑话我，走了啊……”顾思忆作势要走，郑培培赶忙把她拉住。

晚宴的高潮在苏韩出现时，他戴着口罩和鸭舌帽，穿着宽大的短袖，没带任何工作人员，非常低调地出现。

进了包间，拉下口罩时，同学们都叫了起来。

“苏韩——”

“苏韩——”

“苏韩——”大家拍着巴掌叫他的名字，一声高过一声。

郑培培见苏韩挺不自在的，起身道：“好了，好了，大家都是同学嘛，不要一副迎接大明星的样子。今晚这里只有高一（13）班的学生，没有明星！”

班长当即响应：“培培说得好！”

接下来就是推杯换盏，顾思忆是过来客串的，没喝多少酒，主要照顾郑培培。苏韩是名副其实的中心人物，每个人都想过来跟他碰杯，不管是喝酒还是喝饮料，以前他就有一批爱慕者，现在他成了大明星，大家连跟他说话都带了点不一样的骄傲感。

郑培培看苏韩喝多了，开始护犊了，再有过来给他敬酒的，她直接代喝了。

“郑培培，你们是什么关系啊？为什么你来代苏韩喝酒？”

“我是他好哥们儿！”郑培培掷地有声。

苏韩低低地笑了一下。

中途，顾思忆跟郑培培一起去洗手间。

毕业了，顾思忆终于把想问的话问出来了：“培培，你是不是喜欢苏韩？”

“废话嘛，谁不喜欢他！”她嗤笑，脸上还带着酒后的红晕。

“不是粉丝对爱豆的喜欢，也不是朋友对朋友的喜欢，是女孩子对男孩子的喜欢。你喜欢他吗？”

郑培培愣了几秒，原本不羁的笑容淡了下来，渐渐消失。她走到盥洗台前，洗了把脸，说：“他现在是大明星，我喜欢他又有什么用？”

“为什么没用？”

“喜欢他的人多了去，哪里轮得到我？”

“你不去表白试试，怎么知道不行？”

郑培培愣了下，随即又笑了笑，有点自暴自弃的意思：“娱乐圈那么多美女，我太普通了。”

“苏韩是那么肤浅，只看美女的人吗？再说了，你也很美啊，为什么要妄自菲薄？”顾思忆抓着郑培培，看着她的眼睛说，“喜欢就说出来，你是超级有胆量的郑培培。怕什么，说出来会死吗？”

她实在不想再看到她的单相思，独自为那个人疯狂尖叫，这样太累了。

“好，我说！”郑培培脑门热血一冲，响亮地应声。

聚餐结束，大家还在张罗下一场，苏韩说：“我得走了。”

众人体谅他大明星的苦衷，愿意过来参加毕业散伙饭就很够意思了，没有强留他。

郑培培起身，尾随在他身后，说：“我送你嘛！”

苏韩有些意外，口罩下的嘴角弯了弯，说：“好啊！”

两人离开酒店，走到街边，郑培培问苏韩：“你赶时间吗？”

苏韩还没回答，她又快速道：“不赶的话，能不能陪我去那边的公园走走？”

郑培培低着头，暗暗咬牙，背在身后的双手，手指都快扭成麻花了。

豁出去了，成不成在此一举！

“好啊！”苏韩轻笑。

郑培培的心登时飘起来了。

七月炎夏，空气闷热，吹过的风都挟裹着地面的热浪。公园里来往的人不多，两排路灯在路边安静地伫立，散发着橘黄色的灯光。

郑培培跟苏韩缓步往前走，走到一片游乐场，小火车上的七彩灯泡还在亮着。

郑培培顿住脚步，看着苏韩，说：“我……我有件事想跟你说。”

苏韩迎着她的双眼，点了点头：“你说。”

向来风风火火、大大咧咧的郑培培，到了告白这一刻，变成了胆小鬼。她直愣愣地看着苏韩，苏韩被她看得不明所以，以为她不乐意自己戴着口罩，便取了下来，反正这边也没什么人往来了。

郑培培看着那张日思夜想的脸，脸上迅速发烫，心脏跳得不像是自己的。想好的美丽浪漫的告白辞藻都不记得了，那些言情小说和漫画都白看了，她大脑一片空白，脱口而出四个字：“我喜欢你！”

苏韩微笑的脸庞怔住。

开弓没有回头箭！郑培培继续补充道：“不是粉丝对‘爱豆’的喜欢！不是朋友的喜欢！我就是喜欢你，想做你女朋友的那种喜欢！”

她一口气说完，看着苏韩愣住的表情，不禁心里惨叫一声——完了，这回死定了，肯定是没戏。

苏韩缓缓地开口：“你……不要说这种话。”

郑培培背过身，不看他，极力遏制住想死的心，想装作用不在乎的语气说两句潇洒的话，可喉咙动了动，感觉再说话就会哭出来，只好紧紧咬住唇。

“女孩子怎么能主动告白呢？”苏韩微沉的声音在身后响起，“这种事应该交给男生来做。”

什么意思？什么意思？郑培培蒙了。

苏韩走到了她跟前，两人四目相对，他的睫毛轻轻扇动时，她心里翻江倒海般闹腾。

苏韩取下脖子上的一块玉佩，说：“这是我爸爸在我八岁生日时送给我的生日礼物，我一直戴到现在。”

他将那块玉佩环上郑培培的脖颈，为她系上。

郑培培呆呆地站着……

系好后，苏韩看着她的眼睛说：“我把最珍贵的东西送给你了，你做我女朋友好吗？”

郑培培的眼睛一眨，眼泪掉下来了。

“怎么了？”苏韩紧张得一愣。

他虽然平常跟异性关系不错，但这是第一次跟女孩子告白，没有经验，不知道是不是有什么不对的地方。

郑培培低下头，缓缓弯下腰，蹲在地上，捂着脸哭。

苏韩跟着蹲下，轻轻抚着她的发丝，声音温柔又怜惜：“别哭，是不是我这样不对？你告诉我，我会改。”

郑培培抬起头，哭成泪人的她，看起来极其狼狈，但是她脸上渐渐扯出了一个笑容。她张开双臂，一下子扑到了苏韩怀里，他猝不及防被扑倒地上。他一只手撑着地面，一只手搂着她，手掌在她后背上轻轻地抚着。

“好！好！好好好！”郑培培连连应声，一次比一次回答得用力。

苏韩意识到她这是回答做他女朋友好不好这个问题，于是笑了起来。

“我是你的头号粉丝，谁也比不上我喜欢你！”郑培培大声道。

已经捅破了这层窗户纸，又得到苏韩的回应，她瞬间又变成风风火火、热辣大胆的郑培培。

苏韩轻揉她的脑袋：“谁也不能跟你比，你是独一无二的，是我的女朋友。”

郑培培笑得一把鼻涕一把泪。有生之年，她能跟同窗偶像谈一场恋爱，死而无憾。

苏韩起身，把郑培培也扶了起来，又细心地替她拍了拍身上的灰尘。

郑培培傻笑着看他，等他站好，双眼亮晶晶地看着他问：“我能不能亲我男朋友？”

苏韩的脸上浮出一丝红晕，有些腼腆，有些紧张。

他点头，郑培培踮起脚，往他左边脸颊亲一口，又往右边脸颊亲一口，目光落在那柔软的唇上，到底是有点羞涩，没敢碰。

苏韩抱住她的腰，低下头，亲上她的嘴巴。

两人很快沉沦在甜蜜忘我的世界里。

另一边，小路一旁的树荫下，一个高大的身影缓缓蹲下身，抬手紧紧地捂住眼睛。

他们单独出来，他心里就知道有事……

他没忍住做了个跟踪狂，跟过来，结果看到郑培培跟苏韩告白的一幕……

不只是告白，还有告白后的两情相悦皆大欢喜……

陆嘉烨看着那一幕，心如刀绞。

那两人还沉浸在甜蜜的世界里，陆嘉烨揉着抽痛的胸口，起身离去。

陆嘉烨一个人在大马路上晃荡，不知道要干什么，也不知道往哪里去，手机响了也不乐意接，什么人都不想理会。他走到一片大排档，这里热气沸腾，吆喝声、喧闹声此起彼伏。

陆嘉烨停住脚步，找了个位子坐下。身处这种陌生又热闹的环境，他会觉得自己没那么悲惨。

老板送上菜单，陆嘉烨看都不看说：“所有菜都上一遍。”

“老弟，你玩我呢？”老板不乐意了。

陆嘉烨从口袋里掏出钱包，直接拿出一沓钱砸在桌子上：“够不够结账？”为了应付毕业这一场接一场的活动，他日常揣着一堆现金。

老板一愣，他接着又掏出几张卡：“信用卡，够不够？”

“够……”这是来了个地主家的傻儿子吗？

“够就上菜！”陆嘉烨一拍桌子，坐下。

“好嘞！”老板笑眯眯地走了。

陆嘉烨一个人边吃边喝，隔壁那些桌子都是在推杯换盏、喝酒划拳，就他一杯接一杯地喝闷酒，俨然异类。

看到隔壁桌的男人吞云吐雾，他吆喝了一声："老兄，借根烟呗？"

男人递了一根烟给他，还给他送上火。

得益于夏之隽他们良好的习惯，陆嘉烨一直没抽过烟，这是第一次尝试。

刚吸一口，呛得不行。

旁边的男人笑着拍了拍他的背，说："老弟第一次抽烟？慢点，这烟味要细品。"

陆嘉烨像是要跟自己作对般，呛到了，继续吸，咳得眼泪花都出来了。他一口烟一口酒，又喝又抽的，半晌一根烟到底，一瓶酒也喝完了。他气得把酒瓶子摔在地上："什么借酒消愁？都是骗子！什么破烟破酒都不顶用！"

他还是心痛，痛得心脏直抽，只要他们接吻的画面浮上脑海，他就受不了地疼。

陆嘉烨捶了两下自己的胸口："大兄弟，争气点，别痛了行吗？你想犯心脏病啊！母老虎走了，我们还得笑着活下去啊！"

陆嘉烨一个人继续胡吃海喝，夜越来越深，店铺里的人也渐渐少了。

店主说："小伙子，差不多行了，我们要收摊了。"

"不行！我还不行！我需要再缓缓！"陆嘉烨不等店主开口，又说，"等我走了再打烊，我给你损失费！"

店主对金钱妥协了。

半空中刮起大风，陆嘉烨拍着桌子，喊道："来啊，打雷啊！闪电啊！造作啊！"

他刚喊完，夜空顿时电闪雷鸣，轰隆作响。

陆嘉烨朝天大叫："有种再给我来一场瓢泼大雨！"

哗啦啦的大雨，噼里啪啦地砸下来，敲打着桌子，一瞬间淹没那些残羹剩菜。

陆嘉烨深吸一口气，抬手抹了一把脸上的雨水："好，很好！我伤心的时候还给下场雨烘托氛围！真是活得精致，就像偶像剧里的男主角！"

待在棚子里的店主，拿了一把伞出来，给陆嘉烨遮住，说："快进去避一避。”

陆嘉烨哑着嗓子说：“请不要破坏老天爷给我精心烘托的氛围，一边去，谢谢！”

店主摇着头走开。

年纪轻轻，又高又帅的，还有钱，可惜脑子有问题。

陆嘉烨继续喝酒，酒里混着雨水和泪水。

下雨真好，下雨了眼泪争抢着涌出来，就跟被雨淋了似的，不怕掉面子了。

等他终于醉倒在地上，脑子里恍恍惚惚闪过一幅又一幅画面。

“陆嘉烨，你烦死啦！”

“陆嘉烨，我今天不好好收拾你一顿不叫郑培培！”

“抱我啊！我快冷死了！”

……

大雨滂沱里，他红着眼睛，茫茫然道：“我也很冷啊……谁来抱抱我……”

他自言自语地说完这句话，彻底醉死过去。

店主赶忙招呼店里的伙计一起把他拖进来，找出他的手机，准备找人来接他。

电话铃声响起，店主接起来，迅速报出了地址。

片刻后，一辆车在店外停下，夏之隽撑着伞走下来，顾思忆跟在他身旁。夏之隽背起陆嘉烨，顾思忆走在旁边，为他们撑着大伞。

他们上了车，车子开往酒店。

夏之隽去前台开了一个房间，酒店工作人员帮忙背着他送去房里。终于进了房间，顾思忆看着浑身湿淋淋躺在地上的陆嘉烨，对夏之隽说：“你得给他洗个澡吧？”

夏之隽一脸嫌弃，没吭声。

“不然他会感冒呀……”顾思忆轻轻拉着他的手，“还是赶紧给他洗了，让他上床睡觉吧！”

夏大佬表情很臭地走上前，拽起陆嘉烨，把他往浴室拖，边拖边说：“你先去你那边待着。”

顾思忆问：“要不要我帮你？”

夏之隽反问：“我伺候他就算了，还要我女朋友也伺候他沐浴更衣？”

顾思忆：“……”

“你过去待着等我。”

“哦……”

顾思忆乖乖地走了，夏之隽这才大刀阔斧地开始剥他的衣服。

脱完后，扔进浴缸里。

人生第一次给人洗澡，居然不是老婆，是兄弟！

想想也是够了。

顾思忆回到房间，发微信消息问郑培培：“表白得怎么样了？”

片刻后，郑培培回复：“害羞，我现在是偶像的女朋友了！”

顾名思义：“哇，这么棒？”

培培：“就是这么棒！”

顾名思义：“我说你行的吧！”

培培：“嘿嘿，多谢你给我打气呀！”

培培：“以后再也不怕被你屠狗了，互相厮杀吧！”

顾名思义：“惹不起，惹不起。”

培培：“不跟你说啦，我要跟小苏苏说话了，嘻嘻嘻！”

顾名思义：“啧啧啧……”

顾思忆没想到他们会这么顺利，如果苏韩没出道她觉得八九不离十，可苏韩现在是大明星了，居然也这么顺利。她由衷地替培培高兴。等等……陆嘉烨一个人在街边喝得酩酊大醉，难道跟他们有关？

顾思忆心里一时间五味杂陈，不过她不打算告诉郑培培陆嘉烨的事情。郑培培喜欢的是苏韩，她就希望郑培培好好跟苏韩在一起，这样才不辜负自己不辜负青春。

另一边，郑培培和苏韩一起来到他一个人住的公寓里。

两人在路上闲晃时，突然下雨，便打了一辆车赶回来了。

郑培培洗了澡出来，穿着苏韩的衬衣。宽松的男士衬衣，下摆下面是白皙的长腿，仿佛在向人昭示里面的大好风光。

苏韩看了一眼，别开目光，低下头喝了一口水。

嗓子干得很。

郑培培看他像个害羞的小男孩一般，故意走到他身旁，弯下腰，翻看他桌面上的小本子：“这是什么呀？”

苏韩说：“灵感来了，即兴写的歌。”

“哦……”

苏韩站起身，说：“那我去洗澡了。”

“去吧！”她笑着看他。

苏韩出道后，行程极其繁忙，看似在五光十色的娱乐圈，其实个人生活被挤压得几乎为零。

他在学校身边还有女同学，出道后身边就只有工作人员了。他十七岁走红，大家对他的定位是未成年人，还小，不会故意安排女明星跟他同框搞暧昧。他在圈子里一年，干干净净的，没有任何绯闻。唱歌、跳舞、出唱片，勤奋认真地做自己的事情，帅气而不自知，不造人设不买热搜，乖乖努力的模样，圈了一大批“真爱粉”。

他看似比同学们早一年步入社会，但没有沾染上社会气。加上还有家人为他保驾护航，在娱乐圈没人刁难他，也没人能潜规则他。

苏韩从浴室出来时，穿得整整齐齐，白衬衣和休闲裤。

郑培培内心暗暗发笑，脸上不动声色，说：“你是要出门吗？”

“没有……”他一愣，问她，“你要回家吗？”

“都这么晚了，我之前就跟爸妈说了，刮风下雨的，跟‘小酒窝’一起在外面过夜。”

“那……”苏韩环顾一下，说，“你睡床，我睡那边的榻榻米。”

“嗯。”

深夜，两人都躺下休息，郑培培的心情还在激荡。

她特别想扑到苏韩那边去，抱着他打滚。可是……

忍住！要忍住啊！这才刚在一起，不能太不矜持了，把人吓跑！

黑暗中，郑培培轻声开口：“你什么时候喜欢我的呀？我告白的时候吗？”

“不是。”他低低的声音传来，经过专业练习后，他的嗓音越发低醇动人了，“在那之前……”

“那是什么时候呀？”郑培培眨着眼睛，看着虚空中的某点，兴奋的脸上带着笑，“出道之后还是之前啊？”

“之前。”

“你一年前就喜欢我了呀？”郑培培的声音是藏不住的笑意。

女孩子呀，就喜欢问这些腻腻歪歪的问题，确认自己的位置和分量。

“嗯。”苏韩应声。

到底是什么时候喜欢的呢？他自己也说不清吧！高一那时候还不懂什么是喜欢，就是觉得她很好看，很可爱。慢慢的，越来越关注她的一点一滴。看到她难过，想逗她开心，看到她高兴，心情也跟着好起来。每一天上课下课都想看看她，忍不住地期待她出现。她和陆嘉烨打闹，他起初是怕她伤到自己，后来是心里有点闷。再后来，他出道了……

苏韩说：“我可能会很忙，没有太多时间陪你。”

“没关系呀！我是你的头号粉丝，无论你在哪里忙碌，我都会关注你！”

“如果公司不让公布恋情……”

“那肯定不能公布呀！”郑培培当即道，“你才出道一年，还没站稳脚跟，那么多喜欢你的女粉丝，你怎么能公布恋情！大家都觉得你还小哦……”

“这样是不是委屈你了？”苏韩低声问。

“没有！”郑培培斩钉截铁。她在黑暗中坐起身，双眼发亮，看向苏韩那边，说，“我知道你热爱唱歌跳舞，我会支持你，看着你在这个舞台一直走下去。我好歹追过星，知道做明星都有不得已的苦衷！你放心，你女朋友一定是最理解你、最支持你的人！”

苏韩起身，坐到郑培培的床边。

郑培培睁大眼看他：“怎么啦？”

朦胧的月光下，被他那双桃花眼直勾勾看着，郑培培觉得自己快要晕过去了。苏韩缓缓倾过身，亲上她的唇。她一颤，抬起手抱住他的脖子，深深地迎接这个吻。

次日，陆嘉烨在酒店醒来，对于昨晚的事就记得在大排档吃吃喝喝……

后来都断片了。

得知是夏之隽把他带回来还给他脱衣服冲澡，他一脸嫌弃道：“你就不能找个美女来为我服务吗？”

夏之隽呵呵。

陆嘉烨怕他打人，还是很识趣地说了一声：“怎么说都是麻烦你了，辛苦了，兄弟！”

三人一起在酒店吃早餐，顾思忆不确定他昨晚为什么大醉，但还是特地跟他说了一声：“培培和苏韩在一起了。”

陆嘉烨正把煎蛋往嘴里送，动作顿了三秒，继续塞入嘴里，嚼碎吞下后，面无表情地说：“哦！”

吃了一块三明治后，他又说：“恭喜咯！”

顾思忆无心追问他到底喜不喜欢郑培培，事实已经这样了，喜不喜欢又能怎么样？放下过去，好好走未来的路才是。

郑培培原本打算出国的计划，因为跟苏韩在一起，改变了。家里把外面的一切都安排好了，她突然说不走，父母气坏了。郑培培抱着爷爷撒娇：“留在国内，我才是您的乖孙女，以后能在您身边尽孝。把孙女送出国了，万一以后被资本主义腐朽，不回来了，那不是白替别人生养那么大吗？”

爷爷年纪大了，不舍得分离，又宠爱这个最小的孙女，被她这么一说，心都软了。

爷孙俩达成一致后，郑培培父母只能从了。

郑培培赶在志愿书上交截止前，填了一所国内的大学。跟他们都在一个城市，如果不是分数不够，她想直接填顾思忆的学校。

填完后，郑培培拍了个照，发送给顾思忆。

培培：“以后继续一起玩耍呀！”

顾名思义：“棒棒棒！”

培培：“我家那位日常太忙了，忆哥，你要多陪我哦！”

顾名思义：“来吧，投入我的怀抱里！”

培培：“爱你！！！”

顾名思义：“以前说爱我还信，现在是爱你家大明星吧？”

培培：“都爱！都爱！”

张茵填志愿的时候，她父亲张江说：“夏之隽不是在航空航天大学？你就填他那学校啊！”

“我不想上那所大学。”张茵反对道。

张母说：“为什么？那所学校很好，跟你的分数也合适。你们一个学校，还能互相照顾。”

“我不要他照顾！不要跟他一所学校！”张茵语气激动地说。

“你这孩子……怎么了？是不是跟夏之隽闹别扭了？”妈妈担心地看着她。

闹矛盾？她是他讨厌到看都不想多看一眼的人，连闹矛盾都是一种奢侈吧？

张茵想到那一刻夏之隽高高在上的冷漠，眼眶都红了。她不想再沉浸在家里人编织的虚假美梦里了。

张茵说：“我一点都不喜欢他！我很讨厌他！讨厌他的自以为是，讨厌他的骄傲！我以后不会跟他结婚的，你们不要再一厢情愿了！”

张江语重心长地说：“你还小，不知道看人。听爸爸的话，夏之隽绝对是个好苗子，是个靠谱的年轻人。”

张母跟着说：“天才都有点自负骄傲，这是性格问题，你适当包容一下。”

张茵深吸一口气，说：“不是！你们听不懂吗？我不喜欢他啊！他优秀他出色他完美，就是我必须跟他在一起的理由吗？我不喜欢他，就算他是全世界最牛的人，我也不在乎！”

因为这个人不喜欢她啊……

他那么讨厌她，他满心满眼只有顾思忆，她为什么要送上去被他羞辱？“你还是太小了，不懂事，爸妈现在不逼你，你也不用逼自己，顺其自然地相处。”

张茵第一次在父母跟前表现出如此强烈的情绪，因为她的自尊心，因为她也有骄傲。她说：“我讨厌他，我不想看到他，你们为什么要我跟他同一所大学？我看到他就难受，我想离他远点不行吗……”说着，没忍住哭了出来，边哭边说，“打死我也不跟他结婚……”

张母被吓到了，赶忙哄道：“好了，别哭，你说不愿意就算了，爸妈不逼你啊……”

她一直是个乖乖女，加上从小身体不好，被家里人格外细心地呵护。为她物色一个好男人准备着，也是怕她将来吃不必要的苦头，想她一路顺遂地过日子。

“口口声声说着为我好……让我那么难受……”张茵抽噎着，哭得快要喘不过气来。那一次被夏之隽的决绝刺伤后，她心里的伤口还没愈合，又被爸妈掀开伤疤。

“我讨厌他……我不要跟着他……我不要缠着他……”张茵哭着说，“我有自己的人生，我不要做他的未婚妻……”

那个人的冷酷和可怕，她再也不想承受第二次。

他是一把锋利的匕首，会把人伤得体无完肤。

张茵的哭闹，让家里人妥协了，不再提夏之隽，也不让她报夏之隽的学校。

张茵觉得自己身上沉重的包袱终于卸掉了，不用再做那个讨人厌的人设。

虽然想起那个冷酷的男孩，还是会忍不住掉眼泪……但是没关系，总会好起来的，至少她不用再讨厌自己了。

第五章

八月份，陆嘉烨要出发去国外了。按照他以往的风格，至少提前几天就开始吆喝，然后造作、折腾，一起吃喝玩乐闹个昏天黑地。但这一次，他在出发前一天晚上才在微信群里告诉小伙伴们这个消息。

周骁："出发前腾不出时间一起吃顿饭？"

陆嘉烨："算了，你们现在都成双成对的，还吃什么饭？狗粮都吃饱了。"

周骁："我这个单身大活人，你看不到？"

陆嘉烨："看不到。单身狗不是人类。"

周骁："……"

顾思忆："以后要经常回来玩呀，寒暑假时间那么长，够回国玩吧？"

陆嘉烨："就知道'小酒窝'会惦记我，一定回来跟你玩耍。"

郑培培："到时候带个洋妞回来，不枉去国外走一遭。"

陆嘉烨："哼哼。"

陆嘉烨："一个怎么够？"

陆嘉烨："小爷至少带两个！"

郑培培："你牛……"

次日，大家来机场给陆嘉烨送行。就连苏韩都特地抽出时间来送他，不过他依然是戴着口罩和鸭舌帽，一身宽松的衣服掩饰身形。

陆嘉烨走到夏之隽跟前，拳头碰了碰他的肩头，说："兄弟，珍惜幸福，照顾好小酒窝。"

夏之隽："……"

——这还需要你来说？

陆嘉烨看他那一脸不以为然的样子，又发自内心地说："你学习好，年年第一，我都没羡慕过。可是你跟‘小酒窝’两情相悦，一天天秀恩爱撒狗粮，真叫人羡慕得眼红！”

夏之隽：“羡慕就去找个女朋友。”

陆嘉烨张开双臂，将夏之隽抱住，拍了拍他的后背，低声说：“我知道你不喜欢跟人抱，帮个忙，让我抱一下。”

陆嘉烨放开夏之隽，看向周骁，说：“骁哥，赶紧找个对象去，不然以后被他们两个丧心病狂地夹击，怕你去挂急诊。”

周骁哼笑：“操心好你自己吧！”

陆嘉烨将他抱住：“舍不得你啊，骁哥……”

周骁虎躯一震：“陆嘉烨，你正常点！”

陆嘉烨在被他推开前，自己退开了。

他来到苏韩跟前，两人相顾无言。有些事，只有他们懂。

陆嘉烨缓了缓情绪，把他拉到一旁，避开那些人的耳目，坦荡荡地说：“没关系，培培喜欢的是你，我认。”

苏韩：“谢谢！”

“谢个什么？”陆嘉烨道，“我技不如人，有什么办法！早知道唱歌好泡妞，我从小就去练，哪还有你出道的份！”

苏韩被他逗得笑了笑。

陆嘉烨的表情认真起来，说：“以后对那母老虎好点。她脾气差，有点暴躁，但是重情重义。她不像看起来那么无所畏惧，其实内心挺脆弱的。还有，她睡不着喜欢打游戏，你陪着点。你把辅助练好，她打起来才爽。”

苏韩看着地面上光可鉴人的地砖，缓缓地点了一下头。

“她挺喜欢看漫画、看小说，那些很有少女心的东西……你做她男朋友，就跟书上那些浪漫的东西学一学，让她开心开心。还有，她跟你发脾气你别较真，她就是三分钟热度，让一让就好啦！就算她打人也不痛是吧？”

苏韩再次点头。

陆嘉烨舔了舔唇，还想说什么，突然又很嫌弃自己，唠叨得跟个老妈子一样。

算了，像个男人样子。

他将苏韩抱住，拍了拍他的后背：“兄弟，祝福你！”

陆嘉烨来到郑培培跟前，不管三七二十一，一把将她抱住。

郑培培轻轻拍了拍他的后背："出去别玩太嗨，还是得回国啊，祖国建设需要你。"

"祖国建设有学霸，我不操心。我操心的是你这个傻瓜……"

"你……"

"要是苏韩欺负你，你一个电话，哥哥马上回来为你出头！"

郑培培正想回嘴，听到这句话，差点泪崩，喉咙哽得不知道说什么。

"记住了，这是哥哥给你的承诺。"陆嘉烨说完，松开手。

到了顾思忆跟前，两人互相击掌。

陆嘉烨："跟着学霸有肉吃。等你们结婚的好消息。"

顾思忆笑道："等你带个漂亮的洋妞回来。"

陆嘉烨："妥的！"

"我进去了，都回去吧！"陆嘉烨跟众人一一告别后，挥挥手，去过安检了。

他爸就在国外，安排两个工作人员陪同他一道前往。两人一个替他拉行李，一个替他拿资料。

这几人看着他过了安检口，才转身离去。

陆嘉烨过完安检后，重新背起包，扭头往外看去，远远地看到苏韩和郑培培手拉手的背影。

他拿出耳机戴在头上，打开，那首《温柔》在耳边回荡着。

"不知道不明了不想要，为什么我的心，明明是想靠近，却孤单到黎明，不知道不明了不想要，为什么我的心，那爱情的绮丽，总是在孤单里……

不打扰是我的温柔……这是我的温柔，这是我的温柔……

这是我的温柔，让你自由……"

陆嘉烨闭了闭发红的眼，抄兜里的双手紧攥成拳，大步往里走。

到了八月中旬，大家陆陆续续收到大学录取通知书。

顾致远夫妇在家收到寄来的录取通知书，激动得就差放一串鞭炮庆祝了。

顾致远霸道总裁任性，通知秘书，公司发福利。

很快，秘书在工作群里宣布：“顾总爱女考取北京航空航天大学，为表庆祝，给全体员工发红包。大家下班后上财务部领红包。入职一年以内，红包一千元。入职一到三年，红包两千元。入职三年以上，红包三千元。”

群里一下子沸腾了。

“哇——恭喜恭喜！”

“就喜欢顾总这么简单直接的贺喜方式！”

“顾总家有几个孩子？明年能不能再来一个考 Q 大、B 大的？”

“我们顾总基因好，生的孩子也聪明！”

“顾总正年富力强，再去生个二胎吧！我要在公司奋斗十八载，等下一个大红包！”

“天降红包，今晚去吃大餐为小顾公主庆祝！”

群情沸腾时，顾致远已经兴致勃勃地跟许佳慧商量办升学宴的事情。两人商量一番，决定邀请夏之隽一家人出席。

他们亲自上 C 市，带着厚礼去送喜帖。

夏广宇本想让张茵跟夏之隽填报一所学校，张家那边说张茵怎么都不肯读。结果顾家来送喜帖，顾思忆居然读的是那所学校。

夏广宇的心情有点不好，但没表现出来，伸手不打笑脸人。何况这对夫妻也是好朋友。他只能表示那段时间已经排满了行程，要去外地开会，抽不出时间。

顾家夫妇表示理解。不管怎么样，他们的心意到了就行，也算坦坦荡荡地交代了顾思忆跟夏之隽一个学校，他们是打心底感谢夏家，自家女儿能考上这么好的学校，确实多亏转了学，多亏夏之隽的辅导。

夏之隽回家后，夏广宇问：“顾思忆怎么跟你一个学校？”

夏之隽淡淡地反问：“学校是我开的吗？谁去读书，难道由我说了算？”

彭玲怕父子俩又起争执，忙道：“阿隽也好，思忆也好，都是成年人了，他们有自己的主意。”

夏之隽轻笑一声，转身离去。

他上大学后，很少在家。平常都在学校，即使放假回来，也是忙这忙那，经常往外跑，而且每次都有充分到让人无法拒绝的理由。夏之隽的爸妈本身也忙，便随他去了。高一的时候还希望能管住他，到了大一，完全管不住。

夏之隽在顾思忆升学宴前一天抵达她的城市，住在酒店。郑培培他们都过来凑热闹了。

顾致远在五星级酒店给女儿办酒。郑培培他们过来的时候笑道："不知道的以为是你的结婚宴呢！"

被挤对的顾思忆，笑着推她："走开，走开。"

一旁的夏之隽说："结婚宴怎么办难道不是由我决定吗？"

"你跟着她起什么哄啊！"顾思忆嗔道。

夏之隽："……"

郑培培说到婚宴时，他脑子里居然真的遐思了一下。

顾致远把亲朋好友、公司得力干将和那些商场上的朋友都请了过来，其中就有陆家。陆铭看到他家收到的喜帖，正巧他爸在国外，他小妈代表出席，他便要求小妈带他一起过来了。

酒席开始前，司仪让顾思忆登台讲话。

顾思忆穿着一条白裙子，长发温柔地散落下来，脚下踩着高跟鞋，整个人出落得亭亭玉立，美丽与气质兼具。当她站在台上时，下面一片此起彼伏的赞叹声。

"老顾家的女儿，美才女啊……"

"真漂亮，读书还那么厉害……"

"谁要跟老顾结亲，得赶紧的啊！"

郑培培朝夏之隽眨眼笑道："你说忆哥这一亮相，会不会被很多叔叔阿姨盯上，预定未来儿媳妇？"

夏之隽淡淡地道："所以我得让他们知道，没机会了。"

顾思忆把自己的位子安排在同学这桌，就坐在夏之隽旁边。她一坐下来，夏之隽靠近她，手臂搭上她的椅背，给她递上一杯饮料，姿态亲昵又熟稔。

另一张桌子旁的陆铭，看着他们，眼神沉了下去。

升学宴结束的时候，陆铭趁着夏之隽被顾爸爸叫到一旁跟几个亲戚交谈时，走到顾思忆身旁。

陆铭："恭喜你升入名校。"

顾思忆不知道他过来了，有一瞬间的意外，很快点头道："谢谢！"

陆铭没有多说什么，笑了笑，就走了。

顾思忆自己的升学宴结束后，又去C市参加几个同学的升学宴，热热闹闹的日子过着，转眼就离开学不远了。夏之隽是大二学生，比大一新生早开学，提前去了学校。大一新生开学报到的日子，顾思忆爸妈一起送她北上。

她没有告诉夏之隽具体时间，打算自己先去学校，然后去找他。这种偏工科型院校，男女生比例严重失调。女生本来就少，更别说漂亮的女生。她这么一个高挑漂亮、有气质的女生走入校园时，那些做志愿者的学长都沸腾了。

即便她身边有父母陪伴，还是有前赴后继的男生热情地上前，帮他们提箱子，给他们引路。有男生从侧面拍了顾思忆的照片，发到班级群里。

"快看，新进学妹！新一届校花哇！"

"哪个班，叫什么啊？"

"经管的，顾思忆！"

"谁也别跟我抢，这个妞我追定了！"

"滚！没你的份，我看上了！"

"是不是要打一架？"

"来啊，打一架啊！美色当前，谁怕谁啊！"

这些人在群里闹腾的时候，还有人把顾思忆的照片发到校园论坛上，又引发了一阵热潮。

夏之隽在实验室忙碌，手机已经屏蔽，完全不知道外面的世界因为小姑娘的到来炸开了锅。等到他离开实验室，几个同学拿着手机看，边看边品评。

"这个学妹，确实好看啊！"

"连他拍都能这么美，真人不用说了，一定美上天了！"

"阿隽，给你看个漂亮的学妹，超靓！"

"说不定能治好你的性冷淡。"另一个人跟着开玩笑。

夏之隽入学一年，在这个光棍满地走的学校，有着令人嫉妒羡慕恨的桃花运。不仅是本校女生，每次校际活动都有前仆后继的外校妹子来示好表白。别人是哭求女朋友，他是对那些妹子视而不见，一概不理。

一般人就算了，连校花表白都被他冷淡地拒绝了。大一一整年，大家就没看到他跟女生单独相处过。就连班里的几个女生，都没什么机会跟他来往，他仿佛一个女性绝缘体。最终，女生们都无奈了，背后给他取外号——史上最帅性冷淡。

就这么一个"史上最帅性冷淡"，悠然平静地过着自己的日子。当同学说要给他看美女，他一如往常，淡淡地道："没兴趣。"

"真的超级好看，不看后悔的哟！"

他懒得理会，径自前行。

"算了，他不懂人间美色，我们自己欣赏。"

"能不能想办法弄到这位学妹的联系方式啊？"

"顾思忆，这个名字也好听，跟她的人一样甜。"

夏之隽脚步一顿，转头："你们说谁？"

同学杨杰故意调侃道："你不是不感兴趣吗？"

张扬促狭地笑道："现在拿起手机，看看班级群，美丽性感学妹，照片在线共享。"

夏之隽拿出手机，打开班级群，入目就是那张日思夜想的脸庞……

顾思忆被这群"饿狼"拍了不少照片，有正面的、有侧面的、有背面的、有站在树荫下的、有去便利店买水的……她穿着柔软的白色印花短袖和牛仔短裤，一双大长腿笔直匀称，在镜头里白得仿佛会发光。

班级群里，男生们跟疯了一样传看她的照片，起哄狂欢。

"侧面亮点是美丽的长腿，后背亮点是小蛮腰和翘臀，正面亮点是漂亮的脸蛋……"

"三百六十度无死角的女神，啊啊啊！"

"我宣布，顾思忆荣膺校花之位。"

"我的神，这一届学妹怎么这么好看！"

"我已经设置屏保了，日常舔屏。"

"还有没有照片啊？再来几张啊！刚才那些我已经看了十几遍了，求上新！"

"没了啊，学妹跟她爸妈离开校园了。"

“到时候组团去看她军训，嚯嚯嚯！”

“今年高校校花评选，我们学校一定封神！”

夏之隽看着那些人兴奋地聊天，脸色一点点凝固。他知道这群上了大学荷尔蒙处于巅峰的男人对漂亮女孩子有多饥渴。连他都逃离不了这种生理控制，经常想着她。

可是，顾思忆是他的。只有他能想，只有他能亲近，只有他能占有。

夏之隽在群里发消息：“顾思忆是我的女朋友，群里的照片不要再往外流传，保存下来的请自觉删除。”

很少在群里冒泡的夏之隽，突然发出这么一句话，群里跟死机了一般静悄悄的。

就连走在夏之隽身边的几个同学都惊呆了。

半晌，他们才找回自己的语言，难以置信地问夏之隽：“你女朋友？顾思忆？这个漂亮小学妹？”

夏之隽淡淡地扫他们一眼，说：“她就是为了我，来的这所大学。”

“？？？”

“！！！”

“我难以接受！平常有那么多学姐、学妹喜欢你，居然还有小美女为你追到大学来！”

“我需要冷静冷静。”

班群里安静半晌，刚才放话要追顾思忆的班长陈闵昊发言：“你不是开玩笑吧？”

其他人翘首以盼。

夏之隽发送：“我再说一遍，顾思忆是我的女朋友，她是为了我来的这所大学。我不想在群里看到她的照片，还有保存照片的请删除，谢谢配合！”

杨杰啧啧道：“已经重复两遍，漂亮学妹为他而来。”

张扬点点头：“止不住的炫耀气息。”

夏之隽看向他们，勾了勾唇，笑容慵懒淡然。莫名的，让他们觉得很气人。他甩给他们一个高冷帅气的背影，翻出通讯录，走远给顾思忆打电话。

杨杰看着夏之隽的背影，说：“好气啊！”

张扬：“可不是，好气啊！去年都是打光棍，今年他突然就变出一个女朋友了！”

杨杰：“我以为天才的审美比较特立独行，为什么他的眼光也这么俗气？”

张扬：“就是啊！为什么他也喜欢漂亮的长腿妹妹啊？这不科学啊！”

一个女同学在旁边忍不住呵呵：“因为你们都有一个共同的名字——男人。”

夏之隽已经无心理会这些同学酸溜溜的八卦，打电话找某人兴师问罪去了。

电话响了几声，被接通，传来顾思忆带笑的声音：“喂？”

夏之隽问：“你到学校来报到了？”

顾思忆一愣：“你怎么知道呀？”

“怎么不提前告诉我，让我来接你？”夏之隽淡淡的声音，带了一丝不悦。

“因为我想去找你呀，给你一个意外惊喜嘛！”

是很意外，不过只有惊，没有喜。

“你怎么知道我来了呀？”顾思忆好奇地问。

夏之隽捏了捏眉心，这傻丫头怕是不知道人学校园里饿狼遍地走，就她这清甜貌美的诱人样子，掉进狼窝里，立刻被聚焦。

夏之隽说：“你现在在哪儿？我去找你。”

顾思忆：“我已经收拾好寝室，跟爸妈出来啦！打算在外面吃个饭，逛一逛，然后送他们去机场。”

夏之隽又一次不高兴了：“为什么不叫上我？”

“我打算来找你的嘛！”顾思忆乖巧地笑道，“你在学校等着我呀，我回来就找你。”

“好。”夏之隽无奈地应声，心里有点闷。她好像一点都不依赖他？兴冲冲地开始大学生活，把见他都排在后面了。

夏之隽把下午的行程改了，原本打算去实验室泡着，现在是吃了午饭回到寝室，对着镜子看了看自己。他在学校很随意，日常就几套简单随意的衣服换洗，头发长了就去剪短。

女朋友来了，他特地去洗个澡，把随意的短袖换成比较有型的休闲衬衣，搭配合适的裤子和鞋子，然后出去找个理发店，把头发修了一下。

到了傍晚，顾思忆来电话了：“我在东门外等你？”

等了她一下午的夏之隽，应声：“好。”

夏之隽挂掉电话后，大长腿大步流星，往东门去。

夏之隽从看到顾思忆的身影，到走到她身边去的这段路，已经看到好几个男生跟她搭讪。他加快脚步走过去，揽上顾思忆的肩膀，看向正跟她说话的男生，语气冷冷淡淡的：“不好意思，我女朋友不用你带路。”

男生一看夏之隽，眼里闪过讶异。

这不是夏大校草吗？不是传说中的性冷淡吗？他都有女朋友了？

再一看这长腿妹妹，乖乖待在他怀里，双眼发光地看着他……

男生瞬间心凉半截，灰溜溜地告辞。

夏之隽低头，看向顾思忆青春洋溢又漂亮明媚的脸庞，所有不快都烟消云散了，问她：“吃晚饭了吗？”

“没有，等着回来跟你一起吃呀！”顾思忆笑眯眯地道。

夏之隽轻笑一声，牵起她的手：“那我带你去食堂，正好给你办卡。”

“好呀！”顾思忆乖乖地跟在他身边。

一个是闻名遐迩的大帅哥校草，一个是从没见过的漂亮长腿妹妹，手牵着手在校园里走路，实在太惹眼了。

两人并肩走在林荫大道上，傍晚夕阳的余晖洒落，落在他们肩头，映着他的侧脸。画面仿佛是慢镜头被拉长，向旁观者娓娓道来一个小小的甜蜜的青春爱情故事，羡煞旁人。而夏之隽的同学和校友们，第一次看到他退去高冷疏离后，露出温柔的表情。

夏之隽带顾思忆来到食堂，帮她办卡后，带她去买饭。他特地带她在人流量最大的一楼大厅里坐着，位子非常醒目，非常显著。

顾思忆感觉自己这一路仿佛都在被围观？就连吃饭的时候都是，不停有人看过来。

她低声感叹："校草就是校草，走到哪里都备受关注，我都跟着你成了焦点人物。"

夏之隽没说出口的话是——现在你才是焦点人物。

她已经不再是高一进学校的那个青涩小丫头了，那时候的她是很甜很可爱。经过三年成长，眉目越发妩媚，身段越发窈窕，现在的她是……很甜很诱人。

这么招人的她，进入这所男女比例失调的工科大学……

夏之隽突然庆幸她坚定不移地报考了他的学校，不然，她掉入别的狼窝里，他更不放心。

吃过饭，夏之隽带顾思忆在校园里漫步，边走边给她介绍。

走到幽静处，夏之隽说："听说有个男生在这里趁机非礼女生。"

顾思忆瞪大眼："学校里哦，这么可怕？"

夏之隽点头："大学环境没有高中那么单纯，所以，你不要理会那些跟你搭讪的男生。"

"哦……"

"跟你要联系方式要微信的，千万不要给。"

"哦……"

"之前还有一个求爱不成，因爱生恨，伤害女生的案例。"

为什么学校被他说得很危险的样子？

"对待追求者，保持警惕，冷酷到底，不给一丝一毫的机会。"夏之隽说这话时，表情严肃，脸上带着一股凛冽之气，"有人对你死缠烂打，一定要告诉我。"

"嗯。"顾思忆点头。

夏之隽很满意她的反应，抬手揉了揉她的脑袋，弯起嘴角："乖。"

天色渐渐地暗了下来，他带着她越走越偏，到了无人的小树林里。

月上柳梢头，银辉倾泻，映着女孩娇媚的脸庞。夏之隽抱着顾思忆靠到树干上，仔仔细细地看着她。她被看得不好意思，别开脸，不太自然地说："我们……去其他地方走走？"

“累了，不想走。”他的声音低沉下来。

她偏过脑袋时，他顺势亲上她的耳朵。

顾思忆羞涩地转过脸，男人的双唇落下，封住了她的口。

“……”

这……这也太快了？

顾思忆刚进新学校，就被带到小树林里来接吻……让她很紧张，很不安。

“嗯……”她挣扎着，想要推开他，“别……”

她好不容易扭过头，刚喘过一口气，又被他缠上，还被迫张嘴迎接他的探索。

夏之隽整个青春期都在压抑自己对她的渴望和冲动。憋了三年，终于在她成年后能够理所当然地亲近，他现在一点都不想委屈自己了。

顾思忆被夏之隽亲得两颊滚烫。当他终于放开她时，她眼角都泛出泪花了。

“你……不要总是吻我呀！”她喘着气，软绵绵的声音似嗔似怨，“这是学校里呢！”

夏之隽哑着嗓子道：“这是大学，不是高中，我是你男朋友，亲你又怎么了？”

她被他噎住。

半晌，她想到什么，说：“毕竟是学校，影响不好呀……”

夏之隽：“这里没人，影响谁了？”

顾思忆不高兴了。

夏之隽看了她一会儿，点下头：“好吧，我送你回寝室。”

他牵起她的手往回走。

顾思忆缓缓地松了一口气。自从高考结束，她发现他有时候就像变了一个人，人前还是光风霁月，人后就……

两人在湖边慢慢地走着，夏之隽抬手捏了捏后颈说：“这段时间一直泡在实验室，腰酸背痛的，尤其是肩颈，晚上躺下都不舒服。”

顾思忆看到他眉头紧蹙的样子，心疼地说：“你要注意身体呀！”

夏之隽淡淡地道：“没事，就是晚上痛得睡不着，本来打算带你出去，让你给我按按……”

“……”

“没关系，反正都痛几天了，扛一扛就过去了。”

顾思忆听他这么说，心里纠结得不行。

夏之隽倒是一脸无所谓，牵着她往学生公寓那边走。

顾思忆突然顿住脚步，拉住他的手，说：“今晚就出去住吧！”

夏之隽眼里的笑意转瞬即逝，看向她时，善解人意道：“算了，你才来学校，留时间跟室友相处。”

“没关系啦，以后还有那么长时间，今天也不是每个人都到学校来了啊！还有人陪家长在酒店住的嘛！”

“哦！”夏之隽似笑非笑地看着她。

顾思忆有点害臊，这打脸的速度是不是太快了？

不管了。顾思忆果断拿出手机：“我来看看酒店。”

她刚点开手机软件，夏之隽就把手机抽走了，说：“订酒店这种事，还是交给男朋友。”他把她的手机重新装回她兜里，抬头时，看着她说，“你愿意陪我，我就很开心了。”

顾思忆看着那双盛满星辉的眼睛，心里软绵绵的，抿着唇笑。

夏之隽被那又傻又甜的样子逗乐，忍不住揉了揉她的脑袋。

两人来到校门口，打车去酒店。夏之隽为顾思忆考虑，怕她难为情，带她去了距离学校很远的一家五星酒店。两人来到酒店前台开房时，她埋着脑袋拿身份证，都不好意思正眼看前台的接待人员。

终于把手续办完，夏之隽牵着她上楼。

进了电梯，夏之隽通过电梯镜面看她垂下的眼睫毛和泛着红晕的脸颊，笑道：“你怎么像新媳妇进洞房？”

顾思忆抬起头，通过镜面瞪了他一眼。

夏之隽双手抄兜，慵懒地站在一旁，表情倒是轻松自在，眼里期待的火光隐隐地跳跃着。

进了房间，顾思忆走到沙发边，说：“你过来，我给你按摩。”

夏之隽没客气，仰躺在沙发上，顾思忆站在他身后，给他舒活肩颈。

“轻吗？”她问。

“还好。”他答。

“重吗？”她又问。

“还好。”他再次答。

顾思忆嗔道：“你要给个准确的反馈，我好掌握力道啊！”

夏之隽微顿两秒，说：“可以稍微再加重一点。”

“好。”顾思忆在女孩子中算力气大的，这么按下来还真让他觉得很舒服。

顾思忆按了一会儿，夏之隽抓住她的手，说：“好了，歇会儿。”

他拉着她的手，把她带到自己跟前，又拽到自己腿上坐着。

两人四目相对，顾思忆没由来地又害臊了。现在只要是单独相处，仿佛就充满了让人害羞的气息……

夏之隽搂上她的脖子，在她后颈缓缓地摩挲。她怔怔的，不知所措，他眼神温柔，慢慢靠近，吻住了她的唇。

又是……仿佛预料到他会亲她，她坦然地接受了。

好歹现在是在两个人的私密空间里，不像在校园里那么紧张了。

这一次他亲得很慢很温柔，似要一点一滴地、仔仔细细地品尝她的味道。

顾思忆就像是被温水煮青蛙，那些扭捏的、羞涩的心情，被这缱绻的甜蜜和爱意，一点点地压住了。她瘫软在他怀里，沉沦在他温柔的吻里。

气息渐急，室内不断升温。她双颊发烫，软绵绵的，似要被他融化。

事态快要失控时，顾思忆回过神，猛地跳起身，逃开。

顾思忆跑下沙发，一看时间，快十二点了。她提醒他：“都要半夜了，你赶紧回去休息吧！”

夏之隽双手叠在脑后，看着窗外的城市夜景，姿态慵懒，道：“好累啊，这么晚了，不想跑来跑去。”

“行嘛，那我去给你开房。”顾思忆也不想他太累。

夏之隽看她：“你这个套房的床是特大的，还需要另外开房吗？”

“不是……这是我睡的床呀！难道你要我睡地板？”

夏之隽说：“这么大的床，我们就不能一起睡吗？”

顾思忆的脸瞬间红透了："谁要跟你一张床睡觉啊！"

"你要是不放心，在中间放一盆水，怎么样？"

"……"这是什么骚操作？

"另外开个房间太麻烦了，我们睡在一张床上，各睡各的，还能一起聊聊天，不好吗？"

"可是……"

"你出去旅游还跟郑培培睡一张床，难道我不如她的地位？"

"她是我好朋友呀！"

"我是你男朋友呀！"

夏之隽眼神温和地看她，语气不疾不徐，说话有理有据，俨然一副正人君子的做派。倒是她跟热锅上的蚂蚁似的，浑身都不对劲。

"你不相信我吗？"他的眼神格外认真。

顾思忆瞬间点头："相信。"

"那你怕什么？"

"不是……我……"

"我会吃人吗？"

"不会……"

"你不喜欢我？不想跟我一起深夜卧谈，聊人生聊理想？"

"没有……我……行！行！行！你就睡吧！"

顾思忆彻底缴械投降。

夏之隽满意地弯唇："真乖。"

"走开啦……"顾思忆红着脸道。

夏之隽不跟她计较这些，顺利留下来的他，心情非常好，嘴角的笑容都快挂到天上去了。

他噙着笑意看她，说："你先去洗澡吧，我等你。"

顾思忆转身进了浴室。夏之隽站在玻璃窗前，手指有一下没一下地叩着玻璃窗，眼神散乱地看着窗外。

有点紧张，还有点兴奋……

即使他不打算干什么，但第一次跟她同眠共枕……

有生之年，第一次跟一个女孩同睡，还是他惦记了三年的女孩……

向来云淡风轻的学霸，有那么一丝不平静了。

夏之隽这边还在让自己平静的时候，那边传来顾思忆的叫声。

“你能不能出去一下呀？”

他为了听清楚，走到浴室外，结果刚走过来他就后退了。酒店的浴室门，中间是磨砂玻璃材质，上下是透明玻璃，看得到的地方是纤细的小腿和瓷白的肩颈，看不见的地方，被灯光勾勒出诱人的影子……

夏之隽定在原地，整个人都不好了。

顾思忆背对着他，又说：“你能不能出去一下呀？”

夏之隽缓了缓神，问：“为什么？”

“我有要用的东西在外面忘了拿……你拿着房卡出去一下，等会儿再进来……”顾思忆真是懊恼至极，一个人住惯的她，东西都是大大咧咧随便放，丢三落四的，这下子尴尬了。

“我帮你拿就好了。”他扯着干涩沙哑的嗓子，喉结上下滚动。

“我也说不上具体在哪儿呀，你出去一下嘛，我自己找找……”

“好吧！”夏之隽只有听话地出去。

但这一次他彻底不淡定了，玻璃上映出的玲珑有致的曲线，在他脑海里晃来晃去，无论思索什么学术难题，都赶不走。

他回到房间，走到落地窗前，闭上眼，深呼吸。

冷静，这只是一个开始。

顾思忆洗完澡，穿好睡衣出来，对夏之隽说：“我洗好了，你去洗澡吧！”

顾思忆穿着浅绿色真丝小吊带和短裤，衬得肤色越发白皙，嫩得吹弹可破。夏之隽看她一眼，收敛半天的情绪差点失控。

夏之隽暗暗吸了一口气，平心静气，走到她跟前，撩了撩她湿漉漉的长发，说：“过来，我先给你把头发吹干。”

顾思忆：“没事……我自己弄，你去洗澡嘛！”

“不急。”他带她来到浴室外配套的梳妆台，将备好的吹风机插上电，给她吹头发。

看着镜子里女孩那娇羞又妩媚的脸，他弯起唇，低低地笑道：“你怎么越长越好看了？”

顾思忆垂下眼，为掩饰羞涩，吐槽道："我们都那么熟了，就不要商业互捧了。"

夏之隽说："其实以前还不够熟。"

"……"

"真正的熟悉，是从灵魂到身体，赤诚相见。"

"……"

"你说呢？"他幽幽地反问她。

顾思忆完全招架不住这头大尾巴狼，脑子短路了。

半晌，憋出一句："我要不要竞选班干部？"

夏之隽默了默，道："热衷组织活动就竞选，想要自由就不用。"

"哦。"

夏之隽帮顾思忆吹干头发就去洗澡了。

顾思忆还没走出去，就见他转过身脱下了衬衫，露出后背。宽阔的双肩，舒展的肩胛骨和延伸到下面的窄腰，无一不彰显着男性的力量感和线条感。

夏之隽继续脱，顾思忆回过神，迅速跑了出去。

顾思忆上了床，将薄被拉上盖住自己。她又尴尬，又害羞，不知道怎么处理第一次跟男朋友同榻而卧，想了想，将大灯关掉，留着光晕朦胧的睡眠灯，然后缩在被子里闭眼装睡。

她是真的想眼一闭就睡着，而不是费劲地装睡。可是一颗心七上八下"扑通扑通"地乱跳，哪里睡得着。明明都深更半夜了，人也安静地躺在床上，可神经兴奋得跟蹦迪一样。

夏之隽洗完澡出来，上床。

顾思忆感觉到床的那一半往下陷了陷，一颗心都揪紧了。

还好，他躺下就没动了。顾思忆暗暗地松了一口气。她努力入睡，虽然浑身不舒服，感觉一个姿势睡久了压麻了，特难受，很想翻个身换个位置，但是她咬牙死扛着，就是一动不动。

越忍越不舒服，就连身上这里那里都好像跟着痒起来，特别想挠一挠……

顾思忆从没有睡觉睡得这么煎熬，一边忍着一边难受，心里像是有个小人在被油煎被火烤。实在扛不住，痒到崩溃，她终于伸手稍微挠了一下，又顺势动了动姿势。

本以为这样就能缓解一下，可是刚挠完，还是觉得不舒服。

又想换姿势，又想挠痒。

——老天啊，救救我！

顾思忆缩了缩，闭眼数羊，一只羊、两只羊、三只羊、四只羊、五只羊、六只羊……

终于，疲惫的神经让她睡着了。

次日，夏之隽带顾思忆在外面吃过饭，送她回学校的学生公寓。

顾思忆回寝室时，三个室友都在。大家聊聊天，很快就互相认识了。东北姑娘王姝个子偏高，张口就是东北特有的口音，顾思忆跟听春晚小品似的乐得不行。

南方姑娘张薇澜皮肤偏白，瘦瘦的，脸上有可爱的小雀斑，鼻尖有一颗浅痣，看着乖乖的。

从中部地区来的刘畅，有点胖，但胖得很匀称很灵活，没有丝毫肿胀感。

顾思忆是四个女生中最高的，也是最漂亮的，她一进来，刘畅就惊叫："哇，美女，你是我们寝室的吗？"

认真打扮过还化了妆的张薇澜看到顾思忆，眼里闪过惊艳："呀，真漂亮。"

"谢谢！"顾思忆大方地笑道。

下午去教室开班会，四人一起前往。其他专业或许男多女少，但他们管理系还算均衡，女孩子也快占据半壁江山了。男生们早早到教室，翘首以盼，等待女同学们亮相。

说不定这其中就有未来女朋友呢？

顾思忆跟室友们进教室时，男生们眼前一亮。

有个小美女，还有个大美女！

这四人落座后又有几个女生相继进来，一个小个子瓷娃娃般漂亮的女生再次引起大家注意，齐耳发，大眼睛黑白分明，在巴掌小脸上分外突出。

“哇，这一届的女同学们水准很高啊！”

“谁说工科强校恐龙遍地走，这不啪啪打脸。”

“酸爽，羡慕死其他系的汉子。”

大家兴奋地互相认识新同学时，辅导员带了两个大二的代班长一起跟大家见面。那位学长高大英俊，刚进来就引起了女生们的注意。老师和代班长简单讲话后，进入同学们自我介绍环节。

顾思忆上台时，原本在一旁心不在焉玩手机的代班长张思诚抬起眼，怔住。等她说完走下台，他还没缓过神，扭过头，追逐着她的身影。

班会接近尾声，张思诚积极地建群，把大家都拉进群。很快，班里人都在班级群里聚齐了，张思诚找到顾思忆，点开，申请加好友。

顾思忆正在跟左右同学聊天，没看好友申请。

班会结束，大家三三两两下楼。顾思忆跟寝室的姑娘同行，刚走到楼下，就看到夏之隽的身影。他坐在一辆自行车上，大长腿撑着地面，正在刷着手机，一看就是在等人。

当他抬起头，看向顾思忆时，她很清楚地听到周围女生的惊叹声。

顾思忆快步走到夏之隽跟前，夏之隽问：“忙完了吗？”

“没什么特别的事了，明天开始军训。”

“那上车吧，带你去吃晚餐。”

“哇，那个小哥哥是谁呀？”

“好帅呀……”

“妈呀，帅出天际！”

顾思忆跟夏之隽吃了饭回寝室，室友们拉着她兴致勃勃地八卦。

“下午那个找你的小哥哥是谁呀？”

“我天，好帅呀！”

“真的很帅，我长这么大，第一次看到这么帅的男生……”

“简直帅到让人无法自拔，好想再多看看那张脸，可惜他没一会儿就走了。”

顾思忆说：“他是我的男朋友啦，他叫夏之隽，在我们学校读大二，航空工程学院。”

“哇……”三个人同时惊叹。

“思忆，你太让人羡慕嫉妒恨了吧？”

“自己长得好看，还有个这么帅气的男朋友！”

“而且两人上同一所大学哦！简直神仙眷侣，天造地设的一对。”

顾思忆有点不好意思地笑了笑，笑容里又带着一丝甜蜜：“他比较厉害，是高考状元，我的成绩是他辅导起来的，高中的时候一直给我补课。”

三人被虐得嗷嗷叫。

“哭了，为什么我读书的时候没有这样一个小哥哥，就自己熬夜苦读啊！”

“我觉得自己的青春都喂了狗。”

“难受，想哭。”

顾思忆笑道：“我们学校里有很多优秀帅气的小哥哥呀，这四年好好把握。”

王姝嘿嘿一笑：“我就是冲着小哥哥来的……”

聊过八卦后，几人的关系瞬间拉近了。晚上上床了还在天南地北地畅聊，最后回归到班里的男生上。她们兴致勃勃地点评时，顾思忆是茫然脸。她对那些人的长相都是一片模糊的印象，包括她们说的很帅的代班长。

临睡前，她拿起手机，给夏之隽发送消息：“睡了没？”

他很快回复：“还没。”

顾名思义：“快要半夜了，赶紧休息呀！”

X：“嗯。”

顾名思义：“晚安！”

X：“安。”

顾思忆跟夏之隽说了晚安后，又打开淘宝，搜索“肩颈痛”，然后看到各种颈椎专用贴，她挑了三款最贵的下单，等到了给他试用下看效果。

夏之隽仰躺在宿舍床上，心情很矛盾。明明抱着她一起睡觉的时候很煎熬，激动得后半夜还睡不着，可是不睡一起也难受，再怎么样，亲一亲、抱一抱，也有种满足感。

第六章

次日，大一新生开始军训。

室友们叫苦不迭时，顾思忆安慰道："听说有的学校还去训练场呢，我们就在学校操场，已经很幸福了。"

"能不能不要这种幸福呀？"她们可没顾思忆这么乐观。

太阳升起来，阳光明晃晃的，大家在烈日下冒汗时，代班长张思诚来了。

他跟教官说了几句话后，把顾思忆叫出来，说："你跟我去一趟档案室。"

顾思忆莫名地问："怎么了，有事吗？"

张思诚点头："嗯，辅导员有交代。你先跟我来。"

两人离开操场，又穿过几栋楼，张思诚带她来到一间无人的办公室，说："你把这边还没整理的档案资料，分类整理一下。"

桌上堆了很多东西，顾思忆看着有点头大。能不能别让她干这种事情啊？这还没选班干部啊，为什么就把她喊来了？

"我们一起来。"张思诚笑道，"不用担心，这两个星期你可以在这里慢慢弄，军训就不用去了。"

顾思忆看着这位代班长，很认真地问："能不能换个人？"

张思诚被她问蒙了。女生们不都想逃避军训吗？在大太阳底下风吹日晒的，累得要死。来这儿待着就是个闲差啊！他可是为了讨好她才特地给她谋福利。

当然，送人情的同时，还有个单独相处的机会。

顾思忆又说："我不想待在这里做这个，你能不能在班级群里问问其他同学谁愿意？"

张思诚调整了一下思路，问：“你为什么不愿意？”

顾思忆直言不讳：“很麻烦啊，我宁愿去军训。”

张思诚：“……”

“好吧，我再问问其他人。”张思诚笑了笑。

本来就是为她谋福利，他没权利把她强行留下来，她要走，只能送客。

“谢谢代班长！”顾思忆礼貌地颔首示意，转身离去。

张思诚看着她的背影发愣。好看的妹子，都这么有个性的吗？

他愣了一会儿，快步追上去：“我送你过去。”

顾思忆说：“不用啊，你那儿还有那么多事，不耽误你。我知道去操场的路。”

张思诚：“……”

铩羽而归，暴风哭泣。

顾思忆重新回到操场上，加入军训。

休息间隙，几个姑娘一起聊天，有人问顾思忆：“代班长找你干吗啊？”

“打杂。”顾思忆耸耸肩。

“那你怎么又回来了？”

“拒绝了啊！”

“我宁愿去打杂，军训多累了，两周下来要脱一层皮。”

“那你赶紧跟他联系。”

当这些姑娘主动毛遂自荐时，代班长迟迟没有回复，躺倒装死。

张思诚看着那些微信消息……感觉受到了二次伤害。

中午，军训结束时，夏之隽就在操场边等着顾思忆。顾思忆的几个室友老远就看到了，叫道：“顾思忆，你的大帅哥男朋友又来了！”

“你们感情浓度好高哦，简直就是一天不见想得慌。”

顾思忆被他们调侃得有点不好意思，笑道：“那我先过去了，不跟你们一起吃饭了。”

“去吧，去吧，你是拖家带口的人，跟我们单身狗不一样。”

顾思忆来到夏之隽跟前，夏之隽把买好的一杯杨枝甘露冷饮插上吸管递给她。顾思忆猛吸一口，感觉好喝得快要飞升了。她双眼放光地看着夏之隽："你在哪儿买的呀？好好喝呀！"

"校外有一家还不错。"他知道她会喜欢，那家店人气旺不送外卖，他特地打车去给她买。他一边排队一边看论文，以前无法理解的排队，现在是心甘情愿，只要她喜欢。

顾思忆幸福地喝着冷饮时，夏之隽从包里拿出一包湿巾，抽出一片递给她。

顾思忆接过，擦拭额头不停滚落的汗水。

等她缓过劲，夏之隽拉起她的手，带着她往食堂走。

顾思忆一只手被他牵着，一只手拿着杨枝甘露美美地喝着。旁边那些路过的大一新生频频往这边看，快要羡慕哭了。这是哪里领的男朋友啊……

吃午饭时，夏之隽班上两个男生凑热闹坐在了他们旁边。他们热情地跟顾思忆打招呼，顾思忆回以笑容。夏之隽吃完后，一只手搭在顾思忆的椅背上，一只手漫不经心地玩着手机等她。

那两人习惯了夏之隽的寡言少语，积极踊跃地找顾思忆聊天。夏之隽目光淡淡地扫过他们，又落在顾思忆灿烂的笑靥上，突然有点闹心。

那两人似乎感觉到了来自某人不爽的气息，把话题往他身上带。

"话说，夏之隽那么无趣的性格，是怎么追到你的？"

"就是，他能找到学妹这么漂亮的女朋友，我也想学习一下。"

顾思忆笑道："这个学习不来。"

"为什么？"那两人同时追问。

"他颜值高啊，不需要追女孩。就冲那张脸，我也得倒追。"

"会心一击。"

"打扰了，打扰了。"

夏之隽睨着顾思忆，不需要追？他明示暗示地追了她那么久，又为她憋了那么久，才终于尝到点甜头。不追的话，只怕到现在还口口声声地叫他"夏哥哥"，被一群人讨好着当小姑子。

这丫头就是反射弧太长，没那么开窍。不过他也无所谓，谁叫他那么稀罕她，追着她、宠着她都心甘情愿。

吃过午饭，夏之隽送顾思忆回公寓午休。

到了楼下，他说：“晚上带你出去吃饭怎么样？有一家很好吃的火锅店。”

“好哇！”顾思忆对吃真的很来劲，又说，“要不要把我室友都叫上啊？火锅人多一起吃，更丰富，更有意思。”

“周末放假再请你室友吃饭吧！”

他暂时不想跟任何人分享她的时间。

“好，听你的。”顾思忆欣然点头。

下午军训继续。大学的军训比高中的军训严格得多，也累得多。不过顾思忆的身体素质一直很好，应对这些没什么问题。

军训休息间隙，顾思忆看到蔡晓冉把她们寝室四个女生拉到一个群里，群里除了她们五个人，还有张思诚。

蔡晓冉：“今晚请你们寝室一起聚餐哦！”

刘畅：“班长发福利吗？”

王姝：“我还寻思今晚该吃啥，这下完美解决。”

张微澜：“收到，谢谢！”

蔡晓冉：“思忆呢？”

顾思忆：“我晚上有安排了怎么办？”

蔡晓冉：“我们这段时间会以寝室为单位，轮流请我们班同学聚餐，促进团队感情。思忆同学，你要不把个人活动先排开，积极参与集体活动？”

坐在顾思忆身边的几个室友问她：“你有什么安排呀？”

顾思忆道：“男朋友说带我出去吃饭。”

“男朋友就下次嘛，你们有的是时间一起吃饭，代班长特地请我们寝的吃饭，你不去不好吧？”

“是啊，你不去肯定不好。而且你也没什么正经事，就是跟男朋友一起吃饭。”

“要不要我们帮忙跟你男朋友讲啊？他肯定能理解的啦！”

室友们在她耳边你一言我一语的，她也是很为难，只好发信息给夏之隽。

她直接把那个小群的对话，截图给夏之隽看，说：“晚上要聚餐，怎么办？”

夏之隽回复：“去吧，融入集体。明天我再带你去吃。”

顾思忆发送：“谢谢大宝贝！”

顾思忆在群里回复后，蔡晓冉单敲张思诚，发送：“你女神应约了！大猪蹄子，怎么感谢我？”

张思诚给她转账八千元，发送：“新手机上市了，去换。”

蔡晓冉：“就喜欢你这么俗气的感谢。预祝你马到功成！”

张思诚：“以后还有需要你的地方，姐姐多关照。”

张思诚在他们院系里，算是一个出名的帅哥，不仅因为长得帅，还因为家里有钱出手阔绰。

军训结束后，几个女孩子回寝室洗澡换衣服。

下楼跟蔡晓冉碰面时，张思诚开了一辆宽大的越野车在路边等着。

蔡晓冉招呼女孩子们上车。蔡晓冉坐上副驾驶座，宽敞的三人后座坐她们四个女生都不拥挤。张思诚取下墨镜，转头跟她们问好。

本就觉得张思诚很帅的刘畅，有点呼吸不畅了。

张思诚转过头继续开车，边开边问：“听说顾思忆同学是特地推了其他安排来跟我们聚餐。”

刘畅接口道：“对啊，她本来跟男朋友有约呢！”

张思诚愣了愣，笑道：“这才刚进大学就有男朋友了？”

“我们是高中同学。”顾思忆说。

张思诚又问：“他也在我们学校吗？”

张薇澜说：“是啊，他也是大二，航空工程学院的夏之隽，可帅了！”

张思诚心里一个咯噔，夏之隽……这厮是很帅，帅成了公认的校草！

难怪小学妹对他的殷勤不为所动。没关系，他打持久战。只要锄头挥得好，没有墙脚挖不到。

车子开到商业中心的地下停车库，张思诚让女孩子们先下车，自己再停车。

刘畅和张薇澜看着熟练地倒车入库的帅学长，以前在中学里都是一群毛头小子，一进大学，接触到这么一个风度翩翩带有男性魅力的学长，心里难免小骚动。

可惜……他的目标人物顾思忆，站在一旁玩手机，看都没有多看他一眼。

张思诚停好车，带她们去粤菜餐厅。粤菜餐厅消费偏高，他又点了一堆高档食材的菜品。当然他丝毫不显摆价格，就跟大哥哥一般，跟几个女生聊着入学情况。

夏之隽发来微信："晚上吃的是什么？"

顾思忆随手拍了一张照片给他："粤菜。"

很快，他回复："你对面坐的是个男生？"

顾思忆："是啊，他叫张思诚，是我们班的代班长。"

夏之隽："好，你给我发个定位，吃完我来接你。"

顾思忆发了定位后，有点纳闷，他怎么知道对面是个男生？她把照片再次点开看，发现张思诚的手出镜了……但是也就一只手而已。好吧，天才连观察力都比我等凡人敏锐。

没一会儿，夏之隽又发来信息："我已经出发了，干脆跟你们一起吃饭，认识认识你的同学。"

他一开始以为就几个女生一起聚餐，她发给他的那张截图里都是女生头像和姓名，便随她去了，大学一共四年，融入集体也很重要。现在突然出现一个男生，还是大二的学长，他就不那么云淡风轻了。

学长泡学妹，近水楼台，防不胜防。

顾思忆放下手机，跟大家说："我男朋友忙完了还没吃饭，我把他叫来跟大家一起吃饭，怎么样？"

"好哇，好哇！"张薇澜欣然响应，"思忆的男朋友超级帅的！那颜值，看着都下饭。"

王姝："欢迎，欢迎，我第一次跟那么帅的男生一起吃饭，想想还有点小激动！"

刘畅也说："让他赶紧来，趁现在菜还没上完。"

蔡晓冉扫了张思诚一眼。

——名花有主，看你咋整？

她知道他心里肯定是不乐意人家男朋友过来的，不过几个学妹都这么说了，她也没理由拒绝，便笑道："好啊，来了一起认识认识。"

张思诚敷衍地笑了笑。

二十分钟后，夏之隽便到了。顾思忆出去接人的时候，张思诚让服务员把吃了的菜撤下去，拿起菜单点了几道新菜，都是比较贵的上等食材。

他不是那种低端段位的男生，见到情敌就分外眼红，现在人家是正主，把场面搞砸了就彻底陷入被动。不如搞好关系，等待机会。闺密可以抢男友，哥们也方便抢女友。

顾思忆带夏之隽进来。夏之隽穿着休闲的白衬衣，身形颀长，看着清爽又出挑，俊美的眉目透着淡淡的凛冽，气质卓然。

原本在只有张思诚一个人的情况下，几个姑娘都觉得他可帅了。当夏之隽过来，跟他坐在同一张桌子旁，左边是他，右边是夏之隽……

登时，对比鲜明，高下立现。

王姝觉得再看张思诚，居然看出了一种油腻感？

蔡晓冉有些同情地看了看张思诚。本以为凭借他的财力和外貌，泡个刚入学的小学妹应该不成问题。哪知道人家的男朋友……是夏之隽啊！

夏之隽帅得光风霁月，美好到让人觉得高不可攀，自带距离感。而张思诚……在普通人里算帅哥，在这种顶级帅哥跟前，完全被吊打。更不用说，他们经管系的妹子尤其喜欢航天系那些厉害的小哥哥。

顾思忆给夏之隽逐一介绍自己的室友们，然后是两位大二的代班长。夏之隽与张思诚眼神交汇，淡淡颔首，礼貌地笑了笑。

蔡晓冉面对以前连话都说不上的校草，激动得有点难以自抑。她对顾思忆说："你男朋友是我们学校大名鼎鼎的校草啊！你知道有多少女生喜欢他吗？去年他参加校际联赛的时候，一群本校、外校的迷妹疯了一样！"

顾思忆："……"

她依稀回忆起了高中运动会上，他粉丝团的风采。

"就大一结束的时候，还有大四学姐穿着婚纱求爱！"

顾思忆看了一眼夏之隽：“这么夸张的哦？”

都没听他说过……

“不夸张，不夸张，每次大课只要有你男朋友在，都会被挤爆！不只是本校，还有外校来蹭课围观校草的！校际论坛上，你男朋友的颜值被封神！”

顾思忆再次看向夏之隽。

厉害了夏大佬。

夏之隽淡淡地道：“我眼里只有顾思忆，对其他女生没印象。”

他慢条斯理地替顾思忆倒了一杯茶，说：“那些事我都没什么印象。”

顾思忆没忍住，弯起嘴角笑了。

众室友：“……”

这还吃什么饭啊，狗粮都吃饱了好吗？

蔡晓冉不由感慨，夏校草不是真高冷，他是只暖女朋友！

原本在饭桌上很活跃的张思诚，夏之隽来了之后就安静了。最让他郁闷的是，那些女生的注意力全部在夏之隽身上，他无人问津。

这顿饭吃得……真是花钱找罪受。

他在一旁无奈当绿叶，而夏之隽和顾思忆并排坐在对面，宛如一对金童玉女。餐厅柔和的灯光，映着他们年轻漂亮的脸庞，两人目光对视时，顾思忆眼里流露出的甜蜜，夏之隽脸上沉静的温柔，无不让人感受到这份感情的黏性和甜度。

张薇澜在心里默默感叹：看了那么多言情小说，居然还不如嗑室友的糖。

王姝想起上午顾思忆说的事情，她在微信敲张思诚的时候他没反应，以为他是忙得没顾过来，便趁着这个机会在饭桌上问道：“代班长，我听思忆说你那边需要人手来干活？思忆不想干，你可以考虑我呀！”

刘畅立刻跟着道：“还有我，我也有空。”

顾思忆点头：“啊，对，她们都挺有兴趣的。”

张思诚：“……”

这群姑奶奶，哪壶不开提哪壶？

夏之隽看着张思诚，问：“干什么活？”

“就是整理档案，这边人手不够，调人帮忙。”张思诚笑道。

他这招忽悠小学妹还行，夏之隽立刻就知道怎么一回事了。他利用权责之便想照顾顾思忆，哪知道顾思忆不吃这套。

夏之隽问顾思忆：“你怎么不帮学长？”

顾思忆：“我不喜欢做那些烦琐的事情，军训比较有意思。”

张思诚：“……”

——你怕是傻吧？那么轻松的闲差完全就是混时间，不比风吹日晒的军训舒服？

夏之隽淡淡一笑，道：“我也觉得军训比较有意思。”

这小傻妞，身心素质良好，没那么娇弱，天然屏蔽了不怀好意的男人。

吃完后，张思诚把服务员喊来结账。

服务员说：“您好，一共消费两万一千元。”

几个女生都愣住了，这顿饭居然这么贵？

张思诚要的就是这种豪惊四座的感觉，他潇洒地拿出卡，正要拿给服务员，服务员却说：“不好意思，先生，系统显示你们已经结账。”

夏之隽淡淡地道：“刚才去洗手间，路过收银台顺便买了单。”

蔡晓冉愣眼看他，两万一千元啊，就这么顺手付了？这位学霸平常看着很低调，不像有钱人家的公子哥啊！

装豪失败的张思诚：“这不是说好了，我请学妹们吃饭吗？”

夏之隽说：“我是顾思忆的男朋友，第一次跟大家见面，理应请大家吃饭。”

他平平淡淡的表情，仿佛这是再随意不过的一顿饭。

张思诚压住不爽，转而笑道：“好，这次就你来，下次我再请你们。”

几个女生星星眼地看着夏之隽，帅气还专一，低调又大方！顾思忆拥有他，一定是上辈子拯救了银河系！

吃完饭离开餐厅，夏之隽说：“我跟顾思忆还有事，就不跟你们一起回学校了。”

几人室友欣然点头：“好的，好的！我们很识相的，不做电灯泡！”

张思诚微笑道：“你们玩，我送妹子们回学校。”

他一转身，嘴角抽了抽，在心里骂娘。

顾思忆跟夏之隽单独在一起后，顾思忆说：“两万一千元太多了，我给你出一半。”

夏之隽睨她一眼：“你就不能在其他方面替我省省心？”

“比如说？”顾思忆纳闷地问。

夏之隽：“比如说，不要再跟那个代班长接触。”

顾思忆忙道：“我们本来就接触得很少呀！”

“他带你们班，还有很多时间和机会接近你。”夏之隽抓紧顾思忆的手，叮嘱道，“不要跟他单独活动，不要跟他微信聊天。”

顾思忆看向他，发现他绷着脸，表情淡到冷峻。

“嗯？”夏之隽的目光扫过来，顾思忆感受到一种秋风扫落叶的强势。

她赶忙点头。夏大佬三年培养出来的威信，瞬间让她屈服。

夏之隽提议：“现在时间还早，要不我们去看个电影？”

“好啊！”顾思忆欣然同意。

夏之隽带她来到私人影院，选了一个情侣小包间。只有两个人的观影环境，为小情侣构建出很私密的观影空间。

电影开场后，夏之隽搂住顾思忆的肩膀，将她抱在怀里。

顾思忆乖乖地依偎着他。没一会儿，他的手指游移到她的耳垂，轻轻地捏着。

顾思忆没吭声，也没阻止，假装专心地看电影。

当他双臂囚着她，低头啃上她的耳朵，她没忍住，低咛一声。

他在她耳边哑声道：“让我碰一下好吗？”

顾思忆红着脸，不知道他说的什么，脑子里胡思乱想，似是而非。

当然，他只是礼貌地问一下，不等她回答，就开始自顾自地摸索。她想挣扎，他索性敞着腿坐，将她摁在中间，困在自己胸膛里。

顾思忆暗暗使劲，他压制着她，咬着她的耳朵道：“我要男朋友的福利。”

顾思忆正要开口说话，他低下头堵住她的嘴巴，亲她个措手不及。

在他的强势下，她只能妥协，红着脸，任由他占据高点。

夏之隽扣着她的脑袋，享受着那触感，深深地呼吸，整个人快要疯掉的感觉。

顾思忆也快要疯掉了，浑身都在烧，从上烧到下，如大火燎原。想逃，他还不让。

九十分钟的电影结束，谁也不知道电影讲了些什么内容。

两人走出影厅时，表情都有点腼腆，羞涩感写在两张年轻的脸上。

顾思忆软软道："我得回学校了，明天还要军训。"

夏之隽的嗓子有点哑，点头道："好，我们回去。"

回到学校，走到公寓楼下，夏之隽抱住顾思忆不愿放开，在她耳边低声道："你怎么就让我着了魔？"

顾思忆的脑袋埋在夏之隽怀里，突如其来的情话，让她不知如何招架，心脏"扑通扑通"地跳，兴奋又愉悦。半晌，她软软道："我也喜欢你。"

夏之隽不满足，咬着她的耳垂问："只是喜欢吗？"

顾思忆如触电般地退缩："有人呢……"

公寓楼下，确实有来来往往的学生，幸好这是在晚上，两人又站在光线昏暗处，才不那么显眼。夏之隽牵起她的手，带着她绕过一旁的绿化带，一堵厚墙挡住了外界视线，这地方更隐蔽了。

夏之隽圈着顾思忆，抬起她的下巴，在她的嘴唇上又亲又啄……

顾思忆有点蒙，之前在影院里亲了那么久，怎么又亲上了？

"不要啦……"顾思忆别过脸躲避，娇滴滴的声音似嗔似怨。

夏之隽转而去亲她的脸颊，那羞红的脸蛋像熟透的苹果，又香又甜。

顾思忆："我得上去了，不然等会儿要锁门……"

夏之隽含混地应声："嗯。"

顾思忆："明天见……"

夏之隽："嗯。"

顾思忆再次提示："我走了啊……"

夏之隽："嗯。"

顾思忆："……"

——抱着我怎么走！你先放开我呀，大佬！

无奈，顾思忆将夏之隽推开："走了啊！"

"嗯。"他这才作罢，目送她离去。

顾思忆回到寝室，室友们还没休息，她一回来大家就想围着她八卦，阵势还没拉开，一看她那样子，都笑开了。

顾思忆愣住："你们笑什么？"

"原来高冷的校草这么骚气哦……"几个人捂着嘴巴偷着乐。

"你们好讨厌哦，都不好好说话！"

"你自己照照镜子看嘛！"

顾思忆坐到椅子上，对着自己的梳妆镜看，不看不知道，一看……瞬间红了脸。

嘴角明显是被亲过的……

顾思忆懊恼极了。她倒不是怕痛，只是这斑斓的样子，怎么见人呀！

张薇澜很体贴地递给她一个药膏："稍微涂一下，睡一晚应该就好了。"

"谢谢！"顾思忆接过来。

刘畅在一旁坏笑道："你们不是谈了三年吗，这么久还这么难分难舍哦？"

"高中没有，高中搞学习去了……"顾思忆红着脸解释道。

那时候跟现在可完全不一样。曾经的单独相处，都是一本正经地补课，他比她还认真，严肃得不行。只怪当时太年轻，哪知道高冷大神是属狼的……

张薇澜笑道："状元就是有头脑，先把女朋友带到大学来，然后光明正大地谈恋爱。"

王姝跟着道："状元内心独白，苦守高中三载，一朝升入大学，连本带利讨债。"

顾思忆："你们别逗了……"

刘畅："思忆，求求你把桃花运分我们一些，让我们都脱单吧！"

王姝："有幸运女神在，我们寝室一定是最早集体脱单的寝室！"

大家嘴上在调笑着顾思忆，心里不知道多羡慕。青春期懵懂的心思在中学被压抑，好不容易上了大学，再不恋爱起来就是蹉跎青春了。

夜深人静，顾思忆上床准备睡觉时，夏之隽发来微信："睡了吗？"

顾思忆想要吐槽他接吻的力度，又不好意思说，最后还是若无其事地回复：“正要睡。”

X：“不要跟张思诚聊微信。”

顾名思义：“我跟他真的不熟呀！”

X：“答应我。”

顾名思义：“好呀，好呀！”

X：“乖。”

顾名思义：“嗯。”

顾名思义：“睡啦，晚安！”

X：“安！”

第二天军训，张薇澜被张思诚借走。当然，只是为之前的事情掩饰一下，不然顾思忆不去就不要人了，有点太明显。

休息时，刘畅摘下帽子扇着风，羡慕道：“不用军训多好啊，累都累死了。”

“就是啊，你有这美差还不要，真想不通。”王姝不解道。

顾思忆哭笑不得：“我真的没觉得累啊……”

以她的体能，这种军训根本不算什么。相比跟张思诚去档案室干活，她宁愿在这里接受阳光雨露，自由呼吸。

不远处，几个女生站在一起，朝这边看过来。

大一的学妹对大二的程灵说：“喏，那个高高的瘦瘦的，站得很直的，就是顾思忆。”

程灵朝她们目光示意之处看去，明明有一群女生，可那个女孩就是很吸睛。个子高挑，随意站着时肩背也很直，看着气质特别好，穿着军训服的背影都有种清丽感。

她转过头跟身旁的女生说话，程灵看到了她的侧脸，白皙的皮肤在阳光下干净透亮，翘挺的鼻尖到下巴勾勒出一条精致的弧线。

“挺漂亮的。”程灵说。

身旁女生道：“是啊，我们班男生一直在打听她。要不是她身边有个男朋友，肯定是众星捧月般，拥有一群追求者。”

“我们班还有男生把她封为校花呢！”

“校花还是夸张了吧？虽然确实挺好看的……”

“我也觉得挺好看的，而且气质很好，一看就是富家千金。”

程灵沉默了。顾思忆那个男朋友夏之隽，是她认识了两年，喜欢了一年的人。

高三那年，在全市排名中得知夏之隽这么一号人物，毕业后看到网上流传的他的准考证照片……就那张照片，帅得让她怦然心动。最巧合的是，两人居然上了同一所大学，还在同一个班级。她认为这是上天赐予的缘分。

这一年她默默地陪在他身边，时而跟他讨论学术上的问题。他对其他女生的追求不为所动，更让她钦佩又向往。

哪知道升入大二，画风突变……

大家都说他女朋友来了。

她特地过来看看这位传说中的女朋友。

那边新生们集合，顾思忆转身时，程灵清清楚楚地看到了她的正面。

是挺好看的，但也没有好看到能配上夏之隽的程度。

顾思忆不知道有很多人在观察她，或者说就算知道也不在意，更无所谓那些有的没的注视和讨论了。高中逼着自己苦读三年，升入大学的她犹如脱笼的小鸟，浑身舒坦，身心放松。

军训期间，学校各社团都在招新。在食堂吃过晚饭后，顾思忆跟室友们一起这里看看那里看看，对什么都很有兴趣。室友们讨论的时候，她给夏之隽打电话。

顾思忆：“你报的什么社团啊？”

夏之隽：“自动控制协会，数学建模协会，凌峰社。”

顾思忆自动屏蔽掉前面两个，饶有兴致地问：“凌峰社是干什么啊？”

夏之隽：“攀岩、登山。”

顾思忆为之一振：“哇哦，我要参加！”

夏之隽弯起唇。他看到这个社团的时候就知道顾思忆会感兴趣。当初爬峨眉山的时候她那股飒爽英姿的劲他还记得。

顾思忆挂掉电话，兴冲冲地到凌峰社招新处填表登记。自己填了，还不忘拉室友一起来：“看看这理念，在攀登中挑战极限，在行走中探索未知，在自然中完善自我，多带感啊！”

张薇澜自觉体力不好，敬谢不敏。王姝和刘畅倒是很有兴趣地一起报名了。

完事后，她跟室友继续走动，又看到很多好玩的协会，她再次给夏之隽打电话。

顾思忆问：“你怎么不报篮球社啊？”

夏之隽说：“篮球自己玩玩就行，懒得报社团。”

顾思忆：“哦，女孩子玩的不多，我得加入女篮才有人一起玩吧？”

夏之隽说：“那你报名吧！”

顾思忆又说：“还有轮滑协会哦，我也想找人一起玩！”

夏之隽说：“报名吧！”

“嗯嗯，那我去报名啦！”

挂电话时，夏之隽都能感受到她的兴高采烈。

当夏之隽再次走入实验室，同学张扬笑道：“你以前进实验室不是直接屏蔽电话的吗？”

夏之隽淡淡地道：“此一时，彼一时。”

一旁的程灵走到夏之隽跟前，把记录的 组数据给他看，跟他探讨问题。

两人交流了一会儿，夏之隽的手机又响了。杨杰调侃道：“我说，你怎么突然这么忙啊，为科学献身的精神去哪里了？”

夏之隽波澜不惊道：“科学是谁？不认识。我只想为顾思忆献身。”

这几人也是没想到，夏之隽会突然冒出这样的骚话，愣了几秒后，哄然大笑。

程灵在一旁闷不吭声，低头摆弄自己的东西。

夏之隽再次走出实验室接电话，眉宇间带了一丝淡淡的无奈，和过分偏爱的纵容。

“啊，我还看到了街舞社，这个我也喜欢！”顾思忆兴奋道。

夏之隽知道她会跳街舞，高一军训的时候她就表演过一段。可是他不太想她加入，这种表演性的才艺太吸睛了。尤其她跳舞的时候，身段又软，眼神又媚……

夏之隽说："报那么多，你有那么多时间？"

"有啊！大学的课程不是比高中轻松多了吗？"

"……"夏之隽没作声。

顾思忆的兴奋度降低了，弱弱地道："我以为上了大学，就能放轻松，好好玩了……不是这样的吗？"

夏之隽："是这样的，你报名吧！"

他居然不忍心听到她这么失落的语气。

通过高中时对她的辅导，他知道她骨子里是不热爱学习的人。这样的人，考上好大学尤其不易，不给她快乐和自由，他都心疼。

夏之隽说："你还想报哪些？干脆一次性跟我说完再挂电话。"

"哦哦……是不是打扰到你了呀？"顾思忆有点不好意思了。她是想到哪儿兴之所至就想跟他聊聊。

"没有。"夏之隽当即否决，温声道，"我是你男朋友，你有权利随时找我。"

顾思忆抿着唇都忍不住弯起嘴角笑，笑得三分娇羞七分甜蜜。

等这一晚上的活动结束，室友们跟顾思忆一起回公寓，忍不住取笑道："我真的服了你了，一路上跟你男朋友电话不断，什么鸡毛蒜皮的事情都要说一说，你不嫌啰嗦啊？"

"啰嗦吗？"顾思忆反问，浑然不自知。

"很啰嗦！"那三人异口同声。

顾思忆为了找回场子，轻哼："那是因为你们没有男朋友！"

"……"室友们瞬间被一万点暴击反弹。

不久后，为期两周的军训结束，顾思忆还拿了个优秀学员。拿奖也就算了，大家最气的是，为什么两周前她那么白，两周后还是那么白？

当然，顾思忆不这么觉得。她是真的发现自己变黑了，至少比以前黑了三个度！

军训结束后的周末，分散到各个学校的高中小伙伴们终于喘过一口气，聚到一起了。

郑培培特别豪气地在五星级酒店订了三间套房，扬言要嗨个两天不回学校！

陆嘉烨去国外，苏韩赶通告，聚会的小伙伴有六个人。她跟顾思忆一间房，向梨跟张欣奕一间房，夏之隽跟周骁一间房。

热热闹闹地吃了一顿火锅，女生们互相吐槽变黑了变丑了，夏之隽和周骁聊了聊近况。

当晚，郑培培跟顾思忆进房间，郑培培扑到她怀里，嗷嗷叫："忆哥，想你，想你！"

顾思忆淡定地摸摸她的脑袋："诚实点，把我的名字换成苏韩吧！"

郑培培"嗷呜"一声，扑倒在沙发里。

苏韩现在红得如火如荼，通告排得太满，没有多少时间给女朋友。而且，他的人设一直是单身，就算约会也得高度戒备，公共场合基本别想去了。郑培培只要能在他的小公寓里跟他见个面，亲热亲热都够她开心了。

从暑假确定关系，到现在三个月……

郑培培抬起一张巨丧的脸，看向顾思忆，问："你跟学霸多久约会一次？"

顾思忆想了想，说："没有特殊情况的话，每天都会见面啊！"

"……"郑培培摸了摸胸口，说，"冷静，你们一个学校，有地理位置优势。"

顾思忆问她："你跟苏韩呢？"

郑培培扳起指头数了半天，说："三个月，见了三次吧！对，就三次，一次不多，一次不少。这还是他努力创造条件得来的机会。"

顾思忆有点心疼郑培培，正想安慰她几句，就见郑培培拿出手机，打开论坛，刷首页给她看："可是我每天都能看到他的各种消息啊！各种照片各种广告……虽然他人不在我身边，但我觉得跟在身边差不多！还有哦，他答应了我，每天都发微博……"

郑培培说了半晌，突然就倒在顾思忆肩头，哭唧唧道："可还是好羡慕你和学霸啊……”

顾思忆安慰道：“可是你能跟偶像谈恋爱啊！明星对于其他粉丝来说只能远观，你能亲亲、抱抱、打打闹闹，不开心吗？”

郑培培被戳中，瞬间笑逐颜开，抱着顾思忆说：“开心！在一起的时候超级开心！我就喜欢他温温柔柔被我欺负的样子，可爱到爆炸好吗？”

温温柔柔……被欺负……

顾思忆无语望天：“欺负学霸是什么感觉啊？我好想体验一下。”

郑培培笑：“学霸跟我家苏苏不是一类人啦，学霸看起来就很凶！”

顾思忆托腮，很凶？她忍不住辩解了一句：“其实他也很温柔呀！”

“那他就是温柔的凶！”郑培培嬉笑。

“对了，你家苏韩出的新歌很好听哦！传唱度可高了，军训时搞活动大家还一起合唱。”

“那必须！我们学校也是啊！喜欢他的歌的人可多了……不能昭告天下他是我的人，真的憋得好辛苦！”一说到苏韩，郑培培兴奋得滔滔不绝，顾思忆觉得听她说话很下觉，仿佛回到了高中的时候，睡前乱七八糟地瞎聊，聊着聊着就睡着了……

第七章

秋日金阳，天高气爽。

难得相聚的假期，顾思忆和小伙伴们兴致勃勃地相约爬长城。

夏之隽包了一辆车，六人一行出发前往八达岭长城。走了一截路，还没上长城，郑培培就后悔了，哭丧着脸道：“我为什么要同意来爬长城？难道军训吃的苦还不够吗？”

顾思忆说：“不一样啊，军训在操场上多闷，我们现在出来是呼吸新鲜空气，饱览壮丽河山。”

郑培培一脸嫌弃：“你是一个运动狂，有用不完的精力，这方面我跟你没有共同语言。”

夏之隽买了水，拎过来给她们每个人分了一瓶。

郑培培接过水，挤对道：“学霸，你家忆哥有使不完的劲，这是你不够卖力啊！”

这话有点污，顾思忆一时间没有反应过来，但夏之隽是秒懂。刚递到她手上的水被抽了回来，夏之隽留她一个冷漠的背影，继续给其他人发水。

“别……大佬，我说错了还不行吗？给条活路……”郑培培立刻低头，跟他讨水。她可不想自己走那么远去买水。

夏之隽对于非顾思忆之外的女性，没有任何怜香惜玉的心态，郑培培可怜巴巴，他视而不见，将那瓶水直接装进背包里，大步前行。

陆嘉烨和苏韩都不在，郑培培也没人使唤了，只能转而借顾思忆的水喝：“忆哥，救救我……”

顾思忆把自己那瓶水支援给她，快步跟上夏之隽的步伐。

她拉住夏之隽的手，眼巴巴地看着他：“口渴……”

夏之隽回过头，对上那双讨好的眼睛，将自己手里那瓶喝了一半的水给她。

顾思忆微怔，夏之隽觑她：“不喝？”

顾思忆停住步，拧开盖子，仰头喝了一大口。高中的时候还有点羞涩，现在经常做着换口水的事情，共喝一瓶水什么的是小儿科了。

夏之隽停在一旁等她，嘴角微微弯起。等到她喝完，他接过水，牵着她的手，继续前行。

可怜的孤家寡人郑培培走在后面，与向梨同行。张欣奕跟在周骁身旁，他们上的同一所大学，进入大学后周骁对她比较照顾，两人的关系比高中时更熟络一些。

向梨跟郑培培在后面聊八卦，顾思忆跟夏之隽拉着手在前面爬台阶。张欣奕迈着小短腿跟着周骁，累得气喘吁吁，郑培培忍不住喊了一声：“周骁，你就不能慢点走，等等人家姑娘啊？你们的腿相差至少十厘米好吧？”

周骁：“……”

张欣奕红着脸，忙道：“没事，没事……是我太慢了……”

周骁被提醒后，放慢了步伐，跟张欣奕保持一致。虽然他嘴上没说什么，但张欣奕感受到他的变化，抬手擦汗时偷偷地笑了一下。

郑培培转头跟向梨低声吐槽：“星星要追这个直男，怕是有得受了。”

向梨笑道：“我们哪里知道人家心里的甜？我看她乐在其中，开心得很。”

郑培培：“不过这也真是神奇，明明上了大学，视野更开阔，接触的人更多，怎么兜兜转转，还是看上了高中同学呢？”

向梨：“人生太早遇见惊艳的人，后面就很难对其他人动心了吧！”

郑培培转头盯着向梨的脸看：“我怎么觉得你是个有故事的女同学？”

“别闹……我就是感叹小星星嘛！”向梨笑着别过脸，可是脑子里却浮现那个大大咧咧、帅气明朗的大男孩。有他在的地方，总是充满了欢乐。明明有傲人的资本，却又傻到可爱。

可是，她知道，那个男孩喜欢的是郑培培……

她只能把他放在心里，当作青春的秘密。

由于是周末，长城上游人如织。虽然没有长假期间那么人山人海，但也是人来人往。夏之隽牵着顾思忆的手慢慢地走着，上下狭窄时他搂住她的肩膀，避免她被其他人碰撞。

走到一段城墙上，顾思忆拿出手机，说：“我们来拍个照。”

夏之隽很配合，站在她身后，搂着她的腰，看镜头。

顾思忆仰起脸，咔嚓，拍下一张。当她拍第二张时，夏之隽突然侧过脸，亲了她的脸颊一下，恰好被拍到。

顾思忆看着定格的照片，居然没糊，一瞬间的抓拍分外真实又有爱，她忍不住笑。

夏之隽说：“等会儿发给我。”

这两人拍完，女生们又一起开开心心地拍照。

正拍着时，几名军装小哥哥列队前行，经过她们身旁，郑培培叫出声：“好帅哦！”

女生们连连称赞：“帅呀！好帅！想嫁！”

顾思忆一抬眼，对上夏之隽幽深的双眼，那似笑非笑的眼神看着她，于是道：“还行。”

她走到夏之隽身旁，拉起他的手继续前行，走着走着，挽上他的胳膊，凑近他道：“我男朋友全世界第一帅！”

猝不及防的情话投喂，夏之隽看似表情波澜不惊，眼底却有笑意闪过。

顾思忆正为自己的发挥得意时，夏之隽慢悠悠地问了一句：“想嫁吗？”

“……”输了输了。

顾思忆抿着唇不吭声，脸上染着红晕。

郑培培在后面看着他们的背影，感叹一句：“怎么他们的背影都能让人觉得甜？”

向梨笑道：“下次把你家大明星带出来，给我们塞狗粮。”

郑培培点头：“好，坚决不认输！”

一行人从长城下来，找家馆子吃饭，完了去逛街，找家网红奶茶店吃甜点打游戏，玩到晚上又去唱歌，活动安排得满满的，开心又尽兴。

唱歌的时候，爱抢麦的陆嘉烨和会唱歌的苏韩不在，气氛顿显冷清。

向梨感叹一句：“人少了没那么好玩啊！”

顾思忆颇有同感地点头。郑培培端起一杯酒，一饮而尽，说：“一个是我男朋友，一个是我哥们儿，我能怎么办？只能适应啊！”

他们都不在，周骁是沉默寡言的直男，夏之隽眼里只有顾思忆。郑培培这才发现，陆嘉烨在的时候，带给她多少陪伴和欢乐。平常打打闹闹，到了关键时刻，他总把她放在第一位照顾着她。有他在，她永远不怕冷场，不怕没人陪。

大家端起酒杯碰杯。

夏之隽说："一路同行很难，除非有人在努力，在付出，不然，人生总会走到分岔路口。"

郑培培笑了笑："是啊，你跟忆哥不就是嘛，你竭尽全力辅导她学习，她也拼命努力跟上你的脚步。"

原本是学霸跟学渣，现在上同一所大学，享受着每天在一起的时光。

张欣奕笑道："陆嘉烨以后肯定还会回来的，就是出去读书嘛，总不能被外国人拐跑吧，我不信洋妞有那么大魅力。"

向梨低下头，撩起耳边的一绺碎发，低笑道："希望他还记得国内等着他的小伙伴。"

深夜，大家回到酒店休息。

进了房间后，顾思忆说："我发现欣奕好像跟周骁有点亲近？"

郑培培瘫坐在沙发上，笑道："我听梨子说，她在追周骁。"

"哇……"

"周骁不解风情，估计她要吃点苦头。"

顾思忆一想到周骁那不苟言笑的模样，还真是……挺有距离感呢！

"全世界就你最幸福啦，什么都不用干，就让学霸对你死心塌地。"

"……"

"被偏爱的有恃无恐，最幸福啦！你要好好珍惜呀！"

顾思忆有点不好意思，又有种说不出的幸福感，不由得笑了起来。

两人洗了澡躺在床上，这天一天玩累了，很快都有了睡意。顾思忆睡得迷迷糊糊时，枕头下的手机响了，她拿起来一看，是夏之隽的电话。

她接起来，放到耳边，呢喃了一声："喂？"

"我在你房门外。"

"啊？怎么了？"

“过来拿个东西。”

“哦……”顾思忆迷迷糊糊地起身，走到门边，打开门，睡眼惺忪地看着夏之隽，问，“你要拿什么？”

夏之隽抓住她的手，稍稍用力一扯，她就撞进他怀里，他反手关上门，下一秒将她打横抱起。

顾思忆被这一系列操作弄得措手不及，一脸蒙地看着他：“干吗啊？”

夏之隽看着她的眼睛：“我来拿我女朋友。”

顾思忆挣扎：“你别闹，你不是跟周骁一个房间吗？”

“我另外开了一间房。”他边走边说。

“可是我跟培培……”

“昨晚让给你们了还不够吗？”夏之隽哑声道，“明天就回学校了，总得陪我一晚才公平。”

夏之隽把顾思忆抱到房门外，拿出房卡开门，不由分说地将她掳进房里。然后转过身关上门，不等抱到房里，就迫不及待地亲了起来。

一群朋友一起玩不比两个人在一起的时候，这两天他一直很规矩，每每想亲她都忍着……

顾思忆嘤咛道：“明天培培醒来……发现我不在……好尴尬啊……”

夏之隽道：“你是我的女朋友，理应跟我一个房间。”

他也知道她们一个多月没见，所以昨晚给了她们一晚的时间。

次日，大家吃过午饭告别，各自回学校。

夏之隽把在长城上跟顾思忆拍的合照，挑一张换成个人头像。接着又把昨天陆陆续续拍的合照和她的单人照片，总共九张，发了一张九宫格的朋友圈，无文字。

没一会儿，下面点赞、留言的蜂拥而至。

大家很少看到这位学霸发朋友圈，一发就是秀恩爱，还秀得特别清爽干净，一句腻歪话都没有，果然是别具一格的学霸！

不久后，顾思忆评论：“你就不能挑一挑，加个滤镜再发吗？”

顾思忆真的有点迷醉。九张原生态照片，不加挑选地全部发出来了。照得好的也就算了，有的照片她照得不好看呀……

顾思忆觉得自己第一次在夏之隽的朋友圈里亮相，应该展现出一个有仙气的女朋友。而现实是——有的照片里她在吃着冰糖葫芦；有的照片里她在低头打游戏；有的照片里她就那样咧嘴笑，笑得露出一口小白牙。太接地气了，透着一股傻气……理想很丰满，现实很骨感！

顾思忆看着照片羞愤时，夏之隽在陶醉地欣赏。

下面同学朋友们的留言无不是赞美。

“郎才女貌，有情人终成眷属。”

“美呀，嫂子好漂亮！”

“清纯可爱不做作，肤白貌美大长腿，学霸果然有眼光！”

“学霸都在秀女朋友了，我居然还是光棍！”

……

顾思忆忍不住去私聊夏之隽。

顾名思义：“有几张照片不好看，你删了嘛……”

X：“不删。”

顾名思义：“让你女朋友丢人？”

X：“不丢人，很漂亮。”

顾名思义：“第三张看起来脸超大！第五张角度很奇怪！还有第七张，笑得变形啦！拜托，先删了，我选几张加个滤镜你再发好不好？”

X：“……”

女人的心思他不懂……

顾名思义：“好不好嘛？好不好嘛？好不好嘛？”

X：“那你先选了发给我。”

顾思忆开开心心地去选照片，各种滤镜加修图，十几分钟后，发给夏之隽。

夏之隽再次发朋友圈，配文：“女朋友说这样才好看。”

顾思忆看到后，直接一个电话打过来了。

“怎么了？”他噙着笑意道。

“你太讨厌啦！之前的都不删，这个就这么发出去，还把我修图暴露了！”

“没关系啊，你喜欢就好。”他云淡风轻地说。

“啊，我不想理你了。”顾思忆发现沟通无效，直接挂了电话。

很快，夏之隽发来微信，是一张截图。顾思忆点开一看，原来那条朋友圈只对她一个人可见。

他是故意逗她……

顾名思义：“你学坏了！”

X：“没办法。那些照片我一张都不想删，都很美。”

X：“理解一下我的心情。”

顾名思义：“盲目吹捧……”

X：“那我就是喜欢，怎么办？”

顾名思义：“好的，你赢了。亲亲。”

顾思忆突然就不纠结了，什么脸大什么笑变形，都无所谓了，反正他瞎！

她看到夏之隽的头像换了，看着看着就笑了。然后，她自己也挑了一张长城上的合照作为头像。乍一看，很有情侣头像的感觉。她满意地自我欣赏。

军训结束后，班里的同学基本上都熟悉了，辅导员在一次晚自习时间进行班委竞选。顾思忆在众多班委头衔里，竞选组织委员。那个漂亮的小个子女孩文颖，竞选班长。室友张薇澜竞选团支书。这三人算是班里数得上来的美女，在女生中人缘不错，又得到男生们的大力支持，顺利当选。

班委竞选过去没多久，学生会也开始招新了。顾思忆本着锻炼自己的心态，兴致勃勃地参与学生会的竞选。但这是全校学生的竞争，不是选个班干部那么简单随意了。她提前准备演讲稿，在寝室里认真练习。

夏之隽看她这么有激情，顺着她的心意鼓励了她几句。虽然他自己不热衷这些活动，但不影响他支持她挥洒自己的青春。她不喜欢学习，总得有点爱好。

到了竞选当天，顾思忆稍作打扮，整理得清爽干练。当她站在台上演讲的那一刻，下面很多观看的学生都在拍照片。她凭借出色的发挥，成功进入学生会，成为一名干事。

顾思忆忙碌学校活动时，夏之隽忙着他的学术研究。虽然才大二，但他的天资和知识容量让导师对他青眼有加，破格让他参与一些研究生参与的项目。

夏之隽日常很忙，但他只要有空，就会找顾思忆。或者说，他的空闲时间都给了顾思忆。两人几乎每天都会抽时间见一面，忙就一起吃个饭，空一点就在校园里散散步，出去走走。

半个月眨眼即逝，时间到了国庆节。

郑培培提前跟顾思忆打过招呼，说苏韩为自己留出了假期，打算一起去海外度假，邀请她和夏之隽一起，四个人出行。顾思忆跟夏之隽说了之后，夏之隽欣然同意。

他们避开出行高峰，提前两天请假出发。苏韩为了隐秘性，给几人订的头等舱机票。

夏之隽跟顾思忆一起出发去机场，郑培培跟他们在机场碰头。等到他们三人过了安全通道，进入 VIP 候机厅，苏韩已经全副武装等在那里。

郑培培快步走到苏韩身边坐下，抱住他的胳膊，脑袋埋在他肩上蹭了又蹭，高兴像是不知道如何是好。

顾思忆在一旁，都被她这浓烈的快乐所感染，不由得笑了起来。

夏之隽站在顾思忆身边，搂着她的肩膀，带着她转了一个身，往另一边走去。

夏之隽跟他们拉开一段距离，给那对小情侣留空间。

没多久，他们登上飞机。特地选了大清早的航班，又是头等舱，除了他们几个，没别人了。夏之隽照例带顾思忆坐在跟他们拉开一段距离的位子。

中途，顾思忆起身去洗手间的时候，路过那两人的位子，看到他们抱在一起亲……

她的脸色微红，快速走过。

顾思忆怕影响了那两人，他们倒是沉浸在自己的世界里，完全没感觉到她的经过，或许说感觉到也无所谓。

以前苏韩在顾思忆印象里就是一个温柔的绅士，现在他跟郑培培目光交汇时，流露的不只是温柔，还有喜悦和爱意。上了飞机，没有闲杂人等，他就迫不及待地拉下口罩，跟郑培培腻在一起亲昵。

顾思忆回到位子上，凑到夏之隽耳边低声笑道：“他们好腻歪哦！”

夏之隽淡淡地道：“小别胜新婚。”

顾思忆点点头：“是有这么一说。”她忽而眨着眼睛看夏之隽，俏皮地问道，“那我们天天待在一起，以后会不会审美疲劳啊？”

夏之隽抬手揉了下她的脑袋：“胡说什么？”

他收敛表情，透着一丝不悦。

顾思忆轻轻地戳了一下他严肃的脸，低笑道：“开个玩笑啦！”

夏之隽倾过身，盯着她的眼睛看，看得她一阵心慌意乱不知所措时，凑到她耳边压低声音道：“是不是怪我没吻你，嗯？”

“没……不是！绝对不是！”她赶忙否认。

他们的接吻频率已经很高很高了……

昨晚告别前，还在小树林里吻了快半个小时。

夏之隽抓住她的手，含住她的耳垂，戏弄得她耳根灼热后，在她耳边轻轻吐气：“我不要小别。我宁愿天天吻你，不愿意天天想你。”

那股气流从顾思忆的耳郭往里扩散，仿佛流到了身体里，全身都酥酥的、痒痒的，又软软的、暖暖的。顾思忆红着脸，轻轻地点头，半晌后小声地说了一句：“我也不要小别……”

高中后两年几个月才能见一面的日子，她不是没体验过。到了大学她才会这么满足，每天早上醒来想到这天又是能见到他的一天，心里就充满了期待。无论是学习上还是生活上一点鸡毛蒜皮的事情，她都迫不及待地想要跟他说。分享日常的点点滴滴，互相依赖、互相陪伴，这才是她幸福的源泉。

落地后，几人抵达目的地，一个风景怡人的海岛。

这个小岛不算热门旅游地，国内游人不多，苏韩戴上墨镜就不太担心被粉丝认出来。他们入住的酒店是别墅式木屋酒店，一栋一户，别有情调，同时很好地保证了隐私性。

他们大清早起床出发到机场，又经过几个小时的飞行，还要转车，在酒店安顿下来后大家都很累了，便各自在房里歇息，晚上再碰头一起吃晚餐。

房内是超级舒适的特大床，落地窗外是一望无际的海景，美得如梦似幻。

顾思忆躺在床上，整个人仿佛躺在海边，与大海融为一体。

夏之隽放好东西，躺到顾思忆身边。

顾思忆打了个哈欠，说：“早上起得太早了，我觉得我要补个觉。”

夏之隽侧过身，抱住她，说：“嗯，我也睡一会儿。”

顾思忆本来挺放松，被夏之隽一抱，就有点紧张了。

夏之隽见她一直睁着眼睛，索性抬起手，盖住她的眼，说：“睡吧！”

她抛开杂念，在脑海里静静地感受这一刻的静谧和海天一色的环境。

没多久，两人抱在一起睡着了。

沉睡中的夏之隽，嗅着那股他贪恋的味道，忍不住把那娇软的身体不断地往怀里扣。顾思忆乖乖地蜷缩在他怀里，睡得安稳又香甜。

夕阳西下，到了晚餐的时间，大家都恢复了精神。

顾思忆换上漂亮的度假装，曳地长裙，鲜红夺目，细细的吊带贴着白皙精致的锁骨，沟壑若隐若现。高挑的个子，清丽的五官，清纯又性感，妩媚又美艳。

夏之隽换了一套休闲随意的 T 恤、短裤，行动利索，换完后坐在沙发上刷手机等顾思忆。

当顾思忆从里面的房间走出来，夏之隽抬头，愣了一下。

她有点不好意思，她还是第一次……穿大面积袒露的吊带裙。虽然契合海滩主题，但她内心还是有点羞怯，尤其是面对夏之隽的时候。

顾思忆走到夏之隽身边，佯装淡定地说：“走啊，他们已经在外面等着了。”

夏之隽点头，起身牵起她的手，由衷地赞叹：“很漂亮。”

片刻后，这几人在悬崖餐厅碰头。漫天星辰下，海风吹拂中，他们惬意地享受着海鲜大餐。苏韩难得有这样度假放松的机会，脸上一直挂着笑容，桃花眼里光华流转。

顾思忆跟他们坐对面，看着那两人默契地对视微笑互相喂食，感觉到了满满的爱意。

四人举起红酒杯，轻轻碰杯。

郑培培赶忙道：“先别动，我要拍个照。”

她另一只手拿起手机，给这碰杯的画面拍了一张。

顾思忆说：“记得传给我啊！”

郑培培接连拍了几张美食和美景图，发到群里，说：“羡慕吧？嫉妒吧？嘿嘿嘿！”

向梨回复：“哼哼，欺负我们单身狗！”

张欣奕随手甩出一张照片：“我也在享受大餐！”

顾思忆发了个龇牙的表情包。

陆嘉烨：“羡慕嫉妒什么？我在跟洋妞喝洋酒！”

郑培培：“厉害。”

享受了美味的大餐后，几人去沙滩上玩耍。郑培培和顾思忆在海边自拍嬉闹，玩得不亦乐乎。苏韩跟夏之隽坐在一旁的椅子上，碰杯小酌。

喝了几杯小酒后，苏韩再倒酒，夏之隽拒绝了：“差不多了，不能再喝。”

苏韩兴致很高：“出来旅游嘛，喝醉了也没关系，‘小酒窝’会扶你回去。”

夏之隽看着不远处顾思忆的身影，眼里染上一种迷醉，比那酒精更加醉人，他带着淡淡的笑意道：“算了，小酌怡情，大醉伤身。”

苏韩被逗笑：“阿隽，你还不到二十岁，就要养生了吗？”

反正不管苏韩怎么劝，夏之隽点到即止。喝几杯小酒，微醺的状态能克服紧张，正好。

玩到差不多，大家各自回房间。

顾思忆率先洗澡出来，躺在大床上，又激动、又忐忑、又羞涩。

夏之隽在浴室里磨蹭了很久才出来，抱住顾思忆。

房里亮着微弱的灯光。她没出声，他也没说话。两人安静地拥抱着，不经然就染上了让人脸红心跳的暧昧气氛。

他转过她的脸，轻轻地吻着那柔软的双唇，慢慢地，这亲吻越来越深入，由细腻到粗粝，由轻柔到强烈……他的手指在她的黑发中穿梭，她感受到一阵阵头皮发麻的触电般的感觉。

他正要进入主题时，手机铃声不合时宜地响起。铃声锲而不舍地响着，顾思忆被迫出戏，嘤咛一声：“我……我先接个电话……”

夏之隽放开她，主动替她拿起手机，来电显示“培培”。

他皱了皱眉，把手机递给了顾思忆。

“你睡了没？”

"还没有。"

"我也没睡，睡不着！苏韩喝多了，睡得像头猪，呜呜呜……学霸八成也睡死了吧！我们玩游戏呗，一起开黑！"她兴致勃勃地邀请道。

顾思忆看了一眼夏之隽，他健硕的胸膛袒露在她眼前，手感和余温还在……

这时候……怎么打游戏？

夏之隽看着她，点了点头。

顾思忆不解地看他。

郑培培挂了电话后，夏之隽说："行，你跟她打游戏吧！"

"可是……"

"可是什么？"

"我们这个……"她犹犹豫豫、吞吞吐吐，红着脸把话说完，"不是还……还没结束吗……"

她以为，他会想做点什么的。

夏之隽似笑非笑地看着她："你还想继续？"

顾思忆被他问得超级不好意思，尤其他那带着促狭的眼神……她低下头，闷闷道："那我打游戏了。"

顾思忆游戏玩到一半，夏之隽又不安分了。

"你……你干吗……"

"你玩你的，我玩我的。"夏之隽弯起唇，表情痞坏，带着一股邪气。

"别……别闹……"游戏进展到白热化，顾思忆玩的角色是射手，团战本该发挥最大的作用，但是夏之隽在那里做着违规动作，弄得她手脚像是抽筋了，脑子也糊住了……

手机滑落在地，她无力地瘫软，咬住唇，却无法遏制急促的呼吸，她的大脑一片空白。

夏之隽躺下来，将她抱入怀里。

手机那边，由于顾思忆突然掉线，最重要的输出没了，团战节节溃败，被对方一举击败，推倒水晶。郑培培到微信上给顾思忆发了几条消息，不见回应，以为她是玩游戏玩着玩着睡着了，便没再打扰她。

顾思忆软软地蜷缩在夏之隽怀里，呼吸渐渐平稳，但脸上的红晕久久没有褪去。夏之隽盯着她看，那娇羞又甜美的模样，怎么看都看不够。可她被他看得更加羞涩，埋着头直往他怀里钻。

夏之隽轻轻揉着她的发丝，没再逗她，打算让她好好休息。顾思忆在他带来的温柔怜爱里，安心地睡过去了。

次日，四人一起吃早餐的时候，郑培培想起昨晚的事情，吐槽道："你怎么玩着玩着就睡着了啊……我也是服了，大好局面被对方反杀。"

顾思忆想起昨晚的事情，瞬间尴尬，耳根子都红了。

她正要说点什么，夏之隽开口了："晚上回了房间就各自休息，不要再打电话。你怎么就知道她是不是睡着了被你吵醒，打起精神陪你玩游戏？"

郑培培被说得哑口无言。她下意识觉得，顾思忆还没睡，因为以前在一个寝室时，顾思忆晚上比她还精神。现在夏之隽这么一说，她发现自己确实是欠考虑。

郑培培立刻问顾思忆："你不是睡着了被我吵醒吧？对不起哦，我不知道。"

顾思忆："没有……就是准备睡了，有点困。"

苏韩摸了摸郑培培的脑袋，安慰道："下次注意点就好了。"

夏之隽没有苏韩这么温柔，语气淡淡地补了一句："以后回了房间就各自休息。"

他可不想接下来几个晚上还遭遇这种突然袭击。

这天晚上，夏之隽特地单独与顾思忆吃饭，就在小别墅内的观景露台上。远处海天一色，眼前是烛光和香槟，无不点缀着浪漫的氛围。

夏之隽拿出一个丝绒盒子，递给顾思忆："送给你。"

"国庆节还有礼物哦？"顾思忆笑了起来。

女孩子都喜欢收礼物，她也不例外，当即开开心心地把盒子打开。一枚钻戒静静地躺在盒子里，流淌着璀璨的光芒。她错愕地抬起头，看向夏之隽："为什么送我这个？"

夏之隽走到她身边，取下那枚钻戒，又抬起她的手，将钻戒套上去，尺寸分毫不差。他蹲在她身旁，看着她的眼睛说："我觉得我应该为我想做的事情，给你一个交代。”

顾思忆疑惑地看着他，渐渐有了一丝了然，脸色隐隐发红，娇羞得不知道怎么开口。

夏之隽道：“只要到了法定结婚年龄，我一定娶你。”

顾思忆看着他认真的样子，有点感动，又有点想笑。

她抬起手，欣赏着指间璀璨的钻戒，故意嘚瑟道：“你以为一个戒指就能把我套牢哦？你想娶，我还不一定嫁呢！我们还年轻，还得及时行乐！”

“及时行乐？”他蹙起眉。

“啊……”她有点心虚了。

夏之隽笑了，凑到她耳边，声音带着一丝危险的气息：“那我要努力让你乐不思蜀。”

第二天，顾思忆有点头疼。夏之隽感觉到她的不适，说：“今天就不出去玩了，在房间里休息。”

“出来玩窝在酒店……好奇怪的……”顾思忆嘟囔。

“度假型酒店就是让人闲待着，享受美食和美景。”夏之隽说，“我跟苏韩打声招呼，让他们自己安排。”

夏之隽跟苏韩打电话，那边也有此意，双方一拍即合。苏韩是大忙人，难得出来度假，郑培培恨不得每分每秒腻在他身边，厮混到天荒地老。

夏之隽抱起顾思忆，带她去泡澡。一起吃过早餐后，他陪她窝在沙发里打游戏。两人在大海边，沐浴在日光下，快乐又悠闲地打发着时间。

玩累了，顾思忆懒洋洋地躺到夏之隽怀里，满足得不行。

她眯起眼，看着上方夏之隽的俊脸，戴着钻戒的手指在他脸上轻轻地戳了戳，笑容娇俏：“我上辈子一定是大好人，做了特别特别多好事，积了很多很多德，这辈子才能把你拐到手。”

夏之隽拿过一旁的编织帽，挡住她上方刺眼的阳光，说：“是我追的你。”

“哦……那你为什么要追我呢？”她笑眯眯地问道。坠入爱河的女孩子就是这样，总想听这些没什么营养的甜言蜜语。

“因为……”他略作停顿。

“嗯？”顾思忆一颗心都被吊起来了。

他云淡风轻道：“等你嫁给我的时候，我再告诉你。”

“讨厌……故弄玄虚。”顾思忆轻哼。

夏之隽陪着顾思忆闲待了两天，直到顾思忆没什么不适了，他才放下心来。这期间，两人犹如高中时代那般纯粹地陪伴和亲昵，他对她的亲吻都是点到即止。

这晚，夏之隽在别墅露台上的私人无边际泳池游泳。顾思忆在室内跟郑培培玩游戏，目光一抬，就是外面游泳的他，舒展的身体和流畅的线条。

她深吸一口气，说不上来的……有点不好意思。

玩完一把，她换上泳衣，也跳进了泳池。

波澜荡漾里，她游到他身边，抱住他。他回头，她眨着湿漉漉的眼睫毛，笑得露出两个小酒窝，天真又羞怯，像个诱人的小妖精。

他将她堵在墙壁边，哑声问她：“好了？”

“嗯。”

“头不疼了？”

她坚定地点了点头。

夏之隽迎上她清澈又坦然的眼神，无法自控地吻下去。

八天的超长假期，到回程的时候，大家仍是依依不舍。

尤其是郑培培，在飞机上时难过得都掉眼泪了。因为一回去，她跟苏韩又要开始聚少离多的异地恋。苏韩在一旁安慰她：“别哭，我会抽时间来找你。”

郑培培抽噎着道：“为什么你是明星……为什么你工作那么忙……我也想像学霸和思忆那样，有个男朋友每天在一起……我想你想得睡不着，只能看着你的照片和视频发呆……我不敢告诉任何人，你是我男朋友……”

郑培培低声呜咽着控诉，苏韩陪在她身旁，心里很不是滋味。但那一桩桩、一件件又是如此真实，真实到他无力解释。作为一个明星，他在人前享受光环和荣誉，他的女朋友却要在人后低调地忍受孤独。当初也是顾虑到这些原因，迟迟没有向她告白，他不确定自己能给她完美的幸福……

苏韩抱住郑培培，轻轻拍着她的后背，低声哄慰着她。

顾思忆坐在他们的后排，难免听到前面的声音，心里不是滋味。她扭过头，看到夏之隽俊朗的侧脸，他正在闭眼小寐，似乎是睡着了。她伸出手，轻轻抓住他的手，跟郑培培相比，她的幸福唾手可得，多么幸运。

几小时的飞行，飞机落地后，苏韩戴上口罩和帽子，将帽檐压得很低。

走过安全通道，突然有眼尖的粉丝认出苏韩，大叫："苏韩！是苏韩！"

原本跟苏韩手拉手的郑培培，瞬间松开他的手。

国庆收假期间，机场人流量大，尖叫声迅速引起周围的人群骚动。人群往他们这边聚，年轻人更是不顾一切地往前冲。夏之隽及时抱住顾思忆，替她抵挡汹涌的人流。苏韩被困在人群中，郑培培被挤到边缘，幸好有机场工作人员过来维护秩序。很快，为苏韩接机的经纪人带着保镖过来了，苏韩在他们的簇拥和开道下匆匆离去。

郑培培在后方目视着他的背影，这种情况下，别说好好告别，就连一个眼神交汇都是奢侈。飞机上哭归哭，当面对现实，她努力把自己的存在感降到最低，不给他制造麻烦。

直到苏韩上车离去，这场骚动才算平息。夏之隽叫了一辆车，先送郑培培回学校。

车内，郑培培跟苏韩发信息交流。

苏韩："对不起……"

郑培培："哪有对不起？这次度假不知道多开心。"

苏韩："在机场有没有受伤？"

郑培培："没有，不过……"

苏韩："不过什么？"

郑培培："分开得太仓促了，下次要抱我抱久点弥补！"

半晌，苏韩回复："嗯！"

苏韩放下手机，靠在椅背上，心里柔软得一塌糊涂。

经纪人在他耳边教导："以后尽量不要跟你的女朋友一起出现在公共场合，万一被眼尖的人发现端倪，后果不堪设想。"

"有那么严重吗？"苏韩看着车窗外的世界。

"你才十八岁，正是努力上进的时候，你在粉丝心目中的人设也是励志正能量。被公布恋情，会掉一批粉丝。"

“我谈恋爱就不努力上进了吗？”苏韩反问。

“不合适……你才十八岁，真的不合适……三十岁的男艺人公布恋情都怕掉粉，你才十八岁，这是对演艺事业的自杀式操作。”经纪人怕苏韩犯傻，苦口婆心地教诲，“好好打基础，这圈子只见新人笑哪管旧人哭？你年少成名多少人等着看你的笑话，你的粉丝多怕你行差踏错。好好珍惜这一切吧，不要让你那几千万粉丝伤心。你还这么小，感情的事，过几年也不迟。”

苏韩抬手，压住眼睛，沉默。

经纪人也不再多说。如果是其他人，会被公司明令禁止谈恋爱，哪会冒这种风险。实在是他家庭背景不一般，公司只能特殊对待。而且为了捧他，公司把最好的资源都给他了，为他一掷千金。他身上已经绑定了太多人的利益，谁也不想看到他陨落。

苏韩冷静过后，给顾思忆发信息：“小酒窝，帮个忙好吗？”

顾思忆回复：“什么？”

苏韩：“替我送她回学校，陪她吃过饭再走。”

顾思忆：“没问题啊，我们现在就在往她学校去，肯定要送她的嘛！”

苏韩：“谢谢！”

顾思忆：“客气什么？她也是我的心肝啊！”

夏之隽原本打算把郑培培送到学校就转道回去，但顾思忆提出一起下车，去她学校走走，在她学校食堂吃顿饭。

郑培培登时兴高采烈。

顾思忆对夏之隽说：“你有事的话，可以先回去呀，我到时候自己打车回学校。”

夏之隽：“我陪你们。”

郑培培故意挤对道：“看得这么紧啊？怕我把你的‘小酒窝’带去认识小哥哥不成？”

夏之隽面不改色地道：“苏韩让我帮他看看你身边的情况。”

郑培培一怔，随即转过头，看着远处的风景，悄悄地弯起嘴角。

三人在校园里逛了逛，又一起吃了顿饭，陪郑培培到公寓楼下才告别。

郑培培用力抱住顾思忆：“还好我们在一个城市！下次假期继续约！”

“嗯。”顾思忆笑着点头。

顾思忆进了大学，不用像高中那么拼命，学渣属性暴露无遗，专业课都难得听讲。加上她报的那些社团和学生会的事情，占用了大量时间，她用在学习上的时间，少得可怜，课后作业都是要交之前找室友帮忙。但她沉浸在这种轻松的氛围里，无法自拔。

当夏之隽约她一起自习，为了约会，为了跟他相处，她硬下头皮答应。然后带上作业，跟他一起坐在自习室里。当她看书做题时，时不时就念叨起自己改编的那首《脑瓜疼》："哎呀妈呀，脑瓜疼，脑瓜疼，脑瓜疼……看到作业脑瓜疼，脑瓜疼，脑瓜疼……"

夏之隽坐在一旁，听着她的自言自语哭笑不得。

夏之隽主动提出："什么题目脑瓜疼？我教你。"

"你能教？我们不是一个专业哦。"顾思忆将信将疑地看着他。

夏之隽淡淡地道："快速学习一下你们那个专业也不难。"

"大佬，我给你跪下了！为什么你不能分一半脑子给我，代替我学习呢……"

夏之隽拉过她的书，却在翻书的时候，看到一张字条飘出来。

"嗨，顾思忆，久仰你的大名，我是（3）班的齐轩。我们都在学生会活动部，能认识一下吗？以后方便互相照应。这是我的微信号哦……"

夏之隽看完，温和的表情一点点变得冷沉。顾思忆感觉气氛不对，这才凑过来看了一眼，讶异道："呀，这是哪来的字条啊？我都不知道。"

"就在你的书里。"夏之隽的声音夹着一丝冷硬。

"我都没注意到。"顾思忆耸肩。

夏之隽将字条撕碎，又拿过顾思忆的手机，密码解锁。

顾思忆惊愕地问："你怎么知道密码是多少？"

"设定生日作为密码，适合你这种头脑简单的。"

"……"他居然猜对了，顾思忆简直不想说话。

夏之隽打开手机，点开她的微信看。

顾思忆郁闷了："哎呀，我说我没看到你还不相信啊？检查吗这是？"

"不是，"夏之隽解释，"我就是看看你的微信号里，有没有其他不怀好意的男人。"

"想多了吧……"顾思忆吐槽，但是没有拿回手机，随便他看。

他看着看着，她觉得不公平了，说：“那你把你的手机也拿过来。”

夏之隽毫不犹豫地把手机拿出来，递给她。

顾思忆问：“密码？”

夏之隽当她的面解锁后，像是想到什么，又拿起她的手录入指纹。

“哎，不用这样的……”顾思忆不太习惯这样，“这是你的手机。”

“我的就是你的。”他淡淡地道，随即认真地看着她，“不仅是手机。我所拥有的一切，你都可以予取予求。”

顾思忆对上他幽深专注的双眼，怔了几秒，别过脸，垂下头，嘟囔道：“你不要对我这么好嘛……”

“为什么？”

“我怕自己不够好，配不上。”

夏之隽愣了一下，她怎么会有这种想法？感情是那么纯粹的事情，怎么会有配不配得上一说？

他解释道：“我没有对你特别好，我也没有特别的付出感。这一切都是顺其自然、心甘情愿的事。这跟你配不配得上没有关系，而是我想这么做。”

这两人正说着，微信提示音响起。

郑培培发来消息：“你见不到学霸的时候想不想他啊？”

夏之隽看完，将手机递给顾思忆，脸上带着一丝玩味，看着她，说：“她问你想不想。”

顾思忆的目光在屏幕上扫一眼，再对上夏之隽意味深长的目光，脸红得快要滴血了。但她强撑镇定，迅速拿回自己的手机，含糊其词道：“什么想什么啊……不知道她在说什么……”

夏之隽靠近她，双手环住她的腰，脑袋压在她的肩膀上，嘴角噙着若有似无的笑意，在她耳边低低道：“真的不想吗？”

“你别闹了……”顾思忆别开脸，避开他灼热的气息，“你不是说教我做题吗……来嘛……看题目……”她把书推到他跟前。

夏之隽敛了敛神，这毕竟是在教室，他心里有分寸，只是忍不住调戏她一下。

夏之隽大概翻阅了一下，然后给顾思忆梳理思路。他对她的学习习惯和学习缺点了若指掌，经过他的分析，她很快就明白了。

晚自习结束，夏之隽送顾思忆到公寓楼下，说："你把你的课表发给我，以后的选修课我尽量陪你上。"

"这……会耽误你的时间吧？"顾思忆迟疑地问。

"不耽误。"夏之隽淡淡地道。

"真的没有影响吗？"她觉得他的专业很复杂很难搞，平常约会多了都怕影响他的学业。

夏之隽抬手放在她脑袋上："别替我瞎操心，你的专业课已经落后一大截了。"

"……"这就尴尬了。

"上去吧，早点休息，明天好好听课。"

"嗯！"顾思忆点头，转身离去。

顾思忆回到寝室，回复郑培培："以后这种话题，不要发微信讨论啦，万一被他看到多尴尬……"

郑培培："我都忘了你是一个幸福得让人嫉妒的小女人，每天都跟男朋友腻在一起。"

顾思忆："你如果换掉你的偶像，你也可以。"

郑培培："不换，不换！坚决不换！"

顾思忆："那你就痛并快乐着吧，跟偶像谈恋爱的机会不是每个人都有的哦！"

郑培培："那是！我的幸福是千万里挑一的，无法比拟的。"

顾思忆："你是天王嫂。"

两人结束聊天，郑培培躺到床上，戴上耳塞，播放苏韩特地为她录的歌，这是她的专属版本。每听一次，感觉都是那么甜蜜。睡前她照例刷一刷他的微博，看看网上关于他的热议和讨论，有需要的时候随时披马甲上阵。为了不暴露身份，她早早退出了自己一手建立的后援会，做一个自由自在心里藏着爱意的粉丝女友。

郑培培看着度假时的合照，带着满满的爱意睡去。

哪知道，第二天醒来，一条新闻炸锅了。

苏韩跟神秘女孩机场牵手的照片被发布到网上。照片角度不是很好，没拍到郑培培的正脸，但有苏韩的侧脸和他们的背影照。

一石激起千层浪，媒体们爆了，粉丝们炸了。

郑培培看到事态愈演愈烈，立刻给苏韩打电话。

她焦灼道："你快澄清啊！"

苏韩沉默半晌，说："这样对你不公平。"

"什么公平不公平，你能丢掉你的事业不顾吗？这是职业责任！那么多热爱你的粉丝，如果你因为一段感情糊掉，他们会有多难过？"

"……"

"还有，我也是！我喜欢舞台上闪闪发光的你！喜欢听你唱歌，喜欢看你跳舞，这就是你的魅力所在！"

郑培培混过"饭圈"，深知一个十八岁的音乐王子，在粉丝心目中最有才情、最纯粹、最帅气、最可爱的男孩，如果这时候爆出恋情，对演艺事业是致命的打击。

"我会一直在你身边，我不在乎虚名。拜托，快发微博辟谣吧，不要让事情继续发酵了！"

苏韩慢慢道："好，我知道了。"

苏韩挂了电话后，终于打开微博操作，把经纪人给他编辑好的一段话发上去。刚发完，经纪人就冲进来了，只差热泪盈眶地抓着苏韩的肩膀说："我的祖宗啊，你总算是想通了啊！太好了！"

照片曝光后的第一时间，他就联系上苏韩，让他赶快出面辟谣。可他不为所动，有种固执又莫名的坚持。舆论不断发酵，大老板都被惊动了，他被狠狠地骂了一顿，并且给出死命令要处理好。

经纪人说："我这边已经安排好了其他的重磅八卦，你现在澄清了，这场绯闻女友的风波马上就会过去。"

绯闻女友……吗？

苏韩站在公司六十层楼的落地窗边，看着窗外的世界，突然觉得自己很渺小，又很可笑。

看似前途一片光明，实则是被困在密闭容器里的木偶。

为什么在这条星光熠熠的路上，他连做自己都不行？

第八章

苏韩的绯闻闹翻天时，顾思忆在学校忙得不可开交，浑然不觉。郑培培默默地疗伤，难得没有找她倾诉。她劝苏韩是一回事，但她无法在好朋友跟前违心。这种痛苦，对她来说，只有自己默默承受是伤害最小的。

周四下午的选修课，夏之隽跟顾思忆约好时间碰面，陪她一起上课。

两人一起进入教室时，瞬间将那些学生的目光聚焦。

“这就是顾思忆传说中的校草男朋友？”

“啊……第一次看到，好帅啊！”

“他们可真般配，站一起简直亮瞎眼。”

“啊啊啊，我要嗑这对 CP（情侣）的糖！”

顾思忆挑了个很后面的位子，跟夏之隽一起坐下。前面的人频频回首看，夏之隽波澜不惊，手臂搭上顾思忆的肩膀，给她讲解一道难题。亲昵的姿态，任谁都能看出他们是情侣关系。

上课的时候，夏之隽有点犯困，便趴在桌子上睡觉。

老师讲着讲着走到这边来，敲了敲他的桌子：“同学。”

夏之隽坐起身。

女老师看着那张帅气逼人的脸，语带调侃道：“教室睡觉容易着凉，你可以回寝室去睡。”

夏之隽淡淡地道：“可是寝室里没有女朋友啊！”

顾思忆：“……”

此言一出，四下骚动，大家都回头看他们。

女老师愣了愣，目光落在顾思忆身上，又回到夏之隽身上：“所以你是陪女朋友来上课的？”

夏之隽点头。

顾思忆格外不好意思，都不知道该摆什么表情了。

女老师笑了笑，说："这么漂亮的女朋友，是得好好陪着。"

夏之隽："谢谢老师理解！"

顾思忆："……"

老师回去继续讲课，顾思忆凑到夏之隽耳边，低低道："你困的话就不要跟我一起来嘛！"

搞得她又尴尬又难为情……

夏之隽坚持道："要来。"

不来怎么彰显他的主权，不来怎么让那些试图勾搭她的男生们知难而退。

所以即便他昨晚忙到很晚，在这之前也是连轴转，到了时间还是跟她一起来教室上课。

临到周末，夏之隽提前预订好酒店，可是顾思忆说："我爸妈这周末到这边来出差，正好来看我，我没空跟你一起了……"

夏之隽一颗期待的心猛然落空，消化了一会儿，说："那行，你陪你爸妈，我正好忙一忙。"

"嗯。"顾思忆点头。

顾致远和许佳慧夫妻俩过来，特地把夏之隽叫出来一起吃了一顿饭。

晚上，夫妻俩住酒店，给女儿也开了一间房。顾思忆跟妈妈聊完，回自己房间休息。

顾思忆一个人躺在酒店床上，翻来覆去没有睡意，无聊得很。不知道是不是养成习惯了，到了周末晚上，没有他陪，居然寂寞难熬……

她在辗转反侧之际，忍不住拿起手机，给夏之隽发微信："你要不要来陪我呀？"

夏之隽秒回："你不是跟你爸妈一起？"

顾思忆："不在一个房间啊……"

夏之隽："所以你是在对我发出邀请？"

"所以你不乐意吗？"

"等着。"

不乐意？怎么可能不乐意？

他才换上一身运动装，打算去操场上跑个几千米。意外收到顾思忆的邀约，刚走到公寓楼下的他，果断上楼换衣服。室友们神奇地发现，他前一刻还表情寡淡一副全世界欠他几千万的臭脸，突然就容光焕发了。

夏之隽赶往顾思忆所在的酒店。路上，看到顾思忆喜欢的奶茶店，顺便给她买了一杯奶茶。看到她喜欢的甜品，又忍不住给她买了一份。他很喜欢看她吃这些东西时一脸幸福的表情。

夏之隽来到酒店，正要上楼，路过大堂会客厅那边，看到了顾致远。顾致远坐在沙发上，跟前的茶几上放着一个笔记本电脑，正在查阅着什么。

思索之际，他抬起头，与夏之隽的目光撞个正着。

这就尴尬了。

夏之隽迅速地冷静下来，走到顾致远跟前打招呼。

顾致远问：“你是来找思忆的？”这话里有那么一丝丝不悦的意味。

夏之隽点头，不慌不忙地应声：“思忆说她饿了，想吃这一家的东西，我就买了给她送过来。”

顾致远一看他手上，确实拎着东西……

这倒是有理有据。

顾致远忙道：“这臭丫头，居然大晚上的让你送吃的，把男朋友当外卖员了吗？”

夏之隽道：“周末没事，有时间。”

顾致远说：“你这样会把她惯坏的。”

夏之隽笑道：“没关系。我惯的，我喜欢。”

顾致远：“……”

现在的年轻人，说起情话来真不得了。

夏之隽决定找个话题，摆脱当下的被动局面，问道：“叔叔，您是在等人吗？”

不是等人的话，可以在房间里忙碌，还有老婆陪着，没必要下楼。

顾致远点头道：“对。”

夏之隽体贴地说：“叔叔辛苦了，这么晚还在忙工作。”

顾致远笑了笑：“还好，还好。”

夏之隽又说：“工作忙碌还不忘陪伴妻子和女儿。阿姨有您这样的好丈夫，思忆有您这样的好爸爸，很幸福。”

顾致远心里这个舒坦啊，眼角的褶皱都泛着笑意。

他跟夏之隽交谈甚欢，说：“刚才下面人交来一份项目可行性报告，你有兴趣看看，提点意见吗？”

夏之隽没想到会引发这个后续。虽然他表面云淡风轻，心里是恨不得下一秒就出现在女朋友跟前。但是未来岳父都开口了，他便笑着应声：“我不太懂，不过可以看看。”

顾致远是做房地产的，公司规模比不上那些龙头企业，但也不小，项目分布在国内多个城市。夏之隽将纸袋放到一旁，坐下来，手指在笔记本上滑动，翻阅那份可行性报告。顾致远其实在提议之后就后悔了，这么长一份报告，几十页，得看多久。但是夏之隽的手指以超乎他想象的速度在滑动页面……

顾致远喝完一杯热茶，夏之隽就将报告看完了。顾致远觉得他就是走马观花意思一下，也不想为难他，正打算叫他上楼，夏之隽说：“财务内部收益率大于基准收益率百分之十五，静态投资收回期和动态投资收回期都在一年以内，具有良好的抗风险能力。我认为这个项目在经济上是合理的，可以投入开发建设。”

顾致远讶异地看着他，这么快的浏览速度，他居然都看进去了？

此时两人面对面交流，他的目光已经离开了电脑，却清楚地记得里面的多项数据。

夏之隽说：“不过，银行还贷和销售转投入，对销售回笼款的依赖性较强，这方面应该早做准备。另外在施工管理中严控成本，加强资金保障……”

夏之隽的思路清晰，说了一条又一条。

顾致远看了他半晌，笑出声：“你以后有没有兴趣干这行？”

夏之隽微笑着婉拒：“我只是选修了经济，对房地产不是很感兴趣。”

“可惜了，人才流失。”顾致远话刚落音，又笑道，“也不对。像你这种人才，国之栋梁，就应该去搞高科技行业。”

顾致远说着，拍了拍夏之隽的肩膀：“以后我这老头子跟不上时代，说不定还得靠你帮衬着。”

夏之隽笑道：“叔叔这么多年来的丰富阅历，哪是我一个还没毕业的年轻人能比？不过以后叔叔有需要我的地方，我一定义不容辞、竭尽全力。”

两人越聊越酣畅，直到顾思忆一通电话打来。

顾思忆：“你怎么还没过来呀？给你发微信也不回，在忙吗？”

夏之隽：“没有，我就在楼下，东西已经买好，马上就上去了。”

顾思忆：“啊？东西？什么东西？”

夏之隽：“那就这样，先挂了。”

一旁的顾致远听到夏之隽跟那边说的话，这才想起夏之隽是奔着女儿来的，不是专程来陪他聊天的。夏之隽挂了电话，他忙道：“你赶紧上去吧！”

夏之隽也没再客气，告别后，拎起东西往电梯走去。

顾致远看着他高大的背影，眼里满是赞赏。高考状元，前途不可限量啊！

夏之隽拎着东西上楼，到房门前敲门。

三秒后，门开了，顾思忆俏生生的小脸出现在眼前。

十一月份的深秋季节，天气越来越凉了，她穿着牛仔裤和大V领毛衣，领子滑下来，露出性感的薄肩。夏之隽把东西递给她，她一看袋子上的标志，登时喜笑颜开：“你在路上还买了这个呀？”

她笑眯眯地接过来，往房里走。夏之隽反手关上房门，跟着她走入。

顾思忆刚把袋子放在桌子上，还没来得及拿出来，夏之隽从身后抱住她。

他低下头，脑袋蹭了蹭她的肩膀，又用力地亲了一口。

顾思忆一颤：“别弄出痕迹……明天这衣服怎么穿……”

“那就不穿，换一件。”他哑声道。

他也不想别人看到她这性感慵懒的模样，太诱人了。

顾思忆又被夏之隽抱着亲了一会儿，欲罢不能时，他却站起身，说：“我得走了。”

“啊？”顾思忆有点没反应过来，前一秒还沉浸在澎湃的海洋里，怎么接下来成了人走茶凉？

夏之隽深吸一口气，背过身，长话短说：“我上来的时候你爸就在楼下，他在等人，说不定现在还在。半天不见我下去，不太好。”

“你是我男朋友嘛，上来陪我有什么不好的？”顾思忆软声反驳。

“时间长了就不好，引人误会。”

“误会什么？”

“误会我欺负了你……”

做家长的为女儿担忧，他能理解。他现在还在念书，连结婚年龄都没满，做什么承诺都显得苍白，长辈难免顾虑比较多。不如不让他们操这份心，等毕业后结婚了，再光明正大地……

“那，我先走了。”夏之隽拿起扔在一旁的外套，走到门边，“明天给我电话，我接你回学校。”

“好嘛！”顾思忆无奈地应声。这个男朋友的自控力，好到超乎她的想象。

夏之隽到楼下，特地往大堂会客厅看了看，没看到顾思忆的爸爸时心里略有遗憾，他没留下，就是为了让她爸看到他离开。

夏之隽走到酒店外，目光无意间发现顾致远正要上一辆车。他大步走过去，跟他打招呼。

顾致远一看，是夏之隽：“怎么不多陪陪思忆？”

“这么晚，她该休息了。”夏之隽说，“我也得回学校了。”

顾致远笑了笑：“好，我安排人送你。”

“不用了，叔叔，我已经叫了车。”

“那行，你慢走。”

夏之隽上车后，给顾思忆发信息：“我下楼又遇到你爸了。”

顾思忆：“瞪眼。”

夏之隽：“还好我自觉，没有久留，目测这一回没有拉低印象分。”

顾思忆：“哈哈哈，学霸的炫酷狂霸跩去哪里了？一个中年爸爸就让你瑟瑟发抖了吗？”

夏之隽：“那是你的爸爸。我要娶老婆，还得他把女儿交给我。”

顾思忆：“嘿嘿。”

顾思忆洗过澡，看到桌子上的奶茶和甜品，眼前一亮，拿出来享用。

她一边享受，一边拍照片发给郑培培。

顾思忆：“深夜放毒。”

郑培培：“不要诱惑我！我这里点不到这个外卖！”

顾思忆：“我也点不到，这是学霸送来给我的。”

郑培培：“原来你是来秀恩爱的！”

顾思忆：“哈哈。”

郑培培：“看你这得意的小样……啧啧啧……”

顾思忆：“没有。我就是想说，谈恋爱真好，有个男朋友真好。”

顾思忆靠在沙发上，慢悠悠地喝着茶饮吃着美味的点心，回味刚才那些既甜蜜又让人脸红心跳的瞬间，还有夏之隽跟他说的那些话……身心愉悦，整个人沉浸在幸福的余韵中，拔都拔不出来。

郑培培：“不是有个男朋友真好，是你那个男朋友特别好。”

顾思忆：“你家小苏苏难道不好吗？”

郑培培：“大姐，你就别刺激我了，我才疗好伤。”

顾思忆：“怎么了？”

郑培培：“我就知道你是个不关注娱乐八卦的人，你不懂的……”

顾思忆：“说来听听？”

郑培培：“上次旅游回来有人拍了我跟苏韩的牵手照发到网上，我让苏韩发微博澄清，我们不是恋人关系。”

顾思忆看着这句话，手指停顿在屏幕上，不知道说什么好。

半晌，她输入：“摸摸。”

郑培培：“我去，等那么久，我还以为你要给我至少八百字的安慰。”

顾思忆：“在心里……表达能力有限……”

郑培培：“算了，我没事，难过也就那一阵子，现在早就好啦！只是他最近太忙了，从旅游回来到现在快两个月了，我们都没机会见面。我也不敢贸然去找他，只怕又摊上事。”

顾思忆：“如果有时间，他一定会来找你的！”

郑培培："我知道啊，他现在太红了，通告排得太满了。"

顾思忆："摸摸。"

郑培培："他说元旦前争取抽时间来看我。"

顾思忆："嗯，他也很努力了呀！过几年，当粉丝意识到他长大了，他就可以光明正大地公布恋情了。"

郑培培："我就盼着那一天。"

顾思忆："坚持就是胜利，培培姐，你是最棒的！"

顾思忆陪着郑培培聊了半晌，点出界面，看到夏之隽发来微信。

夏之隽："我回学校了。"

顾思忆："早点休息哦！"

夏之隽："你也是。"

顾思忆；"嗯。晚安！"

夏之隽："安！"

因为这一晚的插曲，第二天顾思忆跟爸妈一起吃饭的时候，还被她爸教育了。

"虽然男生应该疼女朋友，但你也别太娇气，别太作了。大晚上让人家跨过半个城市，给你送消夜这种事，以后就别折腾了。"

"哦……"顾思忆乖乖地应声。

"哪天把夏之隽作没了，你可找不到像他这么优秀的男孩了了。"

顾思忆忍不住道："老顾，我是你的女儿，你怎么尽打压我？"

"就因为你是我女儿，我够了解你。还好你遇到的是夏之隽这么优秀又靠谱的男孩子，不然以你的智商，被人拉去卖了还帮人数钱。"

"过分了啊，老顾……"

许佳慧在一旁补刀："你对自己还没有清晰的认知吗？果然是头脑简单四肢发达。"

"……"她一定是垃圾桶里捡来的。

顾思忆一转念，轻哼："反正我男朋友够聪明！他是天才，费脑子的事情有他解决！"

许佳慧笑道："傻人有傻福，老天爷给你个天才，你就悠着点，别被一些毒鸡汤带坏了，可劲折腾人家。”

“我没有啦！”顾思忆也是醉了，别人家爸妈是担心自家闺女被男朋友欺负，她爸妈居然担心她把男朋友作跑？此刻她只想甩出两个“笑哭”的表情包。

时间迈入十二月份，转眼就接近年底。顾思忆忙得不可开交，系里要办元旦晚会，班级里也有个联欢会。作为学生会干部和班干部的她，有一大堆需要统筹安排落实的事情。

顾思忆为学校活动忙碌时，夏之隽就泡在实验室里钻研学术。

张思诚在系学生会担任副主席一职。顾思忆他们班，除了她还有文颖，都在学生会，而且是同一个部门——活动部。部门还有隔壁班的齐轩，那个悄悄往顾思忆书里放字条，但没有得到任何后续的腼腆男生。

这个元旦晚会，最重要的就是拉赞助，有赞助商出钱才好办事，才能把晚会搞得风生水起。张思诚负责这一块，拟定了几家公司，带上顾思忆和文颖上门去拉赞助。

张思诚虽然是富二代，但这种事不想找家里要钱，传出去了会被人笑话，只有让其他企业出钱，才能彰显他的能力。第一次肩负这种任务，他想完成得漂漂亮亮，给大家看看。

蓝狐科技公司是他这一次最重要的目标，跟那边约好时间后，他带上两位美女下属出发前往。蓝狐科技作为近几年异军突起的企业，旗下推出的手机在年轻人当中很受欢迎，学生族是主力消费群体，张思诚比较有把握能谈下来。

到了那家公司，他们被后勤部部长带到会议室，张思诚拿出 PPT（演示文件），侃侃而谈十五分钟后，对方淡淡地微笑，说：“这个我们需要上会讨论，本周内给你答复。”

张思诚：“如果你没有决定权，能不能安排我们跟贵公司的总裁见个面？”

“不好意思，总裁很忙，没有时间。”这位王部长继续微笑。

张思诚心生不快。可这个城市遍地都是重点高校，一所学校的系学生会干部，确实没有多大光环让人郑重接待。

双方告别后，张思诚估摸着，这家公司是没戏了。

三人一道下楼，走到电梯前，等待电梯。电梯门开了，一身西装革履的男人在几个人的簇拥下，踱步而出。

周围的人纷纷颔首示意：“周总。”

“周总好。”

顾思忆目光扫过那个人，微愣。

男人的视线淡淡地扫过，落在她脸上时，忽而顿住脚步，转过身看她：“顾思忆，你怎么在这儿？”

问话时，又将她上上下下打量了一番。这才几年不见，她就出落成一个亭亭玉立的大姑娘了啊！

顾思忆记得周卓。她读小学四年级的时候，他刚大学毕业，进入她爸的公司工作，是她爸非常看好的人。后来他担任她爸的特助，有时候会来家里跟她爸汇报工作，还会帮忙接送她，渐渐就熟悉起来。不过等她升入初中后，他就自立门户了。之后逢年过节会抽空来她家拜访，一年也能见上一次面。等她上了高中，他的事业重心转移到首府，后来就没见过了。

在这里突然遇到这位故人，顾思忆也是很意外。她从没关心过爸爸身边那些朋友都是干什么的。

顾思忆礼貌地颔首问好：“周叔叔好。”

被叫作周叔叔的周卓，一时间有点心肌梗塞。他才二十八岁，出去被一群小美女追着叫哥哥，怎么这就成叔叔了？

以前他出社会工作她才读小学，一个成年人和一个小孩，她叫他叔叔，他还挺开心。尤其她是老总家的千金，挺有受尊重的感觉。现在她长成了一个亭亭玉立的大美女，还叫他叔叔……

在社交场合，被叫叔叔的都得是头发花白的老头子了。

周卓正在默默消化这个“叔叔”时，顾思忆问道：“周叔叔在这边公司工作吗？”

周卓身边的下属们低着头憋笑。

周卓应道：“嗯。你过来干什么？”

顾思忆道：“我们学校过来谈赞助。”

“哦，哪所学校？”

顾致远办升学宴，他虽然没空参加，但特地托人送上礼物和红包。可是他那段时间实在太忙了，都忘了她考上的是什么大学。

不等顾思忆说话，张思诚代为回答。他不像顾思忆那么头脑简单，一直在观望形势。他从这位周总的气场和周围人毕恭毕敬的态度就能看出来，他一定是这家公司的大老板。

既然是熟人，那这事还有得谈。

周卓点点头，张思诚又说：“我们是经管系学生会，想跟贵公司谈一下元旦晚会赞助推广的相关事宜，不知道周总是否有空听一听我们的方案？”

周卓问了一下身旁助理的日程安排，吩咐将接下来的内部会议延后，同意了张思诚的提议。顾思忆是当年对他有知遇之恩、人生路上第一位导师的女儿，这点薄面还是要给。

几人往会议室去。周卓的目光再次落到顾思忆身上，有点挪不开眼的感觉。他只觉得她小时候是个水灵灵的可爱妹子，怎么长大了能变这么漂亮？

顾思忆穿着大衣和短靴，里面是针织衫和短裙，大衣里的弧度若隐若现，短裙下的双腿纤细笔直。

周卓并不想过分关注这位小妹妹的美色，可是她真的很漂亮很惹眼。最难得的是她没有酒桌上那些所谓的高知女的风尘气，也没有高校女学霸的书呆子气，清纯自然又透着一股妩媚劲，那种感觉刚刚好。

进入会议室，不等张思诚开口，周卓对顾思忆笑道：“顾同学，你把你们的策划说给我听听。”

张思诚很识趣，给笔记本连上投影仪，便把宣讲的位置让给顾思忆。

顾思忆介绍的时候，周卓含着笑意看她。小姑娘不愧是顾总家出来的千金，落落大方，气质矜贵，表达能力也很好。

由于顾思忆这层关系，听完讲解后，周卓当场拍板，给他们的晚会赞助一百万元。

周卓赞扬道：“学生群体是我们的重点客户，你们的广告策划做得也非常好，我很看好这次合作。”

原本以为无功而返，突然拉到一笔赞助费，张思诚很兴奋，顾思忆也很开心。同行的文颖，虽然脸上一直笑着，眼底却没多少笑意，她全程就是一个背景般的存在。

会议结束后，顾思忆正好接到她妈打来的电话，便说了遇到周卓的事情，周卓还接过电话问好。张思诚这一看，更知道他们关系匪浅。

结束通话，周卓一看时间，说："小顾同学，晚上有空吗？我请你吃晚餐。"

顾思忆迟疑时，他开玩笑般道："我已经跟你爸妈报备了。"

顾思忆看向张思诚，张思诚说："今天也没什么事了，你可以自由安排时间。"

于是张思诚带着文颖，跟他们兵分两路。

周卓找下属订了一家米其林餐厅，让司机开车，带着他们前往。顾思忆对于这位小时候熟识的帅哥哥印象挺好的，相处也很放松，两人有一搭没一搭地闲聊。

一起吃过饭，周卓送她回学校。车子在校外停下，顾思忆下车后，周卓打开车窗跟她告别。

"周叔叔再见。"顾思忆挥手，转身离去。

周卓收回视线，抬手摸了摸下巴，问前排的司机："我看起来很老吗？"

司机忍着笑，回道："周总三十岁不到，年轻帅气，怎么就跟'老'字扯上关系了？"

"……"可是某个小丫头一直叫他叔叔，让他觉得自己上了年纪似的。

顺利拉到一笔不菲的赞助，张思诚没有独揽功劳，在开会的时候重点表扬了顾思忆。当然，没说她跟投资人有什么关系，就说她表现得很好，恰好那份广告策划也是她做的，这份功劳有一半被记在了她头上。

会议结束后，文颖跟顾思忆一起往公寓走，文颖笑道："思忆，你好棒哦，积极又能干，明年说不定就让你接班当副主席了。"

顾思忆随口道："没想过这些，就干干活，锻炼锻炼自己嘛！"

文颖笑了笑，没说什么。她本以为进入大学，她会跟高中一样集万千宠爱于一身，尤其是这种理工科的学校，美女多稀缺啊！哪知道，这个班里还有个顾思忆。论美貌值，她觉得自己不输顾思忆，甚至比顾思忆美，她觉得自己就是被身高拖了后腿，导致大家眼里只看得到顾思忆，班花评选是顾思忆，系花评选也是顾思忆。偏偏，两人还一起进了学生会……

顾思忆跟文颖刚走到公寓里面，就接到夏之隽的电话。

夏之隽：“在哪儿？”

顾思忆低声道：“刚开完会，现在要回寝室了。”跟他说话时，她的脸上不由得漾起了笑意，眼底浮着一层温润的甜蜜。

旁边的文颖一看就知道，这是她男朋友的电话。

夏之隽：“那你等我，我过来找你。”

顾思忆：“好啊！”

顾思忆挂了电话说：“你先上去吧，我在楼下等男朋友。”

“好啊！”文颖笑，“你们的感情真好，单身狗实名羡慕。”

顾思忆：“你的追求者能从学校的东门排到南门，你这种叫作主动单身。”

文颖：“那是没有像你男朋友那么棒的追求者呀，哪个有他那么帅，我立刻答应。”

顾思忆笑：“谢谢捧场！”

两人告别后，顾思忆在楼下等待夏之隽。远远看到他的身影从那边走过来，她便快步跑上前，还有几步之遥时，扑进他怀里。

夏之隽将她抱住，感觉到她穿得少，眉头微蹙：“不冷吗？”

顾思忆看着他，双眼亮晶晶地笑：“不冷啊，我用了暖宝宝。”

夏之隽还是怕她冷，将脖子上的羊绒围巾取下来，给她戴上，拉起她的手，发现她手凉，握在掌心搓了搓。

夏之隽问她：“吃晚饭了吗？”

他知道她这阵子忙于系里的元旦晚会，也没过多占用她的时间。

顾思忆：“吃了，跟大家一起吃的工作餐。”

“我还没吃，我们一起去吃夜宵吧！”夏之隽是个很专注的人，对待顾思忆很专注，当顾思忆不在身边他对学术也很专注，经常专注得忘了吃饭。

“好啊！”顾思忆笑起来。

顾思忆喜欢吃烧烤，他便带她去校外的小馆子里吃烤串。

夏之隽点了很多她爱吃的，她看着直流口水，又吐槽道：“你这样会把我喂胖的！”

夏之隽拿起一根羊肉串，递到她手边：“胖也没关系。”

顾思忆嘴上很嫌弃，身体却很诚实，立刻接过来往嘴里送。她吃得津津有味时，他在她耳边戏谑般低声道：“听说丰腴的手感更好。”

顾思忆一口肉差点消化不良……

“不正经。”她脸色微红，别过脸轻哼。

夏之隽看着她红润的脸颊，心里的骚动突然就不可遏制。

两人吃完夜宵，夏之隽又把顾思忆带到咖啡餐吧，说：“你这段时间辛苦了，我陪你打游戏放松放松。”

顾思忆就差感激涕零了，她怎么有这么暖、这么有爱的男朋友啊！

进了餐吧，他带她到一个角落的小包间里，帘子一拉，外面就看不到里面了。点的两杯咖啡和拼盘点心送上来，服务员也不会来打扰。

夏之隽坐到顾思忆身边，顾思忆说：“你开啊！”

夏之隽说：“我们一起玩，一人一个人头。”

“好！”顾思忆欣然同意。

可是当她玩游戏的时候，夏之隽在一旁亲亲抱抱，很不安分，她这才知道自己有多天真。等待复活的间隙，她放下手机，准备郑重地发出抗议，夏之隽直接堵上她的嘴巴。

一个缠绵又炙热的吻，带着他娴熟的撩拨技巧。顾思忆被亲得气喘吁吁。

因为这个吻，她晚上破天荒地失眠了。

次日，顾思忆早上一进教室，困意便排山倒海般袭来。最后她实在坚持不住，便趴下睡觉。

文颖坐在她身旁不远处，老师提问，她举起手回答。当她坐下时，老师看到了睡觉的顾思忆，便走到她跟前，敲了敲她的桌子。

顾思忆迷茫地抬起头，老师看到她这样子哭笑不得：“我的课这么枯燥吗？”

一旁的张微澜为顾思忆解围道：“老师，顾思忆最近为学生会的事情忙碌，工作量很大，经常熬夜……”

老师点点头，对顾思忆说：“学习也得抓紧，下个月就期末考了。”

顾思忆内心敲起丧钟，期末考……怎么感觉才开学，期末考就来了啊？！

下课后，大家收拾东西离开教室，顾思忆去洗手间，文颖走到她身边，说：“思忆，你想当这次晚会的主持人吗？”

顾思忆顿了几秒，说：“没想法。”

“据说会选一名漂亮有气质的女生做主持人。我看你很合适呀！”

“我不太擅长……”顾思忆实话实说，她以前没做过主持人。

“那我去竞选怎么样？我中学是学校活动的御用主持，挺有经验的。”

“挺好啊！”

“那你能去跟张思诚说一声，你不列入主持备选吗？”

顾思忆微怔：“这个还需要我说啊？”

文颖笑道：“是啊，你不说他们怎么知道你不愿意？”

“好。”顾思忆点头。她对做主持人确实没什么兴趣，加上她看得出来文颖很想做主持人，那她更没必要掺和了。

次日，学生会例会结束后，顾思忆找机会问张思诚：“元旦晚会的女主持确定了吗？”

张思诚挑眉：“你有兴趣吗？”

“没有。”顾思忆忙道，“我没兴趣，不要考虑我。”

张思诚乐了：“其他人来找我都是毛遂自荐，你倒好，主动来表示不需要考虑。”他故意逗她道，“顾思忆同学，你是不是最近被表扬得有点膨胀啊，你觉得你会被钦点为主持人吗？”

顾思忆笑道：“万一馅饼掉我头上了呢？为了避免被砸晕，提前打预防针。”

“行，我知道了。”张思诚点头示意。

几家企业的赞助资金到位后，晚会筹备小组的人更是忙得如火如荼。

顾思忆不仅要做幕后工作，还要抽时间跟班里的女生一起排练舞蹈。他们班的舞蹈节目她作为班委带头参加，每次排练都不缺席。倒是有时候学生会的会议，不是特别重要的她就找借口不去了，她不想在会上发呆浪费时间。

文颖以忙碌为由，没参与班级舞蹈演出，实际是她不想跟顾思忆同台，被抢去风头。

这天顾思忆跟班里几个女生在排练室练习时，文颖突然出现在门外，在他们休息的间隙，走过来对顾思忆说："我有事跟你说。"

顾思忆跟着文颖走出门外，文颖说："你不是说你不当主持人吗？"

"是啊！"顾思忆应声。

"今天的会上老师宣布主持人选，男主持是张思诚，女主持是你。"文颖脸上没什么表情，双眼盯着顾思忆。

那是一种看似克制却极其尖锐的眼神，至少顾思忆感觉到了她的不悦。顾思忆解释道："我不知道这件事，可我的确跟张思诚说了。"

几个女生走出来，调侃道："两位大佬又在讨论什么大事啊？"

文颖瞬间换上笑脸，道："我是来恭喜思忆的，她被选为元旦晚会的主持人。"

"哇，好棒！"

"思忆真棒！"几个女生纷纷道。

顾思忆的表情有点尴尬："没有……我不想干……"

文颖眼里的厌恶一闪即逝，对顾思忆笑道："既然领导选择了你，你就好好表现，我相信你的能力。"

顾思忆说："我去问问。"

说完，转身离去。

其他人回到排练室，文颖看着她的背影，表情越来越难看。她认定，顾思忆就是知道这件事，而且知道会上要宣布这件事索性不去了，这样顾思忆就能继续装清高，表面一套背后一套。

顾思忆给张思诚打电话，得知他在篮球场，一路追了过去。

她站在场边等他把最后十分钟打完，周围一群又一群的女生在尖叫，她安静地等在一旁。这个学期张思诚一直保持单身，身边的迷妹更多了，大家都觉得自己有机会。这天这一场他参与的比赛，有很多女生来捧场。

至于张思诚的篮球技术……顾思忆觉得，除了夏之隽，再也没有惊艳她的男生。

她看都懒得看，低下头玩手机。

球赛结束，张思诚走到顾思忆身旁，调侃道："顾同学，这么急急忙忙地来找我，莫不是想我了？"

顾思忆不悦道："我不是说了我不当主持人吗？"

"啊，这个啊……"张思诚无奈地摊手，"这个不是我定的啊，是系里领导觉得你最合适啊！"

"今天在会上，你好歹给我说一声啊！"

顾思忆万分懊恼。通知开会的时候，她问他有事能不能不去，他说没关系就是走个过场，忙就不用来，结果突然就在会上定了主持人。

"这个我可不好说……"张思诚一脸爱莫能助的表情，耸肩，"你不愿意的话，可以去找陈主任说说。不过，我就不明白了，既然定都定下来了，何必折腾？就算以前没经验，锻炼一下自己不好吗？"

"我觉得文颖更合适，她中学时是学校的御用主持。"

"她不行。"张思诚当即否认，"就算你推掉了，也轮不到她。"

"为什么？"顾思忆讶异地问。

"她矮了，气质不行。她那种类型的，就不适合做主持人。"

"……"

顾思忆有点心烦。她不太喜欢跟学校领导打交道，可是现在这个事摆在眼前，让她很苦恼，她给夏之隽打电话："你在哪儿啊？"

夏之隽："我在实验室。"

顾思忆又问："吃晚饭没有？"

"没有。"

"那我去找你，我们先吃饭，你再忙呀！"

"好。"

两人在大楼下碰头，夏之隽身边还有几个同伴，大家笑着跟顾思忆打招呼。程灵也在，但没怎么吭声。等那两人走远，她看似不经意地说了一句：“自从女朋友进学校，夏之隽的时间都用来谈恋爱了。”

“哪有这么夸张？该干的他可没落下。”张扬接口道。

程灵说：“但是大一的他比现在投入得多。以前是废寝忘食搞研究，现在是争分夺秒陪女朋友。”

张扬道：“嘿嘿嘿……我要有个这么漂亮可爱的女朋友我也想争分夺秒陪着。”

杨杰说：“学业或事业只是人生的一部分，感情和婚姻也是人生的一部分，夏之隽这样的才叫人生赢家好吗？人家什么都玩得转搞得定。以前还以为他是性冷淡，有奇奇怪怪的‘天才病’，现在才知道是自己太天真了……”

程灵有点胸闷。原来无论什么类型什么性格的男生，都摆脱不了对女色的追逐。清冷矜贵的夏之隽如此，这几个也如此。

顾思忆挽着夏之隽的胳膊，脑袋靠在他肩上，依偎着他。

夏之隽问：“有心事？”

“你怎么知道？”她抬起眼，讶异地看他。

“你有什么能让我不知道？”夏之隽道，淡淡的语气有那么一丝将她吃定了的成就感。

顾思忆只能五体投地了：“你是学霸，你厉害。”

“那你说说，什么事让你烦心。”

顾思忆叹了一口气：“这次元旦晚会，领导把我定为主持人……”

“你不是喜欢搞这些活动吗？”

“可是主持我不擅长啊，没试过，不想出糗。最关键的是，我们班的文颖，她想当主持人，还特地跟我说了，我也说我不做……结果还是落到我这儿来，感觉很打脸啊！”

夏之隽问：“那你打算怎么办？”

顾思忆：“我想找负责这个的陈主任说一下，不做主持人。”

“你下了，你那个同学就能上了？”

“不能，说她不是备选人。”

“那你去找老师说这个，除了让老师觉得你没有能力没有胆量，还有其他意义吗？”

顾思忆被当心一击：“可是……”

“可是你心里舒服一点是吧？”

她竟无言以对。

“不管怎么做都是明天的事情了，今晚想吃什么？”

“随便啊！”

夏之隽打车带顾思忆去商圈，去她之前提到的那家网红火锅餐厅。看着翻腾的红油，闻着香味，她的坏心情仿佛也被蒸发了。她愉快地享用美食，还跟夏之隽喝了一瓶啤酒。

吃饱喝足，顾思忆的心情也焕然一新，两人在街边漫步时，她问：“你是不是觉得我应该接下这个任务啊？”

“我只是觉得，退缩不是你的性格。如果你顾及其他原因，要跟老师请辞，我也不反对。”夏之隽抓起顾思忆开始泛凉的手，往口袋里装。他继续道，“这是一件小事，无论你怎么做都无所谓，我都会支持你，不用太在意。”

“哦……”顾思忆软软地靠在他肩上，突然就觉得那事不重要了，没有之前那种焦头烂额的感觉。不知道是被他的云淡风轻所感染，还是因为跟他在一起的感觉太幸福了……

就真的……觉得没多大事，天塌下来还有他在呢！

次日，顾思忆去找负责的老师，刚到办公室门口就被招呼过去，表扬她近期的工作，另外期待她在晚会上好好表现。

顾思忆为难道：“我不想担任主持人。我没有主持经验，怕给我们院丢脸……”

“这个没关系，你跟张思诚学习学习，我看你演讲的时候台风非常好，主持一定能行。距离晚会还有一周时间，还得彩排几次，你可以趁机多练习。”

顾思忆还想说什么，老师直接转话题跟她谈其他事情了。

走出办公室，顾思忆长吁一口气。就这样吧，迎难而上。老师都那么鼓励和支持了，她再推辞真的就是没能力又没胆量。

主持的事情就这么定了下来，各班级的节目也准备得差不多了。还剩下一周时间，就要实地彩排了。

第一次彩排，时间拖得比较久，夏之隽过来找顾思忆，看到他们这些人热火朝天地忙碌着。顾思忆趁着空隙来到夏之隽身边，递给他一杯热茶，说："舞台效果不错吧？"

夏之隽环视一圈，点点头，确实看出他们用心筹备了。

顾思忆："到时候还有3D灯光秀，很漂亮的！"

夏之隽喝了一口水，淡淡地道："没有主持人漂亮。"

顾思忆的脸颊有点热，忍不住笑，嗔道："你就知道对我盲目吹捧。"

"不是盲目，是专业。"夏之隽抬手，揽住顾思忆的肩膀，在她耳边压低声音，"专业老婆吹，满意吗？"

顾思忆被撩得脸更红了："我要去忙了，不跟你说了。"

夏之隽坐在前排的位子，欣赏顾思忆的主持。虽然她没有经验，但选择她是正确的。清纯甜美的容貌，青春活力的朝气，加上高挑挺拔的身材，落落大方的气质，当她站在台上，所有人都无法忽视她的存在，她压得住那个舞台。

"齐轩，你把那边那些桌子搬一下……"这个名字飘入耳中时，夏之隽转过脸，看向那个被叫作齐轩的男生。短发微卷，戴着眼镜，看起来斯文腼腆，在一旁积极地干活，旁人招呼什么，他就去干了。

夏之隽起身，走到齐轩身后。

齐轩刚放下东西，一转身看到夏之隽吓了一跳。缓过神，对他微笑："你好。"

夏之隽回以客气的微笑："你好。我是顾思忆的男朋友，夏之隽。"

"知道，知道……"齐轩忙点头，"你的大名在我们系里如雷贯耳。"

那边顾思忆得闲，看到夏之隽跟人在讲话，跟了过来："你们认识啊？"

她当时没看到那张字条，匆匆扫一眼都没看清楚写字条的人叫什么，她以为夏之隽是跟齐轩是旧识。夏之隽顺势搭上她的肩膀，将她搂入怀中，说："正在认识。我看这位同学很面善。"

顾思忆乐了："你还有兴趣认识学弟啊？"

"一般人没兴趣，但你身边的异性有兴趣认识一下。"夏之隽说着，意味深长的目光看向齐轩。

齐轩浑身不自在，仿佛被人发现了心里的秘密。

顾思忆表情不悦："什么嘛……"

夏之隽淡笑道："认识一下，让他们对你多担待。"

齐轩暗暗地松了一口气，立刻道："哪里的话？顾思忆同学很优秀、很能干，我要她多担待才是。那个，我还有事，先去忙了……你们有什么需要再叫我。"说完，脚底抹油走了。

给顾思忆写字条是以前的事情了，那时候他不知道她有个校草男朋友也不知道她跟男朋友感情那么好，后来学生会里的活动多了，大家熟起来他才知道。虽然还是克制不住对她的欣赏和喜欢，但那份追求的勇气彻底被扼杀了。

这一次直面她男朋友，他一个直男都能感受到对方的帅气，还有点气势逼人。

他总觉得他是知道了什么……

齐轩想，以后还是离顾思忆远一点，最好彻底断了心里的那份念想。

第九章

经管系的元旦晚会，在大家的共同努力下，顺利拉开帷幕。

顾思忆第一次做主持人，郑培培跟几个老朋友一起过来围观加油。

她在后台，化妆师为她化好妆，她去更衣室换礼服。拿起那件礼服，正要穿上的时候，她突然发现衣服上有一道口子……

昨天衣服送过来的时候，她还试穿了一遍，完好无损，怎么现在就破了？

现在就这一件根据她的身材量身定制的主持礼服，腰上破了那么大一道口子怎么穿？距离晚会开始只有半小时不到了……

顾思忆重新穿回自己的衣服，拿着这件破了的礼服走出更衣室。另一边张思诚已经换好了衣服出来，一看到顾思忆，讶异道："你怎么还不换？"

顾思忆："礼服破了……"

张思诚接过去一看，眉头都拧起来了："这是被人撕烂的吧？好端端地挂在那里，怎么会破？又不是纸糊的衣服。"

"我也不知道……昨天试了衣服就放在这边了，刚才准备穿才发现……"

"这就要开场了，去哪里找合身的礼服？"张思诚是真的头大。

这时候弄出意外，丢脸丢到全校去了，系里领导不知道会怎么问罪。尤其是他们两个主持人，还是学生会的，全程在晚会筹备组……

顾思忆看着手上的礼服，心中很不解，怎么就被撕破了？

她正一头乱麻时，夏之隽打来电话。她走到一旁，接起来。

"准备得怎么样？是不是要上台了？"夏之隽特地走出礼堂外给她打电话，想在她开场前给她鼓励。

顾思忆没吭声。

夏之隽问："紧张了？"

"不是……"

"怎么了？"他一听她的声音就发现不对劲。

"我那件礼服破了，现在没有合适的衣服……"

张思诚一看，都火烧眉毛的时候了，不赶紧想办法，还跟男朋友打电话腻歪。他心里非常不爽，走到顾思忆身旁道："先别打电话，快想办法，我们兵分两路，你跟同学和学姐问问，有没有礼服借来应急。我联系商家那边，看能不能马上再送一套来。"

电话另一边的夏之隽听到这句话，说："现在是缺主持的礼服？"

"嗯。"顾思忆点头，"那我先忙了，回头再跟你说。"

她正要挂电话的时候，听到夏之隽说："我这里有，给我十五分钟，我送去后台。"

顾思忆一愣，他那里有？他怎么会有女孩子的礼服？

顾思忆正要问话，夏之隽就把电话挂了。

张思诚跟商家销售通过电话后，无奈道："你这件礼服是限量款，没有了。其他款式的现在送过来，跨过大半个城市也来不及了……"

顾思忆说："我男朋友说给我送礼服过来。"

张思诚："……"

张思诚可不相信夏之隽能突然来救场，也不想看到他救场。他自己着手安排，让手下人都紧急寻找礼服。他是系学生会干部又是校学生会的，人脉很广，关键时刻发挥了作用，很快得知他院系有个女生那里有礼服，跟顾思忆的身高差不多。

当礼服送过来后，张思诚交给顾思忆："赶紧去换上。"

顾思忆说："可是我男朋友说了要给我送过来。"

"这都什么时候了？距离开场只有十五分钟，你还在等你男朋友？"张思诚有点火大，"顾思忆同学，请你分清楚孰轻孰重，现在不是你秀恩爱的时候！"

"谁秀恩爱啊！"顾思忆掷地有声，反驳道，"他马上就过来了。他送过来的衣服，一定是最适合我的。"

张思诚快要气结："顾思忆，你……"

顾思忆转过身不看他，拿出手机看时间。为了给夏之隽节省时间，她打算出去接他。

张思诚抓住她的胳膊："这都什么时候了，你还去哪儿？"

顾思忆："我去拿衣服。"

张思诚缓下一口气，好声劝道："顾思忆，这是院里的大事，请你不要任性。"

顾思忆："我没有任性。礼服是穿在我身上，我有选择的权利。"

"真后悔让你当主持人！"张思诚气急败坏道。

"你让我当？不是老师选的吗？"顾思忆发出疑问。

张思诚立刻打补丁："我应该反对的！"

顾思忆面无表情道："哦，现在已经来不及了。"

"顾思忆。"清润的男声传来，顾思忆扭头，看到大步走来的夏之隽。她脸上一喜，猛地甩开张思诚的手，走向夏之隽。

夏之隽手里拿了一个很大的礼盒，包装精美："更衣室在哪儿？快去换上吧！"

顾思忆接过礼盒，迅速往更衣室跑。夏之隽站在外面，跟张思诚面对面。张思诚很窝火，靠着墙壁，头偏向一边，冷冷淡淡地道："她优先选择你送来的衣服我没意见，但如果不合适，还是得换掉。"

夏之隽双手抄兜，一声轻笑，神色散漫不羁。

更衣室里，顾思忆看着这巨大的漂亮礼盒，有点错愕。她小心翼翼地拆开，当那抹绿色映入眼帘时，她惊喜得掩住唇。

这不是……那一次她和他参加非物质文化展览时，看到的那件旗袍吗？

她当时被惊艳得挪不动步，问老板能不能卖，老板说这是展示样品，不能卖。

顾思忆小心翼翼地把旗袍撑开，这一件比上次看到的更为精致。她连忙换上，每一处的尺寸都恰好合适，仿佛是为她量身打造。

她看着镜子里的自己，感觉快要被自己美哭了。

顾思忆换上高跟鞋走出更衣室，外面等着的人齐齐看向她。

“哇……”连路过的人都停下脚步看她。

“天，太美了！”

“原来这才是终极大杀器啊，比之前彩排的那件好看多了啊！”

“啊啊啊，这也太好看了吧！”

“太惊艳了……”

张思诚已经无法发表否定意见了，群众的眼睛是雪亮的。顾思忆这一身打扮出来，连他都看得有点窒息。

顾思忆走到夏之隽跟前，每一步都摇曳生姿，她看着他笑。

夏之隽说：“明天是圣诞节，这是为你准备的圣诞礼物，正好，派上用场了。”

顾思忆笑靥如花：“谢谢，我非常喜欢！”

开场舞过后，张思诚与顾思忆登台。夏之隽离开后台，去观众席坐下。他和郑培培他们的位子都是顾思忆提前安排好的，几人坐在一起。

顾思忆上台后，郑培培与下方观众一起鼓掌欢呼。

郑培培赞叹道：“哇，这身旗袍好漂亮啊，他们院里真舍得花钱！”

向梨也道：“是啊，第一次看到思忆穿旗袍，美炸了！”

顾思忆身上的粉绿色绣花旗袍，露出白皙瘦削的香肩，合体剪裁的设计勾勒着女性曼妙的曲线。旗袍上的亮片元素，衬托着她的青春感，妩媚又不失活泼。古典的美与现代的媚，结合得恰到好处，被她释放得淋漓尽致。舞台下的“颜控”都嗨翻了，纷纷拿出手机拍照。

其他院系过来观赏的学生们都赞不绝口。

“场面大，还有第一美女主持，不枉此行！”

“乍一看还以为是从外面请的主持人……”

“没想到我们学校也能出这种美女！”

张欣奕由衷道：“思忆真是多才多艺啊，体育好，还有文艺才华，以前从没见她主持，上了大学还当主持人了。”

郑培培得意地笑：“我忆哥就是牛，她想干的事没有干不成的！天天喊着自己学渣，还不是考上名校了！”

周骁：“所以阿隽是慧眼识珠，早早守住了一个宝藏？”

周骁有点佩服夏之隽的审美预见力，刚上高一的时候他还没觉得顾思忆有多漂亮，就是很可爱很甜美，两个甜甜的小酒窝。哪知道几年过去，她越长越大，也越来越美……而这些叫嚷着她美的男同学和学长，通通没有机会了。

周卓作为赞助企业代表，也被邀请在列，他坐在前排的 VIP 席位，拿出手机录了一段小视频。

顾思忆班级的热舞表演，将晚会推上一个小高潮。九个女生，穿着白色制服上衣和热裤，脚踩高跟鞋，拿着手杖，跳着团体热舞。青春明艳，性感曼妙，活力四射。

中心位的顾思忆，是一群女生中最耀眼的存在。一双逆天大长腿，加上甜美妩媚的容颜，当她对着舞台下方眨眼的时候，台下学生们的尖叫声一阵高过一阵，疯狂的热浪席卷整个剧院。

向梨："我看思忆都可以出道了！"

张欣奕："她要是参加女团选拔，妥妥的一战成名。"

郑培培呵呵笑："思忆不可能出道的。"

"为什么啊？"向梨不解地问。

郑培培的目光扫过夏之隽，笑："学霸会让他的女朋友当艺人？"

夏之隽淡淡地道："她不适合。"

"那是。"郑培培做了个鬼脸，"毕竟适不适合都由你说了算。"

晚会在万众沸腾中圆满结束。

顾思忆到了后台，身上的旗袍都舍不得换下来。反正是自己的衣服，不换也不要紧吧？

周卓拿着下属准备好的一捧鲜花，走到后台，献给顾思忆。

顾思忆微笑道："谢谢！"

周卓脑子里只有四个字，人比花娇……

"我有没有荣幸邀请最美主持人一起吃个夜宵？"

顾思忆面露为难，抱歉地笑："不好意思啊，周叔叔，晚上已经有安排了。我男朋友还在等我，还有几个好朋友特地远道而来给我捧场，大家说好了结束后一起聚一聚。"

周卓略略挑眉："男朋友？这么小就有男朋友了？"

顾思忆轻哼："我都上大学了，你还当我是以前的小学生啊！"

"……"长大了，确实长大了，亭亭玉立，摇曳生姿。

可是这朵娇花刚绽放，就被人采摘了？现在的年轻人下手太快了吧？！

周卓开玩笑般道："那我得去见见你男朋友，给你把把关，万一你被坏男孩骗了怎么办？"

"我爸妈早就认识他了，已经得到他们的认可。"顾思忆笑，笑容带了一丝小得意小嘚瑟。

"厉害，后生可畏。"周卓赞叹。

就这三言两语，周卓已经看出来，小姑娘对那男朋友喜欢得很，提到他时眼里都装满了浓情蜜意。

大剧院外，夏之隽他们在花坛一角等着顾思忆。

顾思忆裹上羽绒服，换上球鞋，从他们后方悄悄过来。周骁看到她，她做了一个"嘘"的手指，溜到夏之隽身后，趁着他不注意，突然从背后抱住了他。

夏之隽刚往嘴里放了一颗糖，拥抱来得猝不及防，伴着一缕熟悉的幽香。他拉下她的手，将她拉到身前，手臂环上她的脖子，抬起她的下巴，低头，亲上她的唇……唇舌辗转间，将嘴里那颗糖给她喂过去了。

他松开手，看着她，低笑："今晚表现很好，奖你一颗糖。"

顾思忆原本还让他来个怦然心跳，结果，分分钟被他扭转局面，她又成了那个脸红心跳浑身酥麻麻的人。嘴里那颗糖在舌尖缓缓融化，酸酸甜甜的滋味不断蔓延。

郑培培捂住眼睛："啊！越来越过分了，都当着我们面亲亲了！"

张欣奕和向梨跟着捂眼睛，保持队伍的整齐性："虐死单身狗！"

"别闹了你们……"顾思忆嗔笑。

几人一行，往校园外走。校园路上来来往往的人很多，不少都是刚才看完演出的学生。

突然有一个男生冲到顾思忆身前，紧张又害羞地看着她："你是主持人吧？"

“啊！”顾思忆点头。

男生拿出手机：“我们能合影一张吗？”

夏之隽当即搂过顾思忆，说：“我是她的男朋友，我代表她拒绝。”

顾思忆礼貌地笑了笑：“不好意思。”

男生不舍地离去。

郑培培在一旁调侃道：“看来学霸在大学里压力有点大啊，得天天防火防盗、防‘蓝颜’、防色狼。”

顾思忆赶忙道：“我可没有‘蓝颜’啊！”

夏之隽觑她一眼，“蓝颜”？想都别想了。

现在一群苍蝇一样的追求者就够闹心了，他抽时间陪她去上选修课，无非就为了宣示主权，让那些不长眼的识趣点。

晚会筹备组在演出圆满结束后有个庆祝晚宴，不过顾思忆提前说了，有事不能参与。这些人觥筹交错时，文颖看似不经意地说：“顾思忆可真是特立独行，连庆功宴都不参加。”

张微澜在一旁解释道：“她不是提前报备了有事吗？也跟领导请假了。”

“有什么事耽误？连庆功宴都没空参加，这就是一个重要性的问题嘛！团队活动不重要，她的私人活动比较重要。”

文颖这一说，另外有几个人也跟着附和，半开玩笑半谴责地说：“就是啊，顾同学不够意思啊……”

“甩开我们这些并肩作战的队友，独自去偷欢……”

“今晚她可大出风头，被封为史上最美女主持，回头得让她请客啊！”

文颖带起话头，又笑道：“这是个人自由啦，人家都请假了，没什么好说的。”

突然有人刷着手机说：“有人把顾思忆主持和跳舞的片段发到抖音上，好多转发点赞，火了！”她把视频放到群里。

前一刻还带着笑意成为舆论控场人的文颖，瞬间被无视了，连她的话都没人接，大家纷纷拿起手机看视频。

“镜头拍得挺稳啊！”

“噻噻噻，都说我们学校男女比例失调，这下出个美女一鸣惊人！”

“思忆很上镜啊，这么看都不输明星。”

“没有啦，我觉得她本人更好看。”

“就她那白皙通透的皮肤，根本就不用开滤镜。”

文颖实在笑不下去，心情差到极点，拿起手机去了洗手间。

张思诚的心情很复杂。他原本是打算先以朋友和学长的身份待在顾思忆身边，再伺机而动。可这一个学期下来，除了发现她越来越多的闪光点，还发现了她和男朋友感情真的很好，好到旁人想插一脚都不知道怎么下手。

这次晚会，两人一起担任主持人，本想擦出些火花，结果临时出事故，又让夏之隽秀了一把，他被气得肝疼。

这边顾思忆跟几个老朋友吃烤串、喝啤酒，说说笑笑，不亦乐乎。

郑培培感叹：“这一年又快过完了呀！”

顾思忆点头：“是啊，时间过得可真快！”

可是有这些老朋友在，仿佛感受不到时间的流逝，只有一天一天累积的幸福和快乐。

元旦晚会的成功，让顾思忆在学校名声大噪，校花之名更加被坐实。在网络上很火的短视频，让一大批人找到她的微博，短短几天，涨粉上百万。

顾思忆从没想过做什么网络红人，看到这么多粉丝量，有点不知所措。

郑培培跟她说：“你要是秀一秀你家学霸，没事秀个恩爱什么的，估计你的粉丝更得疯涨。”

顾思忆说：“算了，我不习惯这么高调……”

她发了一条感谢的微博，接着就忙自己的事去了。对于那些邀请她做网红直播的平台，一律谢绝。

张思诚对于礼服被撕坏那件事，比顾思忆还要耿耿于怀。顾思忆的不爽，因为穿上夏之隽送的旗袍而烟消云散。可是张思诚查了几天也没查出个结果，谁也没注意到那件礼服是怎么被弄坏的。更衣间没有监控，筹备组的人都能随意进出，这个范围太大，实在不好查。这件事就算这么不了了之了。

元旦假期过后，期末考试也就不远了。让顾思忆瑟瑟发抖的年终大事，逃不过躲不了，如期来临。她这一个学期，以学校活动为主，以恋爱为辅，以学习为点缀，多彩多姿地过着……

临到考试时上课打起精神听课，感觉在听天书。

顾思忆慌了，再怎么样也不能大学第一个学期就挂科啊，太丢人了！这年头讲究的都是品学兼优，挂科就被钉在耻辱柱上了。

听说老师要在课堂上画考试重点，她这才稍微松了一口气，至少这样有个复习方向，方便临时抱佛脚。

可是按照老师说的画完考点，她整个人傻眼了，这是画考点？这分明就是把每个章节、每个小节都画出来了啊！要复习，还是得把整本书看完！

下课后，顾思忆虚弱无力地吐槽："全都是考点，我已心如死灰。"

张微澜长叹一声，道："同死灰。"

另外两个人倒还好，没有她们这么苦闷。

刘畅说："思忆，你男朋友是状元的嘛，找他给你复习啊！"

"可是现在专业不一样啊！"顾思忆苦恼道，尤其这好几个科目，感觉就靠背知识点了。

"基础学科一样啊，高数找他复习妥妥的。"

顾思忆有点丧，但并不想找夏之隽复习。

毕竟，她高中就是靠他辅导过来的，大学都不是一个年级不是一个专业，还找他复习，她觉得自己简直就是女朋友界的残疾智障女友！

为了默默争一口气，她跟室友一起开启复习模式。

张微澜趁着跟她单独相处时说："思忆，你平常搞活动费了不少心思，你去跟老师说一声，让老师给你综测多加分。"

顾思忆汗颜："我这种渣渣成绩，说不定挂科，跟奖学金肯定无缘，提高这个也没用。"

"你怎么知道？对自己这么没信心啊！"

"我比较有自知之明……"

考试前一两周，顾思忆是真的很认真地复习了，可是要背的知识点太多，感觉很头大。夏之隽问她需要帮忙吗，她摇头说不，表现得非常信心十足。不是一个年级又不是一个专业，而且他那个专业的学业负担肯定很重，她不想给他造成额外的负担。

顾思忆都这么说了，夏之隽便不再为她操心，因为他觉得大学课业要求比高中轻松很多。

考试周顾思忆跟夏之隽说好不见面，专心复习。她每天跟室友们一起废寝忘食地恶补学习。她们寝室的王姝平常学习最认真，笔记做满了一个本子，这几人近水楼台先得月，借她的笔记来复习。

有并肩作战的队友，顾思忆感觉轻松多了。

最后一门考试结束后，大学第一个学期也宣告结束。

顾思忆跟夏之隽一起吃饭的时候，问他："你们什么时候放假？"

夏之隽说："还有三天，你等我，我送你回去。"

顾思忆想了下："我们不是一个城市，你送我回家不太方便吧？"

夏之隽淡淡地道："女朋友的家，天南海北都方便。"

顾思忆莞尔。

室友们相继离开，顾思忆留在学校，每天陪男朋友一起吃饭，顺便给老师们帮忙打杂。爸妈问她什么时候放假，打算过来接她，她说："不用接啊，学霸送我回去，他还说要拜访您二位呢！"

许佳慧跟她老公笑道："这有个男朋友，我们少操很多心啊！"

顾致远说："挺好，夏之隽提前给我们分忧了。"

他这么一说，许佳慧的表情倒有点凝重了："夏之隽的爸妈，会同意这门婚事吗？"

顾致远说："这个不重要。我看好夏之隽，他是一个非常独立，很有想法的人，他不会接受父母包办婚姻。"

"可是没有公公婆婆的祝福，小两口的婚姻也有缺憾吧，说不定还有阻力？"

顾致远笑起来："你呀，提前操这些心。我们女儿这么出色，还怕找不到好婆家？她能跟夏之隽终成眷侣是最好不过了，实在不行，也有另一番精彩人生，我从不替她担心这些。我们的女儿花容月貌，以后又是名校毕业生，陪嫁几套房产商铺和公司股份，谁敢看轻她？”

许佳慧说：“换成其他人，她还不一定愿意嫁。喜欢过夏之隽这么优秀的男生，其他人哪里入得了她的眼？”

“这倒是。”顾致远赞同地点头，“那是万里挑一的才俊，我非常看好他。”

夏之隽考完试的第二天，顾思忆收拾好东西下楼，夏之隽就在楼下等着。

他拎着她的箱子，带她上车。

可是车子开着开着，不是开往机场，而是开到了一处景点的五星度假酒店。

顾思忆一脸蒙地看着夏之隽下车拿行李。她跟到他身边，莫名地问：“我们到这里来干什么？”

夏之隽说：“我订的一周后的机票，我们先在这里玩一周。”

顾思忆愣住：“你机票怎么订那么晚啊？”

夏之隽淡淡地道：“近一周没有合适的票了。”

他一边推着箱子，一边拉起她的小手，门童过来为他接过箱子。

顾思忆跟在夏之隽身旁，看着他办了入住手续。本来她放假前就在考虑订机票了，但是跟他一商量，他说等他来订，她就没管这事了。

两人进了房间，顾思忆道：“那我得跟爸妈说一下了……”

“嗯，打个招呼。”

“可是他们本来打算来接我的，现在因为买不到票延迟一周……我还是说学校有事耽搁了吧！”

夏之隽：“看你了。”

他故意订的晚一周的机票，就为了把她留下来陪他过二人世界。寒假有一个月，要分开一个月，想想就舍不得。

然而，甜蜜的假期总是短暂，这种晒晒冬日太阳，逛逛旅游景点，一起看书、喝茶、听音乐，又一起腻腻歪歪的日子，蜜里调油的小时光，再久都嫌少。夏之隽觉得自己还没回过味来，就到了必须回程的日子了。

他准备了拜访的礼品，一路把顾思忆送到家。顾致远和许佳慧得知他们回来，特地做了丰盛的午餐，四人开开心心地吃了一顿饭。

席间，许佳慧问顾思忆：“期末考试考得怎么样啊？”

顾思忆心里很没底，含糊其词：“分数还没出来，我也不知道啊！”

许佳慧：“不会挂科吧？”

顾思忆一转头，跟夏之隽的目光交汇，当即否认：“那不可能，最多就是考得好和考得一般的差别，怎么可能挂科？”

当时她可是信誓旦旦、信心百倍地拒绝了夏之隽，现在说有挂科危机，太打脸了。

吃过饭，顾致远开车带大家一起出门逛街。

夫妻俩带着两个小辈去商场里逛，说什么都要给夏之隽买些东西。夏之隽盛情难却，只好接受。顾思忆特地配出两套红红火火的情侣装。

在外面的餐厅吃过晚饭后，夏之隽准备下榻酒店，被许佳慧拒绝了：“家里有房间，还住什么酒店？明天我们送你去机场。”

“对啊，住家里明天我送你都要方便点。”顾思忆挽着夏之隽的胳膊说。

顾家是平层面积很大的别墅，就两层楼，他们的房间都在二楼。夏之隽的房间距离顾思忆的不远，但他在顾家休息很安分，任何想法都没有。

深夜，他靠在床头陪顾思忆玩了几把游戏，发信息：“睡了。”

顾思忆：“嗯，晚安！”

夏之隽躺下睡觉，房内一如既往亮着睡眠灯。他睡眠很浅，房门被推开一条缝时，瞬间醒了，睁开眼，猛地坐起身。

悄悄进门的顾思忆，在门口愣住。

原本打算悄悄上床，给他一个惊喜……

结果……大眼瞪小眼。

夏之隽如临大敌的表情，仿佛一头蓄势待发的猎豹。夏之隽看清来人后，表情放松下来。顾思忆做了一个“嘘”的手势，进入房内，关上门。她轻轻地来到他身边，抱着他，小狐狸一般低笑道：“我来陪你啦！”

夏之隽心痒难耐，但理智还在，压低声音道：“这是在你家，你回自己房间休息。”

“没关系啊，我明早过去，反正他们都睡了。”

“万一……”

“我那边房门关好了，闹钟也定好了。我爸妈没有随便进我房间的习惯，更不会随便进你房间，你放心好了。”

顾思忆拱进他怀里，带着暖暖的温度，水灵灵的眼睛笑盈盈看着他。

夏之隽心尖尖都仿佛在颤动，用力地抱住她：“那好，明天一早过去。”

明天就得走了，他也舍不得。

两人相拥而卧，夏之隽轻轻拍了拍她的背，说：“睡吧！”

顾思忆有点不习惯这么一本正经、安安分分的学霸。她突然发现自己骨子里的恶趣味了，他这么正人君子，她反而想撩他。

顾思忆挣脱他的怀抱，说：“被子太暖和了，有点热。”说完，她就解了身上的束缚。

夏之隽：“……”

顾思忆缩在被窝里解放自我后，又挪到夏之隽身边。

反正蒙在被子里，脸是什么，看不到，不要了。

夏之隽整个人要炸了。

这还是那个羞涩腼腆的小丫头吗？现在怕是个妖精吧？

次日一早，顾思忆被闹钟叫醒，拾掇好自己，悄悄地开门，四下观察无人后，才快速地溜回自己房间。成功回到营地，她把自己扔到床上打滚。

两人出现在楼下时，都默契地换上昨天那套情侣装，款式时尚洋气，衬得他们的气质更加卓然。两人目光交汇，神情里三分腼腆七分甜蜜，相视而笑。随即错开视线，跟长辈打招呼。

许佳慧进厨房拿早餐时，顾致远跟进去。

许佳慧说：“我有种被女儿塞狗粮的感觉是怎么回事？”

顾致远深有同感：“青春真好……”

许佳慧：“谈恋爱真好。”

顾致远注意到老婆的羡慕和向往，低头亲了她的脸颊一下：“我们也不能认输。”

许佳慧羞涩地笑了起来。

吃过早饭，一家人一起送夏之隽去机场。

夏之隽过安检前，对夫妻俩说：“谢谢叔叔、阿姨，年后我再来拜访。”

许佳慧笑道：“空了就来，免得思忆惦记。”

顾思忆腻在夏之隽身边，搂着他的腰，靠在他背上。

夏之隽拍了拍她的手：“好了，时间差不多了，我要去排队了。”

“我陪你一起排队嘛……”她抱着他不撒手。

顾氏夫妇：有点没眼看是怎么回事？

她在家可没跟父母这么撒过娇，现在谈个恋爱，倒是成了娇滴滴的小可爱了。

大学的假期不像高中那样有铺天盖地的作业，顾思忆自由自在，除了几个社会实践任务，让她头疼的文化课作业为零。不过，在期末考试成绩出来之前，她悬着的心就没放下。

当同学们在群里说能登录教务系统查成绩时，她先去玩了一把游戏压压惊。玩完回来，逐一问过几个室友的成绩，得知大家都稳过，提着的心放下一半。大家并肩作战，一起复习，用的还是同一套资料，总不至于就她一个人挂科吧？

顾思忆怀揣着一颗忐忑的心，登录上系统，一项接一项成绩看下来，有几门感觉危险的课程都是低空擦过，刚刚到及格线，或者高出一两分。英语靠吃老底分数还不错，体育是她的强项所以分数高。

顾思忆看完后，仰躺在床上，长吁一口气，终于放心了。

没挂科，面子不丢，没被打回学渣原形。

大学果然比较轻松啊！

顾思忆美滋滋地拿起手机，给夏之隽发信息：“分数出来啦！你考得怎么样？”

夏之隽回复：“看来你考得不错？”

顾思忆：“这么相信我？”

她本想接下来发送：“是的，我就这么靠谱，这么值得信赖。”

夏之隽回复：“如果挂科了，你这时候就在默默疗伤了。”

顾思忆：“……”

夏之隽：“按照你的学习习惯和社团活跃程度，高分估计不可能，除了体育。”

顾思忆：“衰。”

夏之隽：“英语应该还行，毕竟高中基础打得好。”

顾思忆：“……”

夏之隽：“所以除了这两个，其他都低空飞过？六十分万岁？”

顾思忆：“我不想跟你说话了！”

顾思忆：“我跟你讲，你这样会失去你的女朋友。”

不等他回复，她接连甩出几个委屈心碎的表情包。

夏之隽：“本来担心你挂科，都过了替你开心。”

夏之隽：“我女朋友真聪明，随便学学就全线出位，这要是认真起来得名列前茅。”

夏之隽：“女朋友这么棒，以后再也不用操心她的学习了。”

顾思忆拿着手机，在床上笑得打滚。

学霸也有求生欲这么强的时候啊！虽然有点尬，强行吹捧，但是她看得爽啊！

半晌，她高兴够了，戳着手机发消息。

顾思忆：“你把你的成绩拍下来给我看看。”

夏之隽依言发送过去。

顾思忆：“……”

夏之隽：“怎么了？”

顾思忆：“学渣知错了，学渣再也不膨胀了……”

看了夏之隽的成绩单，她才知道什么叫差距。那些光看学科名字都让她很头痛很蒙的理工科目，他是怎么做到那么高分的？

他是全心全意扑在学习上？可拉倒……要不是他高中成绩太好，有学霸的光环，她都担心他是不是沉迷女色荒废学业。可现实是，人家内外兼修，什么都玩得厉害。

不过顾思忆还不知道，夏之隽更多的精力是用在深层次的学习上，大学的内容他都学完了，经常跟研究生一起做课题。

夏之隽："你很棒，不是学渣。"

顾思忆："你早点休息，我去跟培培聊天了，我要去她那里找找心理安慰……我们普通人跟你这种大神不在一个维度！"

顾思忆发完，扭头就去找郑培培了。

而郑培培永远不会让她失望，没聊几句就看到她在哀号挂了两门。

顾思忆："每次跟你聊天，就能从学渣的阴霾中走出来。"

郑培培："再见！拉黑！"

顾思忆："老铁，别走，全靠老铁衬托，我觉得自己混得还不错。"

郑培培："我单方面宣布，跟你分手！"

顾思忆："我还是爱你的，开学后陪你复习。"

郑培培甩出一个"抱头痛哭"的表情包。

顾思忆："抱抱。补考过了又是一条好汉。"

郑培培："咬手帕……我信你了……学霸的女人……"

第二天吃饭的时候，顾思忆高高兴兴地跟爸妈讲了自己的成绩。当然，她把低空飘过美化为考得都不错。爸妈对她也很满意，不挂科就可以了。

是的……这一家子都是这么没追求。

眨眼年关将至，这年春节，顾致远带一家人出国旅游。

夏之隽跟父母一起去爷爷家过年，夏家一大家人都来了，一起过个团圆年。在夏家那么多小辈当中，夏之隽无疑是最出色的一个人，也是最让长辈寄予厚望的。

除夕夜，顾思忆不忘打开电视收看春晚，因为这年春晚苏韩要登台表演。之前春晚节目单公布的时候，大家都替苏韩高兴了一把。这可是每年收视率最高、话题度最热的一档全民习惯性收看的大型晚会。

苏韩跟一位当红流量小花一起演唱，当两人一起出现在舞台上时，视频网站里的弹幕都要爆炸了。他们的相视而笑和手牵手，立刻上了微博热搜……

顾思忆刷微博刷到，怕郑培培刷微博看到心里不舒服，在群里搞发红包接龙转移她的注意力。除了苏韩登台的时候，大家在认真看节目，其他时候都在群里灌水抢红包，或者一起打游戏。

郑培培其实心知肚明，两个人同台，免不了各种绯闻和炒作。为了不让自己郁闷，她选择性忽略。她是“偶像”的女人，要学会理解和大度。

电视里播放到他们时，郑培培拿手机拍了一张，发到朋友圈。

顾思忆找她私聊：“你是自虐吗？发同框照？”

郑培培：“不，我是磨砺自己，心如止水。”

顾思忆：“瞪眼。”

郑培培：“放心吧，我好得很！他上春晚，我高兴还来不及。”

郑培培：“他越努力，站得越高，以后就有越多的自由，我等待着那一天！”

顾思忆：“掌声送给最棒的你！”

吃过团圆饭，夏之隽安安静静地坐在沙发一角，没有参与大家的话题讨论，时而有人点到他的名字，他才抬起头，回应几句。

他的堂弟调侃道：“隽哥手机不离手，看来是有情况。”

“你才知道？人家有个小女朋友打得火热哦！”以前跟他同校的堂妹说。

爷爷倒是很开明：“阿隽现在大二了，马上就大学毕业了。年轻人不谈谈恋爱，活力都要枯竭。”

夏之隽笑了笑，没说什么。夏广宇错开话题，聊起其他的。

得知顾思忆跟夏之隽上同一所大学后，他就心知肚明，这两人大学肯定会有牵扯。不过张家那边委婉地表示了张茵不喜欢夏之隽，张茵也不肯填夏之隽的学校，反而报了南方的一所大学，夏广宇便对夏之隽少了几分约束。

当然，孩子这么大，管也管不了，不如随他去。棒打鸳鸯，反而会令他们感情弥坚，这些道理，夏广宇都懂。儿子还年轻，还有试错的机会，随他去吧！

跨年的零点，顾思忆拍了一张夜空的照片，发给夏之隽。

顾思忆："新年快乐！"

夏之隽："新年愿望是什么？"

顾思忆："明年像今年这么圆满。"

夏之隽："会的。"

顾思忆："我也觉得会的。"

顾思忆："因为有你在我身边！"

夏之隽看着屏幕上的文字和表情包，第一次发现文字的感染力也这么强。他仿佛能想象出她美丽又灵动的眼睛，盛满了清澈的水光，亮晶晶地看着他。

他是第一次跟一个人建立起这么亲密的连接，也是第一次这么想承担起一个人的所有。"责任感"这三个字，无形地在他心里滋长，成为一种牢不可破的信念。

过了年，顾思忆跟爸妈回到 B 市。周卓得知他们回国，带着厚礼登门拜访。

顾致远与当年的得力干将见面，很高兴。当年他鼓励他走出去，他不仅走出去了，还做出了一番大成就。

这些年两人一直保持着联系，周卓是个重情义的人，发达后没有忘本，经常给顾致远牵线搭桥，搭上某些项目的快车。

两人在客厅相谈甚欢时，许佳慧上楼去叫顾思忆。

顾思忆正跟小伙伴们一起打游戏。许佳慧敲门，进房间道："你周叔叔过来了，下楼去跟人打声招呼。"

顾思忆忙得头都没抬："等我这把打完好吧？"

许佳慧一看她身上的家居服，嫌弃道："等会儿换身衣服，别这么邋里邋遢地见客人。"

"哎呀妈呀，脑壳疼，脑壳疼，脑壳疼……"顾思忆边打游戏边唱道。

许佳慧被她逗笑："你可快点啊！"

"遵命，女王大人！"

顾思忆玩完一把，说："家里来客人了，我先下了，你们玩。"

她脱掉家居服，随便换上一套休闲装，便下了楼。

“周叔叔，新年好！”顾思忆笑着跟周卓问好。

周卓看向她，有那么一瞬间的恍神。冬日暖阳在她身后铺开，小姑娘娇俏的脸蛋笑起来的时候，唇红齿白，露出两个小酒窝，甜得他有种怦然心动的感觉。

周卓稳稳神，微笑道：“小丫头，新年好！”

他转头对顾致远笑道：“大哥大嫂的基因好，当年流鼻涕的小屁孩，现在出落得亭亭玉立。”

顾思忆：“你这么揭短可不友好了啊！”

周卓看着她笑：“是揭短吗？我以为是夸奖。”

“我可不要这种夸奖。”顾思忆轻哼。

顾思忆被爸爸招呼着在沙发落座，周卓关心地询问她的学习情况。她有点头大，她一个学渣，最不喜欢的就是聊学习了，不如聊聊课外活动。

周卓很聪明，很快就发现了顾思忆的心不在焉和不感兴趣，转而聊起了顾思忆在元旦晚会上的表现，对顾氏夫妇大力夸赞他们的宝贝女儿。夫妻俩听着那头头是道的赞美，如沐春风。

到了吃中饭的时间，许佳慧留周卓吃饭，周卓没推辞。

吃饭时，顾思忆收到夏之隽的信息。

夏之隽：“我就要到站了，过来接我吗？”

顾思忆：“啊啊啊？你来了？”

夏之隽：“嗯。”

顾思忆：“怎么不提前说一声啊？”

夏之隽：“我喜欢突然的惊喜。”

顾思忆：“等着，我马上去接你！”

顾思忆剩下两口饭都没扒完，就急不可耐地放下筷子，说：“学霸过来了，就要到站了，我去接他哦！”

“这么突然？”许佳慧也有点猝不及防。

顾致远说：“我开车送你过去。”

“不用，不用！你们慢慢吃饭，我叫个车去，很快的！”

许佳慧问：“他吃了午饭没有？”

顾思忆说：“不知道。没吃的话我就陪他在外面吃了再来。”

顾致远：“好吧，晚上再好好招待他。”完了又叮嘱许佳慧，“让张姨把他的房间仔细打扫打扫，换上新的床上用品。”

许佳慧：“这还要你说。”

周卓本来不知道学霸指的是谁，但是看顾思忆那期待又兴奋的劲，大概能猜到个一二。不过让他料想不到的是，顾氏夫妇居然对女儿的这个男朋友如此重视。

顾思忆已经上楼了，片刻后，她出现在楼下时，衣服都换了一套。美美的短裙和小外套，红色格纹羊皮小包，红色贝雷帽，长发带着微卷，披散在肩头。樱桃小口上涂了唇釉，仿佛在诱人采撷。

周卓一看，刚才清纯甜美的女孩子，摇身一变，成了俏丽妩媚的小姐姐，带着一股子撩人的小性感。

许佳慧吐槽道：“你一天要换几套衣服？”

顾思忆做了个鬼脸，嬉笑道：“我出去见帅哥，当然要打扮得美美的。”说完就跑去玄关换鞋了。

周卓：“……”

所以，他不算帅哥吗？

第十章

腊月的天气，冷风迎面扑来。

但这阻止不了顾思忆一颗火热的心。

她乘车抵达高铁站后，疾步加小跑地往站内去，粉嫩的双颊被冷风吹得红彤彤的，嘴角仍是噙着笑意，眼里既是期待，又是甜蜜。

到了出站口，人来人往，她没看到那个熟悉的身影，从包里拿出手机给夏之隽发消息："我到了，你在哪儿？"

夏之隽："我在出口那条商业街的咖啡厅。"

他十五分钟前就到站了，便找个地方坐下等她。

顾思忆："好的，我来了！"

顾思忆来到咖啡厅外，透过橱窗就看到坐在里面正翻着一本书看的夏之隽。

来来往往的人都忍不住多看他几眼。顾思忆看着男朋友的侧脸，心里美滋滋的，多帅呀，帅炸了。她拿出手机，在外面随手一拍就是一张带着大片质感的照片。

她收起手机，轻轻地走到夏之隽身后，伸出手捂住了他的眼睛。

夏之隽微怔，带着凛冬凉意的柔软手掌，轻轻地覆在他眼睛上，还有一阵独属于她的香甜气息飘来。

这一刻她忘了他惧黑，而他竟因为手心的触感和那香甜气息的包裹，奇迹般地平静镇定。

他知道，是她。她给予的黑暗，就连心理障碍，他都能克服。

顾思忆笑道："小哥哥，你长得好帅气，我好喜欢，你做我男朋友好不好？"

这话一出，周围的人纷纷看过来。还有这种骚操作？

夏之隽回道：“那你总得让我看看你的样子吧？”

顾思忆软软道：“你先答应我嘛，答应了我就给你看，不答应我就走了。女孩子脸皮薄，禁不起拒绝。”

周围有个看热闹不嫌事大的女孩故意道：“小哥哥，千万别答应，她长得还没我好看，你不如考虑我吧！”

夏之隽说：“不好意思，我听声音就觉得，她才是我喜欢的女生。”

他覆上顾思忆的手腕，说：“我答应你了，可以把手放下来吗？”

顾思忆放下手，夏之隽站起来，转过身，捧起她的脸。

旁边那些看戏的人，犹如亲临电影拍摄现场，快要尖叫了。

夏之隽低头在她唇上落下一吻，说：“女朋友，请多指教。”

故意耍宝的顾思忆，反而被他弄得不好意思了，脸颊灼热，低笑道：“那你跟我回家吧，我让我爸妈见见你。”

“好。”夏之隽拉起顾思忆的手往外走。

众人：“……”

女 A：“这真的不是看了个电影情节吗？”

女 B：“男女主角也太登对、太好看了吧！”

女 C：“好看的人，人生都过得像偶像剧……”

两人走到外面，顾思忆窃笑：“我可以给你颁发一个年度最佳表演奖。”

夏之隽淡淡地道：“毕竟有个‘戏精’女友。”一瞬间的惊讶过后，他就自然地接过她的梗了。

顾思忆的笑容更加停不下来。

半晌，她才恢复正色，问道：“你吃中饭没有？我家有个客人来访，不知道你要来，大家已经吃过饭了。”

夏之隽说：“那我们晚点过去吧！”

“好啊！”顾思忆巴不得在外面跟夏之隽多待一会儿，那样就能多腻一会儿了。

顾思忆陪夏之隽吃了一顿简餐，一起看了电影，又带他去当地的热门景点游玩。他当摄影师，她做模特，拍照拍得正起劲时，她妈妈来电话了。

许佳慧：“你接个人，怎么接不见了？”

顾思忆汗颜道：“家里有客人嘛，我就带他在外面玩啊，打算晚点回去。”

“你看看这都几点了？都到了吃晚饭的点了。”

“哦……我们现在回去？”

“不用了，今晚大家一起在外面吃吧！我们餐厅见。”

“好啊！哪家餐厅？你把位置发给我。”

顾思忆拿到餐厅地址后，跟夏之隽前往。路上她向他介绍道：“家里那位客人也在，他叫周卓，以前是我爸的部下，后来自己创业当老板。”

夏之隽点点头，表示知道了。

吃饭的餐厅定在一家景观很好的五星级酒店。顾思忆跟夏之隽进入观光电梯，恰好里面只有他们两人。

夏之隽从口袋里拿出一颗糖，问：“吃吗？”

顾思忆点头：“好哇。”

她正要伸手去接，夏之隽将包装拆开，送入自己口中。

顾思忆：“……”

夏之隽舌尖抵着腮帮子，有点痞地坏笑道：“想要自己来拿。”

顾思忆轻哼：“我才不要。”

夏之隽斜倚在一旁，看着电梯外的城市景观。

顾思忆突然走近，双臂环上他的脖子，将他的脑袋拉近，踮起脚尖亲过去。

她第一次主动，在那片酸酸甜甜中搜索着那颗糖。夏之隽像是故意跟她作对，每当她勾到那颗糖，他就反复拉扯……两人索性都闭上眼，感受那颗糖在不断融化。

一声轻响，电梯门开了。顾思忆听到动静，立刻退开，一转头，周卓的脸映入视线。顾思忆因为亲吻发热的脸和发红的嘴唇，还格外明显。

好巧不巧，周卓看到了那火热的一幕……

他拿着手机，尴尬又不失礼貌地笑了笑，若无其事道：“我还说下楼去接你们。”

顾思忆恨不得挖个洞把自己埋了，接吻居然被长辈看到，太尴尬了！

但她也只能强颜欢笑道：“谢谢周叔叔！”

夏之隽这一听，就知道了他就是她口中的客人周卓。

夏之隽牵着顾思忆的手走出来，顾思忆介绍道：“这是我男朋友，夏之隽。这是我爸爸的朋友，周叔叔。”

夏之隽微笑颔首：“周叔叔好。”

周卓的脸有点抽搐，笑了笑，没说什么，领着他们入内。

三人落座后，服务员开始上菜。顾致远又为夏之隽和周卓互相介绍了一下。说到夏之隽的时候，顾致远赞扬有加：“小夏特别厉害，中学成绩一直保持全市第一，高中拿了奥赛金牌，还有一堆国际大奖，跳级一年，没上高二，直接读的高三，是当年的高考状元。”

周卓看夏之隽的眼神有点变了。第一眼看到他，是他接吻的侧脸，而且吻的是那个清纯可爱的小女孩，他有种好白菜被猪拱了的痛心感。虽然接下来看到正面，发现他确实长得好，但那种轻浮的印象挥之不去，还是反感，靠着长相骗骗小女孩而已。等顾致远说出这一堆光荣履历，再看他淡然不羁的表情，还真有点不一般。

周卓笑道：“难怪大哥、大嫂对他都青眼有加，原来是这么优秀的才俊。而且相貌堂堂，气质卓然，一看就是人中龙凤。”

夏之隽淡淡地道：“周叔叔过奖了。”

周卓实在忍不住了，说：“我比你们就大了十岁，还没到隔代的地步，你们就别一口一个‘周叔叔’的了，叫我‘周哥’吧！”

顾思忆说：“那怎么行？叫您‘周哥’怎么体现对您的尊敬。”

周卓：“……”

顾思忆：“您在我心里就是长辈，我不能不尊重您。”

“我谢谢您了，小思忆。”周卓真是哭笑不得。

这小丫头是认真的吗？还是故意气他来着？

夏之隽微笑道：“您是思忆的叔叔，就是我的叔叔。”

周卓：“呵呵！”

除了“呵呵”，他也不知道说什么了。

饭局上，聊到夏之隽的专业，周卓颇感兴趣，问他：“你以后是打算去研究院做科研，还是跟着岳父学经商？”

夏之隽道：“我觉得科研和经商并不冲突。”

周卓：“怎么说？”

夏之隽：“企业也需要研发能力。”

顾致远问他：“那你以后是打算创业？”

夏之隽点头。

顾致远不确定地问：“航空航天方面？”

夏之隽再次点头：“嗯。”

顾致远和周卓都生出一种不确定感，虽然政策在开放，允许民企进入航天领域，但这还是初创阶段，想做出成绩怕是难啊！

夏之隽说：“技术由需求引导。随着物联网大数据和通信的需求，卫星发射市场是前所未有的广阔。”

顾思忆星星眼看他：“对，对，对，你说得很对！”

虽然她都不懂，但不影响她崇拜自己的男朋友。

夏之隽：“我想创立一家自主掌握所有核心技术的航天企业。”

顾思忆一脸迷妹的表情，轻轻地拍掌：“好棒，我好期待！”

周卓心中肃然。他端起酒杯，主动跟夏之隽碰杯，说：“如果有那一天，请第一时间通知我，让我投个潜力股。”

顾致远也笑了：“未来可期。”

别人说这话他还不一定信，但是夏之隽，他信。因为夏之隽本就是一次次打破大家常规想象的天才。

顾思忆听到大家都在夸夏之隽，心里更加美滋滋。

吃完饭，周卓便跟这一家人告别，临走前特地要了夏之隽的手机号码。他是一个商人，有着商人出色的嗅觉，这个年轻人是个金矿，得提前守好了。

送走周卓后，夏之隽照例又被顾思忆爸妈带回了家。虽然夏之隽更想住酒店，可盛情难却，他只有跟他们回家了。

晚上洗漱过后，夏之隽躺在床上，双手交叠枕在脑后。

等到半夜十一点，也不见那个小丫头溜过来……

他忍不住拿起手机给她发消息：“今晚不过来了？”

顾思忆：“好大的胆子哇，居然敢在我家勾引我？”

夏之隽："不过来我就睡了。晚安！"

半晌，没等到顾思忆回复，他放下手机准备睡觉。

微信提示音响起的时候，他立刻捞出来看。

顾思忆："门没锁，糖在嘴里，人在被窝里。"

夏之隽笑了。

当他出现在顾思忆房间，将她抱住时，顾思忆故意道："我就给你抱一抱，好好睡觉哦！"

夏之隽在顾思忆家待了三天，顾致远开车带他们去近郊的景点游玩。三天后，一家人送他去车站。

夏之隽跟顾思忆的爸妈越来越熟悉了，顾致远自从那次给他看了项目可行性报告，得知他选修了经济和管理，时不时还喜欢跟他聊一聊生意上的事情，听听年轻人的想法，有助于他扩展思路。顾思忆现在最怕他们聊天，一聊就停不下来，连她这个女朋友都要靠边站。

一个月的寒假格外短暂，一眨眼就到了开学的时间。顾思忆因为跟郑培培的约定，提前几天回学校，住在郑培培那边，监督她为补考做准备。夏之隽知道她的这个安排后，没有干扰她。

郑培培特地在校外租了一间公寓，四十多平方米，麻雀虽小五脏俱全，比起寝室舒服多了。顾思忆躺在那舒服的沙发上，笑着问道："这是不是你跟苏韩的爱巢啊？"

郑培培长叹一口气，自嘲道："爱巢？空巢还差不多。"

她扳着指头数啊数，最后得出结论："半年时间，他一共就来过两次。"

当初一开学郑培培就急吼吼地租了这个公寓，无非为了方便跟大明星男友往来。去酒店不方便怕被旁人认出来，去学校见面就更不方便了，学校里的女生至少有一半是他的迷妹……

于是她准备了这个爱巢。

然而，理想是丰满的，现实是骨感的，爱巢沦为空巢……

有了顾思忆的监督，郑培培的学习效率显著提升。她学习的时候，顾思忆就在一旁看书。发现她走神，顾思忆毫不客气地批评。她要实在乏了，两个人就聊聊八卦，立刻提振士气。休息时间更不亏待自己了，走街串巷地找好吃的、好喝的。

等到郑培培能够顺利做出老师给的几张复习试卷，就算是大功告成了，毕竟补考的题目就在试卷上出。

开学一周后，顾思忆接到郑培培的喜讯。

郑培培发了一张照片。

郑培培：“挂的两科都顺利通过了。”

顾思忆：“棒棒的！”

郑培培：“抱。多亏了我的顾老师。”

顾思忆：“摸摸头，小郑也很给力，值得表扬。”

郑培培：“你说我要男朋友做什么？忆哥，我还是想嫁给你啊！”

顾思忆：“我也想娶啊，可是我家学霸肯定不允许我左拥右抱。”

郑培培：“有了我，还想左拥右抱？”

顾思忆：“你可以做我的小老婆。”

郑培培：“起开！”

顾思忆：“嘿嘿。”

大一上学期，大家对一切都带着新鲜感，什么都是新的体验。而到了下学期，该熟悉的熟悉了，每天就是重复地上课、下课，时而参加社团活动和学生会的活动。

重复的时间，总是过得格外快。

顾思忆和夏之隽在大学里的第一个生日即将到来。夏之隽和周骁都拿了驾照，计划这一次来个近郊游，去山里转转。

提前半个月，八人小群里，夏之隽就已经开始统计一起玩的人，统一安排酒店。

郑培培：“陆嘉烨，你回不回来啊？”

陆嘉烨：“忙啊！天天忙成狗！”

郑培培：“我看你是天天泡妞虚脱了！”

陆嘉烨：“真相都被你看穿了。鼓掌。”

郑培培：“说好的，生日聚会不能缺席呢？”

顾思忆：“就是，回来嘛，路费给你报销。”

陆嘉烨："还是'小酒窝'说的话比较戳我，有人报销路费，还有人管吃住，回国走一遭可以有。"

郑培培："鄙视。"

顾思忆："苏韩，你有空来吗？"

顾思忆发出这个问题，就连郑培培都屏息以待。他最近接了一部戏，每天在剧组起早摸黑的，郑培培光看那些粉丝发的路透照都心疼不已，除了每天习惯性问好，都不敢打扰他。她知道这部戏要拍几个月，以他的敬业程度和导演的严厉程度，怕是很难抽时间出来跟大家聚会了。

因为不想影响他工作，所以即便郑培培内心很期待见面，也没有问这个问题。现在顾思忆问出来，她又难免期待他的答案。

半晌后，苏韩回复："不好意思，我不清楚，得看情况。暂时给不了明确回复。"

顾思忆："好的，大明星名额待定。"

苏韩："我太扫兴了……"

顾思忆："没有啦，你太忙了嘛！"

顾思忆："嘿嘿嘿，跟大明星做朋友，是我们的荣幸！你越红我们越有面子！"

郑培培看着他们的对话，没有出声。本来也没有期待，算不上失望。

现在只有苏韩待定，另外几个人不用说，肯定是一起聚一聚，他们甚至都迫不及待了。

陆嘉烨回来那天，夏之隽开车去机场接他。

夏之隽本打算自己一个人去，跟陆嘉烨在群里讨论接机时间时，顾思忆响应："我一起去嘛！"

郑培培看到，回复："我也去。"

陆嘉烨："原来我这么受欢迎！都想我了吗？"

郑培培："不，我就是想看看，你这二傻子在国外被熏陶一年，有没有人模狗样的变化。"

向梨："我那天没事，我也去吧！"

张欣奕："我也想去。"

夏之隽："车子坐不下……"

周骁："算了，我也开个车，一群人全拉去接他算了，给他感受一下祖国的温暖。"

陆嘉烨："哈哈哈。"

陆嘉烨："哭。"

陆嘉烨："太感人了！兄弟姐妹们！能不能弄个装甲车来？再配上礼炮什么的？"

没人搭理他。

他的问话在众人的沉默中风干了。

半晌，他又发消息："你们不爱我了……"

还是没人理他。

在微信群里状似凄惨的他，在纽约高耸入云的酒店里乐呵。晃悠到酒柜前，开一瓶红酒，又打开音乐，就着音乐品酒，忍不住又拿起手机，在群里发了一句："每逢佳节倍思亲。"

陆嘉烨春节期间没有回国，一家子都到这边来了。算起来，他去年夏天出国，这一次回国，差不多时隔一年了。这一年时间他都没回去，不是不想，而是没有合适的理由，心里堵得慌。到了这个不得不回国的契机，他反而如获大赦，可以坦然面对内心的渴望了。

二天后，机场。

一群小伙伴等在出口外，看到陆嘉烨戴着太阳镜背着双肩包，一身潮牌，姿态潇洒，玉树临风地出现了。他的皮肤黑了，身材也更高大了，又戴着墨镜，要不是那具有辨识度的深邃五官，一眼都认不出来。

陆嘉烨墨镜后的双眼第一时间看到郑培培的身影，视线牢牢地锁定了她。

还是那个样子啊……居然清晰得就像是在昨天……

居然……一瞬间……心跳都加速了！

这都什么事啊？太不讲道理了！陆嘉烨就差捂着胸口吐槽了。

这几人都在看着陆嘉烨，但他们不知道他在看着谁。

夏之隽走上前，陆嘉烨给他一个热情洋溢的拥抱，夏之隽勉为其难接受，下一秒就嫌弃地推开了。

陆嘉烨取下墨镜，目光环视众人一圈，他以前白嫩的脸庞晒黑后，反而有别具一番野性的味道。

陆嘉烨：“没人给我送个花什么的？”

众人：“……”

陆嘉烨：“那掌声呢？夹道鼓掌欢迎，可以有吧？”

众人：“……”

夏之隽搭上顾思忆的肩膀，揽着她往外走，其他人纷纷转身离去。

陆嘉烨：说好的祖国的温暖呢？

“你们这群骗子！等等我，把我骗回来就不管我了！”陆嘉烨追在后头喊道。

接了陆嘉烨，大家就往度假目的地出发了。夏之隽开的那辆车，顾思忆和郑培培都在。陆嘉烨的本能带领他走向后排另一边，却又在经过车门的时候放弃了，走向周骁开的那辆车。

陆嘉烨坐在副驾驶座上，后排坐着向梨和张欣奕。向梨坐在陆嘉烨斜后方，目不转睛地看着他的侧脸，心中情绪翻涌。看了一会儿，又转过头看窗外，克制自己的情绪。陆嘉烨跟周骁有一搭没一搭地聊着。

周骁问他：“怎么不去那边坐，跟郑培培叙叙旧？”

陆嘉烨轻嗤道：“那只母老虎，嘴里没有一句好听话，我刚回来还想感受一下祖国的温暖，不想自讨苦吃。”

周骁呵呵两声，以前他对郑培培的心思大家都知道，这过了一年回来，他要是坦坦荡荡地坐在她身边，跟她互侃，那就没什么，特意避开的话，就是心里那个坎还没跨过去。

车子开到远郊山上的度假酒店，大家在酒店入住。夏之隽跟顾思忆一间房，周骁和陆嘉烨一间房，另外三个女孩开了一间三人住的套房。换成以往的话，郑培培肯定吵嚷着要跟顾思忆住一间房，但这一次是为他们庆祝生日，她还是很识趣地避开了。

吃过晚餐，大家来到大包间里唱歌娱乐。

陆嘉烨点了一首歌，邀请郑培培合唱，笑道：“我就喜欢跟你一起唱歌。”

郑培培接过麦克风，陆嘉烨继续道：“她们都唱得太好听了，只有你，跑调跑得九头牛都拉不回来，跟你一起唱，能够完美掩饰我的缺点。”

郑培培一脚踢过去，陆嘉烨完美地躲开，调侃道：“一年不见，臭脾气丝毫没变啊！”

“我是温柔可人的小仙女，只有你……我见一次就想打一次！也是奇了怪了，为什么偏偏你这么讨打？”

“打是情骂是爱，你要这么喜欢我我也没办法啊！”陆嘉烨摊手耸肩。

“滚吧你——”

其他人对于这种场景已经是见怪不怪，顾思忆还有心情看个笑话。仿佛又回到高中那时候，大家还整天玩闹在一起，而这对欢喜冤家，从来没个消停。

向梨默默起身，离开包间，去了外面的洗手间。

等他们闹得差不多了，顾思忆拉郑培培一起唱歌。几个女生大合唱，几个男生聚在一起喝酒聊天。

郑培培感觉手机在振动，从贴身的牛仔裤口袋里拿出来一看，是苏韩打来的电话。她迅速走出包间，在外面接电话。

“在跟他们一起玩吗？”

“嗯……”她轻应。

“抱歉，我没有去陪你。”他低低的温柔的声音从听筒里传来。

郑培培走到外面的景观平台，空旷的山谷里晚风吹来，不知道为什么，她的心里似乎空荡荡的。

“培培？”苏韩唤了一声。

郑培培说：“嗯。没关系，我知道你在剧组拍戏，腾不出时间。而且你拍戏的地方，距离这里十万八千里。”

苏韩轻叹一声，不知道该说什么。

“我看你那个剧，跟你搭戏的都是老戏骨，你的压力挺大吧？”

“有点。”

“导演还很严格……”郑培培揉了揉鼻子，有点心酸地说，“有粉丝说他在片场骂你骂了半个小时……”

“还好。”苏韩低低地笑了一声，“我需要学习的地方还有很多，需要被教育。”

“你真棒，重压之下还有这种积极乐观的心态，请一定继续保持！”郑培培为他打气。

那边沉默半晌，才开口道：“培培，有你在真好。”

郑培培的眼眶红了，又笑起来。

两人挂断电话后，她坐在外面吹风。陆嘉烨不知道什么时候坐到了她身旁：“一个人在这儿伤春悲秋什么？”

郑培培瞪他一眼，嫌弃道：“离我远点，傻是会传染的！”

陆嘉烨嘿嘿一笑：“那你岂不早就是智障了？”

郑培培想发作，一转眼又懒得理他了。他不甘寂寞，凑到她跟前：“刚刚还虎虎生威一蹦三尺高，现在跳都跳不动了？”

“你这人……”郑培培站起身，差点跟他的脑袋撞上，又跌坐下去。她仰头看到那双眼睛，跟漫天星辰一样闪亮。她突然发现，陆嘉烨也有一双好看的眼睛。

“懒得跟你一般见识。”郑培培轻哼，脑袋别向一旁。

陆嘉烨坐到她身旁，悠然地搭起腿，说：“讲真的，这一年过得怎么样啊？”

“挺好啊！大学比高中自由多了，每天想怎么玩就怎么玩，没人管。”

“啧，挂科跑不了了。”

“可是我补考过了啊，不用重修！”郑培培颇有几分得意道。

“哈哈哈，郑培培，你就这点出息？别人是及格万岁，你都堕落到不重修万岁！”陆嘉烨乐不可支。

“哟，说得好像你很有出息一样？”郑培培双手抱胸，转头盯着他，“你倒是说说，你到了国外，拿了什么成绩，捞了多少奖学金？”

“这倒没有。”陆嘉烨笑睨她，“可是我没挂科啊！”

郑培培顿时感到对方对自己有一股油然而生的藐视……

现在居然连这个学渣都能藐视她了？

郑培培不服输：“你等着，明年我就拿奖学金给你看！”

“行，拿到了给哥哥发个红包，哥哥就当是路费，回来给你开个庆祝会。”

“好啊，一言为定！”

“一言为定。”

陆嘉烨举起手，郑培培跟他击掌为誓。

放下手，郑培培突然心里一酸。她转过头，往一旁的栏杆边走，昏暗中，泪水滚落。

陆嘉烨跟到她身边，无意间看到她的眼泪，不知所措，心都揪起来了：“你怎么了，哭什么啊？”

“没有……我……我就是……”郑培培一边擦眼泪一边说，“挺想念以前的……读高中的时候……你别管我，让我自己矫情一会儿好吗？”

“行。”陆嘉烨退到一旁，坐下。

郑培培努力平复情绪。读高中的时候总想快点读大学，以为那样就自由了。可是真的读了大学，却发现她比高中孤独得多……明明有了一个男朋友，有放在心上的人，但想念多过见面，心酸多过快乐，高中时没心没肺的快乐也远去了。

郑培培调整好情绪，回过头看陆嘉烨，发现他在抽烟。她走到他身边，瞪他一眼：“你被带坏了，怎么都开始抽烟了？”

陆嘉烨的手指夹着烟，由口中取下来，吐出一口烟圈，慢悠悠地道：“抽烟有点陶冶情操。”

他转头笑看她，把手里的烟递过去：“要不你也试试？”

“你可拉倒吧，别想毒害我！我可不想抽烟抽得一口大黄牙，难看！”

陆嘉烨笑了笑：“你先进去玩吧，我把这根烟抽完，你待在这儿抽二手烟也不好。”

“那你慢慢抽吧，我进去了。”郑培培说完就走了。

陆嘉烨转个身，看着她的背影，香烟送入口中，用力地吸了一口。

等到陆嘉烨回包间，他谐星的气质让氛围更加活跃。快到半夜的时候，酒店工作人员把他们订好的大蛋糕推进来。顾思忆和夏之隽一起许愿，吹蜡烛。

和谐静谧的氛围没有维持几分钟，现场就上演蛋糕大战，大家疯玩成一片。张欣奕被人推到周骁怀里，周骁将她扶住，张欣奕紧张得手脚都僵硬了。

陆嘉烨吆喝着：“大合唱，来！《干杯》，走起！”

“会不会有一天，时间真的能倒退

“退回你的我的，回不去的悠悠的岁月

“也许会有一天，世界真的有终点

“也要和你举起回忆酿的甜，和你再干一杯……”

大家一起唱歌的时候，郑培培开了手机录音。录了一段后，她将音频发给苏韩。片刻后，苏韩回复了几个笑脸。

过了生日，进入六月份，又是该要打起精神应对月底期末考的时候了。有了上一次顺利过关的经验，这一次顾思忆很淡定，按部就班地复习。

某天，校学生会干部找到她，说有一位教授想找她聊一聊。这位教授是航天院的，她应约到达教授的办公室。

“夏之隽是一位天才学生，他现在应对研究生课题已经游刃有余。为了更高层次的学术突破，最好的办法是出国留学。麻省理工已经对他抛出橄榄枝，那里代表世界最高航天科研水平。

“可是他不同意……

“大家都说他有个感情很好的女朋友，我猜想这是他拒绝的原因之一。

“我认为这不明智，感情应该是引人向上的动力，而不是羁绊人前进的阻碍。

“我希望你作为他的女朋友，为了他的前途着想，能够劝劝他。我在我们学校，见过很多异国恋最后也很圆满的恋人。

“如果他就此停止脚步，作为他的老师，我真的很遗憾，很痛心。

“他为这个社会这个国家能做的，远不止一个普通人找一份工作那么简单……”

顾思忆从教授的办公室离开后，脑子里不停地回荡着那些话。

很突然，因为他从没跟她提过有出国的想法。但又仿佛是意料之中，因为他是那么出色，他需要到最顶尖的平台去学习。

顾思忆找了个无人的树荫下落座，给郑培培打电话。

她问她：“培培，异地恋是什么感觉啊？”

郑培培一愣，回道：“很不爽的感觉啊，还能有什么感觉？”

“哦……”

“你没事跑来戳我伤疤，就为了秀恩爱吗？过分了啊！”

顾思忆跟郑培培聊了聊就挂了，没有跟她说具体是什么事情。她已经饱受异地恋折磨，顾思忆怕她的情绪太强烈，影响到自己的判断。

她想了想，还是找了个时间，跟爸妈通话。关键时刻，父母还是她心里最信服、最依赖的人。

顾思忆在电话里把情况大概说明了一下，顾致远开的是免提，许佳慧也能听得到。

“徐教授让我劝劝他，可是我心里很矛盾啊……我不想他出国啊……”面对爸妈，顾思忆越说越委屈，“我们在一起好好的，干吗要分开啊？我好朋友培培跟她男朋友不在一起，一天不知道多难过……”

顾致远问她：“既然你不愿意，为什么还会觉得矛盾，还来问我们的意见呢？”

“因为我觉得这对他是一件好的事情呀！他可以去更好的院校深造，认识更牛的人，与世界一流水平接轨。他就算是天才，也需要打磨，我希望他活得更精彩，更有成就感。”

“所以你支持他出国，只是感情上难以接受，对吗？”

顾思忆沉默几秒，“嗯”了一声。

“思忆，爸爸真的很为你高兴。”

“啊，为什么？”她都这么难受了，还高兴什么啊？

“因为你有了发自内心去爱的人。”

“……”

“是爱，不是喜欢。所以你没有贪恋现在的快乐，没有时时刻刻想要紧紧地抓住他。你想的是他的未来、他的前程，你希望他好，尽管你要为此付出代价。”

顾思忆静静地听着他们说话。

顾致远说：“当年我辞职创业的时候一无所有，你妈妈义无反顾地支持我。如果她反对，我也能混个旱涝保收，一家人得过且过。但是她知道我的冲劲和抱负，她也理解我在单位里的压抑。她为了解决我的心理负担，生了你就去找工作，为这个家构筑最后的防线。创业初期，我走南闯北，跟你妈也是聚少离多，可现在不都过来了吗？”

许佳慧跟着道：“人生路还长，最好不要在年轻的时候安于现状。

多磨砺自己，走出去看更大的世界，总归没有错。我很欣赏夏之隽，但他的未来发展怎么样，有相当一部分取决于他的伴侣，也就是你。”

顾思忆轻吐一口气，说：“嗯，我知道了。”

跟父母聊过之后，她心中的想法越发清晰，那些障碍和不舍也得到了解决。可是，当她面对夏之隽的时候，看他一副若无其事的样子，提都没提出国，她就看出来了，他不打算离开。

又到周末，顾思忆主动订了一家度假酒店，订好后，把截图发给夏之隽。

顾思忆：“害羞。”

夏之隽发了一个可爱的表情。

顾思忆：“哈哈哈……”

第一次看到他发这种表情，真的好喜感！大神突然可爱起来，反差萌简直不得了。

他们周五下午出发，晚上抵达酒店。吃过晚餐，两人在优美静谧的环境里，尽情地享受二人世界。

次日，顾思忆一觉醒来，发现夏之隽出去活动了。她都不知道他什么时候走的，房间里有一张他手写的字条。

夏之隽知道她没睡好，不仅没打扰她，还为她把早餐准备好了。

他去酒店的健身房运动之后，神清气爽，回到房间，看到顾思忆蜷着双腿，靠在露台的椅子上，懒洋洋地吃着东西。整个人仿佛还没睡醒，又透着慵懒的妩媚。

他走到露台，揉了揉她的脑袋，在她对面坐下，看着她笑。

顾思忆看着他，问：“你笑什么？”

夏之隽笑着反问：“我有笑吗？”

顾思忆：“要不要我拿镜子给你照一照？”

夏之隽低笑出声，坐到了她身旁，把她抱到自己腿上，轻轻地捏了捏她的下巴：“谁叫你这么讨人喜欢，嗯？”

顾思忆别开脸，故作嫌弃道：“越来越没有节操了，甜言蜜语张口就来。”

夏之隽扳过她的脸，却见她笑得眉眼弯弯。她对上他审视的目光，乖乖地抱住他，笑眯眯道："可我就是喜欢听啊！超级喜欢！"

夏之隽低头堵住她的嘴巴，嘴里还带着牛奶的香浓味。

顾思忆觉得这氛围很好，又没有其他闲杂人等，可以聊一聊正事了。

她从夏之隽怀里离开，端坐一旁，开口道："我有个事想跟你说……"

"遇到麻烦了？"夏之隽睨她。

"不是啦！我就是想跟你聊一聊，关于你出国的事情。"

"我出国？"夏之隽看着她，"谁说我要出国了？"

"你的教授找我聊了聊……还有，以前我就觉得，以你的成绩和天赋，加上你学习的专业，你肯定是要出国深造的。"

夏之隽淡笑道："这可不一定。"

"但是如果没有我，你就一定会出国，对不对？"顾思忆看着他。

夏之隽微怔，设想了一下这种可能性，点了一下头："对。"不等她开口，他又说，"但现实是我已经有了你，你做这种不存在的假设，没有意义。"

"至少证明了，我确实是你前进的障碍啊！"顾思忆的语气有点丧。

夏之隽眉头微蹙："谁跟你说了这种话？"

"这还需要别人说吗？这不是明摆着的？"

他沉下脸："胡说八道。"

顾思忆深吸一口气，顶着他的低气压道："我内心是希望你出国深造的……"

"为什么？"他直直地盯着她，问，"像现在这样不好吗？"

"我们的人生还很长，我希望你趁着年轻，走更多的路，学更多的东西。"顾思忆与他对视，没有闪躲，"我想让你成为更棒的自己，而不是以爱为名羁绊你。"

夏之隽沉默。顾思忆又继续说："我真的没关系的，你不用替我担心，我保证我会好好地待在国内等你回来。"

等她一股脑说出心里的想法，安静下来，夏之隽才开口道："我明白你的想法了。那你，能听听我的想法吗？"

"哦……你说嘛！"

“我有关系。”他看着她，沉声道，“我就是不想走，别逼我行吗？”

“……”

“以前我听了你一次，这一次你听我的，行吗？”

“可是……”

“没有可是。我比你更了解自己，我会做好有关自己的决定。”

夏之隽站起身，双手抄兜，走到扶手边眺望远方，没再说话。因为这番讨论，氛围闹得很僵，他凝着脸，高大的背影仿佛一座冰山，低气压弥漫。

顾思忆觉得有点喘不过气来。

过了一会儿，她轻轻地走到他身后，又慢慢地伸出手，搭上他的腰，将他抱住。她的脑袋靠在他后背上，声音又轻又软：“不要生气嘛……”

“我没有。”

“有……没有才怪……”

“……”

“好凶哦，吓死你家宝宝了。”

“……”

她转过他的身体，看着他的眼睛，一脸讨好的模样：“我亲你一下，你就不要生气了，好不好？”

夏之隽不置可否，顾思忆踮起脚尖，在他的脸颊上落下一吻。

她粲然一笑：“好了，刚才那件事已经过去了，不准生气了！”

“……”

她的笑容的确让他心中的郁气如云烟般散去。他挑起她的下巴：“这样就想算了？”

“那还要怎么样？”

“至少也得惩罚一下。”他将她打横抱起，往房里走。

顾思忆紧张得双腿直蹬：“不要，不要……我还没缓过神……”

夏之隽冷哼：“我看你就是精神太好了，才能胡思乱想。”

“没有呀……真没有……真的……我不行了呀……嗯……真的要死了……”

可是无论她怎么信誓旦旦，当她有了这种想让他出国的念头，他就想狠狠地收拾她。不只是女人需要安全感，男人也需要。而他，格外需要。

顾思忆在沟通失败后，很识趣地没有再提了。至少没有更好的契机更好的想法之前，她不会提。这之间需要一个缓冲。但是她心里纠结啊，这件事就像她心上的大石头，搬不开挪不走，日复一日地压着她。

临近期末考，她因为这件事分心，复习也不在状态，加上学生会琐事多，她静下心来复习的时间少得可怜。当然，面对夏之隽的询问，她仍然是信心百倍地表示没问题。

期末考如期来临。顾思忆浑浑噩噩地过了考试周，考完后一点底都没有，只有默默祈祷老天庇佑了。夏之隽暑假在学校还有一个研究项目，要待一段时间，她便留下来陪他。

夏之隽特地在酒店包下一间套房，方便两人随时入住。

考完不久，成绩陆陆续续都出来了。

这天晚上，夏之隽跟顾思忆吃了饭回酒店，他问道："你考得怎么样？"

"不知道……"

"还没看？"

"还没来得及……"总不能说她有点鸵鸟心态，不想去看吧？

进了房间，夏之隽打开电脑，上了学校的教务系统，把顾思忆拉过来，让她登录。她没办法，只能面对了，说不定跟上学期一样走个"狗屎运"，全过？

然而，现实是残酷的！她挂了两科，还有几科是低空飘过。这比她想象中的惨烈多了，她以为最多就挂一科……

顾思忆的心态瞬间崩了："天，怎么这么差劲！"

夏之隽也有点意外。

"这么差劲，以后找不到好工作了……找不到好工作，养不活自己了……"顾思忆痛心疾首，就差嗷的一声哭出来了。

夏之隽被她这天塌下来的样子逗笑，把玩着她粉嫩的耳垂，淡笑道："我养你啊！"

顾思忆本来就是干号几句表达内心的悲痛之情，夏之隽突然来这么一句，她有点猝不及防地被戳到了。

她可怜兮兮地转头看他，一脑袋扎进他的怀里，抱住他道："呜呜呜，大佬我靠你了……"

"可是，你如果大学四年每一门都只是及格，毕业的时候学分不够，拿不到学位证。"

顾思忆愕然："这么惨？"

"所以，以后期末考还是我来监督你复习，让你考几次高分。"

顾思忆窝在他怀里："我就是你的拖油瓶，从高中拖到大学……"

夏之隽一声低笑："拖一辈子也不错。"

夏之隽白天在实验室忙碌，晚上检查顾思忆的复习，完了还能亲热亲热……他觉得这种住在一起的日子，比想象中的还要美好。他都不希望项目结束了，也只有在假期，她才会跟他出来住。

这天晚上，顾思忆等到从实验室出来的夏之隽，拉着他的手："我发现一个有趣的地方，你跟我来。"

她带他走到学校后面的一条很僻静的路，拐过一个弯，连路灯都没有，前路一片黑暗。

顾思忆拉起夏之隽的手："我们走过去，有惊喜哦！"

夏之隽惧黑，本能地抗拒："算了，我不想去。"

"走嘛，走嘛，就当是陪我。我一个人走夜路，你放心吗？"

顾思忆攥着夏之隽的手，两人缓缓前行。月光被高大的建筑物和植被遮蔽，这条路一丝光都没有，伸手不见五指。

黑暗的路，看不到尽头，仿佛漫长无边际……

以前她陪他在深夜的教学楼走楼梯时，还有些许星光和手机的光亮。这一次是一丝光都没有，这条路陌生又漫长。

黑暗是梦魇滋生之地，曾经他被蒙住双眼，囚禁在黑暗中，遭受毒打虐待……他不知道下一秒会不会死去，他倒希望死去，可是没有，等待他的只有无休无止的折磨，但他连伤害他的人是谁都不知道……只有一片黑暗，不得救赎的黑暗……

当他成功获救后，被送去做心理疏导，自闭了很久才调节过来。但是对于黑暗的恐惧，成了他的毛病。那些往事不受控制地浮上心头，越不让自己想越去想，他开始冒冷汗。

顾思忆感觉到夏之隽的不安，依偎在他身旁，抱着他的腰，他紧抓着她的手臂。

顾思忆说："我在呢！"

夏之隽的声音干涩："嗯。"

两人就这样在黑暗中，慢慢地前行。

他知道她就在他身边，恐惧被压下来，心境渐渐平稳。走着走着，他连抓着她手臂的力道都微微变轻了。她感觉到他的放松，很开心。

夏之隽："你在笑？"

顾思忆："嗯啊！"

夏之隽："为什么？"

顾思忆："因为你在跟我聊天！"

夏之隽："这有什么好笑的？"

顾思忆又笑了。

当他放松下来后，不知不觉中，这条路已经走到了尽头。前方光线若隐若现，再往前，灯光乍现，绚丽多彩。

顾思忆特地让人在这边树上挂满了花灯，月光落在他们身上，四周灯光闪烁，这场景比她想象中的还要浪漫一点。

她抱着夏之隽，踮起脚，亲上他的嘴巴。

一吻毕，顾思忆说："没有那么难对不对？"

"嗯。"夏之隽应声。

"出国也是一样啊！"顾思忆微笑看他，"就算我们暂时分开，我也在你身边啊！就算我们看不到彼此，就像在黑暗中，但我还是在啊！"

顾思忆的眼里落满星光，熠熠生辉地看着他："我想陪你走好每一段路。无论是在一起，还是在追求梦想的路上。无论是阳光大道，还是黑暗泥泞，我都在你身边，不会走。"

夏之隽看着她，半晌，无奈地道："你呀……"

"哦，你不相信我吗？"

"不是。"

"现在网络这么方便，我们每一天都可以联系啊！这样，我们约定每个月见一次面，你看我一次，我看你一次，好不好？要是我哪次没去，你就回来狠狠地收拾我！”她目光灼灼地看着他。

夏之隽的心情很复杂。他不知道自己怎么回事，以前明明他是主观意识很强、领土意识也特别强的人，不可能被其他人干扰意志。但是，顾思忆一次又一次……

他将她抱入怀中，良久，低声道：“你是不是有个如来佛祖的五指山压着我？”

“什么呀？”

“不然，你怎么就能控制我，让我听你的话？”

顾思忆回味了几秒钟，意识到他这句话的意思，惊喜地抬起头，双眼亮晶晶地看着他：“你这是同意了？”

夏之隽看似颇为无奈，无奈中又带着宠溺：“听老婆的话，是个好习惯。”顿了顿，他又道，“恭喜你，把我培养出来了。”

夏之隽被顾思忆说服后，开始着手出国事宜。郑培培得知这件事，惊得下巴都要掉下来了，不解地问顾思忆：“你干吗让他出国啊？你是不是没吃过异地恋的苦，以为异地恋时尚好玩？”

“搞笑吗你？还时尚好玩……”顾思忆嗤笑。

“那可不是，我就没见过积极劝说男朋友出国的！”

顾思忆笑，突然问郑培培：“那你有没有劝过苏韩退出娱乐圈，回来读书，当个普通人？”

“当然没有啊！他考的是电影学院啊，学的专业就是演戏，他的天赋也是唱歌跳舞，他退圈回来干什么？就算自己想做个普通人，还要被人指指点点嘲笑糊了过气了！”

顾思忆点点头，说：“学霸也是一样啊，他是天才，只有更高、更强、更顶尖的学术平台，才能激发他无限的潜力，让他找到自己的事业追求。”

这一类比，郑培培想明白了，于是叹了一口气，有点酸爽地说：“我本来不想你跟我同为天涯沦落人，既然已经这样了，以后就好好做一对难姐难妹吧。”

顾思忆被逗笑：“不要说得那么凄惨好不好？我挺乐观的。”

对于夏之隽出国深造这件事，夏之隽的父母是万分赞同。不过，夏广宇特地让彭玲跟学校方面确定一下顾思忆去不去。

彭玲说:“阿隽一个人去，那边招生要求那么严格，对阿隽是破格录取。思忆才大一，怎么去？除非她在那边随便进个野鸡大学去陪读。这种情况，思忆她爸妈不会同意。”

夏广宇沉吟片刻，道：“不去好，这样两个人分开就有了冷静期。”

彭玲对于夏之隽的择偶没那么执着，她理解老公希望儿子将来在政界一展抱负的期待。但是这几年儿子对家庭的冷淡，她看在眼里，心里很不是滋味。她现在寄希望于时间能解决那些冲突，修补之前的裂痕。

第十一章

顾思忆送夏之隽走的那天，天空晴朗，万里无云。

就像她的心情，虽然有不舍，但总的来说是开阔的。

两人在机场拥抱亲吻，她目送他的背影过安检口，直到消失不见。

顾思忆在独自回来的路上，编辑了一条信息，发送给他。

“看着你走的时候，才发现自己特别特别舍不得你……有那么一点点的后悔。不过这点后悔的念头很快又被自己拍飞了。我还是很开心，也很自豪，我喜欢的人那么棒！拖油瓶等着我家大佬回来继续带我飞。爱你！”

夏之隽下飞机后，打开手机，第一时间收到了这条信息。

他弯起嘴角，回复：“我可以通过视频监督你复习，不要以为我不在你就放飞了。”

片刻后，顾思忆回复：“不敢，不敢！”

过完暑假，顾思忆升入大二，成为一名学姐。开学后的补考很顺利，但是因为挂科，她跟奖学金无缘。室友们都替她感到遗憾，因为她课外活动表现很好，跟老师们关系也好，只要都及格，测评拿个高分，妥妥地能拿奖学金。

对此，顾思忆笑道：“没关系啊，奖学金给更需要的同学嘛！说句欠打的话，我账户里还有很多没花完的零花钱呢！”

进入大学以后，爸妈给她的生活费比起高中翻了几倍。考虑到她是女生，到了爱美的年龄，又谈了恋爱，处处都要花钱，对她的预算非常宽松。

她爸妈不知道，夏之隽也有资金来源，而且非常乐于为她花钱。两人在一起的所有开销他都要承担，不定期给她送电子产品，定期带她逛街，给她买衣服、包包这些。她不想让他花那么多钱，他还不高兴。

某次顾思忆拒绝他埋单的时候，夏之隽问：“你爸妈给你买，你会拒绝吗？”

顾思忆一愣："不会啊！"

"如果我对你没有你爸妈对你好，他们怎么放心把你交给我？"

"可是……"

"你是我女朋友，我不能为你付出吗？"

"可是我们还没有……"

"迟早的事情。从现在开始学习养家糊口，能让我更有责任心。"

听着有理有据。

"女人不爱一个男人的时候，才会划清界限。"

顾思忆在他日复一日的灌输下，渐渐适应了他的模式。而父母给她的生活费，包括了恋爱经费，真的很充足了。她除了给他买礼物，定期做一些慈善活动，没什么特别花钱的地方，一年下来居然攒了不少钱。

她对奖学金真的无所谓，朋友们为她惋惜，她毫不介怀。最终评选出来的一等奖学金获得者是文颖。她的几个室友有的拿了二等奖学金，有的拿了三等奖学金。她为她们高兴，吆喝着让她们请客。

寝室几个人小聚的时候，就着小酒，张微澜八卦道："文颖真厉害，勉勉强强的成绩，其他林林总总不断加分，最后拿到一等奖学金。"

刘畅接口道："那是，我的成绩碾压她，最后还不是被她吊打。"

顾思忆宽慰道："这个就是综合评比嘛，各方面的能力都是能力。她拿到就是她的本事。"

王姝道："你如果不挂科，说不定能跟她拼一把。"

顾思忆忙道："比不了，我就是'咸鱼'。"

张微澜道："我真的一点都不羡慕文颖，我觉得她用力过猛。我还是觉得思忆这样好，不计较得失，大气。"

"这话我们几个说说就算了哈，当作内部吹捧了，可千万别说出去，那我就丢人丢大了。"顾思忆笑道，"我一条'咸鱼'，什么大不大气的。"

经过一年的活动，顾思忆在学生会和社团都是主力人物。系学生会原主席升入大四，卸下职位，张思诚成了新任主席，顾思忆被升为副主席。与此同时，她又被推举到了校学生会。而文颖在这次变更中，只当了个系学生会部长。

顾思忆由于元旦晚会的出色表现，很多校内大型活动都找到她当主持人。她在学校越来越出名，微博上的粉丝也越来越多，几乎是学校的一块活招牌。学校在营销方面也不落后，为了招生，打出“最美学姐”的称号。

渐渐地，系里有了一些流言蜚语，说她心机重、虚伪，想做网红，花钱给自己买水军捧臭脚……

顾思忆的室友们知道，她就是比较活跃才引人注目，性格真的很随意，不会花钱给自己炒人设造热度。对于那些坊间传言，室友们很生气。

“不知道是哪些不怀好意的人在背后造你谣……”

“就是见不得你又好看又有钱还出名嘛！”

“真的很阴暗了，我居然还听到你被人包养的消息，笑死我了！你亲爹是地产大佬，还需要干爹？”

“我算是明白了一个理，人红是非多。”

顾思忆给她们投喂零食：“有你们替我生气，我就不用生气了，谢谢你们！”

那些无稽之谈，谁要敢当着她的面说，她非把人揍得满地找牙。可现在都是坊间流言，是谁传出来的她都不知道，也懒得费劲去理会，毕竟她每天要忙的事情很多。

某一天，这些流言在校际论坛上爆发了。有人直接开帖挂她——扒一扒经管系最美学姐顾思忆是怎么一步步走上人生巅峰！

“前有高考状元男朋友保驾，后有科技企业创始人护航，学生会会长为她折腰，追求者无数号前赴后继俯首甘为孺子牛！本世纪最大一朵白莲花，还看今朝，非顾思忆莫属？”

帖子里说一些真事，再添油加醋地爆很多假料，说她靠状元男友考上大学，接着给他戴绿帽子傍上科技大佬，凭借他的资本优势获得资源混得风生水起，然后又在学生会跟上级暧昧牵扯……一盆盆狗血浇下来，不了解内情的人看得津津有味，热度一夜爆棚。虽然有熟悉顾思忆的人下场反驳，但很快就淹没在水军搅动的浪潮里。

接着又有人在微博注册账号，把帖子里的内容整理成图片发出来。负面八卦的传播效应是最快的，就跟滚雪球一样，越滚越大，越来越像是那么回事。

顾思忆这一次是切切实实地被这些糟心的东西影响了，那些熟悉的、不熟悉的人，关心的和看笑话的，都来询问她，她一天的信息量直接爆炸了。微博后台的粉丝留言更是上万条，就连院系领导都来跟她谈话了解情况。

周卓知道后，第一时间为她联系了专业律师，告诉她："你可以起诉造谣的人。"

顾思忆苦恼道："可我也不知道是谁啊，除了那个微博小号……"

周卓有时候会趁着她放假，请她吃顿饭。对于"叔叔"这个称谓，他已经认命。虽然以前有点蠢蠢欲动，但目睹她和男朋友的甜蜜，他渐渐就淡了那份心思，把她当作小妹妹照顾。不然，每天被喜欢的人叫"叔叔"，真的会心肌梗塞……

为了这事，没有私人微博账号的周卓，用公司的官方账号，转发了顾思忆的辟谣微博，阐述跟她父母的交情，并表示很欣赏她的男朋友。

反转在一个扒皮帖出现之后。

这个帖子里，有位网友把之前那些八卦帖里不停制造负面舆论的 IP 地址都解码了，爆出了一家专业水军公司，接着又神奇地爆出了交易记录，接着是对交易人的追本溯源……

这位网友每隔三个小时，就在线直播证据。八卦的网友一边追更，一边大呼过瘾。

顾思忆的室友们凑在一起看，惊叹道："我的天，这是谁啊，怎么这么厉害？思忆，你请的黑客吗？"

"我没有啊……"顾思忆一脸茫然。

她就跟其他网友一样，观看事态发展。

电脑另一端的某个人慌了。她以为自己做得天衣无缝，通过了那么多隐秘的途径隐藏自己。可是，随着越来越多的证据出来，她怕了，她害怕那个人真的查到证据，将她曝光……那她在学校里从此就是过街老鼠。

顾思忆在食堂吃晚餐的时候，接到文颖的电话。她说系里老师有事安排，喊她们过去。

她吃过饭，跟文颖碰面时，才发现只有她一个人。

文颖说："我有事想跟你说，我们去没人的地方聊一聊好吗？"

顾思忆：“行啊！”

文颖把顾思忆带到天台，顾思忆等着她说话，她猛一转头，泪流满面。

“思忆，对不起……”

“……”

“你知道是我对不对？你查到了，不来找我算账，却通过这种方式公开，就是想让我身败名裂是不是？”

顾思忆瞬间懂了，难以置信是她……

毕竟一个班级，平常还一起工作，文颖从没有表现过对她的敌意。当初流言蜚语出来的时候，文颖还特地安慰她，为她辟谣。没想到，这场戏是文颖自导自演，还玩得这么深入？

“我怎么就得罪你了？”顾思忆问。

“我就是……一时鬼迷心窍……我错了。你原谅我好不好……你已经辟谣了，大家知道了你的清白，你放过我好不好……”她哭着求她。

顾思忆一脸冷漠：“哦，不好意思，我们都是成年人了，要为做过的事情负责。”

文颖没想到平常看起来很随和的顾思忆这么不好说话，她一再哀求，她都不为所动。

“你何必赶尽杀绝……把我逼到绝路，对你有什么好处？”

“那你费尽心机诋毁我，对你有什么好处？”顾思忆反问她。

“你把最好的一切都拿走了，还不能让我发泄一下吗？”

顾思忆一头雾水。

“你有那么出色的男朋友，还有那么多好机会，无论什么事情，除非你退出，否则拿到机会的总是你。当初一边答应我不做主持人，又一边去抢资源。当主席也是，表面上云淡风轻、不争不抢，最后还是被你收入囊中！你有想过你对我的伤害吗？我明明那么努力了，还是被你踩在脚下！”

“哦，我凭自己本事交的男朋友、进的学生会，你看不惯还是我的错了？”

“你不就凭着长相，凭家里条件好，才拥有这一切！”

“哦，可那也是我的本事啊！你不知道投胎是个技术活吗？”

“你！！！”文颖快要气结。

顾思忆冷漠地道："没什么其他的事，我就走了。"

顾思忆正要转身时，文颖冲过来抓住她。顾思忆当即反制，眼神冰冷，带着狠劲："我觉得女孩子打架不太好，所以我不轻易打架。但是如果你要动手，那就不怪我了。"

顾思忆撂完话，非常不客气地瞪了文颖一眼，就转身走了。

等她回到寝室上网，真相披露进程转入白热化。室友们进行有奖竞赛，而她已经知道答案了。

她给夏之隽发消息："神秘大神，请收下我的膝盖。"

夏之隽："知道是我？"

顾思忆："除了我玉树临风、英俊聪明、实力逆天的男朋友，还有谁能这么罩我？"

夏之隽："那你怎么不跟我说？"

顾思忆："本来是不想让你操心，我这边也澄清了，还在走法律程序……"

夏之隽："然后呢？"

顾思忆："还是我男朋友夏·福尔摩斯·柯南·隽出马最靠谱！一举拿下真凶！这比什么都管用！"

夏之隽："以后遇事跟我说吗？"

顾思忆："说！第一时间找我家大佬哭诉！"

夏之隽："就算我不在你身边，也没人能欺负你，知道吗？"

顾思忆："嗯。"

夏之隽："我已经订了机票，周六下午到。"

顾思忆："才离开半个月哦。"

夏之隽："特殊情况，我必须回来安慰你。"

顾思忆："我很好啊，什么事也没有……"

夏之隽："你确定？"

顾思忆刚看到这个消息回复，手机铃声就响起，大神打电话来了。通话的体验可比发文字强烈多了，她明白了，有一种脆弱是"男朋友觉得你脆弱"……

于是，她从善如流、兴高采烈地欢迎大神提前回来看她。

文颖的事情被曝光后，顿时成为过街老鼠，被人指指点点。顾思忆的律师对她发出起诉，告她诽谤污蔑。由于顾思忆的状态良好，没有造成严重后果，法院判决文颖对顾思忆进行赔偿并公开致歉。顾思忆将判决书发到微博上，下面一片叫好。

这场精彩反转大戏，让网友过足了瘾，也让大家更加深入地发现，原来顾思忆真的是天生女主角命，一个实打实的小白富美。

“实名羡慕顾思忆！”

“羡慕到哭。”

“怎么有这么美好的小姐姐……”

“长得好看也就算了，家里还有钱！家里有钱也就算了，居然还能考上名校！考上名校也就算了，还有一个养成系的男朋友！有个男朋友也就算了，居然还是个大帅哥高考状元！”

“从现在起，顾思忆是我的锦鲤女神！”

文颖的家人赶到学校善后，依照判决对顾思忆进行赔偿，校方对文颖进行通报批评并记下大过。文颖在学校饱受白眼和舆论抨击，承受不了精神折磨，退学了。至于她退学后是回老家复读重新高考一次还是干什么，顾思忆毫不关心，也不八卦。

起初大家还讨论她，但随着时间的流逝，大家也似乎都忘了有那么一个人存在过。

大学时光匆匆前行，等顾思忆回过神，四年过去，毕业季如期而至。

虽然她学的专业是经管，但她大四实习去了电视台，表现得可圈可点。电视台打算在她毕业后，就跟她签订正式合同。

顾思忆也没想到，因为大一的一次偶然主持，她竟然走上了职业的道路。

她颇为遗憾地跟顾致远说：“老爸，看来以后不能当你的左膀右臂了。”

顾致远笑道：“你怎么开心怎么来，没人管你，我们家没有皇位等着你继承。”

许佳慧说："哪天要是觉得累了，想回来混吃混喝，我们也不反对。"

顾思忆笑得合不拢嘴，双手合十冒着"星星眼"道："顾先生，顾太太，我发誓这辈子最爱你们！"

"哦，那你家状元呢？"许佳慧笑问。

"他也是我的最爱！你们是不同维度的最爱！"顾思忆笑眯眯道。

"对了，他什么时候回来？"顾致远问。

一眨眼，这孩子都出国三年了。每年过年他都有亲自上门拜访问候，顾致远基本了解他的情况，在国外读到了硕士，发表了多篇课题研究论文，取得了不少成果，还去了研究机构实习。

顾思忆喜笑颜开道："他下周就回来参加我的毕业典礼。还有他已经硕士毕业了，等学校和工作的事情收尾，就彻底回国了，他说最多也就一两个月。"

夏之隽这次回来，不是一个人，还带上了陆嘉烨一起。自从夏之隽去了国外，两人虽然不在一个城市，但好歹在一个国家，来往比较频繁。陆嘉烨多亏了有这位老友到来，对自己还留守了那么点底线，学业不至于一泻千里。混了几年后，他也算是顺利毕业了。

虽然跟他同龄的夏之隽，已经发表过多次备受瞩目的论文，做出了牛气的研究成果，凭借出色的学术水平，成为近年来毕业最快的硕士。但他心态好，就像高中两人同桌，人家是全市第一的学霸，而他是吊车尾的学渣，他照样跟人家玩得风生水起。

他以前说过一句话："我不在乎哥们儿的学习成绩怎么样，反正都比我好。"

虽然被郑培培喷成恬不知耻，但何尝不是逻辑自洽。

这次两人回国，郑培培和顾思忆一起去机场接他们。夏之隽回来这天就跟走的那天一样，天气晴朗，万里无云。

郑培培颇感欣慰道："这时间说快也快，一眨眼你们就要结束异国恋了。"

顾思忆笑道："是啊，我也觉得挺快！"

这几年大家忙于各自的学业，每天都有视频通话，每个月还要抽空飞到大洋彼岸跟彼此约会，生活很充实，恋爱也一如既往幸福。由于她时不时过去，故而对他在那边的生活圈和朋友圈也很熟悉。他在国外认识了几个志同道合的伙伴，大家还一起吃过饭。虽然没有在国内念书那么方便和腻歪，但是看到他越发出色的学业，她更高兴。

夏之隽和陆嘉烨一前一后地走出通道，顾思忆高兴地冲上前，将夏之隽一把抱住。

陆嘉烨在一旁歪着脑袋，看向郑培培："母老虎，是不是也给我一个欢迎的拥抱啊？"

郑培培一声轻哼，瞪了他一眼。他无奈地耸肩，郑培培突然上前，将他抱住，轻轻地拍了一下他的后背，说："欢迎回来啊，二傻子。"

陆嘉烨整个人呆住了。

不是……这是做梦吧？

这个母老虎怎么……怎么会抱他？

也就梦里抱一抱啊……现实中哪有这待遇？

可那真实的体温、真实的触感不是梦，等他渐渐回过味来，心脏怦怦乱跳，但郑培培很快松开了手。

陆嘉烨："……"

幸福来得太快就像龙卷风。

顾思忆挽着夏之隽的胳膊，两人紧密地依偎着，一起走出机场。

郑培培和陆嘉烨跟在一旁，郑培培一脸无奈："来的时候还跟我亲亲热热，现在有了男朋友，我就靠边站了。"

陆嘉烨笑道："我也可以把胳膊借给你，要不要？"

"去你的！"郑培培可不吃这一套。

几人离开机场，来到下榻的酒店。又把另外几个小伙伴都约了起来，大家一起聚聚，给这两位从国外归来的少爷接风洗尘。热热闹闹吃完饭，陆嘉烨安排场子，把大家拉去唱歌。

包间门推开的时候，一个高大的身影走了进来。

喧嚣声静了静，苏韩取下口罩，看向夏之隽和陆嘉烨，笑道："我没来晚吧？"

张欣奕拍掌：“哇！大明星出现了！”

顾思忆也很意外：“还以为你没时间过来呢，这一次居然不声不响地制造惊喜啊！”

苏韩笑道：“都回国了，以后大家还有很多机会聚。”

他说着倒了几杯酒，分别递给夏之隽、陆嘉烨和周骁：“欢迎回来。”

四个人碰杯后，都将杯中酒一饮而尽。一眨眼，都是二十多岁的人了，他们都由男孩变成了男人。比起曾经更为挺拔、更为沉稳，眉宇间不再是青涩的稚气，更多的是青年人的锐气。

顾思忆有点好奇地看了看郑培培，为什么苏韩过来了，她反而静静地待在一边，没有黏上去？

大家坐在一起玩，郑培培坐在顾思忆身边，始终与苏韩保持着距离。不只是顾思忆，这下其他人都感觉到他们之间那微妙的氛围。

顾思忆去洗手间，苏韩跟了出来，在半路拦住她：“小酒窝，帮我一个忙好吗？”

“怎么了？”顾思忆隐隐猜到跟郑培培有关。

果不其然，苏韩说：“培培跟我闹别扭，她说要一个人冷静冷静，你能不能帮我劝劝她？”

“劝她什么……”

“相信我，我会努力给她一个未来。”

顾思忆沉默了。作为郑培培的好朋友，她知道郑培培这些年过得有多难受，有时候她甚至希望他们分手，至少这样郑培培就了无牵挂，还能像高中那样没心没肺地快乐着。可是偏偏每一次，郑培培在沮丧过之后，又强撑着坚持……

顾思忆看向苏韩，说：“可是，我和学霸的三年异地恋都过来了，如果你们以后还是难得见一面又不能公开感情，培培会很难过的……”

苏韩怔了一下，点头道：“我知道。”

陆嘉烨看出了郑培培和苏韩之间有点问题，但是他什么都没问，什么也没说。虽然……不想承认又不能不承认，他对郑培培还是有那种克制不住的心思。

但乘人之危不是他的风格。

两天后，顾思忆这一届本科生毕业典礼暨学位授予仪式隆重举行。顾思忆作为学生代表之一，上台讲话。

夏之隽坐在台下，看穿着一身学士服的她，在台上笑意盈盈，侃侃而谈。小姑娘长大了，一举手一投足都是满满的女人味。

顾思忆下台后，坐到夏之隽身边。

“接下来有请往届优秀学生代表夏之隽上台发言。”

顾思忆一愣，愕然地看向夏之隽。

现场响起了浪潮般的尖叫声。这一届学生入校时，夏之隽这位独领风骚的校草还在，他和顾思忆蜜里调油的恋情也是尽人皆知。没想到，三年后毕业的时候还能看到曾经的风云人物露脸。

主持人滔滔不绝地介绍着夏之隽在学术上取得的成就，以及他飞跃式的发展，以常人无法比拟的速度和实力，成为国际一流顶尖学府最年轻硕士。当夏之隽走上台，站在聚光灯下，现场的氛围被推向了高潮。

顾思忆：“……”

这不是她的毕业典礼吗？这位大神为什么这么出风头？可是她看着站在台上英姿勃发、器宇轩昂的他，又忍不住笑。手机的微信提示音不断响起，她滑开一看，全部是同学们送祝福，各种羡慕、嫉妒和尖叫。

夏之隽跟一众学弟、学妹分享经验，话不多，但精彩犀利。末了，快要结束时，他说：“今天来这里，最重要的是，恭喜我的女朋友，顾思忆同学，圆满结束大学生活。”他顿了顿，微笑着低声道，“我也恭喜自己，终于到了可以向她求婚的年龄。”

“啊啊啊！”

“为什么突然塞狗粮！”

“要疯了，要疯了，大神太犯规了！”

“天哪，学校欠我一个男朋友，啊啊啊！”

众人尖叫喝彩时，顾思忆瞪大眼，不由得抬起手，捂住了快要扬到天上去的嘴巴，但弯起来的眼睛出卖了她。她的双眼亮晶晶的，像月牙一般，看着台上光芒万丈的他。

夏之隽在雷鸣般的掌声中，回到位子上，坐到顾思忆身边，牵住了她的手。

顾思忆嗔怪道："你都没跟我说，你要上台演讲……"

夏之隽微笑着解释："今天过来遇到校领导，临时知会的。"

主持人调侃道："那些大学四年一直单身的同学，是不是被一万点暴击？"

台下一片惨叫连连……

典礼结束后，几千名本科毕业生在欢声笑语中告别大学时光、告别母校。

夏之隽带上单反，给顾思忆担任摄影师，帮她在校园各个角落拍照。当然，在这个特殊的日子里，他也不拒绝帮她和同学们一起合照。

顾思忆跟同学们合影留念后，顾致远和许佳慧也心痒痒的，表示要在闺女的大学里一起留影。于是夏之隽又帮他们一家三口留影。当然，他和顾思忆的合照也少不了。

这一天，在欢声笑语中过去。

吃过晚餐，顾思忆的爸妈分外体贴地安排自己的行程，把时间留给他们自己玩。一起上大学，如今又走过三年异地恋，在顾氏夫妇心目中，夏之隽已经是板上钉钉的女婿了。

顾思忆跟夏之隽在酒店高楼的空中酒吧，喝着小酒听着音乐，观赏城市夜景，惬意地享受二人时光。顾思忆觉得气氛酝酿得差不多，坐到夏之隽对面，从自己包包里拿出一个小礼盒，递给他。

"送给我的礼物吗？"夏之隽问。

顾思忆双手托腮，看着他傻笑："对呀！"

"是什么东西？"他又问。

"你看了就知道嘛！"她脸上的笑容仿佛停不下来。

夏之隽看到她眼里跳跃的火光和期待，没有马上打开礼盒，而是噙着笑意道："我先留着，明天看。"

顾思忆吐槽："哪有你这么扫兴的人啊？人家送你礼物，你居然不马上拆开，表示一下。"

他存心逗她："那你先告诉我，你送我的是什么？"

顾思忆故意卖关子："不说，不说，你自己看。"

夏之隽笑："其实我也有个礼物要送给你。"

顾思忆兴致勃勃地追问："什么礼物？"

夏之隽笑而不答，道："我先来拆你的礼物。"

他将外包装拆开，打开那个精致的丝绒盒子，一对男女对戒摆放在一起。

夏之隽愣住。他以为是手表、手机之类的东西，没想到是……

顾思忆笑眯眯道："这是我用大四的实习工资买的！"

最重要的礼物，她想用人生第一份工作换取。虽然她的工资不高，一年下来合计小几万都砸在这铂金对戒上了。

夏之隽慢慢地将戒指拿起来，在指间摩挲，他看到了内圈里刻着的英文字母编号 XG1314，瞬间读懂它的含义。他噙着笑意看向顾思忆，后者脸上带了一丝腼腆，双眼仍是亮晶晶的，问："好看吗？"

夏之隽慢悠悠地笑道："这个不是应该男生送给女生的吗？"

顾思忆当即反驳："谁规定了只能男生来送嘛！"

夏之隽看着她笑："把手伸出来。"

顾思忆伸出手，他拿着戒指为她慢慢套上，她的脸色绯红。随后，她拿起男士戒指，给他套上："戴上这个，以后夏先生就是我的人了。"

夏之隽扬眉："以后？"

"难道不是一直是吗？"

顾思忆抿着唇，笑容甜蜜。

"过来。"夏之隽冲她招了招手。

顾思忆立刻屁颠屁颠地坐到了他身旁，依偎在他怀里。随着年岁增长，这个曾经单薄瘦削的少年，越来越高大精壮了。隔着衬衣靠在他胸膛上，就能感受到那紧致有型的肌肉。

她窝在他怀里，懒洋洋地问："我看了下万年历，明天是个好日子，我们去把结婚证领了怎么样？"

这轻描淡写的语气，就像是在说"这个甜品很好吃，我们点一份吃怎么样？"，可是天知道，她心里多紧张！

夏之隽没有出声。顾思忆扭过头看他，发现他的表情有点严肃，似乎在思考什么。

夏之隽面露难色："你刚毕业……"

"你不愿意啊？"顾思忆当即反问，表情也绷起来了。

“不是，我是觉得现在条件还不够成熟……”

顾思忆一颗沸腾火热的心，瞬间如坠冰窟！她在夏之隽这里从没受过什么委屈，从一开始到后来，一直被照顾被呵护，突然被这么拒绝，她都不知道该摆什么表情来面对了。

她倏地站起来，转身，大步往里面走。夏之隽发现不对，立刻起身跟上。

进了酒店大堂，夏之隽抓住顾思忆的手臂。她背对着他，说：“我还有事，先回学校一趟……”

“这么晚了，去学校干什么？”夏之隽说罢，直接将顾思忆打横抱起。

顾思忆在他怀里挣扎：“干吗呀……”

“回房间，睡觉。”夏之隽言简意赅。

“我不回去……说了我有事……”顾思忆在他怀里别扭道。

夏之隽不放手，她也没法跳下去，最终还是被他抱进了房间里。他反手关上门，她走到落地窗边，看着外面的灯火辉煌。

他走到她身后，轻轻抱住她的腰，在她耳边轻笑道：“我怎么有这么好的媳妇？都不用我绞尽脑汁求婚，也不用我上交银行卡，就这么叫我去结婚？”

顾思忆咬唇。她心里不开心，本想呛他一句“不愿意拉倒”，可是她说不出口。他对她而言太重要了，完完全全、彻彻底底占据了她的人生。

“可是你不愿意……”顾思忆开口的声音带着委屈，浓浓的鼻音跟要哭一样。

夏之隽转过她的身体，看着她湿漉漉的眼睛。他知道她日益具有女性魅力的容颜下，仍有一颗少女心，珍贵又迷人的少女心。

他抚上她的脸，说：“我怎么可能不愿意？”

“那你说……”

“嗯，我是觉得条件还不够成熟。”夏之隽无奈地低笑，“你至少要让我好好准备一场像样的求婚？”

“……”

夏之隽捏着她的下巴，戏谑道：“我刚回国，什么都没来得及弄，你就这么抢戏，真的好吗？”

顾思忆别开脸，轻哼：“替你省心还不好吗？”

他噙着笑意：“不好。有的事你就得等着男人来做。”

“不过，”他话锋一转，又道，“你连戒指都准备好了，日子也看好了……”

“嗯？”顾思忆盯着他看。

夏之隽在她跟前单膝跪下，轻轻捏着她的手，专注又郑重地看着她，说：“顾思忆同学，你愿意嫁给我，做我的妻子吗？”

他在求婚！

他在求婚！！！

顾思忆按捺着疯狂跳动的心脏，与夏之隽目光交织。她轻柔的声音，微微颤抖，带着坚定：“我愿意。”

夏之隽亲上她的手背，站起身，将她搂入怀里。

“那我们就尽快把结婚证领了。”他抚着她的后背，带着笑意，慢慢道，“至于婚礼，你别再操心了，等我来慢慢准备，好吗？”

顾思忆埋在他胸膛里，一声不吭，羞红了脸。

次日，夏之隽陪顾思忆来到学校，处理那些收尾事宜。顾思忆以前就跟他讨论过，在北方待不惯，不习惯这边的气候，毕业想回家乡发展。这一次她签的工作就是S市那边的电视台，对此，他表示支持。

该准备的东西准备好之后，夏之隽订了票，带顾思忆前往S市。两人都带上了户口本，来到女方户籍所在地的民政局。

一切按照流程，按部就班地走。

负责登记的人，一看到他们的颜值和年龄，惊讶不已，忍不住八卦道：“你们才大学毕业吧？”

“嗯。”顾思忆笑。夏之隽站在一旁，手臂揽着她的肩。

工作人员的目光在他们身上游走一圈，暗暗叹息。

走完一遍法律流程，终于，两人拿着盖上章的红本本出来了。

顾思忆以为自己会很激动，可当这一切搞定，她竟然出乎意料地平静。或许，这一天早就在她脑子里上演过无数遍。每次搭乘国际航班，去国外看他的时候，她心里都在想，毕业就结婚，然后一直在一起。这个念头在她脑海里根深蒂固，导致她迫不及待地准备了对戒，还被他笑话了……

顾思忆拿着结婚证看了又看，正要把小本本装进包里，夏之隽抬手抽走，说："放我这儿。"

他把两个小本放进他的手包里。

顾思忆看着他笑，用软软的调子叫出声："老公。"

夏之隽的动作一顿，目光落在"结婚证"那三个字上，嘴角笑容加深，将手包拉链拉上。

他转过头，看顾思忆，笑着应声："老婆。"

两人手拉手走出民政局，正值炎夏酷暑，热浪逼人。顾思忆说："老公，好热哦，我想吃冰激凌。"

夏之隽很配合她，应道："老婆，那边有超市，去超市给你买。"

"好啊，老公！"顾思忆甜甜地应声。

夏之隽买了一盒雪糕出来，正要递给顾思忆，又收回来了。他掀开盖子，用勺子舀了一口，递到她嘴边。她笑眯眯地张嘴，咬下一口。

凉爽甜蜜的滋味在她唇齿间融化，她一脸回味道："老公喂的冰激凌，就是比其他的更好吃！"

超市外面这个通道旁，来来往往的人都忍不住看向他们。看起来很年轻的一对小情侣，怕是刚谈恋爱的热恋期吧，这么黏腻，还一口一个"老公，老婆"地叫个不停。

没人会想到，这是一对刚领证的新婚夫妻。毕竟他们看起来实在太年轻了。男生高大帅气、器宇轩昂，女生水灵俏丽，皮肤嫩得能掐出水来。

夏之隽耐心地喂着顾思忆，顾思忆笑眯眯地享受。

他想到了七年前高一时，军训午休时间，他给她送来冰激凌，鬼使神差地喂了她一口……一切仿佛在冥冥中注定了，他对这个女孩越来越上心，越来越喜欢……随着岁月沉淀，她成了他生命的一部分，成了他交缠到血骨里融入灵魂里的另一半。

往事浮上脑海，夏之隽低笑："老婆，我花了七年，才把你娶到手。"

顾思忆扬眉，笑："别人是七年之痒，我们是七年长跑，完美收官？"

夏之隽点头："嗯。"说着又递了一口冰激凌到她嘴边。

顾思忆含着那甜腻的滋味，忍不住有点膨胀地问："老公，你当初是不是对我一见钟情啊？"

夏之隽："这个……我能说真话吗？"

顾思忆目露威胁，皮笑肉不笑地说："你说呢？"

夏之隽以微笑结束了这个话题。

吃过冰激凌，两人挽着手离开超市。顾思忆问："老公，我们接下来干吗呀？"

顾思忆这时这才想起来，那天晚上他也说了有礼物，被结婚的事一搅和，全忘了。原来看似平静的情绪下，是晕头转向乐糊涂了？

她抱着他的胳膊，笑嘻嘻地问："老公，你要送我什么呀？"

夏之隽笑而不语，叫了一辆车，上车，报出一个地点。

等下车了，顾思忆才发现，夏之隽带她来的是售楼部，而且还是本地相当不错的地段和知名品牌。

夏之隽牵着顾思忆的手往里走，她愣愣地看着他，难以置信地问："你……该不是……要送我房子吧？"

"不行吗？"夏之隽反问。

"房子很贵的，你哪来那么多钱？"顾思忆的下巴都快要惊掉了。

大神出手，总是这么惊世骇俗吗？上学的时候给她送那么贵的大牌项链，这才一毕业就要送房子？他每一次送的礼物，都有点颠覆她的认知。

"我为什么没钱？"夏之隽再次反问，"老婆，你是不是把知识想得太廉价了？"

顾思忆默默地看着夏先生装大款。

好吧，她的知识比较廉价，什么经济管理的，一不小心毕业就失业……

夏之隽带顾思忆进入售楼部，提前跟他有过联系的置业顾问热情地上前接待。

置业顾问道："夏先生，您这是带女朋友一起来看房了？"

夏之隽牵着顾思忆的手，说："不，我是带太太来看房。"

顾思忆在一旁抿着唇笑。两人交握的手上是那对流光溢彩的铂金钻戒。

置业顾问一愣，马上笑道："恭喜，恭喜。夏先生跟夫人真是郎才女貌，天生一对。"

毕业前，顾思忆跟夏之隽说过签工作的问题，夏之隽就在考虑安家的事情了。他大概了解了这个城市的楼盘，选了离电视台不远，附近一切都很便利的繁华区域。

顾思忆跟着夏之隽在售楼部走动，置业顾问把他们带到沙盘看大平层产品。

等他把推销词说完，顾思忆问："有没有普通的小户型的高层住宅？"

"有是有……"职业顾问尴尬地笑了笑，"但是居住体验肯定不如大平层，高层在另一个小区，四梯六户，小区容积率高，没有这边的产品纯粹。这边是两梯两户，电梯直接入户，豪装标准，坐北朝南，全落地窗，视野无敌……"

"那我们去看看那边的房子呗！"顾思忆笑道，似乎对置业顾问的卖力推销不为所动。

职业顾问看了看夏之隽，夏之隽揽上顾思忆的肩膀，说："你不是喜欢景观好的房子吗？那边没有景观。"

顾思忆又问："这个大平层多少钱啊？"

置业顾问回道："单价八万起，具体看楼层，一户一价。"

"那两百平方米，接近两千万？"

"对。"置业顾问微笑道，"具体的数字，我可以给两位做个预算表。"

顾思忆简直要晕了。她爸妈当年买别墅都没花这么多钱呢！不只是没花这么多钱，而是这么多钱在当年可以买好多套别墅！房子怎么可以涨到这么贵？！

她微笑道："我觉得我需要跟我先生再考虑考虑。"

夏之隽："……"

置业顾问非常有职业素养，微笑道："嗯，可以的，那边有休息区，你们可以坐一坐，休息一下，考虑一下。"

谁要在这里坐哦……

顾思忆把夏之隽带到售楼部外面，找了家咖啡厅坐下。

她语重心长地问："你哪里来的钱买这么贵的房子啊？"

夏之隽似笑非笑地看着她："现在连老公都不叫了？"

顾思忆啼笑皆非，拖长音调叫了一声："老公。"

夏之隽说："有个专利卖了三千万元，另外，我跟朋友一起开了家公司，已经能够稳定盈利。买房的资金，我早就准备好了。"

顾思忆：“……”

夏之隽：“我可能没有你想的那么纯粹，我一直很在乎盈利，我不想做一个空有理想没有资金的人。”

他是一个务实派的工科男，在他看来事业追求和挣钱养家不冲突，照顾好老婆孩子是最基本的事情。

“……”赚钱这一点，她倒是早就发现了，不然他一个家境优渥的富二代，不会从中学开始就自学编程。

顾思忆想了想，又说：“那你不是准备回国创业吗？你也需要资金啊，把钱用来买房，多不值啊！我爸妈肯定会给我陪嫁房子的，先住着嘛！等你以后事业发展起来，一切顺利，我们再买也不迟。”

夏之隽笑了笑，说：“我们结婚，我怎么能不给你一个家？你爸妈给你准备，那是你爸妈的事情。我给你，是我的事。”

“可是……”

“现阶段条件有限，我无法给你更多。可能还不如你爸妈给你的。但是我们的婚房，还是要有。”

夏之隽抓住她的手，轻轻地拍了拍：“相信我。第一、我准备了足够的资金。第二、买房不会让你后悔，以后会更贵。”

“还会更贵？”顾思忆一脸茫然。

“我预计未来三五年要翻倍。”

“你没开玩笑吧，你怎么知道？”

“你观察宏观经济，国家已经连续多年 M2 飞涨。土地具有稀缺性，对于超发货币，房地产是最好的蓄水池……”

听夏之隽讲述之后，顾思忆明白了一些，有点尴尬地道：“老公，我拖你后腿了，我真心没研究这些……”

夏之隽微笑道：“老婆，现在我们可以去售楼部定房子了吗？”

顾思忆将信将疑地看着他：“真的会赚钱？”

夏之隽颔首道：“真的。”

虽然他没想过靠房子赚钱，但用这个方式，说服老婆开开心心地去买房，挺好的。

于是，喝杯咖啡，又吃顿饭的工夫，顾思忆跟夏之隽再次来到售楼部。

这一次她心态不一样了，既然买房能赚钱，那就当是投资呗，投资钱生钱，花得多也不心疼。

两人经过挑选后，下定了一套现房。全款购入，现场签约，流程干脆利落。只是一大堆盖章的文件，盖得顾思忆有点头晕目眩。走出售楼部，她还有点云里雾里的感觉。

她居然就这样有了一套大房子？还是跟她同龄的老公给买的？

夏之隽说：“我们去看看车吧，你以后上班总需要一辆车。”

顾思忆忙道：“这个我爸会给我买呀！”

夏之隽道：“你爸是你爸，老公是老公，就算有几辆车，换着开也不错。”

“有点浪费吧？”顾思忆一脸迟疑。

“车子才几十万，房子都买了，还差一辆车吗？”

“哦……也是。”顾思忆洒脱到底，抱着夏之隽的胳膊，笑眯眯道，“那就让夏先生帅气到底，给老婆买房买车吧！”

于是两人又去4S店选车子。顾思忆在大学期间考了驾照，当时她爸就说给她买车，她说还在学校上学没必要，等毕业再说。结果，没想到一毕业是男朋友……哦，不，是老公，带她来买车。

不过，提了一辆自己的车，顾思忆很开心。她想拿手机拍照，发朋友圈露个脸，拿出来才发现有几个未接来电。这次结婚来得太突然，就跟突然约个会浪漫一次似的，她一路只顾着激动，都忘了跟爸妈讲。

不过她以前已经很多次跟家人提到过——

“好想早点毕业啊，毕业就想结婚……”

“我们都七年了，可以成为法定关系了！”

“你们不知道，他多受欢迎，走哪里都有一群女粉丝……”

“有能力有实力，长得又帅，太招人了……”

顾思忆自我安慰地想，现在说出来，她爸妈应该也不会太……吃惊？

她很自觉地给亲爸打电话过去。

“那个……老顾，我跟你说个事，你别激动啊……”

顾致远沉吟几秒，道：“你不是自己脑门一热，跟夏之隽领证了吧？”

“……”啊，秒中？

“真的是这样？”

“我爹果然是我爹！”顾思忆笑，“太了解我了！”

顾致远努力冷静道：“现在结完婚才想起来你还有爹妈？”

顾思忆赔笑。

顾致远微微提高声音：“我养了二十多年的女儿，就这么迫不及待地要跟别的男人走了？”

“老顾永远是老顾啊，永远是爱我的老爸。夏之隽不一样啦，早点盖章下定，让外面那些女人死心，多好呀！”

“你倒是想得多，对你们的感情这么没信心？”

“这可不是没信心，我就是觉得早晚的事嘛……”

“行了，电话里说不清楚，你把夏之隽一起带回家来，我跟你妈在家等着。”

挂电话后，顾思忆对夏之隽说：“我爸妈在家等着我们回去呢！”

夏之隽一看她那表情，就觉得事情不对，问她：“结婚的事情，你是先斩后奏？”

顾思忆略尴尬地笑：“我真的忘了……”

“你呀……”

他以为她父母知道她的计划。

“反正他们很喜欢你，早就认可你了，不存在反对的啦！”

夏之隽苦笑了下：“万一因为这件事，你爸妈对我有意见呢？”

没有哪个家长，愿意女儿那么自作主张地跟男人跑去领证吧？

“如果有意见，那就靠夏先生你施展个人魅力，让我爸妈开心咯！”顾思忆居然有了一种看热闹不嫌事大的心态，完美甩锅给老公。

夏之隽：“……”

还能说什么？老婆心大，只有他迎难而上了。

顾思忆不担心的原因是，她知道她爸妈对夏之隽的认可，异地的几年，他们还陪她一起飞过去看望过他。他在他们家，可一直是准女婿待遇。

这一次是有点冲动了，突然就……

不过她还是觉得老公能搞定她爸妈，她对自己的老公有种迷之自信。

第十二章

虽然顾思忆的家，夏之隽来了很多次，还有个专属房间，以往他跟她父母也是相处融洽。但是，出了这个先斩后奏的事情，他还是有点压力。

顾致远和许佳慧专程赶回家等着他们。顾思忆一进门，就跟做错事的孩子一样，拉着夏之隽的手，站在他身旁对父母赔笑。

这夫妻俩想想就来气，可是一看她那一脸藏都藏不住的幸福……

夏之隽率先道：“叔叔、阿姨，很抱歉，我们办事有点冲动鲁莽，没有经过你们的同意就去领了证。不过你们放心，这边的风俗需要走什么流程，我都会一一补上。之后的婚礼，我也会认真准备。无论处于哪个阶段，我都会一如既往珍重思忆，爱护思忆。”

顾致远的目光在他们脸上游移，说：“我看你不像办事这么不稳重的人，突然结婚这一出是那臭丫头提的吧？”

顾思忆轻哼了一声——亲老爸，净拆台。

夏之隽微笑道：“没有。是我迫不及待想娶她，欠考虑了。”

关键时刻，当然得替老婆背锅。

“都别站着了，坐吧，坐吧！”许佳慧招呼道。

夏之隽落座，顾致远问他：“以后是怎么打算的？”

这是他最关心的问题。

“思忆在这边签了工作，我也打算把事业重心放在这里发展。以后我们就在这边安家落户了。当然，S 市也是很好的经商沃土。”

这一句话说完，顾致远就笑起来了：“不错。”

他们就这一个宝贝女儿，当然不想她远嫁。可婚姻往往不是万事如意，远嫁也是没办法的事情。现在夏之隽愿意为了她过来，已经是作为女婿，给岳父、岳母最好的回报了。

许佳慧也很高兴：“在这边好啊，我们早就给思忆准备好了房子，不过还没装修，怕年轻人有自己的审美品位，你们按自己的喜好装修。现在想跟我们住可以住这里，想要过二人世界的话，市中心有个房子可以暂住，虽然只有一百多平方米，但也够了。”

顾思忆忙道：“暂时过渡一下可以，不过我们自己有房子啦，今天才买的。”她把包里装的签约文件拿出来，放在茶几上，说，“而且是现房，精装修的，很快就收房啦！”

顾致远拿起来一看，呵，还不便宜，两千多万的房子居然全款付清？

他看向夏之隽：“你这个钱……”

于是夏之隽跟顾致远大概讲了一下自己在国外的工作和发展。顾致远听着，连连点头，表情越来越满意。这个年轻人，能干，真的能干，不比一般恃才傲物的天才，他非常具有商业嗅觉。自家宝贝女儿跟了他，以后肯定不会吃苦。

两个男人相谈甚欢时，顾思忆来到妈妈身边，拿出车钥匙显摆：“我有一辆新车了，我一直很喜欢的那款，以后上班做代步车。”

许佳慧取笑道：“这怕不是你自己买得起的吧？”

“新婚大礼包。”顾思忆笑眯眯道。

顾致远问夏之隽：“你爸妈知道这件事吗？”

此言一出，顾思忆和许佳慧都安静下来了，转头看向夏之隽。当初，他父母不同意，大家都知道。这几年，顾思忆虽然跟他谈恋爱，但跟他的父母没有往来，她不知道他爸妈现在的态度。

夏之隽微顿几秒，道：“暂时不知道，回去后我会跟他们说。”

“那如果他们不同意呢？”许佳慧忧虑地问。

夏之隽说：“我的婚姻由我自己做主。他们赞成是最好，如果他们不赞成，也改变不了什么。”

他看向顾思忆，迎上她忧虑的眼神，微微一笑，宽慰道：“你别担心，我家那边的事由我来处理。”

顾思忆点头。

顾致远原本不太乐观，但是眼看着他们这么一路走来，对夏之隽了解得越多就越信任。他很独立，不需要依附家庭，那么他父母对他的影响就很小了。虽然得不到他父母的祝福很遗憾，但他们小两口过得幸福，其他的都不重要了。

顾致远点点头：“你尽早跟你父母知会，我相信你会处理好家庭问题。至于我们这边，也不是非得有什么规矩，只要你们幸福就好。”

夏之隽感激道：“谢谢叔叔信任！”

顾致远：“都把我闺女娶到手了，还叫叔叔？”

夏之隽愣了一下，淡定不羁的脸上显出了一丝腼腆，叫了声：“爸爸。”

“还有我呢？”许佳慧凑热闹。

夏之隽低笑道：“妈妈。”

两口子高兴坏了，女儿结婚，家里等于多了一个儿子。而且这儿子，风度翩翩、相貌堂堂，又具有聪明睿智和远见卓识。

许佳慧对顾致远道：“老顾，你有没有准备红包？孩子都改口了，得送个改口费啊！”

顾致远只顾着乐呵，这一想起来，便道：“恒隆那两层写字楼送给他们了，那里风水好，我们女婿开公司就在那儿起步吧！”

顾思忆竖起大拇指：“老顾，你真给力！”

夏之隽忙道：“这个礼物太贵重了，愧不敢当。”

虽然他知道顾思忆的家庭条件不错，但他确实没想过从她家获取什么资源。

顾致远道：“我是为了思忆考虑，以前就打算等她结婚的时候把房产给她陪嫁。她没你聪明，不会挣钱，收租过点安稳小日子也不错。”

顾思忆不服气了：“爸，我好歹也是名牌大学毕业生，我养活自己还是没问题，我才毕业就签了电视台做主持，没找任何关系啊！还有很多家网红公司、模特公司什么的来找我说要运营我，说什么月入百万。”

“那不行。”顾致远和夏之隽同时道。

顾思忆：“……”

夏之隽揽上顾思忆的肩膀，温声道：“晚点跟你解释。”

“哦……”顾思忆乖乖地应道。

当晚他们被留下来睡觉，夏之隽由于以前的习惯，自觉地往自己房间走。许佳慧笑道："你们都结婚了，还分房睡？"

夏之隽："……"幸福来得有点突然。

顾思忆掩唇偷笑，回了自己房间。夏之隽有了这个新身份，自然不辜负自己，从善如流地进了顾思忆的房间。

当晚，两人甜蜜的时候，顾思忆呻吟出声。

夏之隽哑声道："刚嫁人，就想被听到？"

顾思忆羞红了脸，闷哼道："家里隔音很好啦……"

"那你再叫大声点？"

"不要……唔……"

两口子腻腻歪歪地过了一晚上，第二天，顾思忆在夏之隽怀里醒来，一转头，看到那张帅到令人发指的脸，凑过去，亲了一口。

夏之隽睁开眼，眼睫毛颤了颤，迷茫的眼神渐渐清醒，坐起身，目光看向垃圾桶，正要起身，顾思忆拉住他："陪我再睡一会儿嘛……"

昨晚被他折腾得那么晚，还没睡好呢！

"……"夏之隽重新躺回到床上。

夏之隽长吁一口气，手臂揽过顾思忆的脑袋，沉默了一会儿，感叹一声："你爸妈，真的很好。"

顾思忆笑："我就说了，他们喜欢你，不会为难你吧！"

"万一……"夏之隽顿了顿，"我是说万一，如果我爸，不愿意接受我们的关系，你别难过。"

这几年他们的关系一直很冷淡，没交涉过婚姻的事，他了解他爸那固执的性格，预期不是很乐观。

"哦……"顾思忆翻个身，将他抱住，"没关系啊，慢慢来嘛！"

夏之隽轻轻抚着她的后背，说："我不会让你受委屈的。"

"我相信你呀！"顾思忆埋在他怀里笑。

夏之隽这次回国是为了给顾思忆庆祝毕业，没想到顺便结了个婚。他的行程安排短暂，来去匆匆，都没回家跟父母打照面，那边有急事得赶回去了。

新婚宴尔，顾思忆心里格外舍不得。不过她知道，他在国外那边还有一些收尾事宜，她这边公司也要正式上班报到了。

两人在机场不舍地告别。

夏之隽说："乖乖等我，我很快回来。"

"嗯。我抽空装修房子吧！用我们充满爱的婚房来迎接你。"

夏之隽轻揉她的脑袋，眼里满是暖意："我给你定公司，我们一起挑方案。"

"嗯，嗯。"顾思忆连连点头。

顾思忆提醒道："你该去排队了。"

夏之隽抱着没松手，柔声道："老婆，乖乖在家等我。"

"知道啦！"顾思忆推开他，"快去过安检吧，时间要来不及了。"

夏之隽轻吁一口气，转身离去，过安检口的时候又转过头看顾思忆。

她站在那里，笑吟吟地看着他。他心里像是被什么涨满了，又像是被什么黏住了，就是舍不得离不开。

结了婚就是这种感觉吗？

顾思忆送走夏之隽，离开机场，刚坐上回程的车，就接到郑培培的电话。

"忆哥，你在干吗啊？"

"我刚把学霸送走。怎么了？"

"我过来找你，我们见个面好不好？"她的声音听起来软弱无力。

"怎么了？"顾思忆不由得担心。

"我失恋了……"

"啊……你，跟苏韩？"

"嗯，结束了。"

顾思忆心里咯噔一下，问她："你现在在哪儿啊？我去找你。"

郑培培："我在大悦城等你。"

顾思忆见到郑培培的时候，差点被她那泛白的脸色和浓重的黑眼圈给吓到，这状态也太差了。她拿着一杯饮料，呆呆地坐在休息椅上，一副魂不守舍的样子，整个人像是一具行尸走肉。

顾思忆心疼得不行，坐到她身旁，挽起她的胳膊："宝贝，你怎么了？"

郑培培一转头，看到顾思忆，抱住她哭了起来。

顾思忆被郑培培哭得肝肠寸断，都不知道说什么好了，只有抱着她，轻轻地拍着她的后背。

郑培培哭够了，总算缓了一口气。两人找了家人少的咖啡店，选了个幽静的位子坐下。

顾思忆关切地问："你们发生什么事了，怎么突然就……"

这几年郑培培经常找她吐槽和埋怨这段地下恋，经历些坎坷波折都不奇怪。上一次他们还冷战闹分手，但后来又和好了。本以为毕业了会慢慢好起来，哪知道才一毕业就这样……

而这一次她的伤心程度，远远超过以往。

郑培培抽噎着说："我已经提了分手……我不想再自我折磨了……这一次就算再难过，我也要挺过去……"

"你先跟我说说，到底发生了什么事？他做了什么对不起你的事情吗？"

"没有……"郑培培深吸一口气，胸口喘了又喘，说，"就是因为他没有，我心里更加堵得慌，说不能说，闹不能闹，除了压抑还是压抑，再这么下去，我会疯掉……"

"那总得有导火线吧？"

"我……亲眼看到……他和其他女人接吻……"郑培培艰难地说完这句话，脑海里浮现当时的场景，眼泪又一次忍不住滚落。

说好的毕业季来陪她，就算不能大庭广众之下给她一个抱抱，只要能来，趁着四下无人开心一下也好啊！可事情临头，又是待在剧组里出不来。

工作，都是工作，她只能理解他……

顾思忆毕业典礼这天，郑培培过来跟她一起玩，看到她和夏之隽在一起亲昵的画面，整个人都不好了。

同样都是谈恋爱，为什么她的恋爱这么苦涩？当年明明夏之隽看起来是一个那么高冷的人，而苏韩，温柔绅士有耐心。她在心里想着，跟苏韩这样的人在一起多好啊，每一天都能享受这种温柔的甜蜜。

结果，高冷的夏之隽给他女朋友独一份的宠爱，而温柔的苏韩给予全世界的粉丝温柔。

郑培培心里难受压抑，又只能理解苏韩的工作。但她还是按捺不住那思念之情，跑去剧组看他。没有提前打招呼，她想给他一个意外的惊喜。

她混进内场，看到被一群工作人员围住的片场，在那棵大树下，苏韩把女主角压在树干上亲吻……

这个女主角已经跟他持续炒了几个月的绯闻，他跟她解释过那只是资方需要。她相信他，无视了那些满天飞的新闻八卦。

可是这场吻戏如此真实……

导演喊停，他们又重新吻了一次……

在导演的要求下，他们的眼神和表情，越来越到位，那种恋爱的感觉，彼此深爱的感觉，如此真实。

郑培培瞬间崩溃了……

是，工作，这都是在工作。她能理解，可是她的感情无法接受啊！

他要做一个好演员，以后每接一部戏，都会跟女主角这样亲密……她该怎么办？一次又一次跟阿Q一样安慰自己，都是工作需要？

摄像机镜头下，苏韩在跟女主角风花雪月。摄像机镜头外，无人的角落里，郑培培抱住自己默默地流泪。

她从没觉得自己如此卑微，从没觉得自己如此心痛，这就是她想要的爱情吗？

永远在压抑，永远在理解，永远在等候，永远是个影子……

“所以，引爆点是那场吻戏？”顾思忆小声地问。

“是……”郑培培苦笑一声，“我是不是很矫情？这明明是他的工作啊！”

“我不知道这是不是矫情，但设身处地地想，如果学霸这样，我也受不了。”顾思忆如实道。

不管是什么原因什么需要，他跟其他女人接吻，她都接受不了，这就是爱情的占有欲和排他性。

郑培培擦干泪，说：“后来，那场戏结束了，我想装作若无其事地打个招呼，至少告诉他我来过……”

“然后呢？”

“然后我看到他和女主角坐在一旁聊天，可能是在谈论剧本，可能是在聊别的，他脸上带着那种温柔的笑，女主角笑得很甜，他们真配啊！还有一个细节，女主角觉得热，他特地起身去找其他人拿了个小风扇给她。”

顾思忆默了默，说：“这个……他就是这样的人，很绅士，很有风度。”

“是啊，我以前就是被他这种温柔吸引……”郑培培笑了笑，带着一丝绝望道，“可是如果他对全世界的女人都这样，我还有何幸福感可言？他的每个粉丝都在享受他的宠爱，我反而体会不到了。”

顾思忆一声轻叹。

郑培培含着泪水道：“明明我是他的女朋友，我在苦苦维持这段异地恋，我才是最需要他宠爱的人啊！

“我到底还是没去见他，我觉得自己才是那个格格不入的人。离开剧组后，我给他发了一条信息，提了分手。他给我打电话，我在电话里又提了一次分手。我把他的联系方式都拉黑了。这一次我下定决心斩断这段关系，不是为了找存在感，也不是为了宣泄冷战，我就是……受够了！四年了，我不想再委屈自己了，我不是他的影子……我觉得我这样太对不起自己了……我不该这么活着……”

顾思忆轻声道：“毕业前那次聚会，他还跟我说，让我劝劝你，他在为你们的未来努力。”

“或许吧……”郑培培轻吐一口气，“他确实很努力，他的事业有目共睹，可是我们已经越来越远了……好难过啊，我守了四年，还是守不到圆满的那天。”

顾思忆故作轻松道：“不用难过啊，至少你跟偶像谈过恋爱对不对？当作一个人生经历，还是很圆满啦！下一次，你可以找个让自己开心的男朋友了！”

郑培培点头：“嗯！我也要去找我的夏之隽！谁还不是小公主啊？我就不能有一个把我捧在掌心的男人吗？”

“有，当然有，以前你们学校追你的男生可不少。”

“那是，喜欢我的多了去，以前我都看不上，以后可以好好挑一挑了。”

顾思忆笑：“给你比个心。”

“你把你的桃花运分一半给我就好啦！你跟学霸真幸福啊，就连谈个异地恋都能撒狗粮。”

当初夏之隽出国，郑培培还一个劲地骂顾思忆傻，说她是脑子进水了才让男朋友出国，以后有的是苦头吃。结果呢，有几次两人吃饭的时候，夏之隽发来视频邀请，然后他们就那么旁若无人地边吃边聊。聊天内容包罗万象，琐碎到连今天吃了什么昨天看到什么也要说一遍。

郑培培等她挂了视频，问她：“你怎么什么鸡毛蒜皮的小事都说啊，不嫌啰唆啊？”

“这是共享生活啊，怎么就啰唆了？”顾思忆反问。

然后，她又发现他们一起下了一个恋爱的APP，时不时在上面留言、写小段子和记录日常。虽然相隔万里，在地球的两端，但他们对彼此的日常了如指掌。哦，还有，他们每月一次雷打不动的约会……

看到他们异地恋的状态，郑培培知道了，原来傻的人是自己。她不仅是异地恋，还是地下恋，男朋友是一个忙碌到快要没有私人空间的大明星。学霸和“小酒窝”，即使异地恋，都能恋得那么甜。

郑培培搂上顾思忆的肩膀说：“我现在很喜欢看你撒狗粮，你给了我信心……”

顾思忆：“给你信心？”

郑培培的笑容带了一丝苦涩和调侃：“是啊！虽然我不幸福，但是你的爱情这么幸福。所以，不是爱情的问题，是人的问题。我不会对爱情失望的。”

顾思忆突然万分心疼郑培培，抱住她，柔声道：“你肯定会幸福的呀！”

郑培培嘴上说着要解放要洒脱，但毕竟是投入了四年的感情，整个人还是难受得死去活来。她现在完全放空自己，不想考虑工作的事情，也不想回家被家人发现异常，就跟着顾思忆来到了S市。

顾思忆带郑培培一起住在市中心的房子里。顾妈妈担心她们两个年轻女孩照顾不好自己，特地请了做饭的厨师和打扫卫生的阿姨，在她们需要的时候上门提供服务。

顾思忆以正式职员的身份进电视台工作。她上班的时候，郑培培就待在家里。她知道郑培培最需要的是疗伤的空间和朋友的陪伴。

下班后回家看到满地的酒瓶子，顾思忆不会说她，而是问她要不要再来点烧烤。条件允许的情况下，顾思忆跟她对酒当歌，一起放纵。她们坐在落地窗前，看着外面世界的万紫千红，看着这城市的美丽夜景，东南西北地瞎聊。

这期间苏韩联系过顾思忆，希望她帮忙让两个人见个面。顾思忆说："给她点空间缓冲自己吧！等她调整好了，想见你的时候，也不迟。"

苏韩只好作罢。

郑培培度过第一阶段的消沉后，第二阶段开始走出家门，去商场买买买。她最大的兴趣不是给自己买东西，而是给顾思忆买东西。

"忆哥，我以后专宠你一个！"

"我生日是你来陪我！我挂科是你监督我复习！上新款的衣服、包包，是你陪我去买！我难过的时候是你陪我！过节狂欢的时候还是你陪我！我要男人干什么啊？！明明陪我最多的是好姐妹！"

郑培培说得起劲时，顾思忆突然来一句："可是，男人有女人无法具备的功能……"

"比如说？"

顾思忆轻咳一声，微微笑道："和谐的温存。"

郑培培明白过来后，一脸震惊："忆哥，你学坏了，你居然开黄腔！"

顾思忆呵呵道："我这叫实事求是。"

顾思忆凑到她耳边低声道："女人的友情再伟大，我们也可以享受男人的殷勤啊！不冲突的，对吧？"

郑培培捂住胸口，有种想吐血的感觉。想当年，她是秋名山上的老司机，跟身边这位提到一点她都脸红心跳的……现在呢，她被感情折磨得生不如死完全丧失了渴望，她倒好，活成一个幸福的小女人，沉迷在男人的滋润中，还能反过来给她上课了？

反了，反了，全反了……

郑培培在顾思忆这里待了两个多月，随着夏之隽归期将近，她知道，她得准备腾地方了。

夏之隽在国外待了三个月，比预计的还要久一些。但是事情忙完后，他就迫不及待启程回国了。夏之隽回来之前，顾思忆跟郑培培说：“我们打算把几个要好的朋友请过来，一起吃顿饭，庆祝一下。苏韩可能也会来，你能面对他吗？”

“庆祝学霸回国吗？哎呀，不要那么有仪式感嘛！”

“不是啦！”顾思忆有点羞涩，亮起手上的戒指，“我们已经领证了，婚礼可能还有一段时间才办，先把朋友们聚在一起吃个饭，宣布一下。”

郑培培一脸蒙：“你们都……领证……了？”

“是啊！上次他回来的时候去领的。”

“你怎么不告诉我啊？”

“行动仓促，自己都没反应过来，晕头转向的，我连我爸妈都忘了说……”顾思忆尴尬地笑，“当时还以为自己很平静呢，事后发现一堆烂摊子才知道是乐昏了头。等我把他送走，刚回过劲，你就来找我了……”

郑培培这才意识到，这段时间两个人在一起，聊的都是她的事谈的都是她的心情，顾思忆把她放在了绝对中心的位置，都没提自己的事情。而她的状态糟透了，沉溺在自己的痛苦中。

郑培培拉过顾思忆的手，看着她手上漂亮的钻戒，突然，眼泪流下来了：“真好……你们真好……”

“你也会好的。”

“好羡慕啊……快要羡慕死了……真的……”

郑培培抱住顾思忆：“快把你的桃花运分一半给我吧！我只要有你一半幸福就心满意足了，我的要求真不高！”

“不不不，你才不是我的一半，你会是我的几倍！以后你老公一定把你宠上天！”

“我信你啊，忆哥。”

夏之隽这次回国，在见顾思忆之前，先回了一趟家。上一次来去匆匆，没有跟家人打照面，但这一次结束学业回国，家里人都知道。他结婚的事，该对家里有个交代。

他这几年硕果累累，起初夏广宇不满意他报这个专业，但看到他的成绩，也算顺了那口气。

夏之隽回家，夏广宇和夫人，还有他们的父母、亲人，大家齐聚一堂，为夏之隽接风洗尘。席间人多，夏之隽没说什么，谦逊有礼地回应着大家的关心和问题。

夏广宇很高兴，这个儿子从小就给他长了不少脸，学习从没让他操心，出国在外也是很出色。以后他会青出于蓝而胜于蓝。他未完的抱负，儿子一定能完成。

热闹过后，回了家，家里只剩下他们三人。

夏广宇对夏之隽说："工作方面我已经给你打过招呼了，带编制，去待遇最好的研究所。你有这个学历和能力，以后晋升会很快。"

夏之隽淡淡地道："我要创业。"

"创业？"夏广宇沉下脸来，语气变了，"你自己能搞出什么名堂？"

"搞不搞得出名堂，总得试试才知道。"夏之隽的神色依然淡定。

"荒唐！国家培养你这么多年，出去学点东西，回来就要瞎折腾了？"夏广宇斥责道，"'创业'两个字说得轻松，你知道私企营商是什么环境吗？人家家财万贯都巴不得考进体制内，你倒好，非得往外跑。"

彭玲怕两人冲突升级，忙道："阿隽，你爸是为了你好。你们看到的那几家独角兽有多风光，背后就有多少失败者。一将功成万骨枯，这是一条吃力不讨好的路，充满了未知和动荡。"

夏广宇道："他就是不知好歹！明明眼前有一条康庄大道，非得跟我们较劲，去过独木桥。"

夏之隽说："我从没想过跟你们较劲，我也没想过为什么事业奉献终身，更没有把仕途当作我的追求。无论我选择的路，成功或者失败，都是我人生的阅历，我会坦然地拥抱它。"

夏广宇沉声道："成王败寇，到了那一步，你丢的是我们全家的颜面。"

夏之隽冷笑了一下，淡淡地道："那你就当没我这个儿子好了。"

"你……"

夏之隽的眼神越发冷冽犀利："那一年如果我没有被救出来，我就不在这个世上了。你就当我那时候死了吧！"

"阿隽……"彭玲听到这话，想起昔日种种，眼泪倏地滚落。

夏广宇一时间竟也哽住了。

这是埋在他们一家人心中的伤痛，他被救出来的样子伤痕累累，更大的摧残是心理创伤，他被治疗了两三年总算是好起来。或许……只是外表好起来，内心的阴影从不曾消失。

夏广宇沉默片刻后，开口道："是不是顾思忆影响了你？他家经商，你想跟她爸学习？"

"这是我自己的想法，跟她没有关系。"夏之隽顿了顿，又说，"也不是，应该是有了她，我更有追求理想生活的动力。我最看重的是，未来有足够的时间和自由陪伴她。"

夏广宇："我可以不反对你跟顾思忆在一起，但是，在事业上你得听从我的安排。"

夏之隽笑了，表情有点荒谬："我跟谁在一起，不需要您的批准，这不在您的权限以内。"

"夏之隽，我们各退一步，已经是我作为父亲给你最大的宽容！"夏广宇铿锵有力道。

"无论婚姻还是事业，我都没打算按照您的想法来。我有自己的人生，我不是您的复制品，也不是您梦想的继承人。"夏之隽说完，目睹父亲越来越难看的脸色，无所畏惧地补了一句，"另外，有件事我得宣布一下，我已经跟顾思忆领证结婚了。"

"什么？！"夏广宇从沙发上惊坐起，怒视夏之隽，"婚姻大事，你如此儿戏？"

彭玲也惊呆了，在一旁愣愣地看着他。他们都知道他一直跟顾思忆保持来往，但是万万没想到，居然一毕业就偷偷去领证了。

夏之隽平静地说："这不是儿戏，娶她是我这辈子最郑重也是最正确的决定。"

夏广宇已经难以用语言形容心中的怒火，愤怒到极点，反而冷静下来，用冷沉的双眼看着夏之隽。

彭玲说："你好歹跟我们说一声吧？什么都不管，就这么去领证，你眼里还有父母吗？"

"我说了你们会同意？"夏之隽轻笑一声，"刚才不是还打算用婚姻来跟我交换？很遗憾，无论是婚姻还是事业，我都有自己的想法。"

“很好。你长大了，翅膀硬了，听不进父母的话，也不需要父母的任何意见。”夏广宇冷静又冷漠，“你可以离开这个家了，我就当没你这个儿子。”

“老夏，跟孩子说什么怄气的话？”

“他不是孩子，他长大了，长成了一个忤逆不孝的混账东西！”

夏之隽揣在兜里的双手攥紧，表情依然冷漠：“很遗憾，我做不了你们心目中的孝子。”

夏之隽转身就走，彭玲快步上前拉住他：“你又去哪儿？一个家里哪会没有意见分歧的时候？你爸性子犟你知道，等他消了气就好了。”

夏之隽看向母亲，低声道：“我已经有了自己的家，我得回去陪我的妻子。”

“……”彭玲怔怔地看着他。

“我很爱她，有了她之后，我切切实实地感觉到了幸福。”提起心尖上的女孩，夏之隽眼里透出一丝温柔。

彭玲眼里噙着泪水：“你是在怪爸妈吗？以前那件事，我们也不想它发生……”

“不是。”夏之隽摇头否认。虽然那个人是因为他父亲才冲他下手泄愤，但他知道这些不怪父母，“相比事业和名望，我更在意人，在意我内心与这个世界的连接。”

彭玲一时无言。

夏之隽说：“妈，我走了。如果有一天，你们愿意接受我的婚姻和我的事业，我再带上我的妻子一起回来。”

他说完，挣开母亲的手，转身大步离去。

彭玲站在门边，怔怔地望着他高大的背影消失在庭院外。她到底是不懂他，还是选择性忽略了，这个看似极其冷静聪慧的儿子，其实是个极度感性的人。

他把最澎湃、最柔软的一面压在了最心底，以至于父母和家人们都只看到了他优异出色的一面。从小到大，无论学习还是生活从不让人操心。即使最难挨的那段日子，他也是默默承受，没有给家人增添额外的心理负担。他活成大家喜欢的样子，却没有人问过他想要活成什么样子。

直到他做出自己的决定……

夏之隽回到S市，顾思忆来到高铁站接他。这一次她算准了时间，在他到站前二十分钟就在出站口守着。外面还有一些其他等人的，她藏在人流后，暗中观察，直到看见他的身影。高挑帅气的他，在人群中总是那么抢眼。

时间已经进入十月，初秋的季节，夏之隽穿着一件长款风衣，挺括的质地越发显得他整个人玉树临风。他的少年气在不经意间全然褪去，现在是一个英俊沉稳的男人，淡漠的眼神透着疏离和杀伐决断的魄力。顾思忆发现，就这一会儿工夫，前后左右就有不少小姐姐频频看向他。或许是他的气场太强了，那些人看归看，眼神蠢蠢欲动，却没有上前搭话的。

顾思忆悄悄跟在夏之隽身后，他走了几步，突然顿住。

她不等他转身，从背后将他一把抱住："帅哥，我看你特别眼熟，好像我老公？"

左右的人目瞪口呆："……"

夏之隽伸出手，将她揽过来，一本正经地问："你老公有我帅吗？"

顾思忆笑眯眯："你跟我老公并列天下第一帅！有没有兴趣见他？"说完，她踮起脚，出其不意地亲了一下他的嘴巴。

夏之隽莞尔，牵起她的手："当然有兴趣。他能娶到这么漂亮的老婆，了不起。"

顾思忆靠在他的肩上，脸上甜蜜的笑意完全停不下来。

两人出了高铁站，坐车回顾思忆家。顾致远和许佳慧知道他这天过来，准备好了丰盛的饭菜。不过这一次夏之隽不在顾家住了，顾思忆要带他去市中心的高层住宅。结了婚的人，总是更渴望私人空间，顾氏夫妇虽然不舍，但也理解。

郑培培在夏之隽回来前两天撤离，住到酒店去了。顾思忆将那方小天地认真地收拾了一下，迎接老公的到来。

趁着周末，夏之隽和顾思忆把要好的朋友们都约到S市。跟大家一起吃个饭，宣布结婚，热闹热闹。顾思忆提前帮他们把酒店都订好了，毕业的人不比在学校有那么多空闲时间，但大家都如期而至。

苏韩也来了。这一次他不仅没有晚到，还比其他人到得都早，头一天晚上就来了。郑培培知道他会来，已经做好了心理准备，该面对的总归要面对。大家在同一家酒店下榻。

苏韩从顾思忆那里得知郑培培的房间，过来找她。

房门打开，两人一个站在门内，一个站在门外，空气一时间凝滞。

明明只是一步之遥，却如同两个世界。

苏韩一如既往戴着帽子和口罩，压低的帽檐下只能看到那双微微上挑的桃花眼。

“我们出去走走，好吗？”苏韩低声道，声音带了一丝沙哑。

“好啊！”郑培培爽快地答应。

人都到了眼前，谁怕谁丢人。

第十三章

夜幕笼罩着这座城。

星星点点蜿蜒绵延的灯光宛如银河，点缀着瑰丽的城市夜景。

郑培培在这里待了几个月，从闭门不出到满街乱逛，已经很熟悉这座城市了。

她带苏韩走在一条偏僻的小路上。

走着走着，郑培培说："你觉不觉得这很像我们那一次约会的那条路？"

"哪一次？"苏韩问。

"就那次，吃了饭出来，餐厅外的灯光特别浪漫，我想跟你接吻，突然被粉丝发现，我们拉着手狂奔……"郑培培说着，笑了起来，"后来你脱掉外套，从另一条路跑了。"

苏韩微笑道："我想起来了，这条小路像我们逃跑的路线。"

"我穿上你的外套，戴上你的帽子，从另一条路跑了。"郑培培说，"可是脚下的鞋子没换，高跟鞋跑不稳，我摔了一跤……"

苏韩微微蹙眉："你好像没跟我说？"

"嗯。你的行程匆忙，第二天就走了。我的脚扭伤了，痛了好一阵子。知道你没空，不想让你担心，就没说。"

苏韩沉默半晌，哑声道："对不起。"

"没有对不起啊，我乐在其中。"郑培培仍是洒脱地笑，"我当时觉得自己可牛了，帮你从粉丝的围剿中逃离，还不给你添麻烦，真是一个超级厉害的女朋友。"

苏韩看向郑培培的手，突然伸出手，牵住了她的手。

郑培培一怔，看向他，三秒后，抽出手，抱歉地笑："我只是说说以前的心情，我不是来跟你要安慰的。”

“可是，我不想就这么放弃。”苏韩低声道。

郑培培笑了，以往听到这样的话，她得多高兴啊，可是现在听到，她只觉得苦涩。

“我只是你忙碌工作之余的点缀，而你，占据了我全部的人生。从做了你的粉丝、粉丝后援会会长、地下女友，每一次为你哭、为你笑都是用尽全力……”郑培培一声低叹，眼里透着疲惫，“就算你不想放弃，可是我，真的累了。”

“难道……就没有幸福吗？”苏韩问。

郑培培双手抄兜，缓步前行，脑子里浮光掠影的，回忆起很多昔日的画面。

“幸福的时候当然有。”

沉沦在爱情里的人，总是那么容易满足。在拥挤的活动现场，只要他的目光往她这边扫一眼，送上一个微笑，都够她窃喜许久。当他说要来看她，她提前一周就开始兴奋地等待。他给她录的歌，是她每晚的安眠曲……可是随着时间拉长，那些满足和幸福，很快就会被巨大的寂寞吞噬。

郑培培说：“曾经以为，你只管往前走，我一定会在后面守着你。后来才发现，我没有那么强大，我守不住了。”

沉默几秒，她很难过地说：“对不起。”

她的眼里蓄着巨大的酸涩，扭过头去看一旁的建筑。

“没有，你没有对不起我。”苏韩哑声道，“是我对不起你，我没有做到一个男朋友该做的。”

“我总以为就要好了，就要好了……可是，这条路仿佛看不到尽头。”苏韩苦笑了一声，“有时候觉得，就像被裹挟进一个黑洞里，不敢往下掉，只能拼命往上爬。不敢倦怠，不能认输。”

压着那么多人的身家和那么多粉丝的狂热喜爱，哪有自由和轻松可言？

“我懂你的难处。”郑培培勉强地撑起笑容，“好歹做了你几年的粉丝，我知道你越来越红、越来越强，也知道有多少人想看你从高处摔下来。”

“可你不是我忙碌工作之余的点缀。”苏韩解释道，强行抓住她的手，看着她的眼睛说，“我从没有把你当消遣，我是很认真地跟你在一起。我心里一直在计划跟你的未来。我知道你这几年辛苦了，你能不能再给我一点时间？四年都过去了，现在要放弃吗？我真的……”他一时哽咽，半晌才吐出三个字，“舍不得。”

“还是做朋友吧！”郑培培轻吐一口气，“就像高中的时候，多轻松，多快乐，那时候我也很欣赏你啊！我做不来大明星的女朋友，就让我做大明星的朋友吧！”她俏皮地朝苏韩眨眨眼，“我们不要反目成仇，做朋友，可以吗？”

苏韩艰难地、缓缓地点了一下头。

他知道这一次不一样了，她有着超乎寻常的平静，超乎寻常的理智。不再是宣泄和闹别扭，她是真的放手了。他心中最后一丝希望破灭了……

再没有那个人，在他回头就能看到的地方等着他。

两人在街边走了一圈，回到酒店，互道晚安，各自回房间。

郑培培给顾思忆发信息：“哼哼，你还故意把我们安排在一个酒店？”

顾思忆：“主要是这家酒店环境最好。”

顾思忆：“其次是，检验你有没有做好准备。”

郑培培:“今晚我可帅气了，终于说出了自己想说的话，舒心，畅快！”

顾思忆：“彻底结束了？”

郑培培：“嗯，以后就是朋友。”

顾思忆：“难过吗？”

郑培培：“你以为我之前几个月白难过的啊？现在已经触底反弹了！我只觉得很舒坦，特别舒坦，终于逃离了那片泥沼，以后可以潇洒做自己了。”

顾思忆：“恭喜恭喜！”

郑培培：“下一次谈恋爱，我要对全世界秀恩爱，告诉所有人——这是我男朋友！”

顾思忆：“偷笑。”

她真的很开心，无论郑培培是坚持，还是分手，她想看的是属于郑培培的这种潇洒利落、蓬勃向上的劲。

第二天，大家齐聚一堂，热热闹闹地吃了一顿饭。席间，大家轮流给夏之隽和顾思忆这对新人敬酒送祝福。

郑培培说："看看你们，我就相信爱情了！干了这一杯，祝我好运！"

陆嘉烨吐槽道："人家结婚，你蹭什么运气？这就恨嫁了？"

周骁看向苏韩，笑道："女朋友恨嫁，你还在旁边装死，想回去跪搓衣板吗？"

他们都不知道两人已经分手了。苏韩笑了笑，笑容有点尴尬，有点颓废，没说什么。

郑培培洒脱地说："得了，就着'小酒窝'的非正式喜酒，我也宣布一下，我跟苏韩分手了。"

众人错愕地看着她。

郑培培端起酒杯，道："祝'小酒窝'新婚快乐，也祝我分手快乐。不是每一段感情都能走到最后，不是每一个人都能一路同行，分分合合，人生常态。无论是结婚的，还是分手的，高兴就好。"

"对啊，高兴就好。"顾思忆端起酒杯，跟她碰杯。

"高兴就好……"

"高兴就好……"大家纷纷举起酒杯响应。原本喜欢插科打诨的陆嘉烨，得知他们分手，反而没有说话了。

这个话题很快略过，转而聊起夏之隽的创业。

陆嘉烨说："我爸给了我几个亿资金试水，我认识的人里就数你最聪明，开干了算我一份啊，我要投资做股东。"

苏韩跟着道："我手里也有点积蓄，不知道投资什么，阿隽如果引入股东别忘了我。"

周骁："我……得，我没钱，我看着你们发财。"

向梨和张欣奕心痒痒地道："我们也没钱……"

这些人里面，手里握着大把票子找项目投资的，只有超级富二代陆嘉烨和大明星苏韩了。

吃过饭，大家照例去下一场继续玩。苏韩坐在包间一角，跟周骁喝酒。周骁不善言辞，看出他心情不好也不知道安慰他什么，只有陪他喝闷酒。

郑培培拉上顾思忆，夏之隽带上陆嘉烨，一起玩台球。

陆嘉烨问郑培培：“以前不是喜欢得要死要活的吗，怎么说分就分了啊？”

郑培培：“我好歹坚持了四年，怎么叫说分就分？你在国外四年，不知道都换几个妞了！”

陆嘉烨呵呵笑道：“我就找找谈恋爱的感觉，跟你们扛着真爱的大旗不一样。”

“真爱是什么东西，能吃吗？”郑培培翻了个大白眼。

陆嘉烨笑，“看看对面那两位，真爱代言人，酸不酸？”

顾思忆：“陆嘉烨，你可别给我拉仇恨啊！”

郑培培呵呵道:“放心,冤有头债有主,我就记着那个挤对我的傻瓜。”

一帮人玩着闹着，到了深夜各自回酒店休息。

陆嘉烨跟郑培培住在一层楼，他打开房门，靠在门框上，若有所思地看着那边的房门，似在犹豫，似在挣扎……

要不要过去找她，陪她聊几句？知心哥哥深夜谈心走一遭？会不会被误会乘虚而入？他并不打算做这种没品的事情。

郑培培洗了澡，正要睡觉，外面响起敲门声。

她走到门边，打开，苏韩站在眼前，一双眼睛黝黑，浑身带着酒气。

“怎么了？”郑培培疑惑地问。

苏韩大步走入，抓住她的手，盯着她的眼睛，哑声道：“如果我退出娱乐圈……能得到被谅解的机会吗？”

郑培培愣住了，半晌，怔怔道：“你知不知道你在说什么？”

“我知道……所以我做个普通人……我们重新开始……好吗……”苏韩一把抱住郑培培，脑袋压在她的肩膀上。

郑培培一抬头，看到站在门边的陆嘉烨，两人大眼瞪小眼。

陆嘉烨说：“路过，看到他过来，看样子像是喝醉了？”

郑培培点头：“是喝醉了。”压在她身上的男人分量越来越沉，眼睛都闭上了。

“过来帮个忙。”郑培培招呼道。

陆嘉烨当仁不让，立刻入内，拉过苏韩。郑培培在苏韩身上找出房卡，装到陆嘉烨口袋里："你把他送过去吧！"

"行，交给我了。你早点休息。"陆嘉烨麻溜地把人打走。

郑培培关上门，躺回到床上，满脑子都是苏韩最后那句话……

深夜，顾思忆跟夏之隽缠绵之后，静静地依偎在一起。

顾思忆说："我们的婚礼，暂时就不要考虑了，好吧？"

夏之隽："为什么？"

"你创业正是要花钱的时候，一场像模像样的婚礼，多费钱啊！"

"也不缺这钱。"

"那还有时间精力搞这些啊？我真的觉得我们不急着办婚礼，等有了孩子再说。"

"孩子？"夏之隽沉吟，"我们刚在一起过日子，孩子暂时就不考虑了吧？"

还没好好享受二人世界，就来个孩子添乱，夏之隽觉得，他并没有那么期待当奶爸。

顾思忆听出他的意思，道："那就更不用急着办婚礼了，等条件成熟了，想生孩子的时候再说。"

"可是……"

"你要办婚礼，我就要备孕。"

夏之隽认输了。

两人一个不想太快要孩子影响生活，一个不想太早办婚礼影响事业，于是就此妥协，暂时这两件事都不考虑了。

次日，郑培培跟苏韩在酒店走廊遇到。两人四目相对，苏韩刚想说什么，手机铃声响起，他走到一旁去接电话。郑培培根据那边隐约传来的声音，猜到是他经纪人的来电……

苏韩放下电话，看向郑培培，脸上带有歉意，低声道："今天不能陪你们玩了，行程太赶，好几个通告等着。"

郑培培僵硬的嘴角，缓缓地扬起一个弧度："大明星嘛，肯定忙。去吧，我帮你跟‘小酒窝’说一声。”

望着苏韩大步离去的背影，郑培培又笑了一下，笑容里满是嘲讽。

她昨晚辗转反侧一晚上……居然只是为了他一句酒后戏言？

前几个月顾思忆一直陪伴郑培培，没空去管新房装修的事情。现在郑培培走了，老公回来了，两个人便开始讨论装修。

房子是精装修，硬装已经完成，只需要做一些软装。两人请了设计师，做好方案，很快开始实施。一个月后，软装完成，可以搬家入住了。顾思忆倒是心心念念，夏之隽不放心，请专业机构做了全屋甲醛检测，决定放几个月再搬家。

这些日子，夏之隽为筹备新公司忙碌，顾思忆则开始朝九晚五。

这天晚上，两人甜蜜过后，夏之隽把打算注册的几个名字拿给顾思忆看：“来，帮老公挑个名字。”

顾思忆懒洋洋地看着手机屏幕上的几个名字：“我觉得都可以吧，随便用就行了。”

夏之隽捏着她还在发烫的小脸：“都看不上？那你给取一个。”

“那就思隽航天吧……”顾思忆随口一说。

“好，就这个，比那些人取的好多了。”夏之隽赞同。

顾思忆扑哧一声笑了：“你别闹，我说着玩的，哎呀，别这么叫，夫妻档的感觉，很搞笑了……”

夏之隽挑眉：“我办个公司，还不能有个冠名权？思隽很好，思考令人卓越。”

顾思忆：“可是有我们的名字啊，人家会觉得你在秀恩爱。”

夏之隽丝毫不以为意：“顺便秀恩爱就更好了。”

“……”不害臊。

夏之隽虎视眈眈道：“老婆，行不行？”

顾思忆看他那随时要使坏的样子，妥协了：“你不怕被笑话……随便啦……”

“那我们庆祝一下名字的诞生。”

“庆祝？”顾思忆莫名，“怎么庆祝？”

夏之隽笑着低下头吻住她。

很快，思隽航天科技注册在案，公司办公场所和研发场所都已经落地。不过随着公司走上轨道，夏之隽越来越忙了，出差也很频繁。顾思忆朝九晚五地上班，休息时间很固定。夏之隽雷打不动地抽出周末和假日来陪她。公司上下都知道，老总是个注重家庭的人，再忙也要分出时间给老婆。

顾思忆在事业方面很低调，除了工作需要，很少上镜，个人私生活从不对外宣扬。但她外表出众加上业务能力强，随着主持几个大热的节目，知名度越来越高，微博粉丝几百万。她的微博简介个人资料显示已婚。

粉丝们好奇地揣测，最美女主持的老公究竟是何方人士。

这一疑问曾经一度上热搜。

顾思忆发微博说：“婚姻很幸福，老公很低调。私人珍藏，不秀。”

她的神秘老公成了一个梗，但由于她平常为人处世的低调，大家都很理解，也都祝福她。

郑培培有时候会问顾思忆：“结婚是什么感觉啊？”

顾思忆想了想，说：“一直热恋的感觉。”

幸福的光阴总是过得飞快，又到了一年一度的“双星生日”相聚时。

这两年大家从校园步入社会，生活都发生了重大改变。

周骁跟张欣奕在一起了，两人手拉手参加聚会。

苏韩事业大丰收，演了一部票房过三十亿的大电影男主角，被人吐槽的演技得到了质的飞跃。为电影写的歌热到发烫，被街头巷尾传唱。他依然有绯闻女友，但都没有得到过官方认证，绯闻炒着炒着就算了，粉丝从不当真。

陆嘉烨投资了一家娱乐公司，一年多时间冒出几个崭露头角的新星，而他高调的作风和帅气的外形，使他有了“国民老公”的称号。一时间风头十足，热度不逊于明星。他身边各种美女环绕，网友乐此不疲地讨论欣赏，统一称这些美女为“陆女郎”。

郑培培专注做事业，顺便撩一撩帅哥。她当初不顾家人的反对，进了陆嘉烨投资的那家娱乐公司，成为一名经纪人，那几个新星就是她的初步成果。

向梨考上名牌大学师范类研究生，已经临近毕业，她打算硕士毕业后在高校当一名老师。

大家聚在一起，向梨笑道："我好普通哦，想想都不可思议，是怎么跟你们做朋友的……"

经过岁月沉淀，她的气质越发温婉秀丽，留着一头乌黑秀丽的长发，看起来格外温柔。

"普通？我看你们学校追你的男生不少吧？"郑培培打趣道，"还不打算谈恋爱吗？这方面你是真落后了，你看我们，结婚的结婚，恋爱的恋爱，至少都经历过风花雪月。"

向梨笑了笑："暂时没想那么多，还是等毕业再说吧！"

"大好青春莫等闲啊！"郑培培笑道，"我这边有几个好看的帅哥，要不要介绍给你认识一下？"

"你可拉倒吧！"陆嘉烨吐槽道，"你给小梨子介绍娱乐圈的不是坑她吗？她哪里招架得住？我看还是'小酒窝'替她留心留心，阿隽手下的青年才俊还比较靠谱。"

顾思忆点点头："可以，可以，我一定留心。他公司里进来的都是些科研人才、精英人士，这一类男人务实顾家又能挣钱，是个好选择。"

"哈哈你这是拐弯抹角地夸你老公吧？"郑培培调侃道。

"我夸他还需要拐弯抹角？"

顾思忆扭头看向身侧的夏之隽，抱住他的胳膊，凑上前亲了他侧脸一下："老公，你最棒！老公，你最帅！老公，我爱你！"

夏之隽："……"

男人越长大越稳重内敛，公共场合这么肉麻，他还真有点不适应……

"老公，你不给点反应吗？"她眼巴巴地看着他。

他一本正经地坐着，抬手揉了揉她的脑袋："嗯，乖。"

陆嘉烨叫道："喂喂喂，抗议了啊！这里还有好几条单身狗，不带这么塞狗粮的！"

郑培培："就是，一言不合秀恩爱，还能不能让我好好单身啦？"

周骁摊手："早就习惯了。不过，"他揽过张欣奕的肩膀，说，"我已不是从前的单身狗。”

张欣奕垂头低笑，笑容带了几分羞涩。

郑培培挤对陆嘉烨：“你别冒充单身狗，你的陆女郎还在刷新中！”

“这你就不懂了吧？男人在没遇到真爱之前，无论交往过多少女人，都是单身！”陆嘉烨弹了弹烟灰，潇洒坦然地说。

“渣男！”郑培培吐槽，“都一个中学毕业的，人家阿隽长成了深情不二的好男人，你怎么就长成了渣男？”

陆嘉烨反驳道：“郑培培同学，注意措辞啊！我没有欺骗任何一个女人的感情，我怎么就渣男了？”

郑培培还要说什么，陆嘉烨的目光一凛，弯起嘴角坏笑道：“小郑啊，你是嫌提成太高，还是年终奖少了，还是怎么样，开始对老板评头论足了？”

郑培培默默地深呼吸三秒，一脸笑容灿烂地说：“没有啊，我就是想说，老板，您太有魅力了，那么多女人前赴后继地拜倒在你的西装裤下。”

陆嘉烨保持着那高高在上的微笑，睥睨她。

郑培培继续做“舔狗”：“老板，下次麻烦你带我手下的女艺人出镜，给她们蹭蹭国民老公的热度。”

“你们……我也是醉了……”顾思忆乐不可支。这一对从学生时代开始的欢喜冤家，某一天氛围一团和气，居然是以这种方式。

郑培培经常对她说的一句话就是：“你以为我是屈服于那二傻子吗？不，我是屈服于事业！”

顾思忆便很配合地安慰她说：“是的，你是要做金牌经纪人的女人，还有无数帅哥等着你来捧红！”

这一次生日，夏之隽送给顾思忆的生日礼物是一条他亲手设计的定制项链。他给她戴上后，几个女生在旁边羡慕得嗷嗷叫。

“学霸，你这么有审美品位，还搞什么火箭啊？自己创立一个设计师品牌，保证红红火火！”

“好漂亮啊！”

“真的好美哦！”

顾思忆在大家羡慕的目光中，对夏之隽说：“我给你的礼物，回家后悄悄给你。”

“好神秘哦，你要送什么啊？”郑培培好奇地问。

顾思忆笑：“不告诉你们，这是我们夫妻俩的秘密。”

玩闹一晚上，散场回家。

夏之隽都有点迫不及待了，进门就问：“老婆，你要送我什么？”

顾思忆从房间里拿出一个包装好的礼盒，递给他。

夏之隽有点好奇，又有点兴奋，坐在沙发上拆开礼盒。

一沓小本本出现在他眼前——各种产权证、证券产品……

夏之隽抬头看，不解地看向顾思忆。

顾思忆坐到夏之隽身边，挽起他的胳膊说：“老公，我知道你现在缺资金周转，这些都是我的资产，我们拿去做抵押贷吧！”

虽然夏之隽从不跟她提这些，但是两人同床共枕，偶尔听到他接电话和去他公司，总会知道一些……

研发需要巨大的资本投入，虽然前期准备充分，夏之隽有一些志同道合的伙伴，又有陆嘉烨、苏韩他们投资，但随着企业前进，越来越缺钱。夏之隽的融资之路四处碰壁，有些资本家认为他是空想者，有些甚至把他当骗子。国内的市场活力还没打开，这或许是一片蓝海，但很少有人敢相信。他的处境很艰难，核心团队里已经有人萌生退意。

顾思忆说：“我算了一下，我名下资产至少能抵押出一个亿。不够的话，我再让我爸爸帮帮忙。”

夏之隽捏着她的手，低声道：“你操这些心干什么，不相信你老公吗？”

“相信啊，特相信！”顾思忆用闪闪发亮的双眼看着他，“你在我心目中就是无所不能的大神，没有你做不成的事！但是，大神也会遇到困境，在这个逆行的过程中，我想为你出份力！”

“放心，我可以的。”夏之隽深深地看着她，轻笑道，“我不能拿老婆的嫁妆来赌事业。”

顾思忆看着他眼底的笑，觉得整个世界都仿佛有星星在闪耀。

她主动地靠近他，轻吻他。

一吻落毕，顾思忆平定气息，松开夏之隽，看着他的眼睛说：“夫妻之间不只是温暖和陪伴，还有义气在，这就是一种肝胆相照的关系。

将来我们哪个人病危躺在病床上，还需要另一个人签字做手术。连命都托付了，钱算什么？”

夏之隽看着她，没了言语。

顾思忆故意捏着他的耳垂，装腔作势地哼声：“说好的听老婆话呢？这一次，你也必须听话，不然，老婆要你跪键盘了。”

夏之隽被她逗笑，不缴械投降都不行。她一会儿大义凛然，一会儿娇蛮可爱，他媳妇有得是办法对付他。

他笑着，充满磁性的声音温柔得似要滴出水来：“好，老婆，我听你的。”

顾思忆如释重负，开心地笑了。

她扑进他怀里，将他抱紧，极度满足地说：“老公，你是我的无价之宝。”

夏之隽轻轻笑着，脸颊蹭着她的发丝，低喃：“你才是无价之宝。”

这一份生日礼物，是她全部的信任和身家财产。她不仅给了他实质的支持，更加给了他无可匹敌的信念。

夏之隽在自己选择的路上持续前进。困境都是一时的，路出来了，就越来越好走。在各方资金加持下，思隽航天科技研发的速度超乎寻常。就发动机来说，从立项到第一次试车，团队仅花了半年时间。

次年 5 月 23 日，大家如约相聚。

这一次约的地方比较偏远，在西北某卫星发射基地。

思隽航天科技公司自主研发的首枚探空火箭命名为“思忆之星”，成功点火升空。

发射之前，鲜少有人关注。发射成功后，喜讯传出，媒体纷纷欢呼。

这次发射实现了国内民营自研商用火箭的首飞。而这家民营公司是仅成立两年半的年轻公司，整个团队成员平均年龄三十岁，都是一群有理想、有抱负的年轻人。

陆嘉烨看着大屏幕，赞叹道：“秀恩爱新姿势啊，以后我娶媳妇，一定给她冠名发射一个卫星。”

郑培培啧啧：“又一年过去了，也没看你交个正经女朋友。”

陆嘉烨斜眼看她：“每一个都很正经，至少比你的那些帅哥正经。”

顾思忆看着大屏幕，激动得捂脸，笑容难以自禁。夏之隽忙完过来，跟他们碰面，顾思忆跑上前，将他一把抱住。

“你都没告诉过我，你要命名为‘思忆之星’……”她埋在他胸前蹭着。

“生日礼物，不都是当场才揭晓吗？”他抬起她的下巴，看着她微红的脸颊，噙着笑意道，“夏太太，我们恋爱七年，结婚快三年，你怎么还像个害羞的小女孩？”

顾思忆越发不好意思了，拍掉他的手，埋头偷笑。

谁叫她老公这么帅，这么浪漫，在一起快十年了，还是常常有怦然心动的感觉。

这一次发射成功之后，思隽航天科技引起了资本的高度关注，一时间成为资本追逐的对象。公司经过第一轮融资，资产滚雪球般壮大，夏之隽的个人身价也在飙升。但他知道，这片蓝海刚刚打开，以后还有更广阔的空间、更庞大的市场等着他。

在外界欢欣鼓舞意识到了国内航天领域的商机后，夏之隽反倒越发冷静。他象征性地接受了几个采访，浅谈自己的想法。原本普通群众不会关注这件事，但是“思忆之星”这个命名太高调了。不少粉丝跑到顾思忆微博下面问：“你跟‘思忆之星’有什么关系啊？”

“不止是思忆之星，那家公司叫‘思隽航天科技’，这个思……是不是思忆的思？”

“啊啊啊，神秘老公难道是造火箭的？”

“求照片！为什么网上找不到思隽大老板的照片！”

“同求！”

“算了，知识分子，搞科研的，肯定不咋的，没准地中海……”

“所以顾思忆从来不秀恩爱吗？”

“原来如此！思忆小姐姐已经有了盛世美颜，她找老公只需要聪明能干就好！”

“……”

对于微博下粉丝们的猜测，顾思忆仍是岿然不动。她把那枚印着“思忆之星”四个大字的火箭模型的照片发到微博上，配文：“十年前，我开玩笑说，让他带我坐火箭。现在算是坐上了吗？”

很快，思隽航天的官博转发了顾思忆这条微博，配文：“你是初心，你是始终。”

粉丝们嗷嗷叫唤。

“请注意，十年！十年！！！”

“天，好甜！好甜！”

“不要再低调了，多秀恩爱！多撒‘狗粮’！”

“太有爱了！”

“就算你老公是地中海，就凭这份长情，我决定站你们这对了！”

“已经脑补一出高冷学霸和美丽校花的校园爱情故事。”

六月初夏，全国高考结束。

夏之隽在C市出差，给顾思忆打了个电话。

夏之隽：“龙兴中学校庆，回去看看吗？”

顾思忆：“好呀！”

夏之隽：“那我安排人接你，我们一起过去。”

顾思忆：“嗯。”

顾思忆约郑培培一起回母校，郑培培说：“最近太忙啦，你们去玩吧！”

她便自己出发了。

当天下午抵达，夏之隽安排他的助理在酒店等着顾思忆。

助理说：“夏总说今晚有个活动要参加，您可以先回房间准备一下。”

顾思忆回到房间，发现床上准备了一套小礼服。她洗去一身风尘，开开心心地换上那套漂亮的小礼服。对镜自照时，心里在想，晚上是有什么商务应酬吗？

天黑后，助理来接顾思忆，带她出发。车子在龙兴中学大门外停下，她怔了一下，今晚就来学校？

顾思忆下车后，给夏之隽打电话。

她问：“你怎么把我带到学校来了啊？今晚有活动吗？”

夏之隽低笑：“我想跟老婆在校园约会，可以吗？”

顾思忆笑了：“可以啊！”

原来让她打扮，是为了约会。

顾思忆步入校园，发现进门那一条大道，两边树上都挂满了灯饰，星星点点的，在黑夜中格外漂亮。每走一段路，就有精致漂亮的灯牌指引。

她顺着指引，来到了操场。

四下一片黑暗。顾思忆怀疑自己走错了，拿出手机正要给夏之隽打电话，天空突然亮了起来。夜空中出现许多架无人机，每一架都带着闪亮的灯光，星罗棋布，盖过漫天繁星。无人机在半空中飞翔闪烁，拼出一排“I Love U”，过一会儿，又变换姿势，拼成一串“XG1314”，还有可爱的男孩女孩相依偎的图案。

顾思忆望着夜空，整个人惊呆了。

这阵仗……是不是太大了点？

她如梦似幻难以置信时，一排聚光灯突然将操场映亮。

着一身笔挺西装的夏之隽出现在眼前，手里拿着一捧鲜花。

顾思忆害羞得不行，正要说别闹了，夏之隽走上前，在她跟前单膝跪地，递上鲜花和钻戒，说：“顾思忆同学，我喜欢你很久了，嫁给我，好吗？”

顾思忆捂住唇，惊喜又意外地看着眼前的男人。

他居然……这是要……特地补给她一次求婚吗？

不远处的寝室楼和教学楼突然都爆发出热烈的声音。

“嫁给他！嫁给他！嫁给他！”

原本黑暗的大楼，灯光都亮了起来。在校的学弟、学妹们人头攒动，欢呼雀跃。

而那些约不到的老朋友，郑培培、陆嘉烨、周骁、张欣奕和向梨全部出现在一旁。郑培培笑道：“不是我故意要瞒你啊，学霸说他要向你求婚，非得让我们见证。”

羡慕啊，真的是羡慕，都结婚三年了，还有这种浪漫。

陆嘉烨道：“得嘞，被塞了这么多年‘狗粮’，我也不怕这一下吃到齁！”

周骁道：“我现在就想知道，他到底还能让我们吃‘狗粮’吃到什么时候？”

张欣奕和向梨非常热烈地在一旁跟着喊——

“嫁给他！”

“嫁给他！”

顾思忆不知道自己为什么突然那么激动，明明已经结过婚，还结婚快要三年了，面对老公的求婚，居然会心跳得快要炸掉。她伸出去的手激动得都在发颤，接过了那捧花，笑着说：“好啊！”眼角噙着的泪花突然就掉下来了。

夏之隽取下戒指，亲自为她戴上。他站起身，捧起她的脸，轻轻吻去她的泪水。

顾思忆在他耳边吸着鼻子埋怨：“以后不要搞突然袭击好不好？我的小心脏承受不住，一激动就掉眼泪，好丢人啊……”

夏之隽笑着看她：“不丢人啊，我老婆永远是我的小姑娘。”

一架直升机在两人身侧停下。夏之隽将顾思忆打横抱起，走上直升机。

顾思忆问：“去哪儿啊？”

夏之隽答：“去我们开始的地方。”

直升机飞上半空盘旋，最后落在了综合楼的顶楼天台上。

夏之隽下了飞机，把顾思忆迎下来。直升机离去。

这里一如多年前幽暗宁静。夏之隽将顾思忆环抱，两人站在扶手旁。

一时间，仿佛斗转星移，回到了学生时代的夏天。

顾思忆看着身旁人英俊的侧脸，光阴荏苒，十年前是他，十年后还是他。

夏之隽说：“老婆，等会儿下楼，你要牵着我。”

顾思忆笑：“嗯，我牵着你。一直牵着你。”

第十四章

夏广宇和彭玲平常工作都很忙，尤其是夏广宇，以前孩子小，两人会在周末尽量抽出时间，一家人一起吃饭。随着儿子长大、住校、外地读大学、出国留学……越来越独立，回来的次数越来越少，家里的烟火气也越来越稀薄。

有时候两口子一起吃顿饭，彭玲难免唏嘘："阿隽结婚都快三年了，等他生了小孩，抱回来玩，家里多热闹。"

夏广宇一声冷哼："别提他，我就当没那个儿子！"

"你就犟吧，你以为工作能陪你一辈子？等你退了休，别人抱着孙子、孙女享尽天伦之乐，你就做个孤僻的怪老头吧！"彭玲一脸嫌弃道。

夏广宇毫不退让："你要想讨好他们我不拦你，我不会。"

"你就等着他们来讨好你是吗？"彭玲酸上一句。

夏广宇气得吹胡子瞪眼的："他有本事就当没我这个老子，随便他在外面怎么折腾。"

彭玲摇了摇头，懒得再说。

虽然夏广宇很顽固，但彭玲作为一个妈妈，到底是很心软。她也不像夏广宇，当了一辈子官，说一不二。

当初夏之隽离去后，彭玲特地把顾思忆约出来见面。

顾思忆对彭玲的印象很好，感觉也很亲切。读高中的时候，彭阿姨对她真的好，在家里特别准备她的房间，给她准备衣物，节假日带她出去玩，还想让她做干女儿。人都是敏感细腻的，那份打心底的喜欢，她能感受到。

所以，当彭玲主动约她出来，她欣然赴约。

她们都没有知会夏之隽。

两人在幽静的咖啡厅见面。客气地寒暄过后，彭玲直奔主题："我听阿隽说，你们结婚了？"

顾思忆羞涩地点头："嗯。"

彭玲心中百感交集。目光落在顾思忆身上，其实她也没什么不满意的，这么甜美可爱的女孩，又是看着长大的，还是故人之友……

彭玲说："当年想着你们年纪小，不懂事，错把好感当爱情，而且在不恰当的时间谈感情，怕会耽误当下对人生更重要的事情。所以那时候，我的确是持反对态度。"

"嗯，我明白。"顾思忆温声道，"让叔叔、阿姨担心了。"

"没有，没有。"彭玲笑着否认，"这些年看过来，我算是看明白了。阿隽从来就不是一个糊涂盲目的人，他那么执着地对你，你一定就是他特别喜欢、非娶不可的人。"

顾思忆听彭玲这语气不像是责怪？心情微微地放松了些。

彭玲又说："你们打算什么时候办婚礼？"

顾思忆说："我们说好先以事业为重，这个暂时不考虑。"

彭玲点点头："也好，大家都先缓一缓。"

彭玲："阿隽回家跟他爸闹翻天了，你知道吗？"

顾思忆摇头："没听他提过。"

他不提，她也不问，因为她知道，他不主动说出来肯定就不是什么好消息。

"他爸并不讨厌你，相反，他跟我一样，也很喜欢你。只是当初我们都没有把你往儿媳妇的身份上设想，他爸为他规划的人生道路就是娶一个家庭背景相当的女人，未来稳稳当当地走仕途。而你的出现，打破了他的构想。"彭玲说着，自嘲地笑，"当然，这是他自以为是的构想。"

顾思忆笑了笑，不知道说什么好。

彭玲继续道："这些年阿隽的坚持，其实他爸也看在眼里，对于他的婚姻没有那么强的掌控欲了。可事业方面，算是他最后的固执……要不你劝劝阿隽，让他别创业了，进研究所工作，事业稳定，前景好。"

顾思忆："……"

"你要是让阿隽回心转意，他爸一定特别高兴。他对于你这个儿媳妇，也会更加认同。”

等彭玲把话说完，顾思忆慢慢地道：“阿姨，很抱歉，这方面我真的无能为力。阿隽有他自己的理想抱负，或许这条路并不是对他最好的，但是，他想走，我就陪他。我不干扰他的人生，我只想好好陪伴他。”

顾思忆的语气很轻，表情很柔和，但她的态度很坚决，没有一丝妥协。

彭玲突然就懂了，为什么儿子这么青睐于她。她也后知后觉试图让顾思忆做说客，有点荒唐。他们夫妻本该是一条心。

彭玲释然地笑了笑，拿出准备好的礼盒，说：“不管怎么样，既然你们结婚了，你就是我儿媳妇，这是我给儿媳妇准备的见面礼。”

“谢谢阿姨！”顾思忆笑逐颜开。

“是不是该改口？”彭玲笑问。

“谢谢妈妈……”顾思忆有点不好意思。她算是明白了当初夏之隽面对她爸妈的调侃时为何腼腆。

彭玲给顾思忆送了一个大红包，一套黄金首饰，还有一个家传的玉镯。

顾思忆本来没打算告诉夏之隽见过他妈，但既然见面氛围如此轻松，还收了大礼，得到了认可，她肯定就要说了。

夏之隽并非反骨，尤其他不想因为家庭矛盾，让顾思忆处于一种很尴尬的受委屈的状态，他妈主动来示好，他当即给了回馈，主动打电话回去问好。

次日，趁着彭玲还没走，夏之隽把人约出来，跟顾思忆一起陪母亲吃了顿饭。末了，特地安排人把她送走。

那之后，彭玲在休假的时候，就会抽空到S市来，见见儿子和儿媳妇，一起吃顿饭，聊聊天。夏广宁从起初的生气躁怒，到渐渐平心静气，到后来，她每次回来，他还会顺便打听打听情况。

“自己造火箭？笑话。他哪里来的能耐和自信，跟国家队抢饭碗？”

“这是一种市场补充，弥补国家队火箭的一位难求，满足当下蓬勃发展的小卫星市场。”彭玲由于时常跟他们交流，对他们做的事情有一定的了解，便解释道。

“你以为我不懂？航天是高技术、高投入、高风险的领域！全世界那么多国家，能独立发射卫星的也就几个国家。他一个小小的民营公司，还想飞上天？等到他失败，就知道厉害了！到时候欠一屁股债，谁来填？靠老顾家吗？”

“那你就想错了，阿隽的公司可不是你想象中的草台班子。阿隽自己就是名校的硕士，在国外研究所实习过，他团队里的人，多来自国内航天领域的型号总师、总指挥，还有国际知名的专家，具有丰富的经验。”

“说起来都轻松，你等着看吧，没那么容易的事！不知天高地厚，就该长长教训！”

“那我们拭目以待。”

夏广宇就抱着这种“不可能”“瞎折腾”“挥霍钱”的看法，持续了两三年。

直到思隽航天科技的自研火箭升空，彭玲第一个把现场图片发给他看，随后的报道纷至沓来，她一一发给他看。

彭玲：“老夏，你之前说什么来着？”

夏广宇：“……”

他认真地翻阅着那些报道，脸上的表情有点丰富。

彭玲：“你儿子是不知天高地厚吗？是异想天开吗？”

夏广宇：“……”脸真疼。

彭玲：“‘思忆之星’成功发射，上天了！”

夏广宇：“行了，我自己会看，不用你在旁边一直念叨。”

彭玲还偏要念叨：“夏书记，你儿子走自己的路，做成了他想做的事，你有什么想说的？”

夏广宇的脸一沉：“这才刚开始，别得意忘形，后面还得继续发射。别下一次就坠毁了丢人。”

彭玲笑道：“我放心得很。”

过了一段时间，新闻传开，夏之隽这位科技新贵的名字被频繁提起。而夏广宇也难免被人问起，尤其有人想拍他马屁时，先吹上几分钟他儿子的成绩。

他面上不动声色，背地里自己收集思隽航天的资料，又看了不少这方面的科普内容，大概了解了目前的情况。后来当有人提起来时，他也能陪着侃侃而谈几句，面对外人的赞扬，他脸上是掩饰不住的自豪。

某天，夏广宇休息在家，翻阅航天类杂志。彭玲回到家，他立刻把杂志收到一旁的茶几上，还用上面几本书遮住，然后装作若无其事地看报纸。

晚饭期间，两人闲聊。

彭玲说："他们都结婚三年了，还没生小孩，我看该要宝宝了。"

夏广宇说："他们办过婚礼没有？"

彭玲淡淡地道："没有。办婚礼没有新郎的父母参与，两个新人多尴尬，不如索性不办了。"

夏广宇被堵得无言以对。

彭玲说："说不定小两口一直没要孩子，就是这个原因？"

夏广宇："该生孩子了。"

彭玲："那你至少先表个态，让他们把婚礼办了吧？对了，我明天过去跟他们吃饭，你去吗？"

"不去。"夏广宇拒绝道。

"去吧，大家面对面，好好聊一聊。"彭玲劝道，"你跟儿子怎么倔是一回事，你不跟儿媳妇见面，思忆多难堪？你总得顾虑儿媳妇的感受吧？难道你还真不打算承认她？"

夏广宇沉默，不吭声。

有时候，有些东西，固执比低头来得容易。

彭玲懒得跟他多说，第二天把自己收拾一番，出发去 S 市了。

临走前，夏广宇坐在沙发上看文件，漫不经心地扫了她一眼，低声道："革命的叛徒。"

彭玲拿包的手一顿，转过头看他，笑道："改革开放都多少年了，活该被时代抛弃。"

夏广宇："……"

"我为儿子骄傲，他把你认为不可能的事情做到了。"

"你要提多少次？"反复被打脸的夏广宇，心很堵。

"所以你要明白，你的想法不一定是对的，儿子不一定是错的。"

“要走快走，别唠叨了。”夏广宇站起身，上楼。

彭玲到了S市，跟儿子和媳妇一家一起吃了顿饭。

席间，彭玲道：“老夏那个犟脾气，拉不下脸，不肯过来。”

顾致远笑道：“没关系，时间会改变人的想法。”

顾致远这些年生意越做越好，又迈上了新台阶。对于夏家，虽然不满夏广宇的固执，但也理解他的为人，毕竟是老同学加老朋友了。当年顾致远下海，他就颇有微词，认为顾致远应该进入体制内。

次日，顾思忆和夏之隽一起送彭玲离去，临走前，彭玲又把顾思忆带去商场，给她买了几样东西。路过婴幼儿产品店时，说：“这些其实可以先买了准备起来。”

顾思忆眼前一亮，说：“可以呀，我们去逛逛。”

夏之隽及时拉住自己老婆，对老妈无奈道：“这个太早了，还没怀上……”

有路过的人抱着小婴儿，彭玲忍不住多看了几眼，又说：“等你们生了宝宝，一定可爱极了。”

顾思忆笑着点头：“我也觉得，肯定无敌可爱！无敌好看！”

夏之隽：“……”

这婆媳两个，是侧面施压催他生孩子吗？

吃饭时，彭玲说：“你们是不是该办个婚礼？”

她又指责夏之隽：“把人娶回家三年了，还不给人办个婚礼，等到生孩子才办吗？”

顾思忆忙解释道：“不是啊，这是我们商量好的，先以事业为重。”

“事业都拼了三年了，现在已经上轨道了，可以缓口气把家务事处理好。”彭玲语重心长地对夏之隽说，“你不好好办个像样的婚礼，怎么跟你岳父岳母交代？”

夏之隽：“知道，婚礼已经在筹备中，这个比较费时间……”

顾思忆面露难色：“可是婚礼上，如果爸爸缺席，不太好吧……”

彭玲忙道：“别担心，他一定会来。结婚这么大的事，他还是有分寸的。”

彭玲回到家，一副若无其事的样子，也没主动找夏广宇聊天。倒是夏广宇憋不住了，第二天率先抛出话题：“你有没有问他们打算什么时候办婚礼？什么时候生孩子？”

彭玲道：“不清楚。”

夏广宇指责道：“你一个当妈的，这种大事都不上心？”

彭玲云淡风轻道：“你一个当爸的，不也对他们不闻不问？”

夏广宇语塞。

彭玲道：“你要真替他们操心，就亲自打个电话去问问。他们如果办婚礼，到时候新郎父母不在场，不是给人看笑话吗？”

夏广宇没吭声，但是过了几天，某天在办公室的时候，突然鬼使神差地给夏之隽打了个电话。夏之隽这边刚开完会往外走，看到父亲的来电，微怔。

这个号码，几年都没响起来了。

过了几秒钟，他把电话接起来。

“忙吗？”夏广宇问。

“还好。”夏之隽答。

“不忙就赶紧把婚礼办了，把孩子生了。”

夏之隽：“……”

“等你生了孩子，就知道当父母的不容易了。”

“……”

“赶紧把婚礼提上日程，我这边好安排时间。”

夏之隽怔了几秒，反应过来，这是他爸主动破冰，便应声：“好，知道了。”

挂掉电话，夏之隽还有些恍神。他以为自己把这些看得很淡，无论他们怎么样，都影响不了自己的决定。可是，当父母放下固执和成见，主动跟他沟通，他竟然……感觉还不错。

夏之隽回家后，就把这通电话的事情跟顾思忆说了。

顾思忆道：“所以他这是告诉我们，他会来参加婚礼哦？”

“嗯。”夏之隽点头。

“所以，他这是释放和好的信号？”

“差不多吧！”

夏之隽了解自己的爸，如果他还抱有成见，不可能打这通电话，更不可能参加婚礼。

“那我们找个时间，带上礼物，去你家坐坐。”顾思忆提议道。

“你愿意吗？”夏之隽认真地问顾思忆。

“为什么不愿意？他们是你的父母呀！没有他们，哪里来的你？当初意见不一，从他们的出发点来看，也是为了你好。”顾思忆笑着抱住夏之隽说，“现在你已经证明了自己的选择呀，我们婚姻幸福，你的事业充满美好前景。这时候就应该衣锦还乡，让大家都看看嘛！”

夏之隽抬手揉了揉她的脑袋：“老婆，你怎么说，我们怎么做。”

顾思忆找了个周末假期跟夏之隽一起回了C市，拜访夏之隽的父母。他们提前跟彭玲打过招呼，夫妻俩就在家等着，饭菜都准备好了。

吃过饭，大家在客厅落座闲聊，氛围格外融洽。夏广宇虽然话不多，跟以往一样严肃，但眼神比较温和。

三个月后，夏之隽和顾思忆的婚礼在国外海岛举办，一对新人和双方父母都邀请了亲朋好友等。

婚礼前一天晚上，新娘举办闺密派对之夜，新郎跟哥们儿一起搞专场娱乐。

顾思忆和郑培培、向梨、张欣奕她们，还有一些昔日女同学一起唱歌跳舞。按照习俗，婚礼前一天，新郎和新娘不能待在一起，大家各玩各的。

玩到深夜，大家才回到酒店房间休息。

顾思忆躺在床上，接到夏之隽的电话。

“老婆。”

“嗯……老公……”

“睡了没有？”

“还没有，正在睡……”

“想我吗？”

顾思忆笑了，目光在虚空中晃动：“想啊……”

“那我来陪你好不好？”

“不好，不好……今晚我是准新娘，你做好准备，明天娶我。”

这丫头。夏之隽无奈地低笑，温声道：“那好，你早点休息，明天做最美的新娘，等着老公把你娶回家。”

“好呀！”她笑着应声。

夏之隽听着那甜甜的笑声，比酒精还要令人兴奋上瘾。

“老婆，我爱你。”

“老公，我也爱你。”

挂了电话，顾思忆心满意足地睡过去了。

郑培培还在酒店的露天酒吧喝着小酒。向梨和张欣奕都回房间去睡觉了，她翻来覆去，睡不着，索性下来喝杯小酒。

“这么晚还在这儿泡着？”熟悉的声音响起。

郑培培扭头一看，陆嘉烨坐在了她身旁的椅子上。

“是不是羡慕嫉妒恨啊？好闺密都结婚三年补办婚礼了，你还是个连男朋友都没有的单身狗。”陆嘉烨调侃道。

郑培培翻了个大白眼：“你懂什么？我现在的情况是，身边的帅哥太多，挑花眼了。我宁愿深陷这种幸福的旋涡，也不要进入围城。”

“啧……”陆嘉烨意味深长地看着她，“你不要违背自己的本性，毕竟你喜欢的是霸道总裁，帅哥能满足你吗？”

“谁说我喜欢霸道总裁？”郑培培问。

陆嘉烨凑到她耳边，低声道：“你这磨人的小妖精，知不知道你在玩火？”

郑培培一脸蒙地看着他。那一瞬间，他磁性的嗓音，居然把这个烂大街的台词，讲得令她面红耳赤。

陆嘉烨摸着下巴，笑道：“你写过一个短篇，在你电脑里放着，有一次给你装系统看到了。这句台词很深刻，很精妙，男主角霸道总裁的风格跃然纸上，令我记忆犹新啊！”

郑培培一瞬间尴尬到爆炸，反驳道：“那不是我写的，是我从网络小说里复制下来的！什么霸道总裁……”

陆嘉烨喝着酒，哈哈大笑。

郑培培有那么一丝绝望，她被这个人掌握了太多黑料了。从高中时代，开始，他知道她满满的黑历史啊！

她努力地掩饰尴尬，强行换话题："你哥们儿都结婚了，你还打算换几个女朋友啊？"

"你问我梦想在哪里，我还年轻，我还年轻……"陆嘉烨轻轻地哼着歌。

"你就浪吧！"郑培培轻哼，端起酒杯，自饮一口。

陆嘉烨拿起酒杯，跟她碰杯，慢悠悠地喝了一口。

到底是老朋友，既能不着边际地互损，也能安静下来别有意境地做伴喝酒。又一杯酒入喉，陆嘉烨看着身旁的姑娘，突然抬起手，顺了顺她的发丝。

郑培培扭头，瞪他："干吗？"

陆嘉烨说："你说，我们如果三十岁还没着落，不如内部消化得了？"

郑培培疑惑了几秒，带着一丝不解，问："内部消化？"

陆嘉烨看着她，脸上的笑容若有似无，看似很不正经地说："我们都不用祸害别人，就互相收拾了，不挺好的？"

郑培培愣了一下，反应过来，一声轻嗤道："得了吧，你这二傻子才是祸害。"

"你们聊什么呢，这么晚还不去休息？"苏韩款款走来，坐到了郑培培另一侧。

郑培培收回目光，淡淡地笑："睡不着啊……"

两人分手的时候说好以后还是朋友，而这三年也确实如朋友般，除非有事，一般不来往。从恋人到朋友，说起来容易，做起来还是有挑战性。郑培培庆幸的是，三年时间，她已经能用平常心看待苏韩了。

陆嘉烨晃了晃酒杯，意兴阑珊道："聊人生，聊理想，聊未来。"

苏韩拿了个酒杯，给自己倒了一杯酒，笑道："我也睡不着，申请加入讨论组。"

他举起酒杯，郑培培和陆嘉烨还是很给面子地跟他碰杯。三人仰头喝下一杯酒，郑培培说："这时候应该把小梨子也叫过来，当年的八人组，如今两两成双，还有四个落单的，一起唱一首《单身情歌》，挺好。"

陆嘉烨笑道："可以，应情应景。"说着他就要拿出手机，似是准备给向梨打电话。

郑培培忙道："你还真打啊？大晚上的别影响小梨子睡美容觉，人家作息习惯挺好的，不像我们，日夜颠倒，蹉跎岁月。"

陆嘉烨："后面四个字驳回，日夜颠倒，享受红尘。"

苏韩坐在一旁，看着他们一句接一句地调侃，插不上话，当然，他也不像陆嘉烨那么贫嘴，不擅长语言攻势。

郑培培把最后一口酒喝完，放下杯子，说："头晕了，我先回房休息，你们随意啊！"

郑培培离去后，陆嘉烨和苏韩面对面，忽而相视一笑。

两人端起酒杯，碰了一杯。

苏韩问："你是不是想追培培？"

陆嘉烨没回答，眯着眼看他："不如说说你，是不是想吃回头草？"

苏韩沉吟几秒，点头："是。"

"挺有自信啊？"陆嘉烨笑道。

"我们分手的原因是我的工作，这几年我已经在转型做幕后。要不了多久，我就能全身而退。"苏韩深吸一口气，"到那时，我跟培培之间就没有障碍了。"

陆嘉烨笑："有自信是好事。不过，我还是不同意。"

"你不同意？"苏韩仿佛被这无稽之谈逗笑了，"你为什么不同意？"

换句不客气的话说，他有什么资格不同意？

"你已经伤害她一次，还想来第二次？"陆嘉烨敛了笑，目光笔直地看向苏韩，脸色凝重起来时，带着沉沉的压迫力。向来吊儿郎当嬉皮笑脸的他，一旦严肃起来，气势凌人，锐气难挡。

苏韩并不意外他会变脸。

因为当年，他刚和郑培培分手，陆嘉烨就来找过他……

时间回到三年前。

那一次，"双星"聚会第二天，苏韩匆匆离去。

大家玩了一天后各自回程，陆嘉烨问郑培培要不要一起回C市，郑培培说还想多玩几天。陆嘉烨便自己开车走了，开了没一会儿，发现车上还有郑培培的东西，便掉转车头，回去找她。

回到酒店，却看到她独自一人坐在喷泉前，缩着肩膀，不停地掉眼泪。

他不敢上前，便远远地看着她。因为他知道，她是一个骄傲要强的人，不会愿意这狼狈的一面被他看到。

陆嘉烨站在远处看着郑培培，直到几小时后，她起身离开，进了大堂里面。她哭了三小时，两只眼睛肿得像核桃一样。而他无能为力，只能默默地守在一旁。

心中积压了满腔怒火的陆嘉烨，找到苏韩，不顾他的工作室里还有其他人在，抓着他一拳揍下去。苏韩愣了几秒，隐约明白了什么，说："换个地方，行吗？"

两人进了一间宽敞的会议室。

苏韩冷冷地道："我和培培之间的事，不需要你来插手。"

陆嘉烨揪着他的衣领，怒道："我滚到国外四年，电话都没给她打过一通，留你们在国内恩恩爱爱！结果呢？阿隽都娶'小酒窝'了，你在干什么？你把人追到手就这么糟蹋吗？"

苏韩怒道："你不懂，我不怪你！不要在这里指手画脚，我的忍耐是有限的！"

陆嘉烨呵呵地笑了："不好意思啊，我的忍耐也是有限的！我喜欢她，才尊重她的选择！她幸福我就认了！可你给她的是什么？你能像阿隽对'小酒窝'那样，我屁都不放一个！"

"你以为我不想吗？每个人情况不同，我也有我的无奈！"苏韩低声道，"现在要分手的是她，不是我！我也不想分手！"

"不想分手是吗？好，你现在公开培培是你的女朋友。"陆嘉烨盯着他，"你只要公开，我立刻给你认错，再也不说二话！你们之间有任何矛盾都是你们的事！"

苏韩深吸一口气，转过身，扶额，半晌，沉声道："你别逼我。我身上还有几个合约，不能公开恋情，不然就是违约。"

"前途第一，感情第二！你心里计算得明明白白，还有什么资格说爱她！"

"不是每个人都可以活得那么任性！"苏韩被逼急了，怒道，"陆嘉烨，你不要在这里跳！跳再狠，培培喜欢的人也不是你，关你屁事！"

“呵……”陆嘉烨被气笑了，“那我告诉你，我喜欢的姑娘被欺负，关我天大的事！这跟她喜不喜欢我，没有一毛钱关系！”陆嘉烨抓着苏韩，又是一拳揍过去，“谁欺负她，我就跟谁没完！”

苏韩心里也压着一股火，当即跟他动起手来。两人用最原始的方式，宣泄着内心的愤怒和压抑。

半晌后，两人鼻青脸肿地瘫在沙发椅上。

陆嘉烨笑了笑：“我这辈子干了这么多次架，这还是第一次跟自己人动手……”

苏韩也笑了：“你把我的脸打伤了，接下来一周都不能上镜，你赔我误工费啊……”

陆嘉烨：“赔你个头！”

苏韩找出一盒烟，抽出一根，递给陆嘉烨，自己点上一根。

陆嘉烨睨他：“偶像抽烟？不怕人设崩坏？”

苏韩苦笑一声：“压力太大。酒不敢喝，怕坏事，只能私下抽根烟，缓下神。”

苏韩吐出一口烟圈，道：“我跟培培现在分手了，一切回到原点……实话实说，你高兴吗？”

陆嘉烨闷声抽了几口烟，目光虚浮地看着缭绕的烟雾，那张脸上是与性格不符的忧郁和深沉：“老实讲，我以为我会高兴，可是看到她哭，我心疼。我宁愿看到她在你怀里幸福地笑，不想看到她躲在一旁哭。”

苏韩沉默不语。

陆嘉烨：“如果你有魄力好好跟她在一起，我还是祝福你们。如果不行，我希望你别再骚扰她，让她尽快走出来。”

“那你呢，追她吗？”苏韩问。

陆嘉烨轻笑一声：“乘虚而入不是我的风格。”

他太了解她了，现在追求她，只会徒增她的烦恼。让她自由自在地做自己，给她喘息的空间，才是对她最好的方式。

过了大概半个月，陆嘉烨才联系郑培培。这时候郑培培正在健身房里挥汗如雨，自暴自弃过后，总得重新充满干劲才是新世纪女性的标配嘛！

两人见面，一起吃饭。

陆嘉烨问她："打算干吗呢？"

郑培培说："最近正在面试几家娱乐公司，打算做经纪人。"

"牛！"陆嘉烨竖起大拇指，"你是要栽培出几个流量明星跟你前男友抗衡吗？"

"哈哈，对啊，一个大明星算什么？我要造就一批大明星……"郑培培乐不可支，但随后摆摆手道，"开玩笑啦，我从他出道后就在混'饭圈'，再后来一直关注娱乐圈的事，我觉得自己还算比较懂，加上家里有一些人脉和关系。想了想，干什么都不如干这个省心，谈一笔合同就是几千万的买卖，佣金可观。"

"那你家里能同意吗？"陆嘉烨问。

"他们同不同意不重要，重要的是我想做什么。"郑培培耸肩，"相比在家里做条'咸鱼'混吃等死，他们肯定还是乐意我去干点什么吧！"

陆嘉烨竖起大拇指："我仿佛已经看到了未来搅起娱乐圈腥风血雨的大佬。苟富贵，莫相忘。"

"地主家儿子，我这未来大佬，万一哪天混不下去的时候，包个饭，成吗？"

"没问题，管你一辈子饭。"陆嘉烨豪爽道，"来，击掌为誓。"

郑培培伸出，与他拍掌，笑嘻嘻道："跟有钱人做朋友就是好，爽歪歪！"

过了一周，陆嘉烨再次联系郑培培，关注她的求职进度。

郑培培说："有一家正在谈合同，条件有点苛刻，在协商。"

陆嘉烨说："要不我们一起干吧！被我剥削，总比被其他资本家剥削好啊，是吧？好歹我还是个给你管饭的可靠朋友。"

郑培培："我们干，怎么干？"

陆嘉烨："我打算收购新橙娱乐，你过来跟我一起干呗！"

郑培培："你这么有钱啊？"

"我爸给我十个亿，非得我花出去，娱乐圈烧钱最快，我看行。"

好吧，地主家的儿子果然不一般，出手就是买买买，买公司跟买包一样。

“这样吧，我们具体面谈，明天你有空吗？我来找你。”

“那好，明天见。”

次日，两人约在一家茶馆里，陆嘉烨将郑培培上下看了又看，看得郑培培想骂人。

“不认识我还是怎么的，用得着把我反反复复地看？”

陆嘉烨笑：“士别三日，越来越美，值得多看几眼。”

“少来。”这一说，郑培培反倒不好意思了，别过脸道，“我今天妆都没化。”

这阵子由于健身锻炼，吃得好睡得好，郑培培的气色越来越好了，整个人状态也变好了。虽然这天跟陆嘉烨见面，她比较随便，素面朝天就过来了，但在陆嘉烨眼里，还是觉得好看，真好看。

陆嘉烨惊愕道：“我的天，这是哪里来的小仙女，没化妆居然都这么好看？化了妆岂不是倾国倾城，天崩地裂，飞沙走石，日月无光？”

郑培培：“我求求你了，老老实实当个文盲好吗？”

陆嘉烨拍马屁拍到马腿上，但他有强大的心理素质镇场子，在她嫌弃的眼神下若无其事。两人闲扯几句进入正题，他说了自己对公司未来发展的想法。

“我刚入这行，不太懂，现在很缺一个信得过的人，有你加入我就放心多了。废话不多说，底薪加提成加股份，怎么样？”

“股份？”郑培培一听，忙摇头，“我没钱，没法入股。”

小钱不管用，大钱她没有，她家人不会给她一大笔钱出来玩票。

“没要你入股，你就好好地帮我挣钱，送你一丁点股份算我拉拢人心。不能光让马儿跑，不给马儿吃草不是？”

“哦……一丁点股份……”

“不满意？”

“满意满意！非常满意！”郑培培笑逐颜开，“谢谢老板！老板大气！”

郑培培喊完，不对啊，这就是答应了？她就这么被糖衣炮弹、纸醉金迷收买了？以后开口闭口都要叫这二傻子老板了？

是的，她就是这么没有原则的人！

相比其他那些公司给她开出的苛刻得令人发指的条件，陆嘉烨真是老板界的良心，她跟定这个老板了！

于是两人宾主尽欢地吃了一顿饭，大谈对未来的畅想。

吃过饭，陆嘉烨送郑培培回去，发现她住在酒店。

陆嘉烨蹙眉："你怎么住酒店啊？"

郑培培："在家约束太多，出来租房又麻烦，而且一个人住，怪冷清的。酒店多好啊，每天有人给收拾，来来往往都是人，健身房、游泳馆一应俱全，这家自助餐厅也好吃。地处市中心，热闹又方便。"

"那也不能把酒店当家，一直住下去吧？"

"没想那么多，先住着再说。"郑培培耸肩摊手。

两人挥手告别，郑培培进入酒店大堂，陆嘉烨在外头看着她，直到她的身影消失不见，他才转身离开。

没多久，陆嘉烨这边收购工作完成，他成了公司大老板。

郑培培来公司签合同，一切按照陆嘉烨给她承诺的来，盖章签字后，她的经纪人生涯算是正式开启了。恰逢周五，下周一正式上班。

忙完后，陆嘉烨对郑培培发出邀请："晚上一起吃饭，庆祝一下啊！顺便聊一聊接下来要操盘的项目。"

郑培培欣然答应："行啊！"

两人一起去吃郑培培最喜欢的那家日料。

用餐时，陆嘉烨抛砖引玉，郑培培侃侃而谈，等她谈到兴头上，他就在一边品着小酒看她意气风发地指点江山……酒不醉人人自醉。

吃过饭，陆嘉烨提议："我们去网吧打游戏怎么样？"

"一把年纪去网吧，幼稚啊你。"

"情怀，有没有？"

"不好意思，我没有，你可以自己去。"

"看看，没有团队精神了吧？进了新公司，不跟同事、上司搞好关系吗？以后团建是不是直接撂担子不干？小郑啊，你都是职场人了，怎么没有职业精神？"

郑培培看了陆嘉烨几秒钟，想了想合同上的工资，还有那一丁点很友好的股份……

她微笑道："老板，您说得对。我还是小白，是新人，需要您多提点。网吧，走，说走就走！那些没有情怀的年轻人，到底是信仰的沦丧还是童年的缺失？令人发指！"

于是两人就近找了一家比较舒适的网咖，上线，一起打游戏。

学生时代，两人就是一起扛枪作战的好队友。后来他出国的那几年，他主动避嫌，两人联系很少，游戏都没有一起玩了。如今再次坐在网吧，肩并肩玩游戏，陆嘉烨一转头，看到郑培培激动兴奋的侧脸，和她在游戏里敢死队般往前冲的精神，真的跟以前一样一样的。

岁月不曾走远，姑娘还是那个姑娘。

他突然就笑了，眼里挚诚灼热的光，含着不曾被他人看到过的温柔。

等待游戏人物复活的间隙，陆嘉烨起身去前台。

"不怕神一样的对手，就怕猪一样的队友！"

郑培培正吐槽着，陆嘉烨把热饮贴到她的手背上："喝口茶消消气，看哥哥怎么帮你扭转乾坤。"

"我说你去哪儿啦，半天不见人，买喝的去了？"郑培培扭头看他。

"你骚话那么多，不口渴吗？"

郑培培看在热饮的分上，没有挤对他，接过来，用力地吸了几口，温热的暖流从口腔一直传到胃里，舒服！

玩到深更半夜，郑培培强行把陆嘉烨从网吧里拖出来。

"再玩一把……再玩一把呗……"

"你个网瘾青年，当心以后找不到女朋友！"

"小爷这么帅气逼人、财大气粗，想跟我吃饭的女人还得先排队摇号。"

"你牛……牛吹得飞起。"

两人上了车，陆嘉烨揉了揉脑袋，说："今晚我也住酒店，累了，不想回去。顺便，明天还有个公司的大礼包发给你。"

"什么礼包？"郑培培好奇地问。

陆嘉烨："明天你就知道了。"

两人到酒店各自回房间睡觉，陆嘉烨躺在床上的那一瞬间，心里尤其怅然和不舍，本来还想一起玩通宵的。他也不是非要怎么样，就像现在跟朋友一样，一起吃喝玩乐，就够他开心的了。

这么一想，他又忍不住捶床，怎么能这么容易满足，太不争气了吧！

次日，陆嘉烨带郑培培到距离公司不远处的一个高档小区的房子。

“为了方便你工作，在职期间就住这里了。酒店人多眼杂，已经不适合你现在的工作。”

郑培培想了想，也有道理，点头道：“谢谢公司周到的安排。”

她在屋里四下转了一圈，复式大洋房，装修简约现代风，是她喜欢的风格，而且面积大，宽敞透亮，还有个大阳台，住起来很舒适。

“我一个人住这儿，是不是太浪费地方了？”

“是有点浪费。”陆嘉烨给她一个“你还算有自知之明”的眼神，“这本来是我为自己准备的，但是我一看你住酒店也不行啊，为了笼络得力爱将，我就把地方腾出来让给你吧！”

“那你住哪儿？”郑培培问。

“我是老板，工作清闲，我去住酒店得了。”

“开玩笑吧？你把自己住的地方让给我，自己跑去住酒店？”

“对啊，遇到我这种绝世好老板，惊不惊喜，感不感动，幸不幸福？”陆嘉烨靠着落地门窗，摆了个自认为很帅气的造型，朝她抛去媚眼。

郑培培一哆嗦：“我还是去住酒店吧！把老板从家里赶走，我怕。”

陆嘉烨在屋子里踱步几圈：“要不你住楼上，我住楼下？”

“同居？”郑培培愕然。

“注意你的用词啊，小郑，不要试图占老板的口头便宜。”

郑培培呵呵道：“谢谢你提醒啊，老板！”

“我们一个楼上一个楼下，我一个月回来住大概不超过十天，毕竟大老板业务太忙了，满世界飞。”

“我这个未来的金牌经纪人，也会很忙，带艺人、谈合作、跑通告，可能经常出差。”

“那不就得了？我们完全可以和平共用这套房子。偶尔碰头，交流下工作，简直完美。还有，小区里据说住了不少高身价的人，下班遛弯散步都能建立交际圈。”

“我好像被你说动心了？”

“不是好像，是已经。行了，搬家吧！”

“那我们算同居了吗？”

“再强调一次，不要试图占老板的口头便宜，谁跟你同居啊！”陆嘉烨转过身往外走，振振有词道，“这叫共事，这是工作需要！”

他率先走出房门，拐个弯，步行下楼。

无人的楼梯间，陆嘉烨扶着墙，嘴角快要咧到天上去了。

小爷一顿操作猛如虎，居然跟母老虎同居了！

同居了！光是想想就让人激动好吗？！

后方传来郑培培的脚步声，陆嘉烨立刻命令自己冷静下来！

第十五章

露天酒吧。

陆嘉烨和苏韩面对面喝酒。没有郑培培在，两人反而能更加真实地交流。

“你已经伤害了她一次，还想来第二次？”

面对陆嘉烨凛冽的质问，苏韩的眼里闪过一丝自责。但他的表情平静，说：“上一次是我不对，我这几年也在反思自己，调整节奏。我带给她的伤害，我会亲自来抚平。”

陆嘉烨突然笑了，笑得特别欢畅。

苏韩静静地坐在一旁。

陆嘉烨笑够了，一脸滑稽道：“你是不是明星当久了，膨胀过头了？真以为每个女人都是你至死不渝的粉丝？除了被你再次垂怜，人生就要在伤痛中度过？”

苏韩被他实力嘲讽，表情还算平静，淡淡地道：“或许她已经不在乎了，但我还是喜欢她，想把她再次追回来。”

“哦！”陆嘉烨依然是嘲讽的表情。

苏韩问：“那你呢，你是打算追她吗？”

陆嘉烨笑道：“你有雄心壮志是好事。没关系，慢慢来，反正她单身。”

“有点乏了，我先上去休息。”陆嘉烨放下酒杯，潇洒地离去。

苏韩坐在原地，品着杯中酒，说不出是一种什么滋味。陆嘉烨那看笑话的表情，让他也不由得怀疑自己，可以吗？失去的还能重来一次吗？

次日，夏之隽与顾思忆的婚礼在海边教堂浪漫举行。

向梨、郑欣奕和郑培培，还有顾思忆大学几个交好的朋友，都是她的伴娘团。

夏之隽的伴郎团里，有周骁、苏韩和陆嘉烨，还有几个共事的伙伴。

当有人把这伴娘团和伴郎团的阵容发到微博上，登时引起热议。尤其是伴郎团，太强大了！有当红明星苏韩，还有国民老公陆嘉烨，另外几个不知名的人物，看着也很帅气。

大家纷纷惊呼，这是哪位大佬的婚礼。

后来，新娘和新郎的照片被发出来，大家才知道，原来新娘是那位漂亮低调的主持人顾思忆。

等等……

她老公不是地中海、啤酒肚吗？说好的人丑不敢亮相呢？说好的搞科研的掉头发呢？说好的忆姐找对象只看实力不看颜值的呢？

原来八卦都是骗人的！

搞科研的小哥哥明明颜值爆表！

这一场婚礼让网友过足了瘾。顾思忆沉醉在幸福的海洋时，她的微博已经被网友们的祝福攻陷。

婚礼现场，夏之隽撩起顾思忆的头纱，与她甜蜜拥吻，四下掌声雷动。

郑培培看着他们，想起高中的那些时光，眼眶突然就湿润了。陆嘉烨站在她身边，递给她一张纸巾："又不是你结婚，哭花了妆多丢人？"

郑培培接过纸巾，压去眼角的泪渍，稳了稳激动的情绪，声音有点沙哑道："有多少感情能这样走过十年，还是最初的样子？思忆好幸福……真的……我替她开心……"

自己无法拥有的，看着好朋友拥有，也很开心了。

"还是很多的啊……"陆嘉烨看着那对新人，看似波澜不惊地说，"可能你身边就有，只是你不知道而已。"

十年？从喜欢她那天算起，他把她放在心里，也有十年了吧？

人生有几个十年呢？十六岁到二十六岁，感情最充沛的十年。

或许他到最后都无法拥有她，但是，再也没有一个女人，能让他牵肠挂肚、无怨无悔地傻上十年了。

"别，这种情况还是不要太多。"郑培培苦笑道，"如果大家都这样，就我苦，我心里得多不平衡。"

陆嘉烨啧啧道："你这心态狭隘了，有点小心眼啊！"

“你才狭隘了！”郑培培瞪他一眼。

陆嘉烨笑道：“那如果你的初恋重新回来追求你，你算圆满了吗？”

“圆满个头！”郑培培吐槽道，“好马不吃回头草，没听说过吗？老娘那么美那么有钱，为什么要在同一棵树上吊死？”

陆嘉烨鼓掌：“培培姐威武！培培姐最棒！”

苏韩跟他们之间隔着几个人，能看到他们在说话，却听不到在说什么。但是看着郑培培时笑时嗔的模样，不知为什么，心里有点不是滋味。从高中起，她就跟陆嘉烨嬉笑怒骂，好像她在他跟前就特别放得开。

婚礼结束，顾思忆和夏之隽还有为期一周的蜜月旅行。

这是小两口的世界了，宾客们相继离去。几个关系很好的朋友，被盛情邀请留下来多玩几天。

酒店房间内，张欣奕对向梨说：“你这次要把握机会啊，跟陆嘉烨表白。回去后，他又是满世界飞，难得见面，你更没有勇气约他了。”

向梨摆弄着手机，脸色飘红，腼腆又胆怯：“没有希望的事情……我去表白了，以后连朋友都做不成，怎么办？”

“你怎么知道没希望？陆嘉烨跟那么多女人传绯闻，你好歹试试吧？我不觉得你比那些网红脸差啊，大家还是老朋友，近水楼台先得月。”

“可是……”向梨仍是迟疑不决。

“‘小酒窝’都办婚礼啦，我跟周骁也在计划婚礼了，你还等什么？以前你觉得陆嘉烨喜欢培培，可是培培跟苏韩分手三年了，陆嘉烨也没跟培培在一起，还跟好几个不相关的女人传绯闻……他对培培肯定没什么了。”

张欣奕为了鼓励她，说：“我第一次跟周骁表白的时候，他都蒙了，可是我再接再厉追三年，我们还是在一起了啊！幸福要靠自己争取，不是在暗恋中等来的！”

向梨抬起头看她，在好友燃着火光的双眼中，仿佛看到自己的灵魂在燃烧。

试试吧……内心有个声音在对她说。

不试试怎么知道呢……

彻底死心总比一直憋在心里好吧？

趁着这个机会……

向梨打定主意，特地去洗了个澡，出来仔仔细细、认认真真地化了个妆，换上特地带来的那条裙子。对镜自照，确定没什么问题，才深呼吸一口气，视死如归般地出发。

黑夜降临，海岛上风起浪涌，夜空静谧迷人。

向梨来到度假酒店外一处无人的观景台，拍了一张照片发给陆嘉烨，报了地标。

“我有个东西要给你，在这里等你呀！”

发完后，她的心脏“怦怦怦”跳得厉害，她不断地深呼吸，没有回头路了。

人生总要勇敢一次，就这一次吧！

二十分钟后，陆嘉烨如约出现。

他大大咧咧地走到她跟前，笑着问道：“小梨子同学，你要给我什么啊？”

向梨看着他，轻声道：“我就是想把你叫下来聊聊天。不过我有一个亲手做的陶瓷杯，你愿意要的话回去我就拿给你。”

陆嘉烨摸着下巴，咂摸着：“我的人设已经是知心哥哥了吗？我以为我是玉树临风、潇洒不羁、迷死万千少女的国民老公。”

向梨被逗笑，抬手掩唇，笑得双颊绯红。

“说吧，有什么烦恼，陆哥哥有办法的话，一定给小梨子同学解决。”陆嘉烨坐在一旁的长椅上，双手交叠在脑后，表情放松又随意。

向梨看着他，心里的千言万语仿佛到了喉咙口就被卡住了。怎么说？该怎么说才会比较自然，比较好收场？

“那个……我……我们认识很多年了……”

“嗯，是啊！”陆嘉烨看着她那吞吞吐吐的样子，表情变得狐疑。

他仔细观察她的表情，发现她带了些少女的扭捏和羞涩，一种不好的预感浮上心头。毕竟他不是当年的傻小子了，这么些年投怀送抱的女人各种各样的不少，他一眼便能看懂女人某些时候的某些表现意味着什么。

“我想对你说……”

“哇！你看！”陆嘉烨突然打断她的话。

向梨顺着陆嘉烨的目光，往夜空看，陆嘉烨说：“夜空好美呀！”

向梨讷讷地点头：“是啊，夜空好美啊！”

陆嘉烨对向梨说：“这么美丽的夜晚，这么美丽的夜空下，不适合伤心。”

向梨有些莫名地看着陆嘉烨。

陆嘉烨说：“可我还是忍不住伤心啊！”

“为什么？”

“阿隽都跟小酒窝结婚了，为什么我还是离我的心上人那么远？”

向梨心里一个咯噔，缓缓地往下坠，慢慢地问：“你的心上人是……”

陆嘉烨无奈地苦笑：“除了那个母老虎，还有谁呢？”

她知道“母老虎”就是郑培培，这是他给她的称呼。初听似乎很不客气带着调侃，但被他叫久了，却能让人听出一种独有的亲昵感。

向梨不解地问：“你喜欢她，为什么不追她？”

陆嘉烨看着她道：“因为我知道她心里没我啊，伤过的心哪有那么快愈合？慢慢来呗！”

“那你跟那些女人的绯闻……是为了忘掉她吗？”

“不是。”陆嘉烨摇头道：“我就是为了不让她觉得我在等她。”

向梨从没有看到过陆嘉烨如此的眼神，他的情绪释放到极致，不是玩世不恭，竟是深情不渝。

向梨看着陆嘉烨，一时间不知道说什么好。

或许她一直知道，他只是看起来不正经，装作风流浪荡。

半晌，她低声问道：“那如果，她心里一直装不下你呢？”

陆嘉烨笑了一下，说：“无所谓啊，我并没有非得怎么样的心态。陪她一起熬过这段难挨的日子就好，以后她遇到个两情相悦的人，我一样祝福她。喜欢她是我的事，我没想过跟她要怎么样。大家都轻松点，开心就好。”

“你就不难受吗？”向梨看着他问，“你不在乎自己的感受吗？”

“没有，我觉得这样就挺好。”陆嘉烨轻松地笑，那张帅气又洒脱的脸上看不出丝毫勉强的痕迹。

向梨反而更难受了，特别难受。

陆嘉烨站起身，说：“走吧，我送你过去。”

向梨跟在陆嘉烨身边，两人沿着酒店外围漫步。

陆嘉烨说：“你可别跟培培说啊，也别跟‘小星星’‘小酒窝’她们说，你们女孩子我是知道的，极度八卦，一旦你说出去，一定会传到培培的耳朵里。”

向梨压下心里的苦涩，笑道：“你就这么怕她知道啊？”

“现在的朋友关系很平衡，挺好的。一旦被她知道，开始躲我，岂不是朋友都没得做？那就很没意思了。”

“哦……”向梨轻轻地点头。

她抬起头，看到浩瀚无垠的夜空，轻叹：“夜色真美啊！”

“是啊！”

“所以你就不要伤心了，这么美的夜晚不适合伤心。”她用他的话来劝慰他。

陆嘉烨笑：“言之有理。”

向梨微笑。她自己也是，不要伤心了。

幸好他很坦白地讲出了心里话，不然等到她把告白的话说出口，以后还怎么好好做朋友。目前这样至少保全了大家的体面。

到了酒店楼下，向梨说：“你放心，我不会跟任何人说。”

陆嘉烨笑：“小梨子同学嘴巴严，我一直很放心。”

“还有，不管你在乎不在乎，我都希望你能得偿所愿。”向梨看着他的眼睛，诚挚地说，“祝福你！”

“谢谢！”陆嘉烨颔首示意，敛去漫不经心，神色格外认真。

向梨的鼻子一酸：“那再见。”说完转身往电梯去。

她最怕陆嘉烨突然认真的表情，那种诚恳和真挚，让她分外稀罕又分外难受。

那几个男生，她独独一直对他青眼有加。他不像夏之隽那么出类拔萃，不像周骁那么沉稳话少，不像苏韩那么温柔细腻，看起来他好像最浑，日常吊儿郎当，一副很不正经的样子。但有他在的地方总是很热闹，充满了欢声笑语。他看起来很毒舌，喜欢挤对人，但仗义的时候特别仗义，让人特别有安全感。她笃定地认为，在他粗糙的外表下，一定是一颗柔软的心。而他对郑培培的感情，更加印证了这一点。

可是……到底是与她无关啊！她只能做一个旁观者。

向梨回到房里，张欣奕好奇地追问她结果。

向梨躺倒在床上，怔怔地看着屋顶的灯光吊饰，说："他不喜欢我，拒绝了。"

张欣奕沉默了一会儿，片刻后，又忍不住道："那你要不要追他试试？"

"算了，我看出来了，他不可能喜欢我的，我死心了。"向梨抬起手臂，压住眼睛。

"现在不喜欢不代表以后不喜欢啊？"

"不……"向梨摇头否认，"我对他的喜欢没有你对周骁那么深，就到这里为止，我很快就会不喜欢他。"

只能到这里为止了，必须到这里为止。

"那你别难过啊……"张欣奕也不知道说什么了。

"这有什么好难过的？"向梨坐起身，脸上恢复笑靥，"我是潇洒地放弃。我们学校里有不少帅气小哥哥，资源可丰富了。"

"那你加油啊，你再找个老师挺好的，两个人假期都多，舒服惨了。"

"嗯！"向梨微笑道。

为期一周的海岛游结束，陆嘉烨因为有个生意项目要谈，提前走了。郑培培回程时，恰好与苏韩一个航班。两人都在头等舱，苏韩跟郑培培旁边的人换位子，坐到了她身旁。

他偏过脑袋，低声道："下飞机了，找个地方喝两杯怎么样？"

"行啊！"郑培培爽快地答应。

现在已经不比当初，她不需要躲避，能够很坦然地面对他。

苏韩带郑培培去了一个私人酒窖，两人坐在吧台前，在昏暗的光影下慢慢品藏着珍藏的红酒。几杯酒下肚，他们从夏之隽、顾思忆夫妇，聊到高中时代，又聊到娱乐圈……

气氛越来越融洽，聊天也越来越随意。

苏韩见时机恰好，问了一句："如果我转做幕后，我们还有机会吗？"

郑培培喝酒喝得微醺，品味了几秒这句话，笑了笑，摇头。

“为什么？”苏韩问，“你当初不是因为我工作太忙，没空陪你，才跟我分手的吗？”

他至今记得分手那晚，他们走在街边，她一点点地讲述过往心情……

一个小女生对恋爱的所有憧憬和期望，被现实冲击得支离破碎，伤痕累累。她的眼里没有幸福的甜蜜，只有疲惫的苦涩……作为一个男人，看到自己的女朋友这么辛苦难受，他很内疚也很自责。可是那时他无能为力，无法给出她想要的东西。

郑培培跟他碰杯，浅啜一口酒，说：“因为我爱上现在的生活了。”

她笑盈盈地看着他，盯着他那张俊秀的脸庞和微微上扬的桃花眼，心里毫无波澜，轻笑道：“我喜欢现在为事业奋斗的自己，喜欢不为爱情患得患失的自己，喜欢这样的自由自在，喜欢这样的轻松自信……很轻松，很舒服……”

“即使跟我在一起，你也可以。”苏韩看着她发亮的双眼，分明能够感受到，这双眼睛并不是为他而闪亮。

郑培培摇头：“我真的不念旧，过了就过了，往前看。无论会不会在同一个坑里栽倒两次，我都不喜欢做重复的事情。而且……”郑培培微醺的双眼坦然地看着他，真的不一样了，明明是同一个人，却又跟以前不同了。她轻轻地笑着说，“那种感觉也过去了，你在我眼里不再发光。我现在觉得，你跟其他那些偶像明星没什么差别。你是挺好的，不过没有让我稀罕到想要独占。”

“哦……”苏韩艰难地应声，又故作轻松地笑了笑，“懂了。”

没有人会一直站在原地等他，等到他足够成功能够给对方遮风挡雨，等到他足够成熟能够好好呵护对方的感情……

哪有什么一成不变的东西？这世界唯一的不变，大概就是变化本身了。

难怪陆嘉烨笑话他自恋。呵！

苏韩举起酒杯，跟郑培培轻碰：“那，祝你幸福。”

郑培培笑：“你也是啊，要幸福啊！”

苏韩点头。

郑培培又说：“看在我们是朋友的分上，我劝你啊，以后有女朋友的时候，就跟其他女人保持分寸感。对全世界女人都那么好，做你的女人还有什么幸福感？”

苏韩怔住，消化了一会儿后，无奈地笑了笑。

“我们女生都不喜欢‘中央空调’，只喜欢属于自己的暖男。”

“中央空调？”苏韩失笑，“还好你没说我是‘妇女之友’。”

“妇女之友？哈哈哈，再怎么样你也是‘师奶杀手’啊！”

苏韩跟着笑，笑着笑着，哑声道：“我会慢慢学习，学会怎么去爱一个人。”

两人碰杯，将杯中剩下的酒一饮而尽。

离开酒窖的时候，郑培培有点头晕。

苏韩说：“我送你回去吧！”

郑培培摇头：“没事，我打个车。”

“不安全。”

“那我打个电话，叫助理来接。”

“我送你到小区门口，你慢慢地散步回去。”

“也好……”

苏韩的司机开车，两人上车，车子穿过闹市区，往郑培培居住的小区去。

郑培培开玩笑道：“果然还是做朋友好，我都能享受被送回家的高规格待遇了。”

韩无奈地笑了一下：“等我逐渐退到幕后，会有越来越多的时间和自由，到时候大家一起玩的机会就多了。”

“挺好啊，省得每次聚会，你总是不凑巧来不了。”

“嗯。”

车子在小区外停下，苏韩跟她一起下车，问：“要不要我送你进去？”

“不用啦，我一个人走走，正好散散步。”

“好。”

苏韩看着她的背影消失在小区内，又在原地站了一会儿，转身离去。

郑培培穿过小区，远远地看到房子的落地窗亮着灯。

陆嘉烨也在家？这倒挺好，回去不寂寞了。

郑培培没由来地笑了一下，有那个二傻子在，就没工夫多愁善感了，只想跟他互损个没完。

郑培培望着那灯光，往那栋楼走，心里浮出一丝说不清道不明的暖意。

陆嘉烨就坐在客厅沙发上，抱着电脑“噼里啪啦”地敲字，看起来很认真地做着一份计划。郑培培进门，他瞬间抬起头，看到她绯红的脸，皱起眉，一脸嫌弃道：“酒鬼！不是说了别喝酒应酬，小爷不差你这点应酬拿到的资源！”

“滚！我是跟苏韩一起去喝酒。”郑培培踢掉鞋子，步入室内，坐到陆嘉烨对面，捞过抱枕，懒洋洋地窝在沙发上。

陆嘉烨凑近她，一闻那味，表情更加嫌弃了，立即退避三舍。

郑培培看到他那便秘的表情，反而有了恶搞的心思，一把抓住他的衣领子，把他往跟前拽，朝他用力地哈了一口气，他的表情更臭了，得逞的郑培培哈哈大笑。

陆嘉烨挣脱魔爪，深吸一口气如获新生：“你牛！小爷输了！小爷给你去看看厨房还有什么吃的！”

郑培培歪倒在沙发上，眯着眼睛小寐。

没一会儿，厨房飘来香气，一阵一阵地飘过来，把郑培培的胃撩拨得不行。

她坐起身，朝厨房那边喊道：“你在做什么啊？”

“粥！晚上吃剩的，你凑合着吃吧！”陆嘉烨的声音飘出来。

“行，我不挑。”郑培培笑嘻嘻道。

陆嘉烨在厨房里忙碌。这哪是什么剩下的，他知道她这天回来，这么晚还没到家，以他对她的了解，一定是在外面喝酒了。他便用小火炖起粥，等着她回来。

陆嘉烨把粥端上餐桌，还没吆喝，郑培培就跟饿狼扑食一样，冲过来一屁股坐在凳子上，拿起勺子，正要往嘴里送，他抓住她的手：“傻啊！慢点吃，这么烫！”

郑培培哼声：“好牛气哦，捡你一口剩粥喝，还要被你凶！”

陆嘉烨呵呵：“那要不别吃了？”

“……”郑培培一顿，“我要吃。”

“小爷凶吗？”

郑培培克制着把他鼻子揍歪的冲动，为了这碗香气扑鼻的粥，忍气吞声赔着笑脸道："不凶……一点都不凶……"

"这还差不多。"陆嘉烨拉开凳子，在她对面悠哉地坐下，一只腿搭在另一条腿上，拿出手机懒洋洋地滑动，"自己吹一吹，慢慢吃。别急，我在这里陪你啊！"

郑培培嫌弃地白他一眼，低下头，专心地喝粥。美食当前，只顾着跟这个二傻子抬杠，那是对不起自己。热粥下肚，暖洋洋的，胃舒服了，整个人都舒服了，心情也跟着好起来。

郑培培问他："你的事情谈好了？"

陆嘉烨说："差不多，双方合作意向定下来了，就差具体合作细节。"他的目光一抬，看向她绯红的脸颊，状似漫不经心地说，"你跟苏韩叙旧就叙旧，喝那么多酒干什么，借酒浇愁吗？"

郑培培咽下嘴里的粥，淡淡地道："我们就是奔着喝酒去，有什么旧可叙。"

"初恋还无旧可叙？"

"大哥，我们都分手三年多了，我还有叙不完的旧？你想我在坑里待一辈子啊？"

"这倒不是……"陆嘉烨摸了摸鼻子，"不过我看苏韩还挺想追你的，你怎么想？"

他到底还是忍不住问出来了。

"没想法，我们不可能了，好马不吃回头草。"

"那或许你不是好马？"

郑培培抬头瞪他，一脸杀气腾腾。

陆嘉烨嬉笑着说："你是高贵冷艳的大美女，培培姐。怎么会是好马？就算选一个动物形容，那也该是优雅迷人的小豹子。"

郑培培的表情以肉眼可见的速度柔和下来，弯起嘴角轻哼了声，低头继续喝粥。

陆嘉烨看着她那要笑不笑的样子，说道："别憋着，想笑就笑出来。我拍个这么到位的马屁容易吗？给点反应也是鼓励嘛！"

郑培培实在没忍住，笑了出来，笑着道："那我真是受宠若惊啊，大老板还降尊纡贵拍我马屁！"

“大老板算什么？在我培培姐跟前，照样是拎包小弟。”

郑培培嗤笑一声：“得，控制一下你的虚伪，马屁拍过头就很假了啊！”

“好的，小郑。”陆嘉烨的表情正经严肃，淡淡地道，“我先上楼了，吃完记得把碗筷收拾好。”

郑培培看着他起身上楼，一身妥帖的西装还没脱下，她居然看出了几分霸道总裁的气场？大了大了，以前的二傻子长大了，不一样了。

郑培培收拾碗筷后，回房间休息，睡前打算再看看剧本。多亏她中学时代不务正业地海量阅读，才让她如今对内容有把握，市场嗅觉也很敏感，每次总能从一堆本子中挑出最适合自家艺人还能爆红的剧本。

当然她觉得能火的制作，总会拾掇着陆嘉烨去投资。就这几年，陆嘉烨投资了几部爆款电影和电视剧，在影视行业基本赚得盆满钵满。当初买过来快要夕阳西下的娱乐公司，如今蒸蒸日上，焕然一新。加上他在其他行业玩得也风生水起。当初投资的思隽航天科技更不用说了，让他坐实有能力、有眼光的靠谱精英人设。业界对他的评价，已经不再带上他父亲的光环。

郑培培看着他挣钱，心里也开心。从小衣食无忧的她，挣钱欲望不那么强烈，她更享受事业成功带来的自信和成就感。

顾思忆曾经问过她，跟陆嘉烨合作怎么样，她笑逐颜开道：“合作超级愉快！当初班上两个吊车尾的学渣，如今强强联合打造一个娱乐帝国，想想就很棒啊！”

郑培培跟猫儿一样窝在沙发里，忍不住又给自己倒了一杯红酒。

就着那醉人的滋味，翻看着剧本。

看着看着，她的胃突然抽搐，几乎不给她缓和时间，很快就剧烈绞痛起来。

痛到她冷汗直流……

她拿起手机，给陆嘉烨打电话。

陆嘉烨：“找知心哥哥深夜谈人生？”

“痛……”她的声音都在颤抖，“胃痛……”

很快，外面传来“咚咚咚”的脚步声，陆嘉烨睡衣都没换，冲到郑培培房间里来。她虚弱地靠在沙发上，浑身颤抖，他搀扶起她，看到她泛白的双唇和眼角的泪花。

陆嘉烨蹙着眉头，心口跟针扎一样疼。他顾不上说话，抱起郑培培往外走。出门，进电梯，下车库，开车上医院，整套动作一气呵成。

陆嘉烨内心焦急，在保持高速的情况下又竭力把车开得平稳。路上他给助理打电话，安排好医院后，跟郑培培说："快了，就快到了。"

他的声音低沉沙哑。

郑培培是急性肠胃炎，在医院办好手续、安排好房间打点滴的时候，陆嘉烨陪在一旁。

陆嘉烨说："我们打把游戏，让你转移转移注意力？"

郑培培立刻响应："好！"

两人在游戏里横扫千军，当然，虚弱的郑培培，操作也弱了点，主要靠陆嘉烨带着。

时间不知不觉过去，在嬉笑怒骂的游戏里，医院里消毒水的味道也淡去了。郑培培一抬头，看到陆嘉烨那张帅气的侧脸，仿佛这是在家里的客厅，两人闲来无事开一局。

郑培培以前也住过院，但是好朋友不在身边，室友在忙，男朋友……算了，男朋友不提也罢。她有任何困难时，都只能自己面对。男朋友是供她膜拜被她视为偶像的神，一个遥远的存在。

郑培培打了个哈欠，陆嘉烨察觉到她的困意，说："睡吧，别玩了。"

郑培培："我还得打点滴啊！"

陆嘉烨："有我给你看着，差不多的时候帮你叫护士。"

"这样你就不能睡了，没事，你回家去休息吧，我现在已经好很多了。"

"你要我抛下我的得力爱将培培姐，在她身体虚弱的时候回家睡大觉？简直丧心病狂！"陆嘉烨屈指轻弹了一下她的额头，"快睡，我一个身强力壮的男人，熬个夜怕什么？"

郑培培看着他，难得露出一丝女孩子该有的文静，柔声说了一句："谢谢你啊！"

陆嘉烨睁大眼，表情夸张地看她，抚了抚胸口："小豹子变小白兔？不习惯，不习惯。"

郑培培瞪他一眼，靠在软垫上，闭眼睡了。

陆嘉烨在一旁关了游戏，安安静静地拿手机翻看新闻。没一会儿郑培培的呼吸声变得均匀，他放下手机，靠近她，给她拉了拉薄被。

他在一旁等到那瓶水快要见底，找来护士换一瓶，然后继续坐在一旁，打着哈欠看看新闻。

直到她打完点滴，他才在一旁的沙发躺下，和衣而睡。

次日，郑培培早早地醒来，看到沙发上头发睡成鸡窝的陆嘉烨，忍不住笑了。她的状态已经好了很多，捞起一个枕头朝他扔过去。

陆嘉烨迅速起身，走到床边，紧张地看着她："怎么了，感觉不舒服吗？"

他的睡眠很浅，郑培培看到他眼下的黑眼圈，想起来他昨晚在这里陪了自己一夜……她感到温暖又感动，还带着一丝歉疚，但她不知道该如何表达。

郑培培："没有，我好啦，你出去一下，我要换衣服。"

"行，我去外面等你。"陆嘉烨离开房间。正好，他可以找机会刷牙洗个脸，霸道总裁怎么能邋里邋遢？

两人在医院外面吃了个早餐，陆嘉烨把郑培培带回家，给她批了一天假。

郑培培感恩戴德地看着他，就差泪眼汪汪了："你居然不骂我酒鬼，还给我放假，老板，您真是业界良心。"

"骂你有用吗？能让你少喝吗？还不如来点实际的。"

"……"

"下次因酒伤身，扣工资！"

"……"

她为什么要搬起石头砸自己的脚？

"中午自己弄点吃的，不准点外卖了，你胃不好，少折腾。"

陆嘉烨离开后，郑培培一个人窝在家里，悠闲地继续看剧本。

在医院躺了一晚，她已经活过来了。临近中午，她打开外卖 APP 下单午餐。点好后，陆嘉烨的电话打来了。

陆嘉烨："吃了吗？"

郑培培："还没有……"

"打算吃什么？不会又是点外卖吧？"后面那句问话，语气沉沉，暗含威胁。

郑培培咽了咽口水，心虚地说："没有啊，就打算自己随便弄点什么。"

"真的？"

"真的啊！"

"那你做好了通知我一声，我也回来吃。"

"别啊，大中午的特地回来一趟吃饭，多累啊！"

"不累。我恰好在附近跟人谈事。"

郑培培急中生智："我觉得我还不饿，暂时不弄吃的了，你自己在外面吃吧！"

"那你什么时候弄？"

"饿的时候弄。"

"哦。"

"那你自己忙咯，我也忙，还在挑剧本呢！"

郑培培挂断电话，长吁一口气。

饿……好饿……外卖怎么还没到……

郑培培正望眼欲穿时，室内响起门铃声。她欢天喜地去开门，拉开门的一瞬间，脸上犹如看到亲妈的喜笑颜开还没散去，直接凝固。

陆嘉烨手里拎着一个袋子，袋子里是几个打包的食盒。关键是，袋子上面印着她点外卖的那家的标志……

陆嘉烨微笑道："在楼下恰好遇到了你的外卖小哥。"

"哦……好巧……"郑培培干笑。啪啪啪，脸好疼。

可是她看着他手里的袋子，馋得口水都要出来了，好想吃。

陆嘉烨没有进门，而是后退几步，在她眼前，直接将装着食盒的袋子扔进了垃圾桶里。

郑培培听到自己心碎一地的声音。

"我……我要饿死啦！"郑培培怒道，"你饿死我好了！"

陆嘉烨另一只手上又出现一个袋子，递给她："给你带的饺子，先垫个肚子。"

郑培培的表情瞬间缓和，没吃的要造反，有吃的就能平静了。她接过饺子，转身进入室内，坐在餐桌旁愉快地吃起来。很热乎，很可口，鲜嫩多汁，可惜就是太少了，才六个。

“你怎么买这么少啊……不够吃啊……”才几口就吃掉一半，郑培培心疼。

陆嘉烨脱掉外套，撸起袖子，往厨房走，边走边说：“这是开胃点心，大餐等会儿上。”

郑培培转过身看他：“哇，你要亲自做午餐啊？你不是在外面吃了吗？”

“那家馆子不合胃口，干脆回来自己做。”陆嘉烨进了厨房。

想着等会儿有大餐，郑培培踏实地把剩下的饺子给吃了。她走到吧台旁，看着在另一端开放式厨房里忙碌的陆嘉烨，干脆坐下来，撑着脑袋看他忙碌的身影。

郑培培忍不住道：“你在国外鬼混几年还挺好，练就了一身生存本领。”

在厨艺方面，她真的是个废物，离开外卖就没法活下去了。

“滚滚滚，你才鬼混！我那是远离家乡，在异国他乡求学！我容易吗？”

看他挥舞着锅铲，仿佛随时要罢工的模样，郑培培赶忙安抚道：“不容易，真不容易，老板辛苦了。”

陆嘉烨轻哼，继续烹饪翻炒。

半小时后，一套丰盛的三菜一汤、两荤一素被端到吧台上。香气扑鼻，色泽鲜亮，透着食材的新鲜感。陆嘉烨在她对面坐下，目光一扫，指挥道：“还不去盛饭？”

郑培培立刻屁颠屁颠地去给两人盛饭。

“新鲜出锅的，跟送来的外卖就是不一样。”郑培培感慨道。

“废话，外卖送过来都变陈货了。”

“大佬，要不你再开个餐厅吧？由你主厨，专做定制餐，我保证生意好到爆！”

“可拉倒，我还没那么高尚的情操，为人民服务。我现在得多挣钱，攒老婆本。”

“大佬这么有钱，还怕老婆不够花？”

“那可说不定，万一老婆喜欢买买买，各种买限量版，没钱兜不住。”

郑培培竖起大拇指夸道：“好男人，好老公。”

陆嘉烨坦然地接受夸奖。

郑培培好心劝道：“那你倒是把你的陆女郎定下来一个啊！天天换

不同的妞，老婆本都得花完。”

陆嘉烨说：“这你就不懂了，我不寻寻觅觅，怎么知道老婆是哪一个？”

郑培培：“……”

“所以这些都是找老婆的成本。”

“这个风流的借口，简直清新脱俗。”郑培培甘拜下风。

“风流但不下流，是为上流。”陆嘉烨笑。

两人说说笑笑之间，一顿饭吃完了。郑培培主动包揽起收拾碗筷的责任，陆嘉烨在一旁晃悠。郑培培说：“你去忙你的。”

陆嘉烨说：“我做饭你陪着，你洗碗我也得陪着啊，不然一个人干家务多枯燥无聊。”

“也是有那么点道理。”她点点头。

陆嘉烨说：“我有个养生度假的项目，你要不要跟我去体验体验，提出你宝贵的意见？”

郑培培说：“多久啊？”

“一周左右。”

“哪有那逍遥时间？才去海岛浪了一圈，手里压了一堆工作。”

“老板给你特事特办。”

“这跟你没关系，我的工作不管你怎么放假，该做的都得做好，不然艺人怎么办？”

“凉拌。”陆嘉烨长身玉立地倚着吧台，看着她站在水池旁刷碗的背影，目光浓稠，透着笑意，“红不红靠命，不靠经纪人。”

“可拉倒，好的经纪人就是发掘人才，打造人才。没有我，你看沈眠眠和祝辰能不能红？”

“好好好，你功德无量。那你什么时候有时间？我等你啊，没培培姐专业指点，我都不放心下注。”

这个马屁拍得郑培培通体舒爽，她想了一下说：“过两天跟你说，我得先看看工作安排。”

“行，等我培培姐。”

郑培培一转身，看到他笑得春光灿烂，露出一口白牙，俊朗是俊朗，不过傻小子的既视感又回来了，霸道总裁的样子消失殆尽。

郑培培已经习惯了，他就是人前霸总，人后接地气接成“陆三岁”。

陆嘉烨接连一个月都待在家里没出差，郑培培早上出门前，他已经把早餐准备好，中午无论她在哪里忙碌，都会有人准时把饭送到她手上。下午他会跟她沟通，如果她忙工作就安排人送餐，不忙就回家吃饭。

作为老板，他下了一个很霸道的命令，不准她参加应酬，怕她喝酒又伤胃。上次她急性肠胃炎痛苦的模样，已经给他造成了极大的心理阴影。

如今郑培培过上了不管她怎么粗心大意，总能按时按点吃饭的日子。

某节目录制后台，郑培培正跟节目组的人谈工作，到了吃饭的点，她的电话准时响起，送餐的人到了。她尴尬地笑笑说：“我胃不好，得吃饭了，暂时休息半小时，大家都去吃饭，怎么样？”

身旁的工作人员开玩笑道：“培培最近养胃，吃饭都按时按点。”

于是会议在笑声中暂停，郑培培拿到属于她的午餐。

她拍了一张照片发给陆嘉烨，边进食边发微信：“今天这口感，像是陆老板自己做的？”

陆嘉烨：“小爷今天有空，亲自给你准备。”

陆嘉烨：“惊不惊喜？感不感动？意不意外？”

郑培培发了一个“点头”的表情包

陆嘉烨：“没诚意！”

郑培培：“谢谢老板！老板帅气！”

住在一起的第一年，郑培培全国飞，陆嘉烨满世界飞，两人一年里见面的次数少之又少。不过对于郑培培来说正好，她还不习惯跟男人住在一起，这样的情况完全就像是自己的独立住处。

第二年，相处的时间渐渐多起来，陆嘉烨一个月有几天是待在家里，有时候两人还能同时在家里待上一周。两人打打闹闹，相处和谐，郑培培觉得他作为室友很棒。

第三年，陆嘉烨的工作节奏似乎放慢了，时不时在家小住，而郑培培已经适应了有他在。他在的时候，有人调侃打闹，有人下厨做饭，大房子里一下热闹多了，充满了烟火气。有时候她被工作折腾得特别烦躁，回到家空无一人，没人听她吐槽给她做好吃的，会感觉越发胸闷……那种时候，她竟然格外希望有他在。

时间和惯性有着惊人的魔力。

郑培培在不知不觉中，已经习惯了生活中有陆嘉烨的存在。

第十六章

等到郑培培腾出时间来，陆嘉烨带她去体验那个休闲度假项目。这种体验，无非就是在度假村里玩上一周，全方位体验环境和服务。

郑培培觉得，这样的体验每年来几次都行。

夜晚，郑培培换上泳衣，到泳池游泳时，发现陆嘉烨已经在水里扑腾着。

陆嘉烨一抬头，看到她的泳装秀，立刻将脑袋再次埋到水里……

还好，还好，这丫头平常穿衣服很宽松，看着有点圆润。以娱乐圈那种审美，很多人甚至会觉得她胖。只有陆嘉烨知道，那是因为她的身材有料。

郑培培跳进水里："我们比比？"

陆嘉烨："行啊！"

两人比赛游了几圈，陆嘉烨一直不在状态。虽然泳池里的水凉凉的，却无法降低他心里的温度。游着游着，他越发凌乱又纠结。

他突然停下来说："输了，输了，我累了，先回房歇着了。"

郑培培逮着机会，毫不留情地嘲笑他："老板，这么虚弱？注意身体啊！"

陆嘉烨默默地撇了撇嘴，没作声。

还能说什么呢？没啥好说的了……

他背对着她，起身离开泳池。

郑培培看着他的背影，莫名有点惊叹，这二傻子的身材也是很赞啊！

她跟着上岸，打算先歇一会儿。她搭上毛巾，拿起另外一条走到陆嘉烨身旁，扔给他。他一个侧身，迅速接过毛巾，围上，往外走。

郑培培愣在原地，她好像看到了什么不该看到的反应……

难道是因为她？

这个念头刚闪过，就被郑培培拍飞了，做人不能太脸大。他陆大爷风里来浪里去，“陆女郎”一茬接一茬，什么世面没见过？

郑培培虽然很清楚，但不知道怎么的，就是止不住地心乱。仿佛一瞬间就明白，那个从小打打闹闹的傻小子，是个大男人。

深更半夜，睡不着的郑培培辗转反侧，脑子里总会浮现陆嘉烨的模样……

苍天啊！她对他没有任何想法啊！他就是一个无性别的兄弟铁哥们！怎么突然会在她的脑子里挥之不去？

她在辗转反侧中睡着，结果做了一个令人心跳加速的梦……

醒来后，郑培培靠在床头，半晌没回过神。片刻后，她用力拍了拍自己的脸颊，去浴室洗了一个漫长的澡。她太久没交男朋友了，一定是太久没谈恋爱，太久没男人了。

她不可能对那二傻子有什么想法！

两人在餐厅里碰到，陆嘉烨坐到郑培培对面，跟她打招呼。

郑培培慢条斯理地吃着东西，话说得少，整个人都处于一种内敛的状态。仿佛多说几句话，他就能窥探她的梦境一般。

陆嘉烨倒是很自在，毕竟他厚脸皮习惯了。

郑培培强自克制着内心的不自在，总算是撑过去了。

一周的体验之旅结束，郑培培为了回馈陆嘉烨的招待，翻阅各种专业资料，洋洋洒洒地写了一份将近一万字的体验报告，从各方面来分析讲述对这类项目的看法。

陆嘉烨收到后，看得下巴都快掉下来了。他的主要目的是带她出去玩，怕她不愿意，才找个考察的借口。结果她真的给他一份货真价实的评估报告！看样子还下了功夫。

陆嘉烨仔仔细细地看完，叹了一口气，没想到郑培培这么厉害，以后完全能成为商业女强人啊！转念一想，也好，女强人一般男人不敢招惹。等她以后成了老姑娘，没准还指望他这个好室友，陪她养老？

然而，陆嘉烨的如意算盘落空了。

郑培培身边从来不乏狂蜂浪蝶，只是她主动屏蔽。但是，这一次，她遇到一朵灼灼怒放、来势汹汹的桃花——被她一手带出来的流量明星祝辰对她表白了。

在郑培培又给祝辰拿下一个奢侈品牌代言之后，他约她到一家私人会所，送上一枚钻戒，说："培培，我喜欢你。"

郑培培愣住，完全蒙了。

"可以考虑我吗？"他很诚恳地问。

郑培培反应过来，说："我有个原则。"

"什么？"

郑培培缓缓道："不跟圈内人恋爱。"

"为什么？"祝辰莫名其妙地问。

郑培培沉默片刻，眸子暗了暗，仿佛想到了某些往事，道："我的男朋友，必须大大方方公开我的存在，而这个圈子只能地下恋。"

"谁说只能地下恋？"祝辰道，"只要你答应我，我立刻全网公开。你想结婚，我们立刻去领证。"

"你的事业呢？那么多'女友粉'不要了？"

"我要的是一个女朋友，一个温暖的家，不是一群把我当感情寄托的粉丝。因为我是一个活生生的人，有自己的感情和生活！"

郑培培低下头，发丝散下遮住脸庞，手背撑着额头。

她心里突然很难受……

曾经期待很久很久的话，时隔多年，在她彻底放弃幻想后，居然从另一个人口中听到。

郑培培调整情绪，半晌，抬起头对祝辰说："作为你的经纪人，我有必要对你说，虽然公司不太限制感情方面的事情，除非跟工作有冲突。但是，这个行业竞争很残酷，你很难两者兼得。如果你执意于感情，要谈恋爱还要公开，事业发生任何波动都有可能。要做明星，有的东西就得先放一放，你还没到为所欲为的地步。"

祝辰看了她半晌，苦笑道："你这是拒绝吗？"

"你该好好想一想。"郑培培把戒指推给他，起身离去。

祝辰迅速起身，跟上她的步伐："我开了车，我送你。"

郑培培坐在车内，一路上都在打电话谈工作，似乎丝毫不被他的表白所影响。

祝辰看向她清丽的侧脸，有些无奈地苦笑了一下。明明从小透明扑腾成大明星了，怎么这个栽培他的女人，不愿意跟他共享成就？

在郑培培下车前，祝辰又说：“我想得很明白，很清楚。事业没有顶点，钱也赚不完，我想要的是稳定的感情，我想要一个家。”

他看着她的眼睛说：“而你，是我想组建家庭共度一生的人。”

郑培培一时间不知道怎么组织语言。

祝辰说：“我本来以为我们相处三年，已经培养了足够的默契和感情基础，看来我还是唐突了。很抱歉，你可以拒绝我，不过我不会放弃。”

郑培培看着他，动了动唇，似是想说什么，但最终什么都没说，下车了。

回到家，郑培培将疲惫的自己扔进沙发里。

陆嘉烨坐在对面，睨着她：“怎么像一条生无可恋的死鱼，受什么打击了？”

郑培培翻了个白眼，没吭声。

“怎么不说话？谁欺负你，哥哥去给你出气！”

“没人欺负我……”郑培培有气无力道。

“那你是怎么了？”

“祝辰跟我表白了。”

“什么？！”陆嘉烨差点跳起来，又迅速冷静下来，正襟危坐，看着郑培培，目光灼灼地问，“你怎么说？”

“我劝他冷静，分清楚轻重。”

“对，说得好！他这就是胡闹，想一出是一出，居然还想泡经纪人，可恶！非常可恶！”陆嘉烨越说越气，只差没把“居然敢打我的人的主意”这句话说出来，“看来我要找他谈一谈！”

“你找他谈什么？”郑培培坐起身，瞪了陆嘉烨一眼，“这是我们的私事，你不要瞎掺和，知道的人越多越尴尬！”

“私事？这明明是关系到工作的事情，还成了私事了？”陆嘉烨分毫不让，“万一你们在一起，影响工作怎么办？公司有明文规定，经纪人不能跟艺人谈恋爱！”

郑培培怔了几秒，想了想，说：“公司里什么时候有这条规定？”

“没有吗？”

“没有。”郑培培极为肯定地应道，“作为经纪人，我比你更清楚公司条款。”

“那好，从今天起，加上这条规定！哪个艺人敢跟经纪人谈恋爱，一律雪藏！”

郑培培莫名其妙地看着他：“至于吗？这都什么年代了，还搞这一套？只要不影响工作不就好了？”

“至于！不明文规定做出约束，以后随便什么阿猫阿狗都敢泡经纪人了，那公司要乱套了！以前没有制定这个政策，是我的失误，我现在来打补丁！”陆嘉烨说着，就拿起电话，准备打给助理。

郑培培跑上前，抢他的手机：“你别闹！”

陆嘉烨避开：“谁跟你闹？我要肃清公司的歪风邪气！”

郑培培无奈道：“你才是想一出是一出……给我手机……别闹笑话……”

她打心底就没把陆嘉烨当老板看，一直称兄道弟做哥们习惯了，哪有对于老板的敬畏。两人扭打着，她迟迟抢不到手机，越来越气。陆嘉烨心里憋着浓浓的醋意和强烈的危机感，怎么都不肯妥协。

“啊……”郑培培一声惨叫。

她的脑袋磕到茶几上，打闹登时停止，她呆坐在地上，皱着眉头揉着脑袋，一脸痛苦。

陆嘉烨慌了，赶忙把她扶起来，扶到沙发上。他想帮忙揉她的脑袋，被她不客气地一掌拍开。

陆嘉烨坐在一旁，闷闷道：“你急什么？抢什么？不就立个新规矩。难道你是想跟祝辰发展？”

“谁想跟他发展？你才想跟祝辰发展！”郑培培斥道。

“你怕是撞糊涂了吧？我是直男，比钢管还直的直男！”

“你才是撞糊涂了。在他刚跟我表白的关口，你就立个新规矩，你这不明摆着针对他吗？你让他怎么想？”

“呵，我还怕他怎么想不成？”

“陆老板，你清醒一点！他现在是公司的摇钱树！其他艺人有他这个知名度和号召力，都纷纷自立门户了。”

“呵呵，我不差钱。摇钱树想泡你，我就把树砍了！”

“……”

陆嘉烨：“你说吧，你到底怎么想？”

郑培培：“冷淡处理，让他死心。”

陆嘉烨：“你不懂男人的心思，一旦喜欢上一个女人，不撞南墙不回头，越冷淡他越有征服欲。”

“有这么夸张吗？”郑培培纳闷地问。

“有！”陆嘉烨斩钉截铁道，“因为培培姐的魅力太大了，男人一旦栽在你手里，一时半会儿都别想爬出来！”

“什么鬼。”郑培培吐槽，嘴角却悄悄弯了起来。哪个女人被夸魅力大，会不开心呢？

“就事论事，别趁机拍马屁。”

“好，就事论事，我认为你这一招行不通。”陆嘉烨道。就当是拍马屁吧，总比说是自己的血泪心得体会好。

“你那样也不行，会让祝辰很难堪。”

陆嘉烨脑子里灵光一现，突然笑了起来：“我还有一个折中的办法。”

“什么办法？”郑培培赶忙问。

“这个办法需要陆爷爷出场了。为了彻底斩断你的桃花，只能牺牲我自己，伪装成你的男朋友。”陆嘉烨说着，搭上郑培培的肩膀，“女人让一个男人死心的最好办法，就是有个男朋友，没有之一。”

“可是……”

“这样既不用明文规定来伤害祝辰的面子，也不用你拖拖拉拉纠缠不清。你拖得越久，越是扯不清楚。”

郑培培犹豫不决。

“如果你不接受这种折中的方式，我就按照我的方式来办，直接下规定。”

“行吧，就你说的那样。”郑培培叹了一口气，躺在沙发上。

“哪样？”陆嘉烨揣着明白装糊涂。

“由你暂时充当我的男朋友，让他死心。”郑培培闭着眼说。

陆嘉烨立即眉开眼笑道：“妥。”

“你注意尺度，说话把握分寸，不要伤人面子。”

呵呵，陆嘉烨心里的小人在冷笑，不伤人面子，他恨不得把他摁在地上摩擦。不过，暂时得稳着，必须稳住，按照她的意思办。

次日，郑培培对祝辰发出邀约。祝辰很高兴，他以为她想通了，愿意考虑自己。

他因为家境原因出道，在这个圈子里几年，被郑培培带着捧着。她为他开疆拓土，为他争取利益，为他与各方博弈。很多时候他没日没夜地忙碌，也是她在一旁守候。不知不觉间，他对她产生了不一样的感情。

在这个偌大的城市里，一切光鲜归于宁静后，在夜深人静时，他脑子里想的全是她。两人一起的行程，他总是分外高兴。只要有她在的地方，他的目光就忍不住看向她。那种难以形容的依恋，让他忍不住表白了。

祝辰特地将自己仔细打扮一番，早早到达约定的地点，取下帽子和口罩，怀揣着激动的心情，等待郑培培。

郑培培推开包间门，走入。

他扬起的笑脸，还没有完全绽放，在看到跟在她身后的人时，凝固了。

祝辰站起身，客气地打招呼：“陆总。”

陆嘉烨点点头，道：“现在是下班时间，我是以私人身份过来的。”

公司里的人都知道，老板陆嘉烨跟他的得力干将郑培培是老同学，多年的好朋友。

陆嘉烨搂上郑培培的肩膀说：“培培是我的女朋友。”

郑培培抱歉地笑了笑：“不好意思，我们没有公开是我的要求。因为我不想大家因为这层关系忌惮我，这样工作不好开展。”

祝辰：“……”

好半晌，他才勉强摆出微笑的表情：“原来如此。”

陆嘉烨说：“我经常听培培表扬你，这次请你吃饭，也是培培提出来的，说我应该好好感谢你的敬业，给公司带来不菲的回报。”

郑培培笑道：“那当然，祝辰现在可是公司的一哥。”

祝辰继续保持微笑："没有培培姐栽培，我还是到处串场吃盒饭的群演，怎么会成为明星？"

陆嘉烨说："都有功，艺人自身的努力和经纪人的辅助，缺一不可。"

祝辰继续笑。幸好他有职业性微笑的能力，不然只怕脸会僵掉。

郑培培说："公司近期打算投资一个大制作，陆总打算让你担当主演。"

祝辰："谢谢陆总！"

郑培培："陆总很看好你，希望你走得更高更远。"

祝辰："那我一定不能辜负陆总的期望。"

祝辰心里是感激郑培培的，看这样子她并没有把他的告白告诉大老板，而是通过这种委婉的方式拒绝他，而且还给了他一个极好的资源。他一直知道她是善良的、仗义的，没想到，就连拒绝他，都拒绝得如此善良、仗义。

可惜……她注定不是他的女人了。

他以为自己足够优秀，已经能够配上她。但是在陆嘉烨面前，他直接就矮了一头。无论是家世还是财力，陆嘉烨都胜他太多。论外形，陆嘉烨也不比他差。

一顿饭在看似和谐里的氛围里吃完。

离席时，陆嘉烨搂住郑培培的腰。她没反应过来，转头瞪他。陆嘉烨用眼神示意。郑培培立刻明白了，这是做戏做全套给祝辰看。一对情侣，太生疏了确实很假。

于是郑培培老老实实地靠在陆嘉烨的臂弯里。

陆嘉烨："……"

居然有点小激动是怎么回事？就算是演戏，也很难得体验这种被这母老虎小鸟依人的温存感啊。

几人离开餐厅，往车库走。陆嘉烨觉得脚下踩着云，有点飘。她的腰太细了吧，果然胸大都腰细。这手感，不得了。

陆嘉烨对祝辰招呼道："你住哪儿？我送你回去。"

"谢谢陆总，我开车了。"

"你刚才不是喝酒了？喝酒不能开车啊！"

"就几口梅子酒，不碍事。"

“谁说不碍事？现在酒驾抓得严。”

“那我叫代驾吧！”

“代驾认出你就麻烦了。”这次是郑培培开口。

陆嘉烨笑：“走吧，我送你，客气什么？明天喊人来把车开走就是。”

祝辰宁愿自己叫一辆出租车离去，都不想看到老板和心上人腻歪在一起，简直扎心。可话都说到这份上了，他没法拒绝。

于是，陆嘉烨开车，郑培培坐在副驾驶座，祝辰坐在后座。

车子行驶在马路上，等红绿灯时，陆嘉烨腾出一只手，覆在郑培培的手背上，轻轻地捏了一下，故作关心地问道：“喝了酒，晕车吗？”

“不晕。”郑培培微笑。

他当然知道她不晕车，而且这酒她喝得很少，度数又低，约等于饮料。他就是想趁机占个便宜，他的脑子这么一想，立刻打住，不对，不是占便宜，是秀恩爱。

必须秀给某个有企图的人看。

祝辰脑袋靠着座椅，脸庞隐匿在暗处。他以前怎么就失明了，没看出来他们的关系？

终于熬到自己住的地方，祝辰忙不迭告别离去。

陆嘉烨叹了一口气，依依不舍地把车子转个弯。

有祝辰在的时候，他一路抓了郑培培的小手四五次。

现在……不可能了。好花不常开，好景不常在啊！

郑培培看着他那表情，莫名道：“我怎么觉得你还挺舍不得他走的？”

陆嘉烨心中警铃大作，忙道：“我是替他惋惜，喜欢上一个不该喜欢的人，注定要煎熬一阵子。”

郑培培道：“已经说清楚了，还好吧，他不缺女孩子喜欢，很快就不当回事了。”

“那你就错了，男人都有一颗狼子野心，越是够不到的东西，越是蠢蠢欲动。不是有句话叫‘妻不如妾，妾不如偷，偷不如偷不着’。你就是偷不着那种，可香了！”

郑培培直接被气笑：“陆文盲，请你不要在不恰当的语境里用一些乱七八糟的比喻！”

“我说得不对吗？”陆嘉烨乐呵呵地问。

“说你是文盲，都对不起那些天资聪颖、悟性高的文盲，你就是一傻缺！”

“……”陆嘉烨直接过滤了她的嘲讽，说，“总之，我告诉你，千万不要掉以轻心！接下来一段时间，我们必须持续在他跟前刷存在感，才能彻底让他死心。”

陆嘉烨突发奇想：“要不我们公开吧？”

“你疯啦？我们冒充情侣，要公开什么？”

“做戏就要越逼真越好。说不定他心里还在怀疑为什么以前没动静。一公开，他就彻底凉透了。我觉得这个主意真好，顶呱呱！”

郑培培一脸不可理喻的表情。

“公什么开？！”算了，懒得跟他扯了，郑培培闭目养神。

陆嘉烨笑：“反正我绯闻女友多，无所谓啊！你是圈外人，更加无所谓。何必在乎其他人怎么看，只要祝辰信以为真不就好了。”

郑培培居然觉得无言以对，他说得好像很头头是道？

“再看吧……”郑培培随口道。

陆嘉烨：“刷个存在感是必须的。”

陆嘉烨接下来践行他的想法，时不时在郑培培工作的时候出现，用一种格外暧昧的眼神看着她。在众目睽睽之下，对她嘘寒问暖，把她接走吃饭。

没多久，公司流出传言，说老大在追郑培培。不停有人旁敲侧击地问郑培培，郑培培都回以礼貌的微笑，承认也不是，否认也不是。当事人不否认的传言，传着传着就成真的了。

郑培培原本觉得很别扭，但是不可否认，这个方式对祝辰真的很有用。他明显在避开她，即使是工作场合不得不面对的接触，他都非常公事化。他在不断收敛和撤回感情，她感觉得到。虽然曾经并肩作战的战友，如今显得有些生疏，不过这是最好的处理结果了。

陆嘉烨则在这个过程中，极尽男朋友的职责。传言转为大家默认的真相后，不知怎么的就传出去了。凑热闹的狗仔蹲守他们，拍下他们一起进小区的画面……

照片被公开后，激起万重浪。

“新一代‘陆女郎’是公司旗下金牌经纪人郑女士！”

“陆大少这次胃口变了，不再是网红、嫩模和明星了。”

“我莫名觉得这一次的‘陆女郎’挺好的？比之前那些气质好多了。”

“他们是中学同学，认识很多年了，陆大少这是兜兜转转吃起窝边草？”

“郑女士的家庭背景不简单哦，她可不是普通的经纪人，公司不知道靠着她打通多少资源关系呢。”

“还有人说她是陆嘉烨的智囊团，每一次精准投资，全靠她指点。”

“果然，‘高富帅’最后都是迎娶‘白富美’，强强联合，一起变得更牛。”

就连不怎么关注八卦新闻的顾思忆，都吃到了这个“大瓜”，给郑培培打电话。

“我居然是通过媒体才知道你跟陆嘉烨在一起了！我表示很介意，我的培培不是以前的培培了！”

“我的天，忆哥，饶了我。你知道我现在的状态吗，一个头两个大啊！”

“在一起就在一起呗，你还想瞒到什么时候？”话说到这儿，顾思忆突然想起另一个可能性，问道，“难道你是怕苏韩知道，怕尴尬？”

“怎么可能是因为他？！”

“对嘛，你们都分手那么久了，你跟谁在一起都是你的自由，我相信他也会祝福你。”

“祝福个头哦，我跟那二傻子是在演戏呢！”

“嗯？演戏，怎么回事？”

“祝辰跟我表白，他现在可是我手下的王牌，狠不得又怠慢不得，只能用这个方法让他知难而退……”

“这样啊！”顾思忆的语气里透着一丝失望。

“就是这样啊！谁知道那个二傻子用力过猛，搞得全公司上下都在传我们，然后传到狗仔耳朵里，我们就被偷拍了！”

“哦……”

“烦死了！还好我不是圈内人，过阵子陆嘉烨再带个绯闻女友露脸，我的热度就下去了。”混迹娱乐圈的她，深知现在的关注度和话题都是昙花一现，只要陆嘉烨再带个女人秀恩爱，她很快就会被公众遗忘。

“好可惜哦……”顾思忆一声叹息。

“你可惜什么啊？！”郑培培有点抓狂。

“我还以为你跟陆嘉烨在一起了呢！”

“我怎么可能跟他在一起？不可能，我们不可能的！”

“为什么不可能？陆嘉烨挺好的啊！你们在一起多好，肥水不流外人田嘛！”

“什么鬼！”郑培培越说越不好意思，不知道为什么，有种心虚的感觉，还有一种自己都没察觉到的羞涩。她赶忙岔开话题：“为了祝辰，我煞费苦心啊！你说这年头带艺人容易吗？都怪自己魅力太大。”

“是啊，培培姐魅力无穷。那么有魅力的培培姐，赶紧给自己物色一个好对象呗，我大红包都准备好了，你倒是让我有机会送出去啊！”

“我还年轻，还年轻……”郑培培无奈地继续转移话题，“说说你吧，你跟夏神打算什么时候造人啊？”

顾思忆沉默了。

“怎么了，结婚几年了还不生？”郑培培这下子拿出自己教育人的气势了，“我跟你讲，你赶紧生小孩，我等着当干妈呢！我可喜欢小孩了，这是没找到生小孩的人，你有现成的老公，不要小孩干吗呢？！”

顾思忆听她啰里啰唆一堆，实在忍不住，说：“我已经怀上了。”

“哦……啊？！你怀上了？！”这下是郑培培激动了，“你居然不告诉我，现在才说！我表示很介意，我的忆哥不是以前的忆哥了！”

“刚检查出来的，还不稳，他妈说前三个月不要声张，等胎儿稳定，免得空欢喜一场。”

“哦……”郑培培消化得快，立刻又高兴起来，“恭喜啊！我这个干妈终于有盼头了！我这几天就抽空去看你！”

“好啊！”顾思忆笑道。

两人挂了电话后，郑培培高兴坏了，跟自己后继有人一样，乐得立刻给陆嘉烨打电话。

陆嘉烨的声音带着笑：“怎么了，宝贝？”

自从成了伪恋人关系，他张口闭口就是“宝贝”。郑培培抗议过，他说这是为了培养那种恋人的氛围，不然就很假了，还劝她先忍忍，过段时间就好了。于是她就忍啊忍。

谁知道，现在真的忍习惯了，听到他叫“宝贝”没有丝毫不适。

郑培培：“告诉你一个好消息！”

陆嘉烨：“什么？”

郑培培：“忆哥她……”

话要出口，她才想起顾思忆的叮嘱，不要对外声张，后半句被她咽下去了。

陆嘉烨问：“小酒窝？她怎么了？”

“她……最近挺好的。我打算抽空去看她，跟大老板请个假。”

“行啊，一起去看她，我也好久没跟阿隽一起喝酒了。”

他们的事业和生活重心分别在两个城市，平常大家都忙，虽然每年的相聚日和逢年过节，还是会聚，但到底是不如学生时代那么多时间，那些从早到晚在一起嘻嘻哈哈的时光，唯有学生时代，过了也就过了。成年了，步入社会了，每个人身上都有自己的责任和使命，都在自己追寻的路上不停奔跑。

到了时间，郑培培和陆嘉烨如约而至，夏之隽和顾思忆就在家里招待他们。

夏之隽亲自下厨，顾思忆拿着水果进厨房。正要洗水果，夏之隽抓住她的手：“凉水，不要碰。”

“没事啊！”

“有事。”他坚持。

“那我用热水洗好了。”

“你放着，我来洗。出去陪他们聊天。”夏之隽揽着她的肩膀，不由分说地将她往厨房外面带。

顾思忆没办法，只好在沙发上落座，朝郑培培和陆嘉烨无奈道：“我已经被他当成伤残在照顾了。”

郑培培说：“应该的！现在特殊时期，就该体贴入微！”

“什么特殊时期？”陆嘉烨问，很快反应过来，“你们要开始造人计划了？”

郑培培：“你傻不傻啊？要造人，也是晚上卖力，需要白天这么小心翼翼的？”

顾思忆只想捂脸。

——培培姐，你还是什么都别说比较好。

陆嘉烨秒懂：“那就是已经造人成功了？”

郑培培赶紧看向顾思忆：“我可没说啊！不是我跟他说的！”

顾思忆托腮：“你们，真的是在假装情侣吗？我怎么觉得，你们的气质都是浑然天成的一对？”

“谁跟他一对啊！我这种清新脱俗的女子，跟他那个傻子不是一路人。”

陆嘉烨不服气了：“我这么英俊潇洒、风流倜傥的霸道总裁，除了你，谁敢说我一句‘二傻子’？”

“啧……”顾思忆笑得意味深长，看着郑培培说，“感受到没有？霸道总裁对你的独家宠爱！”

郑培培嫌弃地白了陆嘉烨，抖落一地鸡皮疙瘩：“忆哥，你以为你在看偶像剧呢？”

陆嘉烨坐了一会儿，起身道：“你们歇着，我去给阿隽帮忙。”

陆嘉烨进了厨房，夏之隽毫不客气地指挥他打下手。

通透敞亮的大平层，郑培培和顾思忆坐在沙发上，一转头就能看到在开放式厨房里忙碌的两个男人。

郑培培叹息：“为什么夏大神结婚多年成了准爸爸，浑身还是透着那股高冷矜贵的气质？不仅颜值没崩，身材也没走样。”

“你想什么呢？学霸怎么可能变成那种秃头大肚子的油腻男！”顾思忆吐槽。

“不是说男人婚后就会发福的嘛……”郑培培无辜地眨眼。

“他还很年轻，三十岁都不到！”顾思忆强调，说完觉得不对，又道，“就算再过十年，他也不会变成油腻大叔！”

“好的，好的，夏神最帅。”郑培培笑眯眯道。

顾思忆打量着陆嘉烨在厨房里忙碌的身影，对郑培培说：“看样子，陆同学的厨艺不错哦。”

郑培培立刻点头："那是！他做菜非常好吃，学霸可能都比不上他。"

"那不会，我们家学霸也是棒棒的，他做的菜比外面的餐厅好吃多了。"

"陆傻子也是啊，堪比米其林大厨！"郑培培仿佛觉得这样没有说服力，又加一句，"不信比一比？他们一人做一道菜，比画比画？"

"行啊！"顾思忆欣然应声。

于是，两个原本在厨房里和谐忙碌的男人，突然接到两个女人的指示，一人独立完成一道拿手菜。

郑培培说："老陆，你可以的，加油，把你的实力发挥出来！"

陆嘉烨莫名就受到了鼓舞，又很莫名地当成了一个重要任务，根据食材思考自己做什么。

夏之隽波澜不惊，继续做他的菜。厨房够大，两人各自忙碌也不影响。

顾思忆凑到郑培培耳边低笑道："陆嘉烨这么个居家好男人，你真的不考虑吗？这段时间，你没少吃他做的饭吧？"

郑培培有点臊："我们那是室友的友谊之饭。"

"吃了人家的饭，不做人家的媳妇，当心人家跟你讨债哦！"顾思忆坏笑道。

"你别乱说了，我们是好哥们。"

"那将来你这个好哥们儿有女朋友了，就再也没人陪你，没人给你做贴心室友，给你送上热水热饭了。"

"……"

"我看你们相处得很好啊，明明很合适的嘛！"

"我真的没想过！"

陆嘉烨一边做菜，一边竖起耳朵听她们的悄悄话。虽然厨房有噪音，但他可以趁着取菜、备菜的机会靠近点，偷听一两句。他隐约感觉到，顾思忆在帮他说话，心里美滋滋的。再一想，闺密就是后方阵地啊，他之前居然没想到。以后他要好好跟"小酒窝"做工作，让她帮忙。

"过了这个村就没这个店了，陆同学一看就是个死心塌地对老婆好的男人。你以为现在这样的男人很多哦？遇到了还不珍惜？你们的性格还合拍，一路打打闹闹到现在，仍然有说不完的话、逗不完的乐，多难得。"

"不行，不行……没想过……真的太尴尬……"郑培培连连低声道，

“这就跟说好的哥们儿你却想……我一样，一样尴尬……得，我们别聊这个了，被他们听到就更尴尬了。”

万一被那二傻子听到，以为她假装情侣，装着装着对他有意思了，她真得打个洞钻进去。

在夏之隽和陆嘉烨的一起努力下，没多久，丰盛的饭菜上桌。郑培培开了她特地带来的珍藏红酒，正要给顾思忆倒酒的时候，被夏之隽拦住："她不能喝酒。"

郑培培愕然："一点红酒也不行吗？"

"不行。"夏之隽干脆利落地拒绝。

顾思忆无奈地看了郑培培一眼，她现在的一切自己都没有自主权了。

于是，三人喝红酒，顾思忆喝鲜榨果汁，大家一起碰杯。

郑培培说："还是在家里聚好，很有氛围。"

顾思忆笑："以后常来玩啊！"

郑培培："那必须，我得从胎儿时期当好准干妈。"

"那我是干爹咯？"陆嘉烨嬉笑。

郑培培："有你什么事？一边去，别凑热闹。"

"宝宝又不是你生，你说的不算！"

陆嘉烨哼声，转而对顾思忆道："小酒窝，我要做宝宝的干爹，提前报名。"

顾思忆笑道："好啊！"

"哎呀，你好讨厌啊，怎么这么喜欢跟风？我做干妈，你要做干爹？"

"不行啊，就准你喜欢小孩，我不能喜欢？"陆嘉烨反驳回去。

夏之隽一脸波澜不惊道："既然你们都喜欢小孩，不能自己去生？"

顾思忆笑眯眯道："对哦，你们去生一个，不是正好？还可以跟我家宝宝一起玩。"

陆嘉烨转头看郑培培："我居然觉得这个提议不错？"

郑培培："……"

陆嘉烨："生女儿像你那么美丽可爱，生儿子像我这么聪明帅气，可以说很完美了！"

"你瞎想什么呢？！"郑培培转过脸，故作镇定地喝了一口酒。陆嘉烨那张笑得阳光灿烂的俊脸，说着生小孩的事情，她居然莫名其妙地心跳加速了？这是什么鬼？！

陆嘉烨说几句就收，很快切换话题："刚才不是说比拼厨艺吗？两位评审尝尝看，我跟阿隽谁做的菜更好。"

顾思忆说："陆同学这道菜做得非常好，口感爽滑鲜嫩。可是，我觉得学霸这道做得更好，入口很有层次感。"

陆嘉烨："偏心！"

夏之隽："老婆有品位。"

郑培培尝过后，说："我觉得学霸做得很不错，确实层次分明。但是陆同学做得更好，让人吃了一口接一口，完全停不下筷子。"

陆嘉烨眉开眼笑，竖起大拇指："总算有个明白人了。培培才是我的知音啊！"

两个男人都心满意足，反正得到自己女人的认同就够了。

这一次上门小聚，陆嘉烨有了额外的收获，那就是他的助攻顾思忆。

回去后，一跟郑培培分开，他就忙不迭给顾思忆打电话。

陆嘉烨可怜巴巴道："小酒窝……不，顾老师，顾姐姐，顾女神，你一定要帮我这次呀！看在我们情比金坚、肝胆相照的分上，帮我出谋划策追培培。"

"情比金坚？"夏之隽凉凉的声音传过来。

顾思忆笑道："兄弟情。"

夏之隽："一如既往是个文盲。"

"你才文盲！"陆嘉烨佯装怒道，"你全家……就你文盲！我顾老师简直棒棒的！"

"顾老师，这种隐私的感情问题，我们私聊嘛，你别开外放。"陆嘉烨觍着脸要求道。

顾思忆："他说贴着耳朵不好。"

陆嘉烨："我去，要不要这么夸张？那你去别的房间，别跟他待在一起。"

顾思忆确实也想跟他交流一下，便从沙发上起身，去了书房。夏之隽一路目送，收回目光后继续看手里的育儿书。

他原本不想这么快要小孩，毕竟二人世界还没过几年。哪知道一次酒后误事，或者说在老婆的全力挑逗下，本性释放，什么都忘了。

等怀上后，木已成舟，只能接受小生命的到来。

初次做爸爸，夏之隽觉得有点棘手，还好有几个月的孕期做准备，他开始正儿八经地看起了育儿书，偶尔还会跟公司里做爸爸的人讨教一下经验。跟他比起来，顾思忆就是满腔热情想要个小孩子一起玩，其他的什么都没想。

她是热情而盲目，他是理智又谨慎。两个人搭配，倒也正好。

顾思忆进了书房，跟陆嘉烨继续交流。

“你是认真地想跟培培在一起吗？”

“我想跟她在一起的心比真金白银还真。我们都认识那么久了，你还不了解我吗？”陆嘉烨掏心掏肺地说，“迄今为止，就她一个人在我心里。”

“那你之前怎么不行动？”

“那不是怕她抗拒吗……”

“现在不怕啦？”

陆嘉烨笑：“这段时间相处得还行，我好像隐约感觉到前途不是一片黑暗……”

不知道是不是假装情侣装着装着，就让他膨胀了，他觉得这种相处感觉很美好。既然氛围这么美好，那么，或许她愿意试一试来真的？

“顾老师，你就跟我说说，接下来该咋办。”陆嘉烨真诚地请教。

“我看培培已经把你定位成好哥们了，你要打破一下你的人设。”

“这真是悲剧……那我该怎么打破？”

“这个你自己想呀！你要让她重新认识你的存在，重新考量你的人设。”末了，顾思忆不忘道，“加油哟！”

“……”

陆嘉烨结束电话，感觉自己更蒙圈了。

不过追老婆，不同于以往任何事，这一次他要拿出百倍千倍的刻苦来钻研！

第十七章

郑培培手下有个艺人在一项很有分量的电影节上拿了奖，郑培培很高兴，打算开个派对给她庆祝。她作为公司的金牌经纪人，圈内交际广、资源多，又是大老板的好朋友。她组织的聚会，不仅公司的一哥、一姐们踊跃参加，圈内的一些大咖也来捧场。

她跟陆嘉烨申请经费的时候，陆嘉烨直接给她开了一张副卡，说："你是我的左膀右臂，有用得上的随便刷。"怕她不肯要，又加了一句，"月底给个汇总账单就行。"

郑培培很爽快地接下了，有钱不要，傻啊！

宴会厅内，觥筹交错，欢声笑语。

有人问郑培培："你家陆老板来不来啊？"

另外有人笑道："是培培姐家的，肯定得来啊！"

郑培培笑："他要来，应该在路上了。"

正说着，陆嘉烨到了，不过他身边跟着一个女人，最近存在感很高的天才小提琴手蓝琳。前段时间，在跟郑培培在一起的消息传出来之前，大家传的"陆女郎"就是这一位，他去看她的演奏会还上过热搜。气氛有那么一丝微妙的尴尬，有人看郑培培的眼神有了点内涵。

郑培培这位"陆女郎"才过了多久，转眼陆公子又……想换口味了吗？

陆嘉烨一如既往，落座在郑培培身边。他抬手搭上她的肩膀，说："抱歉，来晚了点。路上遇到琳琳，她说要一起过来玩，我就把她带来了。"

"哦……"郑培培淡淡地应了一声。

这亲昵又温柔的姿态，来晚了还特地道歉，又专门解释了其他女人的出现，也算是给足了郑培培面子。只不过那声"琳琳"……不知道怎么回事，听得她有点刺耳。

蓝琳要给郑培培敬酒的时候，郑培培说："今天的主角不是我，别搞错对象了，我们的许影后才是今天的主角。"

蓝琳笑了笑，很识趣地转向，祝贺影后。

其他人来给郑培培敬酒，陆嘉烨一律拦下，说："培培的胃不好，不能喝酒，我来。"

起哄让他多喝几杯的，他来者不拒。

宴席过半，陆嘉烨跟大家喝得欢畅，郑培培去洗手间，在盥洗台前洗手时，顺便补个妆。

蓝琳走到她身边，笑道："培培姐天生丽质，素颜也很好看，哪里需要补妆？"

郑培培笑："你不知道化妆是对其他人最基本的尊重吗？"

蓝琳有点尴尬，勉强笑道："说得也是。"

两人一道走出洗手间，在长廊上慢慢地走着。

蓝琳突然说："嘉烨哥哥就是玩心重。以前还真没想到，他会对老朋友下手。这样万一以后朋友都做不成怎么办？"

郑培培笑道："都在一起了，为什么要做朋友？以后做夫妻不是更好吗？"

蓝琳怔了一下，随即笑了："嘉烨哥以前说过，他十年内都不打算结婚。"

"哦，那我想结婚的时候甩了他就是。"郑培培依旧云淡风轻。

"嗯？甩了我？"陆嘉烨的声音突然出现。

两人一扭头，看到他站在走廊一侧。双手抱胸，气息微沉。他喝得有点多，看到郑培培不在，出来上洗手间，顺便也想看看她在哪儿，然后就看到她和蓝琳一起走过来。

酒壮人胆。陆嘉烨朝郑培培走过去，在她跟前站定。郑培培抬头看他，他的手指捏上她的下巴，又问一遍："甩了我？"

喝了酒之后，他的气息浓厚，带着一丝强势的男人味。郑培培有点蒙，这二傻子还是第一次用这么带有质问的眼神看她。什么鬼？他那霸气的眼神，带着点说不清、道不明的性感，她居然开始心跳不规律。

陆嘉烨不见郑培培回答，突然搂上她的腰，低下头，扣住她的脑袋，亲上她的唇瓣。四片嘴唇相贴的时候，他看到郑培培蓦地瞪大的双眼，突然有点腿软……

酒劲去了大半，他只剩下心虚和不安，她会不会给他一个大巴掌？

他的脑子里突然闪过“小酒窝”说的话：“我看培培已经把你定位成好哥们儿了，你要打破一下你的人设。”

打破人设，怎么打破好哥们儿的人设？那当然是要做恋人才能做的事情！陆嘉烨瞬间领悟。

豁出去，打破人设！不要怕，就是干！

他伸手合上她的眼睛，加深这个吻，强势地撬入她口中，探索那更深层次的甜蜜。

陆嘉烨激动得难以自控，浑身血液直往脑门上蹿，他没有章法，仿佛要将她口中的甜蜜全部汲取殆尽。她由那一点点的心跳不规律变成了心跳爆炸，脸色涨红，不知所措，在他不容抗拒的疯狂索取下，成了紧张羞涩的小女人。

蓝琳在一旁目睹他们的热吻，看了几秒，实在看不下去，转身先进了房间。

终于，一口气吻到精疲力竭的陆嘉烨，在快要窒息的时候放开了她。她直喘气，差点摔倒。两人喘着气，面面相觑。

一时间气氛暧昧得让人无所适从。

陆嘉烨不知道该说什么，干完事就傻眼了。

郑培培率先问道：“你跟蓝琳是什么关系？”

陆嘉烨道：“她是我爸世交的女儿，偶尔一起玩，不太熟。”

“哦，不太熟还带她一起过来？”

陆嘉烨有点蒙，实话实说：“因为路上遇到了，她非要来，我想她也是有点牌面的人，来了能给你撑场子，就带来了。”

“她有‘陆女郎’之称，你不知道？”

“不知道啊！”

郑培培不知道该说什么了，率先进入房间，陆嘉烨尾随在她后头。

宴会后半程郑培培有点心不在焉了。她有点乱，为什么陆嘉烨一个吻会吻得她晕头转向？她甚至忘了一耳光招呼过去。按理说他这么占她便宜，很讨打啊！她居然从头到尾，忘了反应……

宴会结束，众人离席时，陆嘉烨紧紧地抓住郑培培的手。

郑培培说：“你喝了酒，我来开车。”

陆嘉烨：“好。”

上车，在封闭的空间里，两人系安全带时，没由来地对视一眼，空气中又满是说不清、道不明的暧昧和尴尬。郑培培迅速转过头，目视前方，认真开车。

这时候她真烦恼跟他住在一起，尴尬还得持续尴尬，回了家还得面对面。人家女生突然被吻，害羞得跑掉，至少可以独自缓个几天，理一理思路。

终于到了车库，两人下车，回家。

郑培培说：“睡了。”

陆嘉烨点头：“嗯！嗯！”

“……”傻样。

郑培培回到自己的大套间。还好，关上门，还是有自己的空间。

陆嘉烨稳重地走上二楼。快要走到房门口时，突然来一个旋转跳跃。又去健身室内，抓举推拉。一通发泄之后，浑身精力消失殆尽，才去洗了个澡，躺在床上。

次日，郑培培睡到很晚才醒。起床后，她发现陆嘉烨已经出门了，顿时松一口气。她收拾好自己后，也出门了。

忙碌了一天，没有接到陆嘉烨的电话和信息，她也没有主动联系他。等到晚上忙完，回到家，发现家里没人。这家伙去哪里鬼混了？

郑培培突然有点不开心。但是，她不打算问他在哪里、在干吗。他一晚归就问他干吗去了、怎么还不回来，太尴尬了，像是独守空房的怨女催着自己的男朋友。

虽然她真的很想知道！但是，男朋友是假的！假的！假的！

她回自己的房间，洗漱完之后，翻来覆去没有睡意，只好拿出手机玩游戏。玩着玩着，总算玩到了自然睡着。

第二天起床，她还迷迷糊糊的时候喊了一声陆嘉烨，没回音。她来到餐厅，餐桌上没食物。这才想起来，这傻子直到昨晚她睡着之前还没回来。

她上楼一看，床上一片整洁，看样子是一夜没回来。

夜不归宿？这有点没法忍啊！

郑培培正要给陆嘉烨打个电话过去，想想还是忍住了。到了公司之后，她在陆嘉烨的狐朋狗友那里旁敲侧击得知，他去外地谈项目了。

出差？出差为什么没跟她说一声？

而且这出差的时间节点，也太巧了吧？就在酒后强吻她之后，第二天就出差，难道是故意躲着她？

躲就躲，正好，她现在也不想看到他。

氛围尴尬，各自冷静，平息那莫名其妙的氛围，是最好的处理方式。

郑培培抱着这种心态过了一周。陆嘉烨一直没回来，也没消息。

这一天，借着游戏输掉的怒火，她率先给陆嘉烨发去微信消息。

“你什么意思？亲完就跑真刺激是吧？”

“你再不回来给我好好交代清楚，以后就别出现在我眼前了！”

“姑奶奶的耐心有限！！！”

“给你一天时间，无论你在这个世界的哪个角落，不出现你就完犊子了！”

郑培培发完消息，那边还是没有动静。她开了一瓶红酒，喝酒解闷。曾经觉得避开也好的她，现在觉得亲完就跑简直渣男。而这个渣男还是自己以前的好哥们儿，她非得打死他不可！

郑培培喝到第二瓶的时候，门边有了动静。

“谁？”她坐起身，这大半夜的，即使有浓浓醉意她也不忘提高警惕性。

陆嘉烨走进来，手里拿了一个键盘。

他走到郑培培跟前，键盘在地上放好，“扑通”一声，跪了上去，说：“姑奶奶，我错了！”

郑培培站起身，正要顺势骂他两句，红酒的后劲上来，脑子一个晕乎，身体打摆子。陆嘉烨赶忙起身扶住了她。

“别碰我，走开！”她推他。

陆嘉烨怕她摔倒在地，不敢松手。两人拉扯间，齐齐摔倒在沙发上，四目相对，氛围没由来地又变得暧昧起来。喝了酒的她，脸颊酡红，眼神迷离，软绵绵地陷在他的臂弯里。她突然间忘了自己要说什么，忘了愤怒，忘了不爽，只怔怔地看着他。

陆嘉烨的目光落在那柔软的双唇上，想起那滋味，他鬼使神差地压下来，再次吻住她。她由喉咙里泻出声音，不仅没有抗拒，反而像是在享受。他本就发热的头脑，理智彻底被摧毁殆尽。

两人从沙发滚到地毯上，一步一步深入，一发不可收拾，迎合内心深处最本能的渴望。

第二天，郑培培醒来的时候在床上，身边是一个赤条条的男人。哦，准确来说，是两个人，还纠缠在一起。

郑培培的脑子里在不断回放昨晚的片段。

她是醉了，但没有完全醉，有那么点半推半就的意思……

不知道是不是单身太久了，居然看这个二傻子都看得春心荡漾。

现在该怎么办？总不能睡了就不负责任吧？

郑培培内心百感交集，仍然很淡定地坐起身，从床头柜上拿起一包女士烟，抽出一根点燃。

陆嘉烨醒来看到的画面就是，郑培培坐在那里很深沉很冷静地抽烟，颇有种江湖大佬的感觉。

陆嘉烨虽然之前很担心，但现在睡都睡了，没有回头路……

他心一横，决定进行到底。赢了美人在怀，输了再接再厉。

他坐起身，伸出胳膊，很自然地搂住了郑培培的肩膀，另一只手取走她指间的香烟，送入自己口中，吸了一口。

郑培培抬手抢过来，抢到手又觉得没劲，随手掐灭在烟灰缸里。

陆嘉烨清了清嗓子，步入正题：“既然都这样了，我们就好好在一起吧！”

“谁要跟你在一起？一天天花边新闻那么多。”郑培培一声轻哼。

“我没有啊！”陆嘉烨委屈地辩白，“他们非要逮着我拍，跟个表妹一起吃饭都是绯闻，跟个同学谈项目也是绯闻……全部是绯闻，从没有证据！我凭一己之力养活一群狗仔，容易吗？”

“那谁叫你不解释？有绯闻不否认就是默认，就是真相！”

陆嘉烨从善如流道：“多谢姑奶奶指点，我现在明白了！以后除了跟你的新闻，其他人一律辟谣！”

“我可没管你，随便你辟不辟谣。”郑培培故意装得云淡风轻。

“这个哪里需要你管？我必须时刻保持革命纯洁性，高度自觉性，坚决不让领导操心！”

郑培培心里憋着笑。陆嘉烨表完忠心后，翻身下床。

她看着他的背影走出去，那宽肩窄腰翘臀，流畅的弧线，性感的肩胛骨，健硕的身躯……她没忍住舔了舔一下嘴唇，心里居然有冲动上涌。

这男色的滋味，真的很销魂了。

等到郑培培洗个澡把自己收拾好出来，陆嘉烨已经把早餐做好了。她往餐桌去，陆嘉烨赶忙为她把椅子拉好，一脸谄笑：“姑奶奶，您请上座。”

他回到自己的位子上，给她舀了一碗粥：“姑奶奶，您请用膳。”

郑培培忍不住吐槽：“一口一个‘姑奶奶’的，我还你祖宗呢！”

“祖宗，您好，祖宗，请用餐。”陆嘉烨笑得露出一口小白牙。

郑培培很嫌弃，但又没忍住笑了。陆嘉烨看到她笑，心里更是美滋滋的。

节操是什么？只要心上人能笑，给她表演个吞火球都行。

郑培培问他：“看你前阵子很忙啊，接下来还要出差吗？”

“不出了，不出了……”他讪笑。

“别呀，该出就出，别因为我影响你工作。”

“没有，现在确实没工作。”

陆嘉烨开车送郑培培到公司，自己也像模像样地去了办公室。一进入办公室立刻给顾思忆打电话报喜。顾思忆这边刚放下电话，郑培培又打电话进来了。

顾思忆接了这个电话又接那个电话，虽然两人的说法稍有出入，但她用她的脑子一分析就知道，这两人是彼此都有意思，借着酒劲，将生米煮成熟饭。

顾思忆很高兴，他们终于迈过哥们儿的关卡在一起了。郑培培分手后，顾思忆就一直希望她再找个男朋友，让她拥有理想中的恋爱。别人顾思忆还不敢肯定，如果是陆嘉烨，以后一定会让郑培培幸福。

陆嘉烨现在正式转入男朋友角色，更加热血澎湃。一到下班时间就联系郑培培，得知她在摄影棚，亲自开车去接她。

车子开到商场楼下的停车场，郑培培说："去哪里吃饭？"

陆嘉烨挑眉道："外面的饭菜哪能满足我的小可爱？去超市买菜，回家我做饭给小可爱吃。"

郑培培轻嗤："谁是你的小可爱啊？！"

下车后，陆嘉烨主动拉起郑培培的手，扣着她的手指。

郑培培下意识地想缩手："你不怕被拍到啊？"

"拍到就拍到啊，我的正牌女友，怕什么？"陆嘉烨牵手牵得更紧了。

郑培培别过脸，微微扬唇。

两人进了超市，一起选东西。主要是陆嘉烨这个大厨选菜，郑培培在一旁推车。她看着他在水产品前挑挑选选，还蹲下来望着水缸里的海虾看是不是活的……真的很想笑。好歹也是个亿万身家的土豪，为什么日常这么接地气，一点贵公子包袱都没有？

陆嘉烨称了海虾和龙虾后，兴冲冲地过来，还献宝似的在郑培培跟前晃了晃："今晚给你做龙虾宴。"

郑培培看着他，忍不住笑。以前就觉得他有时候很皮，有时候很逗，现在不知道怎么的，越看越可爱。

工作几年，郑培培不是当初的小女生，也不是职场新人了，见多识广，阅历丰富。看人看多了，有时候一眼就能看穿对方有什么企图。而在陆嘉烨那双眼睛里，她看到的是饱满的热情，真挚的情感，有时候甚至像一个三岁的小孩，可劲地对一个人好，讨对方的欢心。

每每与他目光对视，郑培培就觉得自己的心像是被小太阳照射着，变得温暖又愉悦。

两人回了家，陆嘉烨大展身手，做了一顿丰盛的晚餐。

吃过饭，郑培培主动善后。陆嘉烨坐在沙发上，心思漂浮。现在确定关系，今晚……今晚该怎么睡？他总不能继续睡楼上吧？可是，一来就要同床会不会显得很猴急掉印象分？昨晚已经有一次意外了，今晚还来，岂不是司马昭之心路人皆知？

他都等这么多年了，还真不在乎这一时半会儿。

风度！一定要稳住风度！

郑培培收拾完，说：“那我回房间，洗洗睡了。”

陆嘉烨点头：“好。”

郑培培进了主卧，陆嘉烨仰躺在沙发上，玩着手机游戏。过了一会儿，郑培培又出来了，穿着一件粉色真丝睡裙，很诱人的真空状态。陆嘉烨抬头看一眼，鼻血都快飙出来了，迅速转头，继续专注于手机。

郑培培坐到他身边说：“睡不着，一起玩游戏啊！”

“好啊！玩什么？我带你。”

“随便。”

“那‘吃鸡’嘛？”

“可以。”

两人开局玩游戏。陆嘉烨的目光，总是忍不住……忍不住地往重峦叠嶂处飘。郑培培貌似玩游戏玩得太投入了，没意识到自己这样俯身的姿态有多撩。她大大咧咧地跟他玩，“吃鸡”的时候还开心地往他肩膀上靠。

陆嘉烨：“……”

他僵硬得跟一块石头一样。

——稳住，我能扛，一定要稳住。

接连玩了几把，郑培培打了个哈欠。陆嘉烨关切地说：“我看你都困了，赶紧进去睡觉吧！”

郑培培：“哦。”

她面无表情地起身，面无表情地离开。

陆嘉烨看着她的背影，又笑眯眯地说了一句：“晚安。”

郑培培：“……”

不解风情的男人。

她懒得理他，径自进了房间。

陆嘉烨怕自己失控，冲入她的房间，便选择了上楼回房间。郑培培没有关门，靠在床头听到他上楼的声音，咬牙切齿，气得想捶床。

这家伙难道对她没有想法吗？！没有想法昨晚为什么那么猛？一次又一次，什么叫食髓知味，他不懂吗？

陆嘉烨上楼洗完澡，躺在床上，翻来覆去回忆着昨晚的滋味，空悲切。

他默默地安慰自己，没有关系，忍耐是暂时的，小不忍则乱大谋。等到关系稳定了，他可以为所欲为的时候，一定要补回来。

床头柜上的手机响了，他拿起来一看，郑培培发来信息。

“吃撑了，睡不着。”

“时间还早，要不你过来，我们聊一聊工作？”

陆嘉烨一个鲤鱼打挺，从床上弹起来，睡衣都没顾上穿，就屁颠屁颠地下楼了。

他来到郑培培的房间，发现只亮着一盏昏暗的睡眠灯。床头的香熏散发着淡淡的怡人香味，他心里的野兽一瞬间冲破牢笼。

陆嘉烨走到床边，找到那温热的女人，抱住她。他哑着嗓子说：“我们就在床上聊工作，聊到自然睡着……”

“哦。”郑培培应着这句没有可信度的话。

她倒要看看，他能忍到什么时候。

陆嘉烨脑子里一团糨糊，不着边际地聊起工作。聊着聊着，身体力行了。手里做着不老实的事情，嘴上还在大谈投资计划、大聊投资回报率……

郑培培轻咬着下嘴唇，身体微颤。她越来越有感觉，当她想沉浸其中时，男人那枯燥的念工作报告一般的话真的很煞风景。

她实在忍不了，喘着气道：“闭嘴，行吗？”

“……”陆嘉烨闭上嘴巴。

谢天谢地，终于不用挖空脑子，说着一些自己都不知道是什么鬼的话。氛围已经烘托到这个程度了，接下来什么都不用说了，埋头干就是了。

两人极度契合，挥汗如雨。

人都是不想亏待自己的生物。有了第一次的酒醉，第二次的工作借口，第三次……陆嘉烨在郑培培洗漱的时候就直接堵进去了。

郑培培还有点接受不了这么刺激的，但又隐隐期待，带着享受，欲拒还迎之下，把陆嘉烨激得热血沸腾……

全公司的人都发现了，陆老板最近意气风发，笑容满面，充满了荷尔蒙感，简直像个青春期的小伙子。这段时间的他，也是最好说话的时候，来跟他谈升职加薪，基本来者不拒。

幸福的日子过了一段时间，陆嘉烨感觉不爽了。

为什么媒体上没有他和培培的新闻了？！以前他随便跟个妞一起吃顿饭都要被炒上热搜，为什么他现在跟培培经常一起出入，还公然手拉手，都没有一点水花？那些八卦博主、狗仔记者，全部抛弃他了吗？

不服输的陆嘉烨，主动在微博发了一张牵手照，配文："我家领导。后面提到了郑培培的微博——MISS 耳关。"

很快，粉丝们蜂拥而至。

"还是郑培培？"

"哇，国民老公转性啦？这都几个月了，居然还没换女友？"

"嘉烨，这不是你的风格啊？速度下一个吧！"

"已经迫不及待想看下一位小姐姐是谁。"

"不会这一次是认真的吧？"

"不信，铁打的老陆，流水的'陆女郎'。"

"我赌一箱辣条，最多再三个月保质期。"

"楼上太小看老陆了吧？我压一车黄瓜，最多再一个月！"

……

粉丝讨论得越来越起劲，陆嘉烨不仅没有达到想象中的秀恩爱的效果，一个他始料未及的标题被炒上热搜——陆嘉烨什么时候换女友。陆嘉烨快要被这些"吃瓜"群众气吐血。

"我这如假包换的纯情热情痴情美男子，就这么被悠悠之口抹黑成花花公子了！"陆嘉烨在郑培培刷微博时，在一旁愤然道，率先给自己洗白。

郑培培的目光从手机上挪开，看向一旁义愤填膺的陆嘉烨，笑道："我有一个问题，很好奇。"

"问，尽管问，有问必答。知无不言，言无不尽。"陆嘉烨掐着腰，一脸正气凛然。

“你到底打算什么时候换下一个‘陆女郎’？”

陆嘉烨一怔，反应过来后，扑上前，压住她的腿，作势要掐她脖子：“这么乱讲话，是要被吃掉的！”

“怕你呀……”郑培培极力反抗。

可是当陆嘉烨想要压制她的时候，她才知道，双方力量悬殊有多大。几番挣扎毫无起色，她内心是绝望的：“好了，好了，不玩了，你起来……”

“你说不玩就不玩？那我多没面子！”陆嘉烨低下头，亲她的耳朵和脖子，“非得给你个教训不可……”

郑培培被弄得又痒又酥麻，完全招架不住。两人嬉闹着，又变了一场酣畅淋漓的肉搏战。

至于那些咸吃萝卜淡操心的网友，陆嘉烨决定用实际行动反驳。他又发了一张照片，是郑培培坐在梳妆台前化妆的侧脸照，配文：“今天依然美美的。”照例提到了郑培培。

郑培培正要开始工作，一打开微博，就看到无数条消息。再一看，又是这家伙在骚动了。明明觉得那土味情话傻得不行，可她看到的时候忍不住就笑起来了。

下面是几万条评论，郑培培随便看了看，无论是祝福的还是唱衰的，她都看得笑眯眯的。即便有人还在嚷嚷什么时候换下一位“陆女郎”，她也看得挺欢乐的。

大概这是她第一次享受正牌女友的待遇。能够被所有人知道的光明正大的恋情，说好也好，说不好也好。至少，全世界都知道，她是陆嘉烨的女朋友。

郑培培没有回应，乐呵之后就继续忙工作了。

陆嘉烨坚持不懈地在微博上秀恩爱，由于郑培培没回应，得到了“史上最酷陆女郎”称号。毕竟以往那些女人，但凡跟陆嘉烨沾上那么一点关系，都迫不及待地想跟他互动蹭热度。

又一次，陆嘉烨将亲手做的大餐，进行精致摆盘、拍照、发微博：“在家也有烛光晚餐的浪漫。”

他把剥好的龙虾送到郑培培嘴边，郑培培正要张口咬下，陆嘉烨另一只手拿着手机，按下拍摄。郑培培嫌弃地别开脸：“你是要做网红吗，玩微博玩上瘾了？”

“错。”陆嘉烨一脸严肃地否定她，随即笑逐颜开，“我是秀恩爱秀上瘾了。”

他将那张照片又发到微博上，配文：“怎么让高冷的领导在微博上跟我互动一次？”

这个动态一下子粉丝被点燃了，纷纷来到郑培培的微博下，为陆嘉烨发声。

郑培培打开微博，卡到崩溃。看到陆嘉烨的提问后，忍着笑，甩给他一个白眼，道：“你能不能一天不要这么造作？”

“单身二十七八年的我，好不容易有个女朋友，凭什么不让我造作？！”陆嘉烨慷慨激昂道。

郑培培：“你搞笑吗？没交过女朋友，你那些‘陆女郎’都是空气呢？”

“那些人到底都是谁跟谁，我都不记得了，你居然用空气来形容？”陆嘉烨嗤之以鼻，“你才是我的空气好吗？没有你，我就窒息了！”

郑培培一时间无言以对，一直被她嘲笑文盲的傻子，居然秀她一脸。她只能不服输地甩出一言难尽的两个字：“呵呵。”

当晚，两个人缠绵在一起时，郑培培在汗水淋漓中问：“为什么一直不找女朋友？”

陆嘉烨在她脖子上咬了一口，哑声道：“我那么稀罕你，其他人哪里看得入眼？”

郑培培软绵绵地娇嗔：“痛……”

“痛就对了，哥被你冷落的时候，心才痛……”

“你这是要秋后算账吗？”郑培培忍着战栗问。

“只要你别跑了，我疼你还来不及！”

“小爷厉害吗？”

“幼稚鬼！”

“再说一遍，小爷没听清。”

郑培培被折腾得七荤八素，终于妥协了：“厉害……厉害……”

陆嘉烨坚持不懈地在微博秀恩爱，终于有了成效，网友变了。

“我现在看陆公子的微博，居然是为了追他的恋爱日常？”

“像一篇小甜文是怎么回事？”

“浪子回头，开启了炫妻狂魔模式。”

“没有一丝丝防备，在嘉烨的微博感受到爱情这玩意的香甜。”

“站你们这对 CP！有本事秀，就要有本事别分手！”

“嗯……我还是坐等陆嘉烨打脸吧？”

陆嘉烨不仅在微博上日常秀媳妇，在生活中也一样，出席活动经常带着郑培培。在公众场合，拉着手，搂着肩膀，丝毫不避讳媒体的镜头。两人的亲密照三天两头地流出来，就连看个秀，都能被旁人抓拍到拧开盖子给女朋友递水，看着女朋友喝水，双眼温柔放光。上下台阶时小心翼翼地搀扶女朋友的手，蹲下身给女朋友整理裙角，等等。在各种公开场合的表现，让大家彻底对陆嘉烨改观了。

“这一定是真爱了，那眼神演不出来的。”

“以前为什么会觉得陆公子花心？现在看他，明明全身上下透着‘忠犬’气质？”

“随便你们怎么想，我已经开始嗑这对 CP 的糖了。”

“救命，我也成他们的 CP 粉了！”

“陆嘉烨是‘隽忆夫妇’的好朋友，那两口子已经走过了十年。人以群分，我们陆公子一定也是长情的人！”

“有一个短视频真的戳到我了，郑培培转头看他一眼，他笑得眼里全是小星星啊，太有爱了！”

“是啊，以前那些‘陆女郎’在他身边的时候，他就是很敷衍的表情，也没有肢体接触。哪像现在，整天腻腻歪歪，笑得跟二傻子似的，我也不知道为什么会用这个词。”

“沉迷爱情的男人，浑身都冒着粉红色泡泡。”

“好喜欢他们呀，希望一直好下去！”

陆嘉烨彻底逆转舆论风向后，自己也得意。这如胶似漆的日子，过得他好不快活。

某天，苏韩打来电话。

苏韩问："你跟培培在一起了？"

陆嘉烨："兄弟，你这反射弧可以绕地球三圈再打个蝴蝶结了。"

"呵呵！"苏韩客气地笑了笑，随即又道，"你不是让我慢慢来吗，怎么自己捷足先登了？"

"古人说得好，近水楼台先得月。"陆嘉烨笑，"有机会不上，我傻啊？"

"……"苏韩一时无言。

"气得说不出话来了？是不是晚上要气得睡不着觉啊？"陆嘉烨分外嘚瑟地问。

苏韩都被他气笑了。

"我对你深表同情，可以陪你喝个不醉不归，但是，培培已经是我家的了，这个你别想。"

苏韩苦笑道："想也想不了，她早就明确地拒绝我了。"

"哦，为你点根蜡，虽然我心里很高兴。"

"你是不是想跟我约个架？"

"来啊，如果能让你舒坦点。关于我的女人没有商量余地，我自己出卖一下肉体还可以。时间、地点你定，给你个头盔和盔甲，我赤条条应战。"

苏韩又一次被气笑。

过了一会儿，他笑停了，轻叹一声："培培跟你在一起，挺好的。其他人我还不放心，是你就好了。"

"你也别惦着了，天空海阔，多看看其他妹子啊！"

"当然，不然你以为我会出家当和尚不成？"

"你当得了和尚吗？"

"滚。"

"好了，我知道你是来祝福我的，我收到了，谢谢啊！喝酒还是约架，我都可以奉陪的。"

"行。"

两人挂了电话后，苏韩靠在沙发上，脑子里回忆起曾经的一幕幕。他也看到了那些新闻，那些照片，他越发明白以前的自己有多亏欠她……

虽然他想弥补，但一切都来不及了。没有人会站在原地等待，他也没有权利让她等。

挺好的，以后有陆嘉烨照顾她了。他没做到的事情，陆嘉烨都可以做到。

苏韩的一通电话，丝毫没有减退陆嘉烨秀恩爱的热情。相反，他的主人翁意识更强了，恨不得全世界都知道，他已经是郑培培的男朋友。

前几年郑培培在工作中颇有异性缘，长得美还有工作能力，不少桃花在蠢蠢欲动，陆嘉烨是看在眼里憋在心里，干着急。现在不一样了，他有了正宫地位，他要让所有爱慕他女朋友的男人，都滚一边凉快去。

郑培陪练习了几年的独立大女人人设，被陆嘉烨黏糊得溃不成军，走哪儿都有陆嘉烨打来的电话，不在一起吃饭的时候连吃个什么都要给她发照片。起初她还不好意思，渐渐地，她也养成无论什么事情都第一时间跟他说的习惯。上一次恋爱让她沉默、让她懂事、让她坚强，而这一段恋爱，让她变成了小女孩。

日子在一天天的打情骂俏中过着。这天，郑培培正在片场跟导演沟通女主演的档期时，由于过度疲劳，身体不适，差点晕倒。身旁随行的助理，第一时间把她往医院送，同时打电话通知了陆嘉烨。

陆嘉烨还在会议室里，当即暂停会议，风风火火地往医院赶。

女医生做了检查后，对陆嘉烨说："既然妻子怀孕了，你作为丈夫，应该多关心，减轻她的工作量。前三个月是危险期，要多注意。"

陆嘉烨迷茫地看着她。

"这次没什么大事，就是劳累过度，接下来要好好休养。"

"等等！医生，你刚才说什么？我……那个，我没听错吧？你说她……怀……怀……"陆嘉烨有点喘不上气，连那两个字都说不利索。

"怀孕了！"医生帮他说完整，"难道你们还不知道？"

陆嘉烨一顿摇头。

"那待会儿去妇产科好好做个检查。"

陆嘉烨进入病房，跟郑培培大眼瞪小眼。显然，刚才她也收到了医嘱。

半晌，郑培培勉强地干笑道："可能搞错了？"

“这么大的医院，人家还是教授医师，不至于吧……”

“那可说不定。”

看她一脸怀疑，陆嘉烨只得迎合道：“那再去检查一次。”

郑培培的心情有点烦躁。现在小日子过得正好，她可不想怀孕，再说了，她哪有那时间养胎。

郑培培唯有在心里默默祈祷，希望是误诊，希望是误诊……

她进妇产科检查的时候，陆嘉烨匆忙离开了医院。正好医院附近有个商场。他像风一般席卷到商场的黄金珠宝店，挑了一个又大又闪的钻石戒指。他不像郑培培那样还怀揣着一丝希望，他已经认定，她肚子里肯定是有孩子了。

最近红运当头，看来是老天爷想让他当爹了。

当然，当爹的第一步，先明确身份。

检查结果出来后，怀揣着微乎其微希望的郑培培，最终还是失望了。她确确实实有了孩子，已经一个多月了。她打算出来跟陆嘉烨商量商量该怎么办，如果不要这个孩子的话，得有至少一个月的假期。结果，她一出来，人都没见到。

至于吗，直接吓得落荒而逃？

郑培培有点迷醉。她给陆嘉烨打电话，可由于陆嘉烨的手机调成了静音没听到，电话也就没人接，她彻底无语。算了，算了，还是自己搞定。

郑培培跟医生商量着做人流的时间。

医生试图劝阻：“打胎对身体不好，建议您再想想，不要这么急着下决定。”

“没办法，实在还没做好准备。”郑培培苦笑。明明每次都做措施了，怎么回事啊！

郑培培跟医生商量好具体时间，医生送她出诊室。两人刚走到走廊上，来无影去无踪的陆嘉烨出现了。他隐约听到“流产”两个字，快要吓尿了。

他以为她这是要去手术室，一路狂奔，撕心裂肺地喊道：“培培——”

郑培培站在原地，看向他。

陆嘉烨距离她一步远，急刹车，单膝跪地，拿出口袋里的钻戒，递上，直喘粗气。因为太激动，眼眶都泛着红。

“我……向你求婚！嫁给我，给我生猴子……啊，呸，给我生孩子，好吗？”

郑培培愣住，看向那枚亮瞎眼的钻戒。

所以，他这是一个人悄悄地去买了钻戒回来？

陆嘉烨目光灼灼地看着她：“我知道，我们在一起还不久，你可能还没做好准备嫁给我。但是，现在我们有孩子了，俗话说，救人一命胜造七级浮屠……救我们孩子一命，下辈子我一定还能跟你在一起。我们就好好学习当爹当妈，行吗？”

郑培培啼笑皆非，觉得他傻里傻气的，连求婚的话都不会好好说，可是她的眼眶莫名地湿润了。

陆嘉烨继续道：“我陆嘉烨用我的生命和尊严向你承诺，我会尽最大努力去做一个好丈夫，好爸爸。有我在，一定不会让你和孩子吃苦受累。培培，嫁给我吧！”

郑培培还没做出反应，旁边的走廊上就有人起哄道：“好男人，嫁给他吧！”

还有两个等待的女孩忍不住低头啜泣。自己一个人孤苦伶仃过来流产，看到这一幕，难免触景生情。郑培培四下环顾，发现大家都在看着他们，很不好意思地催促陆嘉烨：“你先起来，我们回家再说。”

“不，就现在，我一定要得到一个答案。”陆嘉烨执拗地看着他，膝盖还跪在地面上，手里举着钻戒，“事关我孩子的生命安危，刻不容缓。”

“那我要是不答应呢？”

陆嘉烨心碎又委屈地看着她，双眼湿漉漉的，跟个可怜巴巴的被主人抛弃的大型犬一样。

郑培培轻笑，伸出手：“还不给我戴上？”

“……”幸福来得太突然，陆嘉烨愣了三秒，哆嗦着从盒子里取出钻戒，套上她的手指。

郑培培轻哼：“我可没想那么快嫁给你，一切都是为了孩子。”

“是的，是的，我知道……”

“哪天你要是惹我不开心了，我就带孩子一起走。”郑培培的表情分外傲娇。

“您是姑奶奶，您是祖宗，我哪里敢惹您啊！”陆嘉烨赔笑。

戴好戒指，陆嘉烨站起身，就要给郑培培一个熊抱，一旁的医生及时阻止了他：“注意点，不要冲撞孕妇。”

陆嘉烨吓得稍息立正站好。

两人离开医院时，陆嘉烨小心翼翼地搀扶着郑培培。

上了车，郑培培回溯着往事，吐槽：“究竟是哪一次？明明都有做措施的啊！”

“可能……有时候喝酒……忘了？”陆嘉烨也有点蒙。

“不会是你悄悄地背着我在避孕套上戳了个洞吧？”

“天地良心，我怎么会干这么没品的事情！”他这浪打浪的日子还没过够呢，突然来个孩子，他也是手忙脚乱的，“我们的恩爱事业开展得如火如荼，你以为我想打断吗？”

郑培培撇撇嘴，故意道：“既然不乐意，那我们干吗不去流产？”

“为什么要流产？我那么爱你，你给我怀上孩子，那是老天送给我们的礼物。虽然是意料之外，但我很开心啊！”

郑培培转过脸，看向窗外，脸色微红，弯起嘴角。

陆嘉烨说：“那我这边开始筹备了，趁着你肚子还没大起来，把婚礼办了。你什么都别管，安心养胎就行了。”

“我手头还有很多工作……”

“交给其他人办，实在不放心的你可以跟进，但是不能再出差了，也不能加班。这样，一周工作三天，每天工作时间不超过三小时。”

“工作时间也太少了？”

“不少，非常宽裕。”要不是知道她热爱工作，他恨不得她直接在家养着，“前面几年你工作很努力了，这一次就当给自己放一个长假。”

陆嘉烨抓住郑培培的手，说：“放心，不管休息多久，有你老公在，这江湖永远是你的！”

郑培培被他逗笑：“你‘中二病’啊！”

“永远为你燃烧‘中二之魂’！”他一脸慷慨激昂、甘之如饴。

郑培培笑得不行，心里又悄悄地感动着。

因为这一意外惊喜，两人原本自由自在的节奏被打乱了。双方带上家长一起见面，商量婚事。陆嘉烨的父母很喜欢郑培培，大家闺秀，相貌标致，嘴甜又懂事。当然，最重要的是自家儿子喜欢。

这是陆嘉烨第一次带女朋友见家长，以前他传一些乱七八糟的绯闻，家人还担心他找个小网红回来，这下好了，原来是高中同学。陆家非常满意这个儿媳妇。

至于郑培培的父母，原本看她一直拼事业都不谈恋爱，别提多着急了。眼看着都快要奔三了，终于带了个根正苗红的青年才俊回来。加上陆嘉烨那求生欲极强地吹捧，郑家老少都被他哄得开开心心。

这一桩婚事，双方父母都很满意，很快就提上日程了。

至于怀孕的事情……郑培培不敢跟父母交代。他们家家风极其严格，被她爷爷得知未婚先孕的事，不得敲断她的腿。

因为郑培培有孕在身，陆嘉烨紧锣密鼓地筹备婚事，进度提速提速再提速，就怕老婆肚子大了不好穿婚纱。

三个月后，陆嘉烨和郑培培的婚礼在城堡举行。原本陆嘉烨的计划是在欧洲古堡举办婚礼，但是因为顾思忆的肚子越来越大，不方便出国，郑培培决定不在国外办。人生最重要的事情，她当然要最好的朋友在现场见证。

婚礼当天，陆嘉烨格外大方，对于媒体记者来者不拒，还为他们准备了大红包。微博上一片热闹，那些不能到婚礼现场的粉丝都通过微博看热闹。

以陆嘉烨和郑培培在圈内的人脉资源和地位，来往宾客大咖云集，星光熠熠，粉丝们戏称这场婚礼集齐了大半个娱乐圈。

顾思忆由于大着肚子，被夏之隽守在身旁，小心翼翼地看护着。宴席上，这些老朋友坐一桌。苏韩没来，大家都知道，他这晚在 C 市有一场演唱会。

如梦似幻的婚礼会场，高朋满座。

新娘郑培培穿着美丽的婚纱，在她父亲的搀扶下，缓缓走向新郎陆嘉烨。陆嘉烨一身西装礼服，笔直地站立着，表情庄重。

当他牵住郑培培的手，两人四目相对，主持人把话筒递给他，让他对新娘说话。

陆嘉烨拿着话筒，傻愣愣地看着郑培培。

郑培培无声做着口型：“别紧张。”

她感觉得到，他抓着她的手都在颤抖。

“我……”陆嘉烨努力地组织着语音，想说话，却发现声音沙哑得厉害。

他的梦中情人，他从十六岁开始喜欢的人，穿着婚纱，站在他眼前……这该不会是做梦吧？

他的心中翻江倒海。他突然低下头，用手指压着眼睛，不让眼角的泪流出来。

现场来宾都发现他的失态，大家善意地哄笑。

陆嘉烨深呼吸，抬起头看郑培培，眼眶泛红，眼底湿润。他哑声道：“老婆，我觉得我特别幸福……我都不敢相信，我居然真的娶到你了……以前真的都不敢想……

“我发誓，我会一辈子把你捧在手心！其他人有的我一定要让你有，别人没有的，我也要给你！我要我的老婆做全世界最幸福的女人！”

郑培培眼中的热泪滚下。她低下头，笑着拭去泪水。

话筒递到她手上时，她凝视着陆嘉烨，说：“老公，谢谢你一直在这里！”

——谢谢你不曾远离，不曾放弃……

谢谢你在我最痛苦潦倒的时候陪我走过的日子……

谢谢你让我知道，爱情可以有多幸福……

陆嘉烨抓紧郑培培的手，目光深沉又炙热，深黑的眼里只有她的倒影，深情道：“我在，一直在。以后有老婆在的地方就是我的家。除了我们的家，我哪儿都不去。”

台下响起雷鸣般的掌声。

微博上一片欢呼喝彩。

“爱一个人最深情的告白就是娶她，陆公子做到了。”

“他们真的好配啊！”

“我又相信爱情了。”

“一万个祝福，坐等婚后秀恩爱撒糖。”

“看个婚礼居然把我看哭了，听说他们是青梅竹马，我感觉陆嘉烨是喜欢她喜欢了很久很久的……”

“同感！那得偿所愿的激动眼神，装不出来。”

“看起来越不正经的人骨子里越深情，说的就是陆嘉烨本人呀！”

与此同时，C 市的奥体中心，演唱会正在进行。

场馆内声浪如潮，荧光棒映亮夜空。苏韩出道十周年演唱会，开到第十场，每到一个城市都是爆满。

一阵劲歌热舞过去，中场休息。

粉丝们齐声高喊他的名字，呼唤他出现。

低低的鼓点声响起，舞台中央亮起一束光。苏韩扶着麦克风，缓缓升上舞台。改编的抒情版歌曲，在他口中如故事般娓娓道来。

“会不会有一天，时间真的能倒退，

“退回你的我的，回不去的悠悠的岁月。

“也许会有一天，世界真的有终点，

“也要和你举起回忆酿的甜，和你再干一杯……”

一段过去，音乐暂停。

一身白衣的苏韩犹如童话中的王子，坐在舞台上，安安静静地说：“今天是我两个很好的朋友大婚的日子。我不能去现场送上祝福，在这里祝他们新婚快乐。”

下面响起此起彼伏的声音：“陆嘉烨、郑培培……”

粉丝们有的还在听演唱会间隙刷微博八卦，当然知道是这一对。

苏韩笑：“对，就是他们。”

苏韩突然拿出手机，跟现场连线，在现场的大屏幕上播放一段视频。

这段视频是在婚礼现场拍摄的，入镜的人有新娘和新郎，还有顾思忆和夏之隽，他们对着镜头打招呼，接着是周骁、张欣奕和向梨他们。视频里响起顾思忆的笑声：“知道你宠粉，为了演唱会，不能来到婚礼现场，那我们拍给你看。”

几分钟的短视频结束，苏韩低低地笑道：“他们都是我很好的朋友，当初我出道，是他们一直站在我身后，给我前进的勇气。那时候我还不知道，人生这条路啊，有得就有失，我走上这个舞台，得到了一些东西，但也失去了一些东西……”

下面的粉丝疯狂地叫着：“苏韩——苏韩——苏韩——苏韩——”

尖叫声如潮水，是粉丝们内心最炙热的情感。

苏韩弯起嘴角：“我很高兴，能跟他们一起走过我的青春岁月。这是无论取得多少成就，都无法取代的、一生里最珍贵的美好记忆。这首歌，送给我的朋友们和我们的青春。”

苏韩站起身，音乐再次响起。

“当回忆冲破考卷，冲出岁月，在我眼前，

“我和你流着汗水，喝着汽水在操场边，

“说好了无论如何，一起走到未来的世界，

“现在就是那个未来那个世界，

“为什么你的身边我的身边不是同一边？

“……

“会不会有一天，时间真的能倒退，

“退回你的我的，回不去的悠悠的岁月。

“……

“终究会有一天，我们都变成昨天，

“是你陪我走过，一生一回，匆匆的人间。

“有一天就是今天，今天就是有一天，

“说出一直没说对你的感谢，

“和你再干一杯，再干一杯永远，

“喝了就能万岁，岁岁和年年，

“时间都停了，他们都回来了。

“怀念的人啊，等你的来到……”

番外一

七月盛夏。

太阳早早地冒头，阳光透过窗帘的缝隙射入房中，映在木地板上。宽敞的卧室内，中央空调安静地输送着凉爽的空气。

顾思忆翻个身，睡眼惺忪地看着不远处正从浴室里走出来的男人。

卧室连着浴室，中间连通的走廊是长条形的衣帽间。

男人头上搭着白色浴巾，正在擦拭湿漉漉的短发，水珠顺着他的脸庞滑过他的脖颈，落在胸膛上。健硕的肌肉，勾勒出男性躯体的力量感。

顾思忆赖在床上，胳膊垫着脑袋，默默欣赏老公的盛世美颜和完美身材。

她想起前几天看到的一个热帖，大家晒老公结婚十年的对比照，大多从俊秀少年变成了中年大叔。她不由得想，如果夏之隽发福了会是什么样……

他的脑子里浮现拉宽两倍的夏之隽，偷偷笑了声。

夏之隽循声转过头：“醒了？”

顾思忆看到他拿起吹风机，问：“我给你吹？”

“不用，你再睡会儿。”夏之隽顿了顿，又意味深长地看了顾思忆一眼，“昨晚不是哭着喊着说累吗？”

顾思忆登时羞红了脸，拉起薄被盖过脑袋，低嗔：“禽兽！”

她也不知道夏之隽为什么有那么好的精力，晚上折腾那么久，早上还能早早起床，锻炼身体，然后洗个澡，神清气爽地去上班。

不是说男人三十岁以后走下坡路吗？算算岁数，这也三十二岁了，她都看不到坡在哪儿……

片刻后，换上衬衣和休闲西裤的夏之隽，走到床边，拉下顾思忆的被子，两人四目相对。他低下头，在她额头落下一吻。

顾思忆知道这是他每天早上上班前的流程，问他："今天有时间吗？"

"怎么了？"

顾思忆蹙眉："安排满了？"

"上午要去学校，下午公司有个商务会谈，至于晚上……"夏之隽牵动嘴角，"暂时还没安排，听老婆的。"

"行了，知道了，你走吧！"顾思忆挥手，再次拉起被子。

夏之隽揉了揉她凌乱的发丝，起身离去。

直到卧室内没动静了，顾思忆坐起身，气鼓鼓道："工作狂，连结婚纪念日都忘了！"

她这天可是特地请了假，打算过二人世界。

横竖睡不着了，她果断起床。

刚出卧室，夏弈琰扑过来："妈妈，妈妈！"

顾思忆蹲下身，五岁的儿子抱着她的脖子，朝她一边脸颊亲了一口。

"妈妈，培培阿姨今天带我们去水上乐园，你一起去好不好？"

"妈妈今天没空哦！"

"我想要妈妈一起……"小男孩拉着她的手撒娇。

"那你是想跟妈妈一起玩，还是跟晚晚一起玩？"

"都想。"

"只能选一个。"

小男孩纠结一番后，勉为其难地说："妈妈，你忙吧，爸爸说过，我是大孩子了，不能总黏着妈妈。"

顾思忆扑哧一笑，揉了揉儿子的脑袋："小机灵鬼！"

她陪儿子一起吃过早餐后，回到卧室，挑选这天的衣服。虽然老公不记得纪念日了，但她可以去学校给他一个惊喜。

她挑了一身青春洋溢的衣服，白色钉珠短袖和浅色牛仔裙。换好衣服后，她去首饰柜里找那条十七岁时夏之隽送给她的项链。

可她把柜子翻了个遍，就是没找到那条。

这条项链对于她来说，意义非同小可，她有点蒙了。她让阿姨陪她一起找，家里的每一寸角落都不能放过。

郑培培带着女儿陆晚晚过来接夏弈琰时，顾思忆还在埋头找项链，越找越着急。

郑培培疑惑道："我还以为你出去了呢，在干吗呢？"

顾思忆关上客厅柜子的抽屉，闷闷不乐道："有个重要的东西不见了……"

郑培培愣了下，从包里拿出一个盒子："不会是这个吧？"

顾思忆走到郑培培跟前，接过盒子打开，里面赫然就是那条小豹子项链！

她难以置信地问："怎么到你那儿去了？"

郑培培哭笑不得："我看晚晚戴着玩，觉得眼熟，问她哪儿来的，她说是羿琰哥哥送的，我就猜到肯定是夏之隽送你的那条……"

她知道顾思忆有多宝贝这东西，赶忙从女儿那里拿过来，仔细装好带过来。

"你家这浑小子，还真敢送啊，连爹妈的定情信物都往外送。"

顾思忆拿着项链，怒气冲冲地走到娱乐室。夏弈琰正兴高采烈地对陆晚晚展示他前几天搭建的城堡，并霸气地宣布："晚晚，这是我送你的大城堡！"

"夏、弈、琰！"

夏弈琰扭头看向妈妈，第一眼就注意到妈妈手里的项链，歪了歪脑袋，很认真地问道："这是我送给晚晚妹妹的，怎么在妈妈那里？"

"这项链你是从哪儿得来的？"顾思忆追问。

"我在沙发上捡到的。"

顾思忆："……"

她突然就想到那次，突如其来的激情，两人在沙发上擦枪走火，项链当时硌到她的脖子，被夏之隽解开，随手丢在一旁……然后翻云覆雨的，什么都忘了……

"妈妈，你怎么脸红了？"夏弈琰好奇地问。

顾思忆低咳两声，教育道："以后捡到东西要先问妈妈，不能自作主张送人，万一这是妈妈弄丢的，而且是妈妈很重要的东西呢？"

夏弈琰点点头："我知道了。"

顾思忆道："你今天出去玩，给晚晚妹妹挑一个其他的礼物作为补偿。"

夏弈琰笑逐颜开："谢谢妈妈！"

郑培培在一旁笑道："行啦，你去忙你的吧，两个小的就交给我了。"

她知道这天是顾思忆和夏之隽的结婚纪念日，为了让他们过二人世界，她主动担负起带夏弈琰玩的任务。不然他要是知道爸爸妈妈出去玩，非得凑在一起不可。

顾思忆来到航空航天大学，这是她和夏之隽的母校。

林荫道上，朝气蓬勃的大学生们来来往往，校园里充满着青春洋溢的气息。

夏之隽这些年事业越来越好，创办的公司已经是国内首屈一指的民营火箭公司。作为一名成功的商人，他却不以金钱为第一目标，一直致力于科研领域的探索。

在母校的邀请下，他成为学校的客座教授，定期回来开讲座，每每都是人气爆满。

顾思忆知道这天这场是一个月前就安排好的，很多学弟、学妹们都在期盼着。

她来到大阶梯教室，果然里里外外都是人。她经过的地方还听到女孩子的兴奋低语："夏学长好帅哦！"

"又是帅哥，又是学霸，还是霸道总裁！"

"嘤嘤嘤，夏学长为什么英年早'婚'呀！"

"不婚也轮不到我们呀！"几个女孩子笑。

"你们没听说过夏学长的神仙爱情吗？他和学姐当初都是学校里的爱情模范呢！"

"听说两人是从一个高中升到大学，然后毕业就结婚了。"

"我知道学姐！电视台主持人，很漂亮的。"

顾思忆听到这句，赶忙低下了头，摸到脸上的口罩才稍稍放心。倒不是她觉得自己的知名度有多大，而是在夏之隽开讲座的场合，她不想因为私人关系喧宾夺主。

顾思忆走到后门，给好友发消息，当初的同学如今在学校任教，已经早早地给她占了位子。对方朝她招手，她走到位子旁，低声道："谢啦！"

"你要是跟夏总说，还需要我来占座吗？"好友偷笑，"知道你们夫妻俩喜欢玩情趣啦！"

顾思忆如小迷妹般，看着台上的夏之隽，他游刃有余地面对学生的种种提问，虽然有的问题她听不懂，但他的风趣幽默时而引得会场内众人发出轻松的笑声。

不经意间，两人目光交汇。

她羞赧地垂下眼，转念又想，害什么羞嘛，都老夫老妻了，这天可是要过结婚纪念日的。

顾思忆抬起水润含情的双眸，夏之隽还在看着她，但他看起来没有任何异常，正在有条不紊地回答一个学生关于当下航空领域需要克服的难题。

顾思忆用两只手比了个心的手势，俏皮地眨了一下眼。

所有人都发现，一直云淡风轻的夏大佬，突然间笑了，是那种抑制不住的不断加深的笑容。

有人好奇地四处张望，顾思忆赶紧低下头，装作无事发生。

讲座已经接近尾声，夏之隽轻咳一声，做了结束陈词。

当他准备下台时，一群学生蜂拥而上将他围住，有的要签名有的要合照。

顾思忆等在人群外。

一名女生拿出手机，大胆地问道："学长，可以加个微信吗？有的问题还想课后探讨。"

旁边的几个女生纷纷拿出手机："学长，加个微信吧！"

夏之隽一本正经道："我加微信好友要先跟老婆打申请写报告。"

话音一落，大家都笑了。

夏之隽走到顾思忆跟前，牵起她的手。

旁人这下子都注意到顾思忆了，有人问道："这是学姐吗？"

顾思忆嗔怪地看了夏之隽一眼，怪他不该在大庭广众之下这么张扬。

夏之隽牵着顾思忆的手，对学生们笑道："今天是我和太太的结婚纪念日，太太特地来给我送惊喜。"

“哇哦——”

“学长学姐结婚纪念日快乐！”

“长长久久，幸福美满！”

……

同学们争先恐后地送上祝福，顾思忆笑得眉眼弯弯，夏之隽微笑着道谢：“谢谢！”

两人手拉手在众人祝福又艳羡的目光中离去。

校园一角，夏之隽和顾思忆漫步在湖边。

顾思忆娇嗔道：“原来你知道今天是什么日子啊，还以为你忙忘了。”

夏之隽轻揉了一下她的脑袋：“本来已经安排好人去接你，没想到你自己过来了。”

两人走到树林里，夏之隽问：“你还记得这个地方吗？”

顾思忆四下看：“这不就是以前经常逛的小树林吗？”

“还有呢？”

“还有什么？”

夏之隽抓住顾思忆的胳膊，将她抵到树上，手臂撑在一侧，俯身凝视她：“还是想不起来？”

顾思忆的脸颊浮出红晕：“干吗呀？故弄玄虚……”

夏之隽抚着她脖子上的项链，低低一笑，凑到她耳边，压低声音道：“这是我在大学，第一次吻你的地方。”

她正要碰上顾思忆的唇，被她用手掌挡住，她紧张地环顾四周：“万一有人经过怎么办？我们都老大不小了，你现在还是知名企业家，被拍到多尴尬……”

夏之隽拉下她的手：“知名企业家也有老婆。”

两人唇瓣相触，气息交缠。

阳光从枝叶间落下，一地斑驳光影。微风轻轻地吹拂，混着草木清香。

他吻住她的唇，如同多年前在这个地方，满心爱恋，满怀珍视。

当晚，吃过烛光晚餐后，夏之隽把顾思忆带到了天文观测中心。

顾思忆跟夏之隽在一起后，不是第一次来这种地方了。她以为又是带她看星星，轻车熟路地走到天文望远镜前，但夏之隽把她带到了大屏幕前。

一名工作人员在观测，另一名工作人员下载图像处理，顾思忆在屏幕前清楚地看到一颗小行星。

夏之隽道："这是我们前不久发现的一颗小行星，当时我就想把它送给你做礼物。"

"送给我？"顾思忆又惊奇又不可思议地笑道，"怎么送给我？"

"我将它命名为'顾思忆星'，已经获得国际天文联合会认可。"

"真的呀？"顾思忆兴奋之后，又有点不好意思，"以前你发射的第一枚火箭叫'思忆之星'，没少被八卦，这个要是传出去，又要说你色令智昏，什么都围着老婆打转。"

"那你要不要？"夏之隽问。

"要！"顾思忆毫不犹豫道。她抱住夏之隽的胳膊，踮起脚亲了他的脸颊一下，"谢谢老公的礼物，我超喜欢！"

顾思忆看着小行星图像说："我要制作成一幅画，挂在家里，这是属于我的'顾思忆星'。"

顾思忆美滋滋时，夏之隽问："那我的礼物呢？"

顾思忆卖了个关子："你的礼物我放在家里了，回家后才能给你。"

"那现在就回家。"夏之隽已经迫不及待了。

回到家里，夏弈琰没回来，顾思忆松了一口气，暗想培培果然靠谱，一天一夜都包了。

夏之隽问："我的礼物呢？"

顾思忆藏住眼底的羞怯："你等着，我去房间里给你拿。"

她回到卧室，拿出自己早就买好的情趣服。夏之隽什么都不缺，她想来想去，他对这方面很感兴趣，她不如投其所好，来点新鲜的。

顾思忆换好衣服，看着镜子里的自己，突然没有勇气走出去了。她捂脸，这也太羞耻了！

夏之隽在外面等了半天，还不见顾思忆出来，打算进房里看看，才发现卧室门被反锁了。

他敲了敲门："怎么把门都锁了？"

顾思忆豁出去了："好啦，你去坐好，我马上拿给你。"

夏之隽疑惑地坐回到沙发上，对这个礼物是越发好奇了，能让她这么神神秘秘，还有点……做贼心虚的感觉？

卧室门被轻轻推开，顾思忆身着性感的猫咪装，走到夏之隽跟前，趴到他腿上，软绵绵又娇滴滴地说："喜欢我送你的小野猫吗？"

夏之隽的喉结滚动，将顾思忆捞起来，抱在怀里。

他是真没想到，他家的害羞小鹌鹑，还能变身性感小野猫。

他正想一亲芳泽时，顾思忆挡住他的唇："主人，我先服侍你沐浴。"

顾思忆站起身，将夏之隽牵引到浴室。他这才发现，浴室地面和浴缸里撒着玫瑰花瓣，四下点着摇曳的烛光，淡淡幽香散发在空气中。

他还想跟夏之隽玩躲猫猫的游戏。可他没有耐心了，一把将她扯入怀中……

番外二

郑培培又怀孕了。

顾思忆有点蠢蠢欲动，跟夏之隽商量："要不我们也生个二胎？"

夏之隽无动于衷地翻着手里的书："你忘了你上一次害喜得厉害，有一阵子吃什么吐什么，每天哭着喊着说女人好苦了？"

顾思忆当然记得，还记得当时夏之隽为她吃不下饭，连喝水都吐急得不行，那时候他把工作量降低到最少，只为了多一些时间陪伴她，让她心里能好受点。

她抱着夏之隽撒娇道："几年过去了，说不定现在体质变了？"

夏之隽轻敲她的脑袋："不要好了伤疤忘了疼。"

"你看晚晚多乖啊，我也想要个女儿。"顾思忆换个方式进攻。

"你想要女儿，可以认晚晚做干女儿。"

顾思忆被噎了一下，赶忙道："那不行，晚晚是我未来儿媳妇呢！"

"那等苏韩生了女儿，你就认干女儿。"夏之隽从容地应对。

"你就不想要个女儿吗？"

"我已经有了一个。"夏之隽看了她一眼，慢悠悠地道，"两个怕宠不过来。"

虽然还是被拒绝，但顾思忆忍不住笑了。

顾思忆二胎的想法被夏之隽扼杀在摇篮之后，格外关心郑培培的孕期情况，怕她累着，节假日经常带着晚晚一起出去玩，夏弈琰高兴得不行。

陆嘉烨对郑培培也是千娇万宠，在顾思忆的协助下，好说歹说让她把工作停了，专心养胎。

郑培培起初不乐意："怀个孕而已，又不是什么大事，犯得着吗？"

陆嘉烨道："我的姑奶奶，特殊时期，你就收一下事业心好不好？

这江山随时都是你的。”

等到有孕反时，郑培培身体难受，受激素影响情绪起伏也厉害，时不时就要闹点小情绪。

“都是你，不好好避孕，怀孕了难受的都是我，你就坐享其成！

“烦死你们男人了，只知道添乱！”

……

陆嘉烨都是温温柔柔地哄着：“是，全是我的错！现在错已铸成，我们也不能把崽子重新塞回去啊，老婆，辛苦你了。”

顾思忆为了让郑培培减压，约着出来吃饭。

结果才闻到味，郑培培就去吐了，一脸生无可恋。

夏之隽无比庆幸自己阻止了顾思忆的一时头脑发热，情绪起伏埋怨他事小，真要像郑培培这么难受，他看着更难受。

陆嘉烨可不止一次跟他倒苦水，说只恨不能替郑培培把孩子给生了，什么苦都让自己来受。

冬去春来，郑培培顺利产下一子。

等她出月子没多久，到了一年一度的5月23日，夏之隽和顾思忆的生日，也是一群老朋友相聚的日子。曾经的八个人，如果都是成双成对，聚会也会带上另一半。

周骁和张欣奕已经结婚。向梨也结婚了，老公是同事。

现场唯一的未婚族是苏韩，但他好歹带了个女朋友过来。女朋友刘樱也是圈内人，炙手可热的女歌手。

第一次正式见苏韩的女朋友，大家的话题难免就落在了苏韩身上，追问他打算什么时候结婚。

苏韩笑着说：“不急。”

陆嘉烨说：“总得有个规划吧？你看看，我孩子都抱俩了，羡慕不？是不是羡慕得晚上觉都睡不着？”

苏韩被他逗笑，不甘示弱地回击：“是你被奶娃折腾得晚上睡不着吧？”

“乐在其中！”

郑培培孕期被憋坏了，吃过饭后组局去会所继续，一群人唱歌跳舞喝酒，嗨得不行。

午夜十二点，巨大的蛋糕被推出来。

夏之隽和顾思忆对着蛋糕许愿。

蜡烛被熄灭后，郑培培追问："你们都许的什么愿望啊？"

顾思忆环视众人，说："希望我的朋友们永远幸福、健康、快乐。十年后、二十年后，还能聚在一起过生日。"

"那是必须的！"郑培培抱住顾思忆，在她的脸蛋上用力地亲了一口。

当她准备朝另一边脸蛋下口时，夏之隽果断把顾思忆拉到自己身旁，一副护犊子的架势。

郑培培嘲笑："小气鬼！"

"阿隽，你的愿望是什么？"陆嘉烨问道。

夏之隽淡淡地道："我是只做不说的人。"

他的愿望就是一直守着顾思忆，护她一世无忧。

许过愿后，开始混乱的扔蛋糕大战，一群三十岁出头的人，就像十几岁时那般肆意疯闹，仿佛时间从未走远，一切还是从前的模样。

散场后，城市已经陷入沉寂。

苏韩喝了酒，由刘樱开车。

苏韩听着音乐，刘樱颇为艳羡地说："有这么一群从小玩到大的朋友真好，我很少看你这么放松过。"

苏韩笑了笑，带了几分醉意："是啊，所以我从没后悔过。"

"后悔？为什么用这个词？"

"没有后悔过开始，就算有时候会难受……但这不就是青春吗？最好的时光，最好的人……一切都是最好的……因为它不能重来，所以在人生中，在记忆里，都是浓墨重彩、无法磨灭的一笔……"

车子开进隧道，灯光在苏韩身上滑过一道道明暗交错的光影。

他缓缓地闭上眼，脑子里勾勒着青春的一幅幅画面，仿佛又回到了多年前的教室里，窗外的蝉鸣叫个不停，老师在讲台上写写画画。

下课铃声响起，画面活跃起来。三三两两的学生从教室外走过，不少女生特地来看校草夏之隽。夏之隽正在教"小酒窝"做题，郑培培追着陆嘉烨打，他在一旁干着急，怕郑培培摔着伤着。

体育课后，大家会一起去小卖部买奶茶喝，懒洋洋地看着蓝天，说些不着边际的话，陆嘉烨总能让大家笑成一团……

那时候的阳光，那时候的奶茶……

都是能让人记住一辈子的青春。